2017年度江南大学本科生教育教学改革重中之重项目
“习近平新时代中国特色社会主义思想进教材、进课堂、进头脑研究”

知库

教育与语言

致青春　忆江南

——江南大学思想政治理论课学生优秀作品集萃

陈绪新 主编

九州出版社
JIUZHOUPRESS

图书在版编目（CIP）数据

致青春　忆江南：江南大学思想政治理论课学生优秀作品集萃／陈绪新主编．--北京：九州出版社，2020.11

ISBN 978-7-5108-9941-6

Ⅰ.①致…　Ⅱ.①陈…　Ⅲ.①中国文学—当代文学—作品综合集　Ⅳ.①I217.1

中国版本图书馆CIP数据核字（2020）第239360号

致青春　忆江南：江南大学思想政治理论课学生优秀作品集萃

作　　者	陈绪新　主编
责任编辑	周弘博
出版发行	九州出版社
地　　址	北京市西城区阜外大街甲35号（100037）
发行电话	（010）68992190/3/5/6
网　　址	www.jiuzhoupress.com
印　　刷	三河市华东印刷有限公司
开　　本	710毫米×1000毫米　16开
印　　张	27
字　　数	468千字
版　　次	2021年9月第1版
印　　次	2021年9月第1次印刷
书　　号	ISBN 978-7-5108-9941-6
定　　价	95.00元

序 言

党的十九大报告明确指出:"青年兴则国家兴,青年强则国家强。青年一代有理想、有本领、有担当,国家就有前途,民族就有希望。"思想政治理论课是新时代高校思想政治工作的主渠道和主阵地,是高校"为谁培养人、培养什么样的人、怎么培养人"的中心任务,是我国高等教育能否坚持"为人民服务,为中国共产党治国理政服务,为巩固和发展中国特色社会主义制度服务,为改革开放和社会主义现代化建设服务"的本质所在。习近平总书记在学校思想政治理论课教师座谈会上强调:"青少年阶段是人生的'拔节孕穗期',最需要精心引导和栽培。"①加强和改进新时代高校思想政治工作,帮助青少年扣好人生的第一粒扣子,关系着为中国特色社会主义事业培养合格的建设者和可靠的接班人。加强和改进新时代高校思想政治工作,思想政治理论课是主渠道,思想政治理论课教师是主力军。

作为一名新时代高校思想政治理论课教师,我始终秉持"以思想的魅力引导人,以知识的魅力吸引人,以逻辑的魅力摄动人,以人格的魅力熏陶人,以激情的魅力感化人"的教育教学理念。即以思想的魅力引导人,做青年学生坚定理想信念的领航人;以知识的魅力吸引人,做青年学生攀登科学高峰的筑路人;以逻辑的魅力摄动人,做青年学生涵养科学思维的教练员;以人格的魅力熏陶人,做青年学生健全和谐人格的型塑者;以激情的魅力感化人,做青年学生积极人生态度的激励者。学生的认可始终是我最原初、最恒久的动力。增强青年学生的"获得感",思想政治理论课就必须"很走心"。"很走心"也好,"获得感"也罢,"技术"永远只能是手段,绝对不能稀释目标和内容。新时代加强和改进高校思想政治理论课教育教学改革,内容为王是硬道理。不能一味地盲目追求技术的酷炫、形式的多样、方法的翻新,不能以形式取代内容,致使高校思想政治理论课没有了思想,没有了灵魂,没有了精神,更不能一味地迎合。高校思想政治理论课教学要充分处理好

---

① 李泽文:《人民日报:在"拔节孕穗期"打磨自己》,人民网,2019年4月18日。

线上线下、课内课外的关系，既要发挥课堂教学、实践教学、信息化教学等正面理论宣讲的显性教育功能，更要发挥校内协同、校际协同、校企协同、校地协同以及和谐共生的师生关系命运共同体等“润物细无声”的隐性教育功能。久久为功，方得始终。

提交命题式的课程论文或者格式化的暑期社会调研报告是传统的思想政治理论课课堂教学、实践教学的主要手段之一。因为是命题作文，所以难免千篇一律；因为是格式化的要求，所以学生难免粘贴复制；因为是为了作业而作业，只是为了应付性的“交差”，所以很难调动学生参与的积极性和主动性，更不可能激发学生论文或报告写作的真实情感。学生粘贴复制，作业千篇一律。老师心知肚明，却又力不从心；学生心存厌恶，却又乐此不疲。为了架起师生良性沟通的桥梁和增进师生感情的纽带，为了培养和训练自媒体时代青年学生的文学创作和文字写作的原创意识和语言组织能力，为了有效激发青年学生的爱己、爱家、爱师、爱校、爱国情感，为了及时反馈思想政治理论课的教学效果，为了增强思想政治理论课的亲和力和学生的获得感。从 2008 年开始，在《毛泽东思想和中国特色社会主义理论体系概论》（记得当年的课程名称还是《邓小平理论和“三个代表”重要思想概论》）课上，尝试以“发掘正能量，发现正能量，传递正能量”为主题，打破传统的命题式的、格式化的课程论文和实践报告的形式的尴尬、效果的虚掷和情感的苍白，尝试“三不限”原则，即题材不限、体裁不限、字数不限，探索思想政治理论课课程作业和实践调研的新模式，创新思想政治理论课课外教学和实践教学的方式方法。“三不限”的前提必须是你的“真知灼见”！正如一位同学所说：“看到这个题材不限、体裁不限、字数不限的时候我愣住了，我们大多时候被要求按照某个题目来写作，如果偏离了这个主题一点点，就会被老师否定甚至无端地指责。所以我们绞尽脑汁地靠近题目，小心翼翼，畏首畏尾。现在真正有自己的选择权时却又显得手足无措，就像一个囚犯突然被释放后找不到方向，有时候这真的是一种悲哀。当知道老师让我们‘随心所欲’地走心时，是真的觉得这才是我理想中的大学作业，不拘泥于单一，讲究的是多元。我一直觉得输出创造力是最酷的，思想的跳跃和发现是很有趣的。”

“以本为本”，给本科生上课是我的教学工作的中心任务，与本科生进行密切的沟通和交流是我师之情愫的最主要表达。从教二十多年，我先后为本科生讲授“思想道德修养与法律基础”“毛泽东思想和中国特色社会主义理论体系概论”“马克思主义基本原理概论”“公共伦理学”“交往心理学”“大学生心理健康”“哲学 · 故事 · 人生”等课程。其中“思想道德修养与法律基础”“毛泽东思想和中国特色社会主义理论体系概论”是我执掌教鞭的“固定栏目”。自从2008年开始尝试“三不限”课程论文创作形式以来，平均每年能够收到500份左右的学生原创作品。他们或诗或歌，或散记或杂议，或演义或日记，或登车造访或徒步携旅，或品读经典或观后有感，或凭栏远眺以抒怀或案侧埋首话红尘，或登高振臂以书豪或俯身着地察民情。情之切切，意之诚诚，文字之青涩，文风之淳朴，态度之诚恳，着实令我感动。我们应该感到欣慰，我们的青年一代不是“垮掉”的一代，他们是有情怀、有担当的一代，是有知识、有本领的一代，是有传承、有创新的一代，是有理想、有抱负的一代，是既遵守公序良俗，又个性独立的一代。我要感谢一直以来给予我莫大鼓励的一届届青年学生，是你们的鼓励、你们的鞭策、你们的成长、你们的成功、你们的牵挂一直激励着我，是你们给了我莫大的职业光荣感和职业使命感，是你们给了我坚守三尺讲台的原动力，是你们给我注入了课堂教学一如既往的饱满的热情和充沛的激情，也让我收获了很多教学方面的荣誉。但是在这么多的荣誉和奖励之中，让我最为看重、最值得骄傲的是从你们手中接过来的、是你们亲手颁给我的江南大学“我最喜爱的老师”这一莫大的荣誉。因为我始终相信“金杯银杯不如同学们的口碑”。你们给我的荣誉，既是荣誉，更是鞭策和鼓励。

我一直有这么个“执念”，就是有朝一日能够将同学们的“三不限”原创作品整理集辑出版，但是始终没能如愿。有很多的原因，也是很多的无奈。虽然我十分清晰地知道，“执念”的达成并非易事。十多年来，共收集学生原创作品6000多份，除却2015年之前的近3000份，从余下的3000多份作品、600多万字中遴选出适合集辑出版的作品本身就是件令人头痛的事！集辑出版是件严肃的事情，还不能请我的研究生或者同事代劳，因为件件作品我都得“把关”。此次遴选诗歌46首，随笔和杂议95篇，品读经典21篇，故事或小品文12篇，调研报告6篇，共计180篇。其中，除了2篇调研报告是由我和我的研究生合作完成之外，其余作品均是本科生原创。学生纵跨2014级、2015级、2016级、2017级四个年级，横跨机械工程、产品设计、工业设计、社会工作、管理工程、国际贸易、环境艺术设计、微电子、自动化、会计学、英语等专业。功夫不负有心人！“原因”“无奈”“借口”统统打破，我必须有所行动。因为再不去行动，既是对自己的“执念”无法交代，更是对不起那些对我的课堂教学给予莫大精神支持、投入真情实感的同学们，对不起一直喜欢我、喜欢我的课堂、喜欢和我一起走心的我的“铁粉”们。在这里，我要诚挚地感谢2016级产品设计1601班的王敏娟，你用写日记和日志的方式，详细记录了我给你们讲授“思想道德修养与法律基础”课时的每一个精彩的瞬间和每一句所谓的“陈氏格言”。感谢许许多多像王敏娟同学一样的我的“铁粉”们。与此同时，我要诚挚地道一声“对不起”，请原谅老师未能在你们毕业之前将你们的原创作品集辑出版，请原谅老师对你们的原创作品所做的“无情”的筛查，以及出于“文以载道”之目的而对入选作品所做的“微调整”。虽然这声“对不起”来得晚了些，但是真情不惧怕时间的久远。

江南大学历来高度重视大学生思想政治工作，高度重视思想政治理论课建设、马克思主义理论学科建设和马克思主义学院建设。特别是思想政治理论课教育教学改革始终走在全国的前列。在我担任江南大学“毛泽东思想和中国特色社会主义理论体系概论”课程负责人期间，着力推动以“启拓教学”为重点的课程教学改革，形成了以徐玉生教授领衔，以唐忠宝教授、侯勇教授、徐礼红副教授、郑宇博士为骨干，课程组全体成员共同参与的教学改革团队“启拓教学”取得了卓有成效的建设和改革效果，曾荣获江南大学教学成果特等奖。改革的成功经验得到了教育部领导和同行专家的广泛认可。江南大学马克思主义学院十分重视信息技术与思想政治理论课教育教学的深度融合，主办了信息技术与高校思想政治理论课教学深度融合全国教学研讨会，发布了《太湖宣言》。江南大学马克思主义学院还特别重视思想政治理论课实践教学，成立了“思想政治理论课实践教研部”，单独辟出2个学分用于开设“思想政治理论课实践”课程，“品读经典”“走进历史”“我讲思政课”等成为“固定栏目”，取得了非常好的改革和实践效果。中国特色社会主义进入新时代，高校思想政治工作和思想政治理论课教学的中心工作和主要任务就是如何有效推进习近平新时代中国特色社会主义思想进教材、进课堂、进头脑的问题，江南大学在思想政治理论课课程建设、思想政治理论课教学改革、课程思政建设、思想政治理论课“金课”建设等方面加大了人财物的投入力度。我主持的“习近平新时代中国特色社会主义思想进教材、进课堂、进头脑”课题有幸入选江南大学2017年度本科教育教学改革的重中之重项目（项目编号：JG2017006）。我还有幸参加了在苏州国际会展中心举办的江苏全省高校本科教育教学展示活动周活动，并以“习近平新时代中国特色社会主义思想‘三进’”为主题分享江南大学本科生思想政治理论课教学改革的成功经验。天时、地利、人和的条件已经具备，《致青春　忆江南——江南大学思想政治理论课学生优秀作品集萃》的集辑出版到了该有所行动的时候了！而且这只是个开始。

时间仓促，精力有限，错漏疏离，望君明示！

载之为序，以明吾志！

编者

2020年7月于熙园

目　录
CONTENTS

第一篇

诗　歌

起风的日子

陶晓晓(会计1403)

我从树荫下过
风,带着温热
送来漫天的飞絮
小小的手掌间
不觉然迎来一片轻盈
恍恍惚惚间
指间,呓语轻软

一路飘扬
无所依,无所凭
自由是我的姿态
不知归途,不知去路
远方是我的梦,我的希冀
沃土、荒芜
鲜活抑或落寞
是我的选择、我的宿命
暖阳里,我微笑
雨雾里,我不哭泣

历史的洪荒
尽是虚幻的照影儿
风尘里，模糊地摇曳
来了又走的
是我吧，是无数的我吧

寻寻觅觅，觅觅寻寻
心呵，何处是家？
低头，生命的树荫里
是自己的剪影
影影绰绰间
在大地的怀抱里招摇跳跃
复又归于恬静

时空，飞速地旋转、循环
重复的夜里，梦境变换
重复的晨曦里，鸟鸣啼啭随心
在这个起风的日子里，逐渐明白
翩飞、旋转，直至坠落
这就是零碎的时光里的——我的生活

手掌间那片轻盈
只一刹那的驻留
去吧，去吧
去驾驭粗野的风
去穿越浓雾的封锁
去摘下星夜深蓝的光辉
去采集晨曦里金色的水气
去吧，去吧
把自己小小的剪影
投射成天际蔚蓝里的一星洁白
映照成大地酣睡里的一翼鼻息

生命便是
希望、飞翔、宁谧的集合体
你看那模糊又清晰的剪影
是我走过的印迹
我在起风的日子里啊
微笑、前行,直到尽头
我——
不曾停歇

现代诗四首

孙心怡（产品1603）

问　尘

莫要踌躇欲止
莫要迟迟有虑
既然时间终不可停
何苦执着是非毁誉
复问苍天　终不得果
莫要徘徊欲歇
莫要惶惶存疑
既然天地终是不仁
何苦纠于结果为何
不如掷叶　抑或扬沙
既然尘埃终有一定
就莫要再寻去落
也莫要再问前程

不见君

常道友谊地久天长
却难朝夕不离
可是朋友啊
你们活在我的阴雨里
为我遮风　从未离去
你们活在我的阳光里
与我共歌　从未缺席
你们活在我的诗里
同我呷茶
抑或在梦里

只是不见　久矣

忆　乡

幼时不懂乡愁何解
只见海风杨柳　绿树连绵
不见小桥流水　摇船摆岸
后来故乡只剩模糊的惆怅
只忆五月有风　栈桥积雪
不忆暮阳微凉　梧桐零落
而今蓦然回顾
只听姑苏枕河　黛瓦成片
不听白浪击石　红墙累筑

恍　悟

乡愁
即是只伴蝉鸣吹雪
再无泠泠雨声
即是只遇冬夏
再无春秋

旅行的意义

杨华森(产品1601)

一个暴雨的夜晚决定离开
我将留下所有带走空白
前行的路上未必美好精彩
即使徒劳无功仍愿望满怀
没有告诉任何人我的离去
在天色熹微前消失无息
雨后的风景多美丽
不可预知的远方有悲也有喜

台北的冬天没有雪
西藏的草原上野马呼啸而过
夏天停在黑与白的交界处
不声不响等待谁的惊鸿一瞥
赫尔辛基的人群熙熙攘攘
灯火流转着城市的繁盛与凄凉
墨尔本的街道缀满细碎花香
此时此刻我与世界天各一方
大海不下雨　游鱼停止呼吸
星月流转我将鱼归还天际
海潮汹涌冲烂太多大道理
我安之若素迎接最后的结局

我踏上了新的旅程
找寻最终的目的地
在那里我将邂逅你
找到你就是旅行的意义

当我还很小

刘欢欢(产品1601)

当我还很小的时候
爸爸妈妈花了很长时间
教会我用勺子和筷子吃东西
教我穿衣服,绑鞋带,系扣子
教我洗脸,教我梳头发
教我擦鼻涕,擦屁股
教我做人的道理

我记得小时候经常听妈妈唱戏
看妈妈织毛衣
我记得小时候爸爸经常骑车带我兜风
晚上带我摸爬蚱

但是,我明白
终有一天,他们会变老
会想不起来或接不上话
会啰啰嗦嗦重复念叨当年的事
会忘记系扣子,绑鞋带
会在吃饭的时候弄脏衣服
会在梳头的时候手开始不停地颤抖
会有一天站不稳,走不动

到了那一天,我不会怪罪他们
也不会催促他们
因为
我慢慢地长大了,而他们却在慢慢变老
只有我在他们眼前
他们才会心安

他们的心才会温暖

到了那一天
我会紧紧握住他们的手
陪他们慢慢走
就像
当年他们牵着我的手一样
极其平凡却又深厚的感情留在他们和我的心里
陪伴我们走过一生

能量赋

许志林(电气 1601)

始终保持向上的方向，
自强不息承载着希望。
是电是火是冬日暖阳，
冰冷中能把心房烧烫。
纵是草根也需要营养，
总在黑夜更渴求光亮。
有风有雨鲜花才怒放，
所有的伤痛都是过往。
点亮自己更照亮别人，
世界将变得靓丽无比。

我眼中的真善美

王京(电气 1601)

小时候
我认为
真善美就是好人们做的事
再大一点
我认为
真善美就是人们做的好事
现在
我认为
真善美有了更多不同的含义

听到滚滚浓烟的室内
传来呼救声的时候
烈火英雄
肩负起了属于他的那份责任
看到路人突然倒地的那一刻
刚刚忙了一天下班回家的医生
立刻进入战斗状态
驾驶公交车时意识到自己疾病突发
司机坚持靠边停车
保证乘客安全

那一刻
他们首先想到的不是自己,而是别人
我说
原来,这就是真善美

路边
小朋友扶起被风吹倒的小草

空间里
到处被 12.13 刷屏
到处都是正能量
食堂门口
一辆自行车被风吹倒
下一秒便被扶起

那一刻
他们用不同的方式诠释着真诚与善良
我说
原来,好事就是普通人做的
原来,这都是真善美

真善美是一种积极向上的正能量
真善美不是一种只能在电视上看到的
虚无缥缈的东西
真善美
存在于生活的每一个角落
也许
就存在于人们不起眼的一个举止中
我们既是它的创造者
又是它的受益者

善于发现生活的美好
善于寻找生活中的真善美
每一天都是满满的正能量
请让我们满怀热情地
爱上这个充满真善美的时代

初　见

庄志和(自动化 1501)

但愿步过夕阳
你的背影
尚被拉长
虽则一秒过后或昏黄
牵手满是慌张
你的腮红
如此漫长
温柔激荡唯愿着个凉
但愿告别,失望
你的笑靥
没有惆怅
只是转身离开或许不哀伤

看 海

王杰(自动化1501)

我们去看海
不用刻意在日出的时间
我们去看海
去看每一朵浪花绽放和凋零
去看风送来的远洋的气息
去看每一对恋人的微笑和吻

起 源

刘昊(自动化1501)

重力　阳光与水
星空　时间与海洋

落星升空
气泡沉入海底
来自宇宙的鲜氧
触底即碎
毁灭的不止整个世界

一半沉睡
另一半痛醒
暗流与炎浆
倾轧与拧曲
一半兴荣
另一半灰烬

最初
我们来到这里
冰雪渐融
你没有爱上谁
我们才刚相遇

第一个生命就在这里
诞生
呼吸
心跳
拥抱

我喜欢的你是安静的

赵文浩(自动化 1501)

我喜欢的你是安静的
就像看到了云
轻吟的铃
趺坐在草间上的旅人
睡足了整个三月

我喜欢的你是安静的
就像是诗人的海
海底的人
就像树心　湖心
年轮与波痕
掷去
并无回声

我喜欢的你是安静的
仿佛这一切纷扰都与你无关
所以那是一个美丽的地方
就像是她安静的名姓
安　而随遇
康　若暖阳

其实世界上安静的东西并不多
十九岁的一个晴天
和一个声音低的不敢碰的人

一叶，一夜

欧阳洪才(自动化1501)

她静静地躺在一旁
阳光洒在脸上
她周身泛着金色的光芒
嘿 远处的伙伴呀
要不要一起享受这暖阳——

簌簌沙沙
晚风肆起
她 被遗忘在墙角——
咦 我那身漂亮的衣裳
咦 那给我温暖的太阳
只有冷冷星辰
哪有人回应
……

嘘 不要说话
你听
你听 她在流泪
黑夜夺走了她的太阳——
这唯一的牵绊

别哭
看 那万千星光积聚
将银辉披在你的身上
只不过是换了一副模样
不必太忧伤

百无禁忌

孙修远(自动化 1503)

也许是因为
自己生性凉薄
所以形单影只
也浸淫寂寞

也许是因为
自己太过有趣
所以囚着怀抱
也囚着爱意

你在大雪连绵的另一端安眠
我在水滴石穿的长夜
死在无人问津的
诗句间隙

你在某个鲜为人知的时刻
哂笑着我的辗转反侧——

眼色凌厉
百无禁忌
缄默不语

小 城

魏俊誉(自动化 1502)

小城深巷 黛瓦青
六尺石道 绵延悠长
晨无霾朝无霜
适有晓雾氤氲且彷徨
阁中女郎正梳妆
理鬟盘发贴花黄
颦笑柔情波心荡
蹙额锁眉几思量
妆楼颙望 雾霭凄茫
明眸顾盼长
秋水穿望 涟漪泛涨
微漾心雨塘
心雨塘
塘中荷花 正诉芳华
繁华关外 寂寞心房
未几纱拂去
偷得半韶光
窗明几净 映得美人堂
遥见远方 有郎负锄正农忙
郎却起身 回首把窗望

林中语

赵勇浩(自动化 1501)

阴风起
野鹤北方
闲云去
一路上
贪欢半晌
林中翘望
雨里思量
难思量
作作响
不过打叶穿肠
泪汤汤
唏嘘湿瘴难当
自找的切肤之痒
思情念爱不怪
寡欲清汤
挚念了
则贻
不思则罔
却我推杯难载
芷上三钱二两月光
心头三心二意芜荒
休得张皇
踉踉跄跄踉踉
哪来的杜康
忧思难忘

我的三观

邓美玲(微电子 1602)

我不知道什么是世界观
但我存在于世界
知道它充满美好
世界很大
虽然我很渺小

我不知道什么是人生观
但我正体验着人生
知道它多姿多彩
人生不太长
但我想让它够宽

我亦不知道什么是价值观
但我知道存在即为合理
合理便应展现价值
我只愿让自己的存在更为合理

我崇拜太阳
我热爱生命
我追逐梦想
我……
我想
人生因此更为闪耀
我就是我
是不一样的烟火

曾经 现在 将来

李金晓(微电子 1601)

你不得不承认
你难以想象半年前的自己是什么样子
你不敢相信自己
有过那么一段单纯的过往
以至于曾经
那么贴切地
只是为了一个目标而踯躅向前
那么不顾一切地
只为实现自己的梦想

事情未能如愿
梦想总是不那么尽如人意
你只好接近它再接近一点
对啊
但是心是没有变的呢
只是可能在某一段时间里
被莫名其妙的事物吸引

会经常想到以前吧
当然了
那一段苦暗
却唯有你独自闪耀的时光啊
谁不喜欢优秀的自己
现在的感伤
不过是对自己过去的追忆
对当下现状的不满
会想要放弃吗
会自甘堕落、技不如人吗

不不不
你还是有梦的啊
那个你心心念念的地方
心坎里
久久挥之不去的梦啊

你们在星空下
共同许下的誓言
仿佛还在昨日
你们偷偷传递的小纸条
仿佛就在昨天
但是
过去了就是过去了
你要活在当下
明白
自己想要的
是陪伴还是真的是他们

陪伴？
会觉得大学冷漠、空洞、无感吗
他们？
会想念一起奋斗的时光吗
若是对曾经无感
才是对回忆的不忠

让自己优秀起来啊
比过去的自己
再努力一点点
你就可以更加接近自己的梦想
他们已经给不了你时时的陪伴
你要做的是让他们安心
让他们以你为之骄傲

更重要的是珍重身边人啊
他们是当下最最宝贵的财富

生活总是处处存有压力啊
每一个阶段都会有
不同的事情需要亲身经历
不要气馁啊
大家都是在摸着石头过河
大胆地走啊
只要是自己坚信的正确的事情
坚持做下去啊
时间会告诉你答案
不要畏首畏尾止步不前

只要心向太阳
生活处处是阳光
只要自己还想要努力
什么时候开始都不晚

人生没有过不去的坎
时间可以淡化一切
你的生命不只属于你自己
还属于你的父母
你爱的人和爱你的人

朋　友

刘颖(产品1602)

相聚
不是那么容易
即是缘分,便要珍惜
互相欣赏,但不捆绑
不求一辈子
但求认识你的日子
活的是最真实的自己

初入校园
未知,迷茫
你们的相伴
让一切重见阳光
每一个人
都带着自己独特的光芒
用阳光和热情
去感染周围的孩子

运动场上
大家一起努力
一阵阵枪声
一个个背影
都在书写着我们的辉煌

迎新晚会上
一个可爱的班级
一堆可爱的孩子
向着同一个目标
共同努力

做最好的自己
打造我们的默契

未来四年
暂不可知
但有你们
必定精彩

一　秒

金仕璘(社工 1603)

作为时间
一秒
是不会停下他匆忙的脚步的
不快不慢
一步一秒
随着时钟的嘀嗒声
走过漫漫的历史长河
也将向着未来
不停歇地
一步步地
缓缓走去

一秒
有多短
一眨眼
便会悄然溜走
正所谓白驹过隙
可不能因此小看他

一秒
见证了
太多珍惜他的人走向成功
像把别人喝咖啡的时间
用在工作上的鲁迅先生

一秒
也见证了
太多忽视他以至于挣扎的人

像坐在考场
却没有复习,
看着考卷,咬着笔,发着呆的学生
还在后悔没有珍惜上一秒吗
那只是在浪费这一秒
当今的世界
瞬息万变
没有殷实的积累
没有洞察前景的犀利眼光
那么
最好把握眼前的这一秒
一秒又一秒的积累
一点又一点的进步

青年
是祖国的未来
是民族的希望
点滴的成长
都是在通往中国梦的路上
迈出的坚实的一步

珍惜每一秒
莫等闲
白了少年头
空悲切

信　念

马瑞晨(社工 1603)

弗朗索瓦斯说
当人们恢复平静的时候
就不会记得曾经渴望过
当人们已经得到的时候
就不会记得曾经追寻过

渴望和追求
这是多么美好的词语
一度像烈火一样燃烧过我
炙热过我的胸膛
我也曾经懵懂过
我不知道信念是所为何
我在疑惑为什么有人甘愿为了她
就像是飞蛾扑火一样
在感受到火花的炙热的同时就形消神灭

或像画家手中所执的笔
挥洒泼墨
绘出没有丝毫尘渍的世界
那是画家心中的天堂
那是画家追寻的极致美好

或像作家笔下所拟的句
恣肆飞扬
描出生命最原始的状态
那是作家心中的圣地
那是作家追寻的价值思考

或像如今的我们
青春倏然而逝
转眼今天已成昨
有很多人始终坚持着他们的梦想
即使现实的荆棘已经刺痛了他们
他们始终保持初心
这是信念在支持着他们

青春
不应该过得清晰与肤浅
如若有梦
一定要有信念去追

有人曾经说
梦想无望听从安排就好
但是被别人选择的一生终究不是自己的
在岁月的打磨里
我们不应该渐渐失去对生命的激情
更不应该麻木与不断地妥协

梦想
是人重生的开端之地
唯有信念
支持着我们努力实现我们的梦想
我们方能够在漫长的时光里
感受到生命真正存在的意义

就像三毛所说
一个人至少拥有一个梦想
有一个理由坚强
梦想是无止境的

以梦为马
信念为伴
选择认真地活着
选择认真地年轻着

今夜 站在喜马拉雅

耿漪森(社工1603)

今夜
站在喜马拉雅
无边星月流在皑皑的雪山
一滴湖泊落在寂静的梦里
走近它
要有怎样的情怀

今夜
站在喜马拉雅
眼里映出连绵的剪影
它用
它的宏达
它的壮阔
轻轻托举
一只白色的飞鸟
那伟岸的身躯
淌着冰川
连着大海
流向未来

游动在夜风里的灵魂
向这茫茫巨山
诉说着孤独与敬爱
纯洁的生命源于何方
在寂静的世上
会有怎样的精彩

抑或是芸芸众生

皆都化为尘埃

雪山
笑而不语
宽广的胸襟
将世界拥抱入怀
它的心里流着星月
划过飞鸟
有风云相拥
万物相伴
有茫茫冰川
滋润沿途
流向大海

还有一滴湖泊留在正中
晶莹剔透
荡漾光芒
如永恒的幸福
不朽的爱

诗·三部曲

潘丽华(公艺1602)

枫

拾起一片落叶
是枫
不是疯
我在徘徊
我在彷徨
我不知它的归宿
不知它的喜悲
害怕它去到不知所归的地方
风筝有风
树叶有根
而一片落叶
没有根亦没有风
我留下了
自己影子
与它相伴

思 绪

我在这里等待
独守着无数个黎明与日落
只为与你相遇
岁月静好
却偏偏缺了你
你在哪里
我该去何方寻找
曾与你无数次擦肩
似曾相识,却不曾相识

明知心中
我是念你的
却又是惧你的
思念你的美好
又害怕你的蓦然
遇见你
像是心潭的眼泪
留下了喜
也沉下去了悲

城

这是一个槐树花开的夏天
九月
我告别了七月
看着槐花落下
来到了这里
看着黑瓦白墙
钟情于老街老巷
甘愿一个人行走在青砖路上
穿越人群
寻觅着熟悉的身影
街是老的
墙是老的
怎奈不曾熟悉
一切都是陌生的
在这座距离家一千多公里的城
我只剩下自己
旧人旧事
早已不在身边

念

罗敬尧(产品 1602)

舍友梦语
惊醒落笔
窗外倦雨
浸湿寒意
垂涎几寸
家书几笔
点点滴滴
窃窃私语
月光游离
茶壶冷冰
这黎明
恋不语

共 生

霍庐伊(环艺1502)

我打江南走过
初见时正值年少青春
你向我递出的酒杯
是一个美丽的错误
流月将波去
潮水带星来

我写下这些词句予你
多想再见你发光的眼睛
理想之故
一生痴绝处
可怜时光之里山南水北
可惜你我之间人来人往

十几年相思加两斤黄酒
才把这句喜欢说出口
结局竟是互道安顺安顺
这一生都不再见
而红尘里是如此难忘
缘分只是过眼烟云
我对你朝思暮念

从前太慢
离别太快
我依旧觉得
这世界美好无比
放晴时满树花开
落雨时一湖涟漪

春去秋来忙如许
未到晨钟梦已醒
这世界是你的遗嘱
而我是你唯一的遗物

相聚一时
分开多时
你走时
打翻我手里所有的时间
于是酩酊大醉有时
念念不忘有时
去去过的地方有时
记记忆的信有时

我忘了只身濒绝孤岛
忘了眼泪不过是笑料
忘了百年无声口号
却依然没能忘记你
千帆过尽,木已成舟,兀自情难割舍
天涯海角,只影向谁去

我忽地记起
一些没能实现的诺言
那些没有理由的悲伤和痛苦
在生命的尽头
少年的你是不是
还在等我

晚安之后还想晚安

张楚(环艺1502)

小小的喜欢在尘埃中萌芽
经过春天的和风、夏日的骤雨
聚沙成塔
像野草铺满山岗
像爬山虎占据整面墙
只是无论多么葱郁
都不会开花

晚安
突然想起高三那年
专业课一个没过
只能靠文化考国美史论的时候
三点睡,六点起
折腾三个月
损伤了无数脑细胞
总有些时候
没人能真正帮得了你
并非他们不爱你
而是他们清楚
有些东西真正需要你自己去承担了
也许你觉得无助
觉得艰难困苦
但别怕
这是成长的好时机
就大胆往前走吧
憋不住了就哭哭,哭够了就笑笑
饿了就吃,困了就睡
照着心

选择任何一条路
走下去
都会听到欢呼
晚安
高四那年
多么庆幸自己复读了一年
收获了未来,收获了那么一群可爱的人
包括其中最可爱的你

晚安
小确幸
等于刚刚好
想喝水
发现保温杯里的水正好是舒适的温度
到车站
要等的车刚好来
考试成绩下来
刚好是理想的分数
零花钱不多
刚好够花
学校食堂的饭菜很简单
刚好是自己喜欢吃的
就是这样

晚安
接下来等待我们的可是
路过商场的圣诞歌
冰糖甜草莓
便利店保温箱里的热牛奶
一家人在一起吃的火锅
胖胖的红包和从外地回来的知己啊
还有环境艺术制图的期末考试

晚安
故事收起
心怀远方吧

晚安

致十八岁的自己

孔晓琳(环艺 1502)

总是觉得
时间还很多
自己还很小
总对无聊的事情感到有兴趣
每天打发着无聊的时间
时间
总用事实来回复
那些无聊的话题
我却依然
乐此不疲

但时光迈着轻盈的碎步
带动着你我的光阴
日复一日地重复着
每一天的阳光
看似相同
却又散发出不一样的光芒
有一天玩笑中发现
自己已经成年
自己已经在大学校园
自己已经需要独立地承担
自己已经需要真正地为自己的人生买单

也许
我还并不那么了解时间
你却说我都懂
看
那清秋的落叶

自由地飘落
有人感到遗憾叹息
但
谁想到它是在为明年的美丽做准备呢
自然界
随时光的变迁
不正是我们岁月的变迁

十八岁
脸庞不再幼稚
行为不再叛逆
带着憧憬
步入新生活
又一个开始
阳光正好　微风不燥

花一样的十八岁
是我们一生中最美丽的年华
但又是最需要充实自己的年华
也许后面的人生还很长
但我们的十八岁
也只有那么短短的一年
终究会一闪而过
把握这美好的青春
把握这美好的十八岁
待到自己步履蹒跚之时
还能会想起
那有意义的十八岁
不必如名人般风华绝代
也不必轰轰烈烈
只求做好自己
问心无悔

时光却太匆匆
一去不回
时光啊时光
你是否可以
跳一支华美的舞蹈
再一次放慢你的脚步
让时间走得慢一些
让容颜老得慢一些
让回忆再多一点点

曾与现

欧咏诗(环艺 1502)

所有的结局并没有写好
但所有的结果都是结局
所有的泪水早已启程
但已忘却当初是如何开始
那首清扬的歌
唤醒了沉寂的梦
缭绕了天边那片乌云
颤动了空谷中沉睡的灵魂
在那古老的夏日
我们曾经欢声笑语
在那古老的冬日
我们曾经嬉戏玩耍
无论我们如何地去追索
年轻的我们如云影掠过
那一页页泛黄的篇章
命运将它订得极为拙劣
总有一些欢乐的镜头
藏在记忆的角落
在无意中轻轻掀开
抖落了一室的萧瑟

那些所谓青春
初中三年
高中三年
太多人与事
情与义
追溯那些过往
值千金

打开书卷
扑面而来的是那稚嫩的气息
那催人钟声
响起
还记得嚷嚷的声音
还记得繁杂的脚步
记得
还是一样的懵懂
一样的纯真
漫步校园的小路
怎么
转眼便是另一场梦

雁过无痕
岁月流转
时光不再
离别
是那断了线的风筝
离别
是那向前走动的秒针
我们曾许下诺言
不管能否再见
仍保留着那每一个精彩瞬间

还记得那时
追逐梦想
失去了太多东西
我们不去想成功
既然选择了远方
便只顾风雨兼程
我们不去想身后袭来寒风冷雨

既然目标已定
早已不会拥有遗憾

呼喊是爆发的沉默
沉默是无声的召唤
宛如那首诗
只要不是我想要的
只要不是平淡
如果远方传来呼喊
我们就走向远方
如果大海传来召唤
我们就走向大海
风雨兼程
即使双手划烂
索性就让我们变成鸟儿翱翔
然而并不孤单

对于艺考
遗憾
欢乐
徘徊着
那是属于我们的青春
那时
像刀
像剑
也像戟
像沉重的叹息
又像英勇的火炬
我们曾是干瘪的稻穗
是失修的路基
是淤滩上的驳船
一度的彷徨

我们分担寒潮、风雷、霹雳
我们共享雾霭、流岚、虹霓
我们为自己的未来歌唱
想着
结果如何并不重要
因为那是理想的现实

感谢我的朋友
能在人生路口与你们相遇
我们的相逢是我的荣幸
可知一路只要有你们
我就不会恐惧

感谢我的朋友
当我对生活失去了信心
你们总会如喜雨给我慰藉
可知今生有你们
我就不会后退

沿途的风景
既熟悉又陌生
一路走来的我
慢慢模糊了当初的记忆

亲
见到我日渐变老的父母
我怀疑自己能否从他们的爱中挣脱
曾经千万次地祈祷
祈祷却在那一刻凝结
当我步入了高中的殿堂
离家的距离
也成为我的一个牵挂

当我从北京回来
父母白发点亮我的内疚
皱纹把思念编织在脸上
轻轻抚上的手
擦去我的不安
不懂言语的我
硬生生地把情绪克制了下来

回想起
顺着那条弯弯的小路
父母的目光透过晨雾
陪我走进简陋的学堂
温馨而又甜蜜
什么时候我们开始长大
有人说青春就像一场大雨
在人生中湿润我的心头
长大的我们
偶尔会想念童年的玩伴
纯纯的感情
淡淡而又平凡
快要步入社会的我们
没有当年的初生牛犊不怕虎的模样
取而代之的是无穷的伪装
很累却要每天在循环着
当有天我们放下伪装
却发现原来我们谁也不认识谁
唯独父母
他们从不厌烦
似乎我们一直都是一个长不大的孩子

每一次回家
看着父母那斑白的鬓发

心中早已不安
害怕着
想着想着
眼泪早已在眼中打转

艺考的路上
一路走来
无数次地落泪
背后
却是父母默默的承受
我哭着
他们听着
通过那一丝丝的电波
貌似他们就在身边
我遇上了夜晚
他们总能再给我指路
没有白头生死鸳鸯浦的轰轰烈烈
却也使夕阳无语为之动容
没有在天愿作比翼鸟的海誓山盟
却也是血脉相连无绝期的亘古永恒

我想念着家的味道
眷恋着脑海的场所
痴迷那恬静的幽怨
还念那抹虔诚的微笑
那是永恒的味道

逃离，城市

黄容容(环艺 1502)

通向光亮的管道
让背影像城市的轮廓
一段灵魂的呼喊
四肢伴奏
地表上的颤抖
让思绪钻入星空的发际
一场饱和的激动
氤氲寂寞
捆扎在一起的艺术品
不辨个性
鱼在水中任意游动
留下的空隙被落叶的摇摆
缓慢填满
今夜且与繁华道别
来世再生寂寞
我们不急于度过今晚
而是在城市的每一个角落里绕行
仿佛与所有人逆向
才能在模糊中确定彼此的灵魂
厚重的黑暗会掩藏赤裸的身体
靠在一起低声细语
花朵在哪里
冲向前方的未知
逃离

致青春

路天瑜(环艺1502)

或许还不懂曾经下过的雨
是否都值得去纪念
但它却让你明白
那些让你曾哭过的事
总有一天你会笑着说出来

或许还不懂曾经流过的汗
是否都得到了回报
但它却让你明白
无论怎样
你都会感谢当初那个
努力的自己

或许还不懂曾经遗憾的事
是否都有机会去弥补
但它却让你明白
你曾有追求的冲动
并鼓励以后的自己不再去后悔

或许还不懂曾经经过的人
是否都是真的值得
但它让你明白
你曾为他们付出
也曾拥有过他们的陪伴

虽然我们还不懂
它为什么没有想象中完美
但也正是因为它不完美

才让我们更懂得珍惜现在
让我们更懂得如何去爱

我们心存感激

感谢时光荏苒却留下回忆
得以让最好的于此永存
让我们每每回首
总是笑容最多

以此
致青春

潇洒走一回

张金瑶(环艺 1503)

总说
这世间
一团纷扰的缭绕
有缠藤张牙舞爪
在束着向上攀爬抬起的腿脚

屡,发现
这生活
一片荒野的凌乱
有钩到脚踝的蔓草
在期待过路人疏神时绊倒

常,感觉
这周遭一派喧嚣的嬉笑
有蝉虫聒噪不休
在吵叫勤劳好多不值一提

每每这般
飘,乱,累,烦
老有包袱压在胸口
装满委屈与无奈
沉沉坠坠
终会止而不前

而,某天
你翩翩地在空际云游
自在
轻盈

嗨,其实
这世界时时有绿草蓝天
请驻足看
而且这荒野
有的是夜露的清鲜
别焦心
何况这
周围总是有鸟语花香
请用心听
那是温暖与爱
那是磨砺与美
那是支持与关怀

朋友
你走,我也走
不是在此分手
携手看那街灯
一直亮到天边
一起扎进
对未来的憧憬里
纷纭
无影无踪
昂首,挺胸
我们潇洒走一回

这光亮
永远照彻我心底

生 命

王晔(环艺 1503)

生命不是用来比较
而是用来完成
所以其实我们更需要的
只是在这个过程中
不断地播种收割自己
虽然有时候这个过程会有些长
可是不要慌
生命没有那么分秒必争
觉得乱的时候
就停下来把自己整理清楚
然后再出发
沉住气
忠于内心
生命才饱满

寓言故事·三行诗

喻言(社工1501)

一

南国的初春,有三件幸福的事
微风细雨,嫩柳新芽
还有你,掌心的温柔

二

我翻越三千年九万里的道,阻且长
夕阳撒下点点金光,照耀在河床
伊人宛宛立在水中央

三

我看见飞翔的鲨鱼,潜水的雄鹰
我看见奔跑的海豹,被淹没的沙漠
看不见你

四

行舟绿水中
江南烟雨,小桥炊烟　飘
白首老

五

(致父母)
二十年前　牵手,搭建一个小小的家
二十年间　琐碎,就像舌头和牙
二十年后　我爱你,不足以证明我有多爱你

六

（致闺蜜）

你将我的眼泪收进心脏，让悲伤隐藏
你站在遥遥的远方，看一路繁华盛放
你是我如此美好的珍藏

七

（致父母爱情）

多年后白发苍苍靠在你身旁
看着你不再健壮的肩膀，依然为我撑起一片天堂
我还是你捧在手心的小姑娘

八

不怕天寒地冻，大雪封路
不怕烈日灼伤，匍匐行进
怕只怕一生时间，看不够你

九

独酌一壶温酒，等待千里归人
落笔心事成行，轻抚瑶琴无人知
叹一生知己难求

十

（致自己）

金桂开复又落，天气倏地转凉
身处异地，我只是个过客
等待归人

信　仰

熊思佳(社工 1502)

撑起一把伞
独自漫步在寂静的小桥上
莹莹水光
荡漾出
仿佛是你的脸庞
细揽微风
暗撒月光
默默远视
唯剩这曲水流觞

你远去的身影
狠狠击打在我的心房
曾经欢乐的时光
消逝于昨日的忧伤
眼角擦不掉的泪珠
不知你是否察觉它的彷徨
记忆如同奔流的江河
远远葬送在辽阔的海洋
而我失去那份执着的勇气
转身只剩黯然神伤

回首过往的旅途
却发现前行的迷茫
无法忍受的痛苦
又有几人悟透人生的荒凉
面对无尽的疲惫
谁能够借我一个肩膀
让我可以停止前进的步伐

让我可以轻抚情愫的残伤

或许
这注定是一段痛苦的旅程
需要将我遍体鳞伤
但我绝不后悔
因为这就是我的信仰
只属于我——血狼的信仰
伤与荣光
一直朝着远方
却不知究竟为何要迎难而上
为了信仰、荣光，还是无法反抗的力量

在人生的征途上
渐渐地失去了方向
只好回望
回望过往
才发现身上的伤
眼泪便恣意流淌

本以为早就遗忘
本以为不会迷茫
本以为一切都跟随念想
难道
我不坚强

但我是那么珍惜泪水
我也不会因错误过于后悔
为何
为何还是如此心碎
如此憔悴
想要后退

但　无路可退

那就别再彷徨
别再迷惘
纵使逝亲的伤
失恋的伤
绝交的伤
离别的伤
失败的伤
迷失的伤
……
一次次重击你的心房

但你要明白
很多人是在失去中得到成长
破而后立
你会更清楚自己的信仰
过去的伤
让我在心灵的废墟上
重建坚强的桥梁
连接钦羡已久的荣光

此刻的自己会欣喜若狂
迫切想要分享
但　别把过去的伤当作炫耀的资本
那些东西在过去只能拿来垂怜
而现在之所以励志
是因为你把伤化作了荣光

致迷茫的自己

王艳莉(社工 1503)班

你是否　是否在害怕
害怕内心深不可触的孤独
你是否　是否在羡慕
羡慕别人纸醉金迷的生活
你是否　是否在哭诉
哭诉无关痛痒的空虚
你是否　是否在沉溺
沉迷于酒足饭饱的庸俗

何必　何必惧怕孤独
何必　何必艳羡他人
何必　何必抱怨空虚
何必　何必沉迷当下

在通往未来的路上
每个人都是孤独的旅行者
每个人都在努力　都在奋不顾身
不是只有你受尽委屈

不必羡慕别人的收入
因为他也有　日日夜夜的艰辛
也不必羡慕别人　说走就走的自由
要知道他为这份自由付出的代价
更不必羡慕别人　不用上学上班有人养
你不知她在多少个日日夜夜流泪等待
一切都有代价
无论是财富学业还是自由
所以不必羡慕

生活不在别处
而在于你付出了多少
就会收获多少

不攀比，不抱怨，不计较
多包容，多理解，多付出
因为有一种努力叫作
靠自己

别到处向别人展现你的懦弱
和诉说你的苦楚
别人只会嘲笑你
却不会可怜你
你做得再好
也还是有人指指点点
你即便一塌糊涂
也还是有人唱赞歌
所以不必掉进他人的眼神
你需要讨好的　仅仅是自己

碰到一点压力
就把自己变成不堪重负的样子
碰到一点不确定性
就把前途描摹成黯淡无光的样子
碰到一点不开心
就把它搞得似乎是这辈子最黑暗的时候
大概都是为了自己不去学而干脆放弃明天
找的最拙劣的借口

如果找不到一份情
就先找点事做
如果找不到适合的事

就先找个爱好
毕竟
当下的好日子总会过去
你说空虚的日子时日无多

你有多么好的年纪
为什么不笑得更好看些
愿你足够强大的那天
不用被束缚
做你想做的事
你就是你
你是自由的
其实也一直在努力适应这个世界
所以给时间一点时间
让过去过去
让开始开始

你,有什么理由不努力

吴琴琴(社工 1503)

一

一天,很短,也很长
一辈子,很长,又很短
你,不是最强的那个人,因为强中自有强中手
当然,你也不是最弱的,因为梅花香自苦寒来
人活在这世上,就是为了证明自己存在的价值
那么
你又有什么理由不努力呢
学校公路两旁的银杏叶又落了
只是不知道这已是它走过的第几个冬季了
对于这个陌生的城市来说
我或许只是一个匆匆的过客
对于这所暂且留我的学校来说
我也只是一个逐梦暂居的旅者罢了
我知道
叶子落了,有再生的时候
花儿谢了,有再开的时候
而青春逝了
却　永远　也回不来了

二

时间如流水,
不是说说就能留住的
匆忙来这世上走一遭
你　又有什么理由不努力呢
还记得
那年　我 15 岁

刚进高中,还是个率性而为的孩子
不痛不痒,也没什么梦想

还记得
那时我们班的第一名
是一个傻傻可爱的女生
跟我同寝室
或许　是觉得她太过于平凡吧
人们都称赞的她
在我眼里　却显得那么的　微不足道
心想
不就是死读书吗,有什么了不起的
看我下次一定超你

然而,只习惯心里发奋却不曾努力的我
最后只考到了班上第八
那时的无关痛痒
却让我第一次体验到
那种空想与现实的差距
是啊,吴琴琴
你自己不努力,又有什么资格瞧不起别人

三

还记得,那时高三
爸爸妈妈第一次　来看我的场景
将近两年没看见他们了

走出教室　看见他们的那一刻
我没有说话
只是沉默着
因为
那是我第一次　真真正正的
觉得爸爸妈妈　老了

说不出话
也不敢　跟爸爸妈妈直视
因为　泪水
还在眼眶里打转
因为　脑海里
还在一直想着
原本　该属于爸爸妈妈的容颜

我不相信
也不敢相信
爸爸脸上的皱纹
真的　就在那么短的时间里
密集了
我不敢相信
妈妈原本白皙的脸
现在已经算不上
是一位中年妇女的容颜

四

我想
可能真的是
我今天没戴眼镜的缘故吧
真的
依稀只记得我们那次的相聚
只是吃了一次简单的午餐
至于其他的
我已记不清了
因为　那时只是不断嘀咕着
回家一定要戴上眼镜
好好的　看看爸爸　妈妈

终于回家了
坐在火盆旁
当我真正的
戴上自己的眼镜
观察爸爸妈妈的时候

沉默,还是沉默
是,那是真的
爸爸妈妈
真的老了

五

是的
爸爸妈妈真的老了
可是
他们还是坚持着
要出去挣钱
因为他们的孩子
这一切
我都懂
所以
在之后的日子里
在 每次上课神入神迷的时候

看着窗外攀高工作的农民工时
我都会
情不自禁地
想到自己的父母
然后摸摸眼镜 继续听课
因为
我知道
我 没什么理由不努力

六

这是-2℃的天气
江大的妖风吹得
公路两旁的银杏树　都快脱光了金装

这是一个寒风呼啸的冬季
这是　我进入大学的　第九十四天
时间
真的很快
我知道
这是一所很好的大学
江南大学
我知道
这个大学　学霸　真的很多
我知道
我都知道
所以
我会的
我会在每一天都去认真地感受
感受这所学校独特的学术氛围
真的
当我每天早晨吃完早餐
走在前往二教的湖边小道
看着桥上晨读的她们时
我真的好开心,好开心

也不知道为什么
可能
那也是我心中所愿
可能
那正是　我曾经期望的

大学的模样吧
真的
我喜欢
这样的氛围
我喜欢
这样的 路边风景

七

所以
我也知道
我必须在这样的季节里
端正自己的态度
因为
再不努力 时光就老了

因为
你,没什么理由不努力

我哭了

吴佳格(会计1403)

那时候
天是蓝的
水是绿的
妈妈的脸是红润的

而现在
天是灰的
水是黑的
妈妈的脸是黄的
我哭了

这些年的故事

贾会阳(自动化1501)

那年高三,枯燥的学习慢慢将生活填满,教室外的阳光也格外温暖起来。考生很多,校友很多,时间很少,压力很大。他说,就放松一下好了。于是,他活得很随心,越来越随心。直到——慢慢临近高考,他意识到很多东西落下,很多东西不会,于是,他写了这样一首诗,希望激励自己前进。

秋千上的白月光

——写在零落之前

黑是月的灰
月是心的墙
梦想镌刻在墙上
光华都焚尽在夜里

开阖之间
不过黑白交织的悲伤

脚步轻些
再轻些
还有人在回忆里追溯着荣光
也终究是
岁月点滴成雨
红颜枯骨如我
如此而已

黑夜闪烁成白天开始想念她的黑
别后方知
可今晚的月光
又是谁燃着的梦想

荆铭说:惨淡月光,心愿燃尽成灰。可是为什么?直到光阴逝去,直到年华不再,又依稀听见老屋前的风铃,随风荡着、心心念着的梦想……当有热泪流淌。

后来,上了大学,发现友谊的建立有时也会那么的——不公平。付出真心却看不懂别人的心。可我还是满怀希望,于是我写下了《搁浅》,友谊是两个人共同的付出,我仍固执地期待着。

搁 浅

去年一起看过的搁浅的船
你说它已重新起航
经过匠人们的修补
比往昔更加光彩照人
有海鸟一路觊觎船上的花环

太阳一个接一个沉没在深海
我仍守候在那个码头
——在你所圈定的前方

你口中的小船仿佛已经很久很久
又仿佛就在昨天
可终究离我还太远太远
远到让我不禁联想
它是否又已搁浅

一堆堆的浪花和沙
在反复与反复之中
我所能托付的
唯晚风与时间

其实
我都知道的

那匠人,从来都是我们自己
那还不曾到岸的小船
也从不是美丽的谎言

唯与时间相伴
——荆铭

再后来,在对的时间遇上了对的人,一如清水,静静流淌。他写下期待,写下愿望。

静　好

那时
灰色的天飘起淅淅沥沥的雨
没有花朵
——还可以有孤鸟
他从街角到湖边
又从湖边到街角

甚少行人,甚少在意
隐约雷鸣,寂静雨点
抬起头
这世界悄悄地只留下
一把伞
一扇窗
和窗里可爱的姑娘

雨还在下
雨一直下
他终于没有敲响那扇门
他终于静静地离去

很久之后

有人说，是他缺乏勇气
也有人说
他想要的，其实这样简单就好
因为他的脸上，还有着同来时一样的微笑
因为他的脚步，还不急不缓

这是很美好的感情。后来慢慢起了风，有些地方下了雪。他写了几句话，很短。祝福远方的朋友，同时也是鼓励，对别人和自己。

风兮雪兮，朔风依依
寒来暑往，知交零散
风兮雪兮，念雪依依
雾重天寒，切记添衣
风兮雪兮，葬我往昔
往之不谏，来尤可追
风兮雪兮，来可追兮
路之漫漫，其修远兮

生活，还在继续
未来，会很美好

心 墙

陈心童(英语1501)

环绕着朦胧的光晕
每个人的心里都有一道墙
隔开所有的想象
你不言
我又怎陪伴你实现美好的愿望

镶嵌着暗黄的土壤
每个人的心里都有一道墙
掩盖所有的不快
你不语
我又怎帮助你找回心情的舒畅

爬满着茂密的藤蔓
每个人的心里都有一道墙
深埋所有的不堪
你不说
我又怎开导你释怀难忘的过往

浸泡着冰冷的雨水
每个人的心里都有一道墙
隐藏所有的痛苦
你不讲
我又怎分担你无法看开的忧伤

那道墙隔开外界与你的心房
神秘　复杂　暗淡　冰凉
你不愿倾诉,我也不会多问
只因　每个人都需要一道墙

每个人都有属于自己一个人的时光

但我希望
你的墙上会有一扇窗
春夏秋冬
都能透过些许温暖的阳光

一封来自远方的信

郑东林(英语1501)

一天,下雪了
星状的雪花均匀地镶嵌在空气中
在楼顶的灯下
闪烁着柔和却又摄人的光
四个少女
仰面追逐着那一朵光
近了却又远了,得到了却又消失了

突然好想给自己写一首诗
来浅浅地回忆,淡淡地追溯

孩提时代
记得两只小手趴在窗前
听到哥哥说,他班上的一位女同学如何优秀
你说,你上学后会比她更好

记得蒙学时
你都不会哭,我不知道原因
但一天却因为学姐的戏耍,而哭了
让她不知所措
可你满脑子想的都是自己为什么哭

一天
你不喜她们拖沓,可却笑了
那一瞬间
我知道
你感到了一种悲哀

初中时
你很意气用事
痴痴傻傻地因为“我相信你”而乐在其中
以至于我不知道你是如何努力
让数学一次次满分
以至于换了老师,你都听不到他讲课
那一晚
你是如何地想念,如何地怨念,如何压抑地痛哭
真真忘不了你那一次对我如此地笑
那些都是我回不去的青春

还有你东西总是乱七八糟,总是掉东西
可坐在你前面的女同学总是会弯腰为你捡起
现在想想那真是一种温暖

有一次
你因为一张小纸条的几句话
哭得天翻地覆
说不出一个字
再想想自己被梦哭醒的那一次
你明白了自己最怕的东西,不敢言说
之后你明白了情到深处的分别
不是不舍,而是脑子难得的寂静
却因为你的一句话,而让泪水决堤
该让我怎么办
让我曾经沧海难为水
以至于最初都是在寻找你的影子
高中
感谢那一双温暖的手,那软糯的言语
那静静地伫立
那明媚得如春天的笑,让我恍惚
以至于那一草一木,一石一砖,都有了感情

真真的温暖如阳光,暖洋洋的让人舒服

在那一条甬路上
体会到释然
老师念了一篇文章
大概是叫《因为你是杨康》
你懊悔自己的决定,却又无比果决

你一次考试很差
老师说你不如别人聪明
那一刻,你怀疑了
我很感谢你从未放弃
从未安于自己的第二种心跳
那晚你坐在台阶下
忍受着孤独与害怕
却又无比幸福着

一直陪伴着你的父母与兄长
都是你永远的港湾
永远不可灭的恩情

这年你十八
无忧亦无惧
遇见与不遇见

希望你能够努力地经营好自己的生活
认清自己的方向,不断地努力
努力地提升
希望你相信自己
believe you can
不要退缩,不要拖沓
提升自己的内涵与外貌

面包与玫瑰花,都需要靠你自己
你若盛开,清风自来
你若精彩,自有安排
郑东林,我宣你,来吧

诗二首

黄嘉怡(英语 1501)

知道答案的记忆

往日记忆
必然会随着时光轴轮的推移
而消逝成被岁月风干的残渍吗
或许只是真正掌握时光秘密的记忆
选择了缄默
记忆储存在大脑皮层深处
几年,十几年,几十年
又或许有几千年了吧
你无从知道
意识是从何时消逝
又是从何时开始
你无从解释
现在存于宇宙间的你
是这个空间的真实的你
还是另一个空间的梦中的你
究竟是庄周梦蝶,还是蝶梦庄周
又或许现存的记忆
只是上一段记忆被洗白后的重新开始
我们仰赖的生存
一生一存间
何如渺小的连风都未来得及眨眼
就寥于无形了
而生存仰赖的记忆
又真的会因此而消逝吗
此时站在江边的你
感受着来自江面徐徐而来的风

是否还记得
那不曾离开过的皓月
当初也是如此
看着在江边眺望远方的自己
江月年年望也如此相似
岁岁年年人却不尽相同
恐怕只有那知道答案的记忆
认得那皎洁曼妙的明月了吧

千纸鹤的忧伤

没想到竟是一场雨
结束了十二年的奋斗生活
雨下得滂沱,下得肆意
敲打在屋檐,鸟翎,脸颊

对于雨,我有着莫名的抵触
然而,这次却将挡住天空的手
悄悄地移开,注视着那被雨霸占的苍穹
轻轻踩在雨形成的漩涡中央
只听得一声声急促而又短暂的道别
心中不知为何泛起一阵阵苦涩
手中叠到一半的千纸鹤
在风中舞出一个忧伤的弧度后
只是寂然在手心
被雨滴浸湿了青柠色的纸翅膀
倔强地望着云端正在消逝的最后一抹璀璨
十二年的时光轴轮碾过生命
讲台上的粉笔灰的跳跃
桌角传过来的密密麻麻的小纸条
体育课上八百米最后几步的酸软
数学老师鼻梁上厚的可怕的镜片

那个熟悉的教室,熟悉的朋友,熟悉的两点一线生活
被这场仿佛和心灵有着不言说的默契的淅淅沥沥的雨
瓢泼稀释掉了
心一瞬间被空寂绑票
离别总是无时无刻都存在
在不断的雨声中
在不知是被雨滴还是什么热热的液体模糊的视线中
将手中的千纸鹤还给那片郁郁的天空
亲吻着冰冷的雨滴
和过去轻道别离
心中无限感伤,眼中却缺少了那朵晶莹
却原来是现实和成熟
将我们面对离别的心裹上一层又一层的武装
不知为何
我怀念小时候哭的那场稀里糊涂
却如何也不愿要这陌生的成熟

致父母

薛淑霞(英语 1501)

你说,梦想需要远航
是的,年轻的生命总是渴望远方
于是,你放手
目送着我,渐行渐远

那些未曾经历的给我期待
那些给我荣耀的让我喜悦
然而,远方的风景
并不总是尽如人意

也有疾风骤雨的日子
也有夜凉如水的黑夜
多少次的无助与恐惧
有谁能倾听

只有你们
用细腻的叮嘱
为我抵挡严寒
为我照亮黑夜

纵使思念无尽
纵使相聚短暂
而我只想说
你陪我长大
我陪你变老

成 长

靳琳晓(英语1503)

越长大越孤单
不知是谁
第一次吟唱
昨天的我还太小
背不起沉重的烦恼

每一天
愈来愈清楚地知道
我,已不再是昨天的孩子
乘坐的列车早已驶出
童年之港
曾经的那些　都是梦吧
三两滴眼泪
怎会惊动了风雨

梦醒了
我挥手道别　安徒生
连同哆啦A梦
告诉他们我要去远行
此一程
山山水水将走遍
或温暖或寒冷
我都答应

哪怕有阻挡，依然有梦想

袁正睿（英语 1504）

我向往着繁华忙碌的生活
向往那霓虹醉人、车水马龙
我奋斗在无人知晓的角落
奋斗于无尽黑暗、满是倦容
疲惫总让人心累
但我却无法后退
因为身后再无支撑
身前朝阳依然明媚

微　光

袁正睿（英语 1504）

云头上的微光饱含希望
像你一样
予我指引，令我欣狂
我顺着你前进的方向
追着你散发的光芒
直到微光散落身上
才发觉不过空欢喜一场

诗三首

殷宇维(自动化1501)

红 尘

淡淡风雪凄凄
凄凄烟雨迷离
醉却众生 千古风流地
迷断世间 万载春秋袭
皆言红尘 锦绣万里
我道红尘 一尺敝衣
酒醒不知归处 醉生梦死图安逸
进退怎断痴念 浑噩难得断往昔
上下不绝贪嗔 枯骨累累堆名利
浮沉可堪天命 人存世间难相宜
罢！罢！罢！
却我天定命 断我今世情
推我此生志 隔我赤子心
当此无所忆 也亦无所依
天地任逍遥 又有何所惜

秋 影

满树桃李交相映,堪堪离落似蒲英
不待三载共风雨,一遇秋光四飘零
难却往昔同枝影,怎载韶光满树情
又待何年重举杯,三巡难买互交心

潜 龙

日月当空天浩瀚,云雾隐却昆仑山
直入青霄千万丈,绕出江河万里源
寻源前趋方九转,十里曲折见龙渊

渊隐潜蛟龙影暗，乌光绰绰忘生寒
沉浮于此百年换，一朝出世四海旋
尾扫昆仑天柱断，身击苍穹碧落穿
长啸于野星汉缓，征战九幽黄泉干
犹忆此日腾飞际，难忘当年苦修难

如果有来生

陈友芹(自动化 1503)

如果有来生
做一棵树
站成永恒,没有悲欢的姿势
一半在尘土里安详
一半在风里飞扬
一半洒落阴凉
一半沐浴阳光
如果有来生
要做一只鸟
飞越永恒,没有迷途的苦恼
东方有火红的希望
南方有温暖的巢床
向西逐退残阳

思・念

佚名(自动化1501)

亦思亦念
洒了一夜月光
披着一身彷徨
把思念埋在土壤
或随飞鸟飞向远方
当虚无幻化成为信仰
当狂热都融在夜的迷茫
时光穿行如梭
彼岸却模糊遥遥可望
我看到远处的光
在黑暗中生长
刺破幽暗岁月里的彷徨

第二篇

随笔杂议

天空一无所有,为何给我安慰

任婧(会计 1401)

看到这个题材不限、字数不限的时候我愣住了,我们大多时候被要求按照某个题目来写作,如果偏离了这个主题一点,就会被否定和指责。所以我们绞尽脑汁地靠近题目,小心翼翼,畏首畏尾。现在当真正有自己的选择权时却又显得手足无措,就像一个囚犯突然被释放后找不到方向,有时候这真的是一种悲哀。我一直觉得输出创造力是最酷的事,思想的跳跃和发现是很有趣的。这时候我看到了我最近在读的一本书,柴静的《看见》。柴静是山西临汾人,和我是老乡。书中的一篇文章《山西,山西》,让我很受触动。而且最近我们组队做社会实践,课题也是关于山西的,但是由于种种原因,其中也包括地方因素,我们的课题没被选上。还有最近闹得挺凶的高考风波,江苏和湖北的家长对这项政策都口诛笔伐,山西看似是这项政策的受益者,然而这些年来教育资源的匮乏也让很多山西家长对此十分无奈却又不得不接受。近些天来,这些问题都使我一次又一次地不断审视这个远在千里之外却割舍不断的地方——我的家乡山西。

柴静在《看见》中提到一句话,写在《山西,山西》的开篇,是海子的一句诗,“天空一无所有,为何给我安慰”。这句话太能表达出我对于山西的情感了。作为一个土生土长的山西人,自我记事起到现在,记忆中只有春天那种刮大风的天,天空才会是特别漂亮的蓝色。虽然刮风发型会乱,但是看看天空就会觉得安慰。冬天就更别提了,没有雾霾的天数两只手都可以数得过来。所以一个灰头土脸的山西姑娘来到这样秀美的江南,真的在很多时刻就不想再回去了。尽管山西的天空除了各种灰尘和污染物之外再无其他,但是每当放假回去踏上那片黄土高原,仿佛潜意识中就有一种声音告诉我,我是属于这里的,毫无怀疑无比坚定。它带给我的是一种无可替代的归属感,这也许就是缱绻在每个游子心底的乡愁。每当回想过往的生活,想起小时候在大院里和老奶奶晒太阳,想起每到过年的时候会吃到各种小吃:炸油糕、油粉面、臊子面,想起我的学生时代那些在操场里跑步时飞扬的尘土,这些记忆已经紧紧地将我和这片土地连接在了一起,无法分割。

但是山西近年来的发展状况真的让人十分痛心。贪腐案例层出不穷,山西的经济也陷入僵局,探索一条转型发展道路迫在眉睫。在大多数外省人的心目中,山西的代名词就是煤矿,除此之外并无特色,但实际上山西是拥有地上文物最多的省份。山西在古代属中原地带,历史悠久,帝尧建都于此,晋商文化源远流长。但是现在山西由于煤炭开采造成的水资源和空气的污染都是不可想象的。在经济发达、环境优美的江南,在一堂课上,一位老师对山西的看法,让我了解到山西对于自身形象的重塑任重而道远。

山西变成了一个想拥抱又只能逃离的地方,其实背后反映的是各种制度与意识的缺失。很多人由于赶上了利益的浪潮,在挖煤热中狠赚了一笔,比如某些煤老板。我见过挥金如土、生活豪奢的煤老板,但也见识过父母都出身农家半路辍学打工的孩子,这种在身边如此鲜活又如此明显的贫富差距仿佛扼住了我的喉咙。我一直在思考这个问题,为什么有些人几乎不需要什么艰苦奋斗,而那些半路辍学的孩子很渴望学习知识却没有机会。每次看到这些场景想起这个问题就会有种灼心的疼痛,一种深深的无力感,同时庆幸命运对待自己还算不薄。而且对于挖煤产生的问题,很多人并不知道自己处于怎样的环境,有哪些权利,怎样可以参与到环境保护中。人们一边攫取这样带来的利益,同时又不知道怎样承担这种后果,或者无奈地承受着这样的后果。

天空一无所有,为何给我安慰。希望有一天我可以像小时候一样对着明晃晃的太阳,对这片土地无限憧憬。

遥不见星空的惆怅

史惠文(会计 1401)

记得雷抒雁曾经写道:“思念乡村的人也有,但多是政治上的失意者,商场上的战北者,战场上的伤残者,是经过激烈斗争后寻找宁静地方的疗伤者。乡村以善意的同情接纳了他们,用源源不断的温情和中草药为他们疗伤。而这些受伤者往往如同手上的鸟儿,强健之后,又挣脱农人的双手飞进城市。”我希望有一天,人们能够伸手摘星,只为一种情怀,而不仅仅只是在折断翅膀后才想起小桥流水人家。

《麦田里的守望者》的作者塞林格成名之后过了半辈子的隐居生活,他逃离成人世界,逃离喧嚣,或许只是为了守护自己内心的净土。书中的那段话是多么适合做他的墓志铭:“我整天就干这种事,我只想当个麦田里的守望者。”

生命仿佛是一场流浪和放逐,只是大多数的我们都将自己交给了俗世,用别人和社会既定的轨道羁绊住自己前行的脚步。

梁漱溟在《这个世界会好吗》书中写到人类面对三个问题的挑战,首先要解决的是人与物之间的问题,接着是人与人之间的问题,最后是人和自己内心之间的问题。诚然如此,有人说,人与人之间最遥远的距离,不是生与死,而是我站在你面前,你却在玩手机。社交媒体看似拉近了人与人之间的距离,其实却是在将人与人之间内心的距离越拉越远。快节奏的生活使人们趋向于方便、快捷的方式,同时,也将人们置于信息爆炸的时代。每天的生活内容就是在看朋友圈、刷微博,身边的碎片信息越来越多,新闻也越来越杂,什么都是来得快去得也快,似乎少看一条朋友圈,就好像和这个世界脱节了,关机一天就以为被人类抛弃了。有时候,即使觉得并没有什么感兴趣的内容,我们仍旧没有放下手机的意愿。地铁上、公交车上,大学生、中学生,甚至连小学生都逐渐开始依赖手机。放眼望去,满眼都是低着头玩手机的人,沉溺于此,就犹如吸食精神鸦片,让人失去自我。

我们今天的大学教育往往过于重视对于知识的追求,而相对忽视对人性和人生的关照,尤其是忽视对人的善心、善良、善行的培植和倡导。实际上,自“三人行,必有我师”始,儒家芳泽,诗礼浸润,我们这个民族曾有过葳蕤生光的敬畏心;我们的心胸,曾容得过他人,也未曾轻慢过一切。只是这条河流淌得太久、太远,我们活得太忙、太急、太功利,内心里,早已少了这片雄浑和苍茫。康德曾经说过,有两样东西让他充满敬畏,一是头顶上灿烂的星空,一是心中的道德法则。

趁年轻，勇敢追求

殷婷婷（会计1401）

不同阶段的我们，对人生会有不同的体悟。已经忘记了小时候面对这个世界时自己内心的想法，现在长大了，世界的丰富多彩已经超出我的想象。在这个信息爆炸的时代，随时随地可以通过各种媒介知道世界各地的每件小事，尽管真实度有待考究，但我们不得不承认，堆成山的碎片信息已经扰乱了我们的生活，信仰逐渐缺失，年纪不大却没有了追求。

记得进大学的第一场讲座主题是转型教育，学校似乎在告诉我们，身为大学生的你，需要明确目标，快速转变角色，向着目标发展，开始一段崭新的生活。但是转型，真的需要时间。高中的唯一目标便是高考，而大学的自己就像站在一个多岔路的路口，人生的路怎么走靠我们自己定夺。迷茫中的我们总是会被各种信息左右，听说本科生现在太没有竞争力，听说自己的专业又成了最难就业的专业，听说考研通过率极低……太多的"听说"，成了我们前进路上的绊脚石，感觉到难就放弃，甚至都没有一点尝试，没有挑战过自己的极限，又怎么能说不可以。难道还有比"我想"更强大的理由？我们出生、成长，最终走向死亡，人的一生不过两万多天，我深信坚持自我，一定好过随波逐流。

每个人都要走一条适合自己的路，不属于自己的生活，不要刻意硬去拼凑。生活如此，感情亦然。恋爱是每个人都会经历的事，需要投入，但不要深陷。恋爱本该是美好的，但又伴随着一些隐患。学会用开放的心态去接受另一个人，但要有合理的限度。凡事有始便有终，感性的同时更需要理性思考，塞翁失马，焉知非福。理性地去对待发生在我们身上的每件事，学会转化情绪，内心强大的人，才能在社会立足。既然相遇，必是缘分；既然失去，必是注定。情感是最容易让人迷醉的东西，再聪明的人面对情感也会变得不理智。大学生情感脆弱又敏感，学会控制自己的情绪，选择一条适合自己的路，是我们人生的一堂必修课。

人活着要有追求，这不是一句空话。趁着年轻，是该为自己努力一把，毕竟我们有时间，有活力，有失败再重来的资本。身边有很多人做着其他人不能理解的事，大把时间花在兴趣爱好上，就连上课都选择性出席。在我看来，这也是一种追求，敢投身其中，拼尽全力去做想做的事，生活就会变得有意义。美好的生活才刚刚开始，心智还不够成熟的我们需要不断尝试，不断发现。我们要学会在实践中检验和发现真理,坚持最初的追求,丰富自己的人生。

《后革命时代》的一段话:"这个时代摧毁了一切,但是,他至少给了你反抗的权利,天下永远属于后来者。我们终将成为铺路石或绊脚石,直到那一天你躺在路上或被踩在脚下。"心态一直在变,但信仰不要变,趁年轻,选择一条适合自己的路,坚定不移地走下去。

三思而后言

鲁晟迪(会计 1401)

历史,向来是一个众说纷纭的话题。没错,每个人对待历史事件都可以有自己的理解、自己的看法,但当我们说出来的时候,就应该经过慎重的思考,因为每个人都应该为自己说过的话负责。每个人的话都会影响别人,出于公义,也应该努力不让自己的言论误导别人或是引起更严重的后果。然而,在如今的一些媒体平台上充斥着大量不负责任的言论,给网民尤其是三观未立的青少年网民带来了大量的负能量。

历史本身就是有两面性的,看历史的人不同,自然会得出不一样的结论,我觉得这是有益的,争论能够促进学科的发展。记得前些天在阅读金一南教授的新著《历史:追寻之旅》中看到,金一南教授对于甲午海战中的北洋水师官兵是持否定的态度的。他在书中描写了黄海海战中北洋水师战阵不齐、炮击命中率仅为日军的十分之一,另外列举了史料中水师提督丁汝昌带头违反章程夜宿陆地,水兵舰上赌博,甚至有军舰管带"登岸逐声妓未归,擅弃职守"等恶习。金一南教授认为,黄海海战一方面和清政府腐败有关,另一方面和水师提督丁汝昌等军官未尽职守、疏于操练、军纪松散有关,可以说北洋水师是毁在不称职的军官手里。而也有人认为,北洋水师并无大错,毕竟有邓世昌一句"撞沉吉野"、丁汝昌的"仰药死"和无数普通水兵的拼死奋战,错的是清政府挪用军费、上下腐败……这样多角度评论历史是有益的,能够促进人民对于历史的思考和反思,这样百家争鸣的观点也是思想进步所需要的。

在我看来,如今网络自媒体的发达使一部分人变得浮躁了。闲暇的时候不是看书看报,而是刷朋友圈、刷微博。当然,智能手机能够带给我们便捷的学习方式和多样的资讯来源,也有其益处。看朋友圈、微博的文章自然也没有错,但是错的是对所有的内容都信以为真并且不吝转发。有人曾笑言:"看一个小时的微博得到的负能量,要看七天的新闻联播才能够抵消。"现在网上有不少人在没有查阅相关史料、没有进行考证的情况下仅凭着微博、微信上的某些文章就否定历史,甚至存在一些对学习过的历史课本、思政课本嗤之以鼻的现象。在网络上发表言论之前,进行真实性验证是最起码的要求,这不仅是对他人负责,也是对自己负责,毕竟发布不实言论造成不良影响将会受到法律的制裁。

有些网民不懂历史的研究方法,也没看过专业历史著作,只是看看微博的段子,便自以为是地对历史的真相,对一些名人、伟人加以妄议。当然,现行的有些历史书籍甚至是历史课本可能不是完美的,存在着一些漏洞,或是一家之言,批判性地阅读或者参考不同的书籍进行讨论都是正当的,但是抓住一点点微小的错误加以放大、丑化,甚至怀有某些恶意的揣测,然后放在自媒体上吸引眼球便是不应该的了。比如,历史课本,限于篇幅,它只能讲述基本大事和事件脉络,讲述多种史学观点中的某一种,不可能面面俱到。况且限于学生的理解能力,过于高深的观点并无意义。其实学习历史、了解历史,重在举一反三,换位思考。

任何事情都要放在特定的背景下去看,陈老师的这句话也是让我感触很深的。在其位,谋其政,而那些没有真正经历过的人又怎么能够知道事情的真相,怎么能够知道决策者的无奈和苦心。我们作为接受过良好教育的大学生,不应该盲目从众、妄加揣测,而是要等待真相。目前,突发事件往往会占据各大媒体、论坛的热点栏目,网上各种观点众说纷纭,有不少人对于公安机关抱以极大的不信任和加以各种恶意的揣测,甚至有些媒体为了吸引眼球故意给新闻附上容易令人产生联想的标题。媒体应该负有社会责任,可以说,新闻媒体是大多数人的信息来源,因此更应该将社会舆论向积极的方面引导。这事件的真相尚未得知,或许警方执法存在缺陷,而这在事实公之于众前只是脑洞大开的揣测,应该相信政府会有一个公开公正的答复。虽然现在中国国泰民安,但是我们时刻不能忘记保持警惕。记得某个网民在评论这事件中抹黑警察帖子数量多时表示,那些抹黑警察的,一成是“网特”,三成是“水军”,剩下就是盲目跟风的。虽然这些话真实性无从得知,但是确实表现出目前网络安全形势严峻的问题。

作为大学生,也作为在网络媒体上最活跃的一群人,我们应该做的就是三思而后言,至少,在事实尚未揭晓之前不要将节奏带到负能量那边去。而对于历史,评价前人的是非功过,更应该客观、真实、理性。

活在当下

张贵佳(会计1401)

“过去的我不是现在的我”是诡辩论的一种观点,虽犯了否定相对静止的错误,细想却另有一番体会。我们既不生活在过去里,也不生活在将来中,我们所有的仅仅是现在。不执着于过往,不枉念于未来,只为现在的自己好好地活着,活在当下。

活在当下,我们对这个词毫不陌生。然而,活在当下是什么?

禅门有一偈子——“吃茶去”。有僧到赵州从谂禅师处,师问:“新近曾到此间么?”曰:“曾到。”师曰:“吃茶去。”又问僧,僧曰:“不曾到。”师曰:“吃茶去。”后院主问曰:“为甚么曾到也云吃茶去,不曾到也云吃茶去?”师召院主,主应喏。师曰:“吃茶去。”禅门重“悟”在于明心见性,要“悟”便需关注当下的自我。回曰“曾到”是脱离当下的自我,回曰“不曾到”亦是如此,院主后询问亦是脱离当下的自我执着过去。是以,禅师都答曰“吃茶去”,古来“吃茶去”仁者见仁智者见智,于我而言,“吃茶去”便是活在当下。我想,活在当下,是关注当下的自我。

佛家有一则故事。源律师问道禅师,源律师问:“和尚修道,还用功吗?”禅师回答说:“用功。”问:“如何用功?”禅师说:“饿了吃饭,困了睡觉。”问:“一切人都是这样,跟大师您用功一样吗?”禅师回答:“不同。”问:“怎么不同?”禅师答道:“他吃饭时不肯吃饭,百种需索;睡觉时不肯睡觉,千般计较。所以不同。”禅师所言,归为一句话便是在对的时间,做对的事。该吃饭时,你便只管吃饭,该睡觉,你便只管睡觉。看似很简单的事情,对于我们来说却并不容易。我想,活在当下,是顺时而为。

听Celeste Headlee做的一场TED演讲,关于如何成为一个好的交谈者,她提出的第一条建议便是“be present(处于当下)”。处于当下,不思前尘,不念后事,只是专注于现在。当你谈话时,将自己沉浸于此次交谈中,你将给予抑或是获得一场美妙的谈话,这不仅是对对方的尊重,也是对自我的尊重。我想,活于当下,是专注眼前。

活在当下并不是否认过去,也不是固守现在局限未来。活在当下,一为“活”,为自我而活。二在“当下”,专注于现在。活在当下,不执着于过往,也不枉念于未来,如此,便活得自在,活得畅快。

希望之光

屈梦(会计 1401)

生命当中最可怕的不是苦,而是失去希望。

希望是什么?对于花花草草来说,希望是阳光、水分;对于小船来说,希望是扬起的风帆;而对于人来说,希望是战胜困难的勇气,是奋勇拼搏的力量,是人在遇到绝望和毁灭的情况下求生本能所体现的精神信仰。希望是对未来的渴望,她赋予着力量,支撑着生命,它使濒临死亡的人看到生存的机会,使屡遭挫折的人看到成功的方向,使身患绝症的人看到了生命的一丝坚强。

在这个世上没有绝望的生活,只有面对生活而绝望的人。生活并没有好坏,就看你对生活抱着怎样的态度。如果你乐观地去面对的话,那么生活就充满了精彩和希望;如果你悲观地去面对的话,那么生活就会黯然失色。所以我们永远都不能对生活绝望,不管你遇到多大的挫折和坎坷,都要乐观去面对,努力生活。

生活中很少有一帆风顺的事,每个人在向前走的时候都会遇到困难和挫折,这让人常常有一种挫败感,久而久之便会变得迷茫,像在浓雾中迷失方向,这时候人们会怀疑自己,怀疑人生。然而事情的发展并非如此糟糕,“山重水复疑无路,柳暗花明又一村”,绝望中总会有希望的存在,上帝为你关上了一道门,总会给你留一扇窗。人生就是这样,没有什么真正的绝境,漫长的黑夜过去,太阳依旧会升起,不论你所面对的挫折是多么巨大,灾难是多么沉重,希望的明天总会到来,时间会冲淡所有的苦涩。

历来无数成功人士的道路上都会遇到各种各样的挫折。但是,成功的希望总能给他们以巨大的力量。相反,有许多曾经胸怀大志的人却最终一事无成,其中一个重要原因是在困难面前他们失去了希望。我们不知道前面等待我们的是什么,我们也不知道下一刻会发生什么。我们应该把握现在的时光,珍惜眼前的生活,这才是最好的人生态度。

永远不要绝望,永远不要放弃。生活中确实会有很多不尽人意的地方,就像那些未曾开垦的荒地,但是面对那些荒地的时候,我们应该充满斗志,而不是对自己失去信心,用悲观的态度来开始你的耕种。只要有希望,我们就能怀抱改变未来的力量,在痛苦中感受到快乐。

思考,发声,永不停息

汤慧敏(会计 1402)

这是最好的时代。借助互联网的力量,无论我们个体在线下的力量有多么微弱,自己观点都能得以呈现,找到同路人,通过网络凝聚在一起,不必过多地受制于时空的隔阂。这也是最坏的时代。因为网络的力量,我们每日都会受到大量异见的冲击。诚然,我们可以借助其力量将相左之见统统挡在门外,营造一个乌托邦——正如大多数人所做的那样,打造一个又一个的"圈"。然而,当我们走出圈外,为同一件事思考、发声,思索探寻正义的方向,追求"虚灵的真实",我们在缔造一个真正的美好世界。

虚灵的真实是有别于"感性的真实"的另一种真实。这种真实,看不见、摸不着,但它作为有着人的真切生命依据的理想存在于人的祈愿中。这种真实,永远不可能出现在经验的现实中,从这个意义上来说它是虚灵的;但虚灵并不虚假,这正像几何学上的圆一样。几何学上的圆永远不可能在现实中画出来,然而这个理想的圆又是衡量现实中一切圆形圆到什么程度的唯一标准。如果用圆周率表示这个圆,我们知道它的每一位数都不是编造出来的,都是确定而不可更改的,尽管它是一个无限不循环小数。

对于我们这些人而言,每个人心中都应存一份"虚灵的真实"。就像几何学上的圆一样,虽然你永远画不出它来,但只要你向着它去追求,就总可以把圆画得更圆一些。

无论是品德修养,还是学业、事业的追求,这份"虚灵的真实"存于心中,会引导我们在既经选定的道路上走得更远。而在平时生活中,太多的时刻,面对真实与正义,我们应该有一种敬畏的态度。这就是说在真实与正义面前,要心存一份仰视它的那种神圣感,这份神圣感会让你生出一种战栗。如果能够把这份神圣的战栗调整或转化为对其庄严的关注,你就会产生一种内驱力,就会在面对研究对象时始终保持一种严肃谨慎的态度。

法国哲学家帕斯卡尔在《思想录》中将人比作一株会思考的芦苇,但有太多人在双重意义上遗忘了这个比喻:或忘了自己会思考,在风中舞着空空如也的大脑,随波逐流;或忘了自己是芦苇,幻想自己随着思想荣升文明的不朽殿堂,遗忘自己的局限和处于认知的原始洞穴。

幸而我们可以交流。语言是思考的延伸,我们每一次对话都是思想的摩擦、碰撞,正是我们的声音,震动着思想的壁垒,鼓动着时代的脉搏。是的,我所要说的是,不要停止发声。在网络这个虚拟的世界里,我看到是千万个声音帮助光明照耀民智:嫁给大山的女人事件、北京酒店女孩遇袭事件、大学冒读事件,等等。终于,有人开始质疑——很多人开始质疑,我们坚信的价值观是否出现了问题?我们生活的社会是否可以改变?我们个人是否可以争取事实与真相?当我们开始质疑,当我们反思自己,我便看到:这些黑暗下,正是民智的觉醒,群众的发声,给了更美好世界出现的可能。我们在跌跌撞撞中前行,在愚昧中摸索,但正是有了铁皮屋外的呐喊声,我们有了觉醒的可能。又或者,睁开眼睛,看着这愚昧的世间,我们终是可以自救的。

思考,谦卑,做一株会思考的芦苇;发声,呐喊,永不停歇,直到撕开这铁皮屋子——正如我们现在所做的这样。

致所有探寻"虚灵的真实"的勇士,你们是我的正能量。

希望我有表达清楚,不是让您好像看人用一把钝刀切硬面包一样,切得咯咯作响,满纸渣屑,手指生疼,还是不得要领。

活着，享受生命的美好

陈佳敏（会计1402）

“一个人总要走陌生的路，看陌生的风景，听陌生的歌，然后在某个不经意的瞬间，你会发现，原本是费尽心机想要忘记的事情真的就这么忘记了。”爱情会给人心留下伤痕，但时间久了就不会那么痛了，世间最实际的事就是踏实地在这天地间存活，享受生命的美好，这是我对近期发生的事件的想法。

最近，发生了一件令人很悲伤的事情，有同学选择在年纪轻轻，在这美好韶华之际草率地结束了自己的生命。这让我感叹世事不可预料以及生命的脆弱，也不禁体会到只有活着才能体会生活的美好，一切的享受都建立在活着的基础之上，同时拥有一颗强大的内心也十分重要！

此同学弃世的原因据说是由于“爱情”，在多数人的美好想象之中，爱情是充满浪漫色彩的。其实不然，爱情是把双刃剑，当两个人情尽缘了的时候，爱情可能会伤到对方。轻生这种草率的行为造成的后果是两个家庭的破灭！我们要时刻为自己的行为买单，相信所有父母希望我们有所成就的前提都是我们活得健健康康，美满而幸福。

“尘世的风月中，你我终是无缘，风花雪月犹如那天上的明月，镜中的花，一切本是虚，何必去较真！”所谓的“爱情价更高”也不比真实踏实地活着来得实际与珍贵！有段话说得很好：“生活有时并非那么复杂，只是因为我们想多了，想深了，人为地给自己编织了一道道网，然后在里面奋力地挣扎；爱情有时并非那么美好，可是我们喜欢沉湎于它的浪漫，于是给它披上了绚丽的外衣，其实就算走到天荒地老，也离不开平淡稀松的日子。走过才知道，有些事简单点，现实点，你才能轻松点，走远点。”所以我们要幸福地活着，去享受发现生活的美好！

人生是美好的，又是短暂的。有的人生寂寞，有的人生多彩，不同的人有不同的人生追求；人生是一条没有回程的单行线，每个人都用自己的所有时光前行。那么生活中的美好在哪儿呢？比如，有种花经历的人应该会在种子发芽的时候有种别样的感动，在校园里行走我们经过形形色色的树木，闻到各种各样的花香，我们是不是会由内而发一种感动？每天早晨，听到窗外树上传来的清脆的鸟鸣声，新的一天又开始了，阳光照耀在头顶给予我们的是窝心的温暖，这时是不是会发现生活其实在这些细小的地方很美好呢？

或许有人会这么反驳我，每天会有不尽如人意的事，会内心烦闷不得舒缓，会因为与舍友的矛盾而苦恼，那么，我们是否换个角度，不再为宿舍舍友间的小事而斤斤计较，不再为过往的烦恼而闷闷不乐，不再为曾经的得失而耿耿于怀。把心胸放宽一些，把心态摆平和点，以一颗平常心对待生活，我们就会发现忽略这些小的纠纷，舍友是我们最亲密的存在，生活一帆风顺充满美好！

或者为了让生活更有格调，我们可以品一首优美的诗，读一篇抒情的散文，聆听一首悠扬婉转的歌曲。在宁静舒适的午后，坐在阳台泡一杯茶，听着手机里的音乐，将自己全身心地放入大自然中感受，我们就会发现生活是充满了魅力与美好的！

生活是如此的美好，我们何来理由不好好珍惜我们自己的生命，来享受这韶华，这人生中的大好时光。这易逝的年华不容我们浪费，所以活着比什么都重要！让我们调整好心态，在这美好的时光里留下我们绚丽的脚印，好好享受生活的美好！

生　命

王卓(会计1402)

最近身边发生了很多的事情,所以我想就着生命这个话题来探讨一下。从古至今,我们民族都盛传着这样一句话,“身体发肤,受之父母”。所以我们每一个人的生命不只属于我们自己,更属于我们自己的家庭。仅凭自己一个人去决定自己的未来是十分不明智也是十分不负责任的行为。

有人说,生命的本质是指在宇宙发展变化过程中自然出现的存在一定的自我生长、繁衍、感觉、意识、意志、进化、互动等丰富可能的一类现象,其外延可以包括生化反应产生的能够自我复制的氨基酸结构,以及真菌、细菌、植物、动物(人类)。就未来的发展可能而言,人工制造或者促成的机器复杂到一定程度,具备了某种符合生命本质的基本属性的现象也将可能纳入生命的范畴,包括人机混合体,纯自由意志人工智能机器人等。

从最开始的单细胞生物进化到人类,是十分不容易且艰苦的一个过程。换一句话说,我们现在的身体由各种氨基酸、蛋白质以及碳水化合物组成,由简单的元素组成我们这种复杂的生命体也是十分不容易的。

按照一些非科学的说法,世界上存在着各种的生物,最后我们能够进化成人,而不是猪、蚂蚁或者是其他在人类看起来弱小或者强大,但比起人类并不聪慧的生物来说我们是幸运的。正因为人类进化的艰难,还有成为人类的概率之小,所以我们每一个人都应该珍惜我们自己的生命。

刨除这些,我们来谈感情。母亲怀胎十月生我们养我们,虽然她们并不会要求我们去养她们,但这仍然是我们的责任。我们走出的每一步都有着父母的影子,他们以他们的经验来告诉我们什么事情应该做,什么事情不应该做。最开始的教导可能要进行一遍又一遍我们才知道父母表达的意思。他们生我们养我们,甚至后半生都为我们倾尽全力去付出着,所以我们至少应该对得起我们的父母。养育之恩,说着简单,只有四个字而已,但是真正做起来就会发现这些太难太难。有些人选择轻生,可能是因为感情的问题,可能是因为压力过大,还可能是因为对自己的失望与放弃。

先说对自己失望的吧,父母都没对自己失望,我们为什么要对自己失望,知道了自己不好的地方,我们应该做的事情就是去向着自己的目标努力,然后成为更好的自己。可能有很多人都不相信自己,但是你要相信你曾经在亿万个的竞争中获得了第一名啊,获得了生存的机会你就是最强大的。

压力过大的人,减压的方式有很多种。压力过大无非就是手边的工作太多,没有办法完成,或者处于一个高速运转的状态,当我们意识到这种情况的时候我们就应该想办法让自己慢下来。适当的压力会转化为动力,正因为自己的努力上进才会发生这种情况。如果生命没有了就什么都没有了,你不再有压力了,之前的努力也全部都白费了。有人的地方就会有竞争,有竞争就会有压力。有天堂存在可能还是要努力。

还有一个我最想谈论的问题就是感情。我不否认爱情的伟大,在中国的古代就有很多美好的爱情故事,包括梁祝化蝶等。但现在的世界有太多的不确定因素,信息传播的飞速发展除了丰富了人们的视野,同时也让人经受各种思想的熏陶。我们更需要做的是珍惜我们现在所拥有的,比如父母给你的不会变的亲情。白发人送黑发人真是再痛苦不过的经历,不要因为自己的一时任性毁掉父母的全部心血、感情,毁掉整个美好的家庭。

总之,生命最可贵,要珍惜。

不要让梦想成为自私的理由

朱婷(会计1402)

感觉大学时候的自己,有着与之前很大的不同。也许是有太多洗脑式的讲座一遍又一遍地告诉我,“大学意味着自己的未来”,“每个人都需要对自己的梦想负责”等等的标志性话语,使得自己在追求梦想的路上既执着又犹豫。执着于自己未来想要过的生活,犹豫自己的控制力能否使自己真正达到内心的标准。

事实上,每一个人都有追求自己梦想的权利,然而这并不能因此成为自私的理由。梦想是迥异的,你可以因为学习而居于图书馆直到凌晨,也可以因为身材而锻炼直至出现腹肌。自私是趋同的,你也许会因为过多的操心事而忽视室友,也会因为爸妈的唠叨而拒绝回家。然而在追求梦想的过程中,没有人可以因此自我放纵,成为一个自私自利的人。

生活本就是一场只归属于自己的旅行,是隐私的一部分。从某种层面而言,每个人都是自私的,因为基因决定每个人的思维模式总会优先考虑自己的情形。但是我们需要正确认识自私这一类似于“肾上腺素”的双刃剑。每一次抉择都会受到影响,因为不是每个选择都会带来利益。在我看来,当你选择的是一次无比重要的机会,抑或是在原则上无法改变立场,那么利己是相对正确的选择。然而这样的情境并不时刻出现,生活更多是需要一种相互包容和互帮互助。

追梦之路,形形色色的人,有良驹亦有劣马。面对与你相好的友人,自私并不是你应该显露的面容。很多时候,彼此相助往往能带领两人共同成长、共同进步。相反地,如果在相处时考虑过多利益关系,那么就像是一场以结婚为目的的恋爱,你无法毫无束缚地放开内心去感受。

在我的大学生活中,一天有将近12小时的时间与室友在一起,宿舍就像我的另一个家,每天早出晚归。逐渐地,我想要脱离这个群体,做一只单飞的蛾子去追求我想要的梦想。我不希望自己花费无用的时间等待几个人整理完东西一起出门,我想要省下那些时间来做一些更有意义的事。于是我开始想要慢慢从那个群体中抽离,我逐渐变得不爱和室友说明自己的意图,只顾自己的行色匆匆。然而事实是,我的每一次行动都没有考虑后果,那就是我的自私会给室友带去什么。

追求梦想是对的,但是方式需要自己去摸索。自私和追梦永远都不是彼此的充分和必要条件,用正确的方式追求梦想,用正确的态度对待自私心理,这才是我们需要做的。

父母在，不远游？

张欣婷（会计 1402）

子曰："父母在，不远游，游必有方。"　　——《论语·里仁》

一

"父母在，不远游。"不知道什么时候开始，这句话在网上火得不行，有人赞同，有人反对。赞同的人说百善孝为先，况且我们这一代人大多是独生子女；反对的人则认为这是一些年轻人逃避大城市竞争压力而给自己找的借口。

但在他们辩论得热火朝天的时候，我发现大多数人并不知道后面还有句"游必有方"。关于"方"这个字的意思，我特意查了一下，发现有多种不同的说法，一说是游历的方向、去处，一说是原因、理由，还有说是安顿、照应父母的方法。我个人比较倾向于第一种解释，你应当有明确的人生方向，有愿意为之奋斗的理想和目标，再去游历远方。

二

上个星期我表哥结婚，我回家给他们做伴娘，人生第一次喔，也是有些激动的。但一天的忙碌下来，新鲜感过去了，留下的确是莫名的失落。

第一次意识到自己已经成人，不是在过 18 岁的生日时，也不是在大学里经历各种面试时，而是在我哥哥的婚礼上。是第一次和我父母同在一场宴席上，需要我自己独自去应酬、去面对形形色色的人、去独当一面的时候。不再受父母的庇护。

我哥今年 26 岁，比我大 6 岁，其实在我看来，他结婚应该算早的了。但通过宴席上和我哥哥的朋友们聊天，我发现他们都是 20 多岁的人，竟然大多已经结婚了，有的孩子都能打酱油了。印象最深刻的是我问其中一个，"为什么你们都这么早结婚"，他给我的回答是——这个年纪，不结婚干吗呢？倒是把我问得哑口无言。是啊，我们这儿只是个三四线的小城市，大多数人找一份安稳的工作，然后结婚、生子，就像完成一项一项的任务。也许 26 岁的时候已经可以预见 36 岁、46 岁的光景了。想想真是可怕。

作为独生子女，尤其是女孩，"父母在，不远游"，不敢冒险，不能远嫁，是大多数人的内心的真实写照。更多时候我们考虑的不是自己,而是父母,我们是他们的唯一,不敢想象若是我们出了点什么事对父母而言将是多么可怕的打击。

可这种想法真的是对的吗?对于我们而言,这到底是一种枷锁,还是一个借口?

三

之前看到一篇文章,是从家庭角度理性地分析是否应该“远游”,我非常赞同其中的一些观点,特与大家分享。

如果你的父母尚且不算老(55岁以下),身体健康,还有着自己的工作,那么我不建议你为了你的父母而放弃在大城市中的一切,永远回到家中。因为你的父母还并没有急切地需要你陪在他们身边,你现在需要做的绝对是在父母老去前的几年里,赚到足够多的财富。只有这样,你才能在父母真正老去的时候,拥有足够多的时间和财富,去陪伴他们。

如果你父母的职业是生意人,或者你的父母也是喜欢变化、有独立人格的人,那你就不应该早早地回到家乡,和你父母在一起。拥抱变化、创业革新,这应该是你家族的优秀传承。包括你的父母,也会希望你能依靠自己创造事业,而绝不是回家在一个安逸的环境中做一枚毫无前途的螺丝钉。

如果你的父母是即将面临退休的工薪阶层,或者常年体弱多病,你也许应该考虑一下回家。或者,不要让自己离家太远。年纪大、工薪阶层、文化层次较低、体弱多病,当这些特征集中在一位即将老去的中年人身上的时候,他们所需要的远不仅仅是物质与金钱,他们有着极为强烈的不安全感,他们需要最亲近的人陪伴。所以,如果你的父母也有着强烈的不安全感的话,请多陪伴他们。也许你的性格和事业让你坚持不回家,但至少,不要离家太远,至少常回家看看。

如果你的家庭特别富裕,如果你是一个“富二代”,那选择权完全在于你。你可以选择回家继承父母的事业,回家享受富裕带来的美好生活;你也可以去大城市中,和那些普通的年轻人一起竞争。你是一个幸运的人,你所要做的,是让你的幸运能够延续。

如果你的家庭特别贫穷,如果你出生在一个极度偏僻、闭塞的山村里,那无论你的性格、职业、爱好如何,无论你的父母是包容还是传统,离开吧!来到更大的城市,看到更大的世界。你要改变你的生存条件,绝对不是在年轻时就回家陪伴父母,而是在大城市中不断汲取“养分”,积累能够改变命运的资本。

夹缝中的家风

王子睿(会计 1403)

中国的传统文化博大精深,而传统文化的核心就是家庭,一提到家庭,传统就“活”化到日常生活中了。现代人对家风并没有老一辈人的深刻概念,都会不由自主地把它们束之高阁,顶礼膜拜,这正是现代人归属感淡薄的关键因素。所以很多中国人都会自嘲丢弃了中国传统的家风,又没有西方人对法条和信仰的敬畏,将家风丢弃的同时丢了传统和信仰。

其实,家风对于现代人的现实意义比那些辞藻华丽、感人肺腑的动听演讲要实际得多,一个人,如果心中有着那么一个“根”一样的信念指引着,路也会走得更通畅。至于家风,似乎不能够那么容易给它定义,因为不可否认的是,并不是每个家庭都有其专属的家风,正所谓“上品无寒门,下品无士族”,家风是长时段积累起来的。余秋雨在《霜冷长河》的自序中回忆起他出生的村庄里银亮亮、白茫茫却并不汹涌、热闹的小河,它不比大河那么波澜壮阔,但却实实在在地成了他心中唯一的小河,一条流淌着这人世间无数美好的小河。质朴的家风和家训就像那小河一样的存在,它无声无息,却流进它孕育的子女的心里。

家风的形成无关贫穷富贵,也无关文化水平,归根到底家风的形成根源于一个家庭里长辈的言谈举止。司马迁有言:“父母者,人之本也。”每个人一辈子能学到非常多的东西,但是从家庭接受到的教育却在最一开始便潜移默化地扎根于我们的意识中。你不会去否认一个文人家庭会忽视对子女的教育,也不能去指望一个市侩家庭能够放慢追名求利的脚步去和孩子讲道理、谈教养。祖祖辈辈传下来的东西大抵是经得起时间的考量的,淳朴的家风带给子孙的不仅仅是精神上的洗礼,更难能可贵的是这些子女将其源源不断地传承下去,甚至去影响血缘之外的更多人,带给整个社会福音。

颜之推的《集训风操篇》就说了:“学达君子,自为节度,相承行之,故世号士大夫风操。而家门颇有不同,所见互称长短。”所以,人们闻之心生敬畏的家风各不相同,也没有那么所谓的高大上。只要是这个家族世代延续,并不会给他人带来困扰,都可称之为家风。商业世家可以传承诚信经营为家风,而官宦世家可以“受任于危难之际,奉命于危难之间”为家风,普通平民家庭就以简简单单的阖家平安幸福为家风。

谈及家风,我最推崇的是晚清名臣曾国藩,曾国藩为现代人所熟识是通过他的《曾国藩家书》。曾国藩一生奉行为政以耐烦为第一要义,主张凡事要勤俭廉劳,不可为官自傲。他修身律己,以德求官,礼治为先,以忠谋政,他的“仕宦之家,由俭入奢易,由奢返俭难”就一改了由古至今仕宦之家的骄奢淫逸之风,而他的“家庭三致详:‘孝致祥,勤致详,恕致详’”,则真真切切地表达了他对儒家所尊崇的孝义、勤勉以及宽容的极力崇拜。所以,也可以说,一个看重家风的人拥有着绝对的道义意识和成为伟人的巨大潜质。而放眼当前,人人皆可开口“我们的家风淳朴”,然而他们却忘记了家风早就被狂躁的娱乐风暴挤走,不复存在,所以家风的重建是我们在新时代的伟大课题,这也完完全全与社会主义核心价值观相吻合。

我的家里,祖上世世代代都是规矩的文化人,爷爷每次提起他的父亲都极为自豪地称赞道:“你老祖写得一手好字啊,每年过年那慕名而来请他写春联的真是踏破了门槛。”“那是不是可以弄到一些粮食?”“怎么会呢,都是乡里邻居,人家看得起咱们才来找咱们,你老祖看到家家户户门上贴的都是他的字心里高兴着呢!”“你老祖是在三年困难时期的时候活活饿死的,当时……”“当时怎么了?”“哎……”爷爷不说我也不再问下去,但是从爷爷、爸爸身上我仿佛看见了那个挥舞着大毫书写着苍劲有力的毛笔字的瘦骨嶙峋的老人。

从小父母就一直要求我熟背《三字经》《千字文》《唐诗三百首》,在诵读之后还会给我讲那短小精悍的古文背后的含义。我还记得那无数个蝉鸣闷热的夜晚,奶奶家的小后院里回荡着半导体收音机的说书声,伴随着爷爷讲述历史典故的高亢嗓音,这也绝对是我喜欢历史、文学的重要原因。特别是在外面听到别人称赞自己“这个姑娘很有教养”时,我是打心底里感到愉悦。这是我平凡质朴世人所谓的家风,就是这么如春雨般的滋润,让我对家风有着与众不同的情感。

北京大学中文系张颐武教授一直相当看重家风,他认为:“家风最重要的还是价值观的传承和延续,一代代人通过家庭传承好的品质,才会让社会的整体道德水准不断提升。”所以,现在我们重提家风,实际上是我们对价值观的重提,对社会整体道德的反思,在一路疾走之后的中国人开始发现家风背后的文化意味远比那些虚无缥缈的名利更加永恒。时代在变,人心不可变,“修身齐家治国平天下”,不是私事,是优秀中华传统美德的传播,更是社会良好公序得以保证的主要命题。中华民族的传统美德不弃,中国梦才能实现得更快速、实在。生活在“小家庭”模式的时代,父母对子女教育的担子也变得沉重,家教的得体、家风的传承都关系到价值观的传承和延续,关系到社会优良风气的形成。

即使我们对现在社会的优良风气的遗失有着诸多的失望,但我们可以肯定的是中国人的传统美德的根还牢牢地扎在每个人的心中,价值观也没有改变,从重建家风,便可窥得中国的未来无限光明。

太阳尚远，但必有太阳

涂岩(会计1403)

昨天刚看的一条新闻，南京有一个实习医生路遇一个心脏骤停的女孩。这位90后的实习医生当机立断，开始对女孩进行心肺复苏。最后，那个女孩被抢救过来了。心脏骤停5分钟内实施心肺复苏，这种抢救的成功率只有不到50%，而如果10分钟之内不能抢救过来，病人就会脑死亡。新闻下面的评论大致分成几拨：有为实习医生点赞的，有为女孩祝福的，有更多的人则更担心，万一女孩没有救活，这个实习医生又将被推向何处。

这几年关于医患关系的新闻一点没少出。社会的医疗秩序和安全状况让广大群众颇为担忧，而身处这个信息爆炸的时代，任何一点风吹草动都可以在很短的时间内人尽皆知。我不想谈这里的阴暗面，因为我并不很清楚了解，所以不敢妄言，我想就我个人的经历谈一点积极向上、乐观温暖的东西。

我有个同学是学医的，每学期有十几门专业课，相关课程加起来有二十几门，本科读下来要五年。这个学期我碰巧也选了一门医学院的老师开的公选课，他跟我们讲了培养医学生和其他专业学生的不同。医学生在经历比其他专业更加漫长的学习生涯之后，转型做别的行业的时间成本太高了。有一天我那个同学特别激动地跟我们讲，他们上课的时候老师问了一个问题，大致就是如果你在街上遇到一个心脏骤停的病人，你会怎么做。班上的同学有犹豫不决的，但是老师说了一句话："你们是学医的，你们不上还指望谁上？"那个老师也是非常有激情的一个老师(他坚持做义诊很多年了，这是我同学被他的事迹感动后，多方来打听才知道的)。那节课后我同学就非常崇拜这个老师了，因为他给了那些还在教室上课的、未来的医生们信心和勇气。社会有些时候让这些医生人人自危，但是总有这样坚持和坚守自己职业操守和精神的人，他今天讲了这样的一堂课，成就的也许就是别人的信心。这让我想起那些在革命年代演讲和游行的那些人，他们不为大环境所动，坚定自己的理念，做自己认为正确的，也确实正确的事情。而舆论，不免存在会将个别的具有不良影响的事件过度放大的情况。我相信那些学医的人，如果单单是为了人们口中的那些不齿的动机，又怎么可能忍受得了漫长又艰辛的学生时代和积累经验的时期呢？人与人之间,医生与患者之间,不就是要相互信任吗？任何一方的信任缺失带来的后果都是不可预料和挽回的。我只希望,他们之间能多一些理解和包容,多一些尊重和信任。医者仁心,患者也要仁啊！

相信生活是美好的吧,生活也确实是美好的。

别和这美好的世界擦肩而过

李泰乐(产品1601)

说不上有多么强大的正能量,但就是觉得我们身边这些温暖的小瞬间都充满了暖暖的爱意,也许不是别的什么誓词和宣言,而是细微的一个眼神、一个动作、一句话就是人与人之间最真实的温暖,就足以支撑他们在茫茫人生路上前行。早想记录这些温暖,借此机会分享给更多的人。

朋友,别和这美好的世界擦肩而过。

* 一家三口晚上散步,好和谐啊,嘿嘿!

在我们这个快要告别校园走向社会的年纪,你的身边一定有或多或少的人对你反复诉说着社会的险恶、复杂,人心叵测,道路艰辛。往往会在最后加上一句“多加小心”。甚至也有许多人发着朋友圈,抱怨着它的不堪。当然这些经验不是全无道理,但在具备了足够的“忧患意识”的同时,朋友,你愿意相信它是美好的吗?

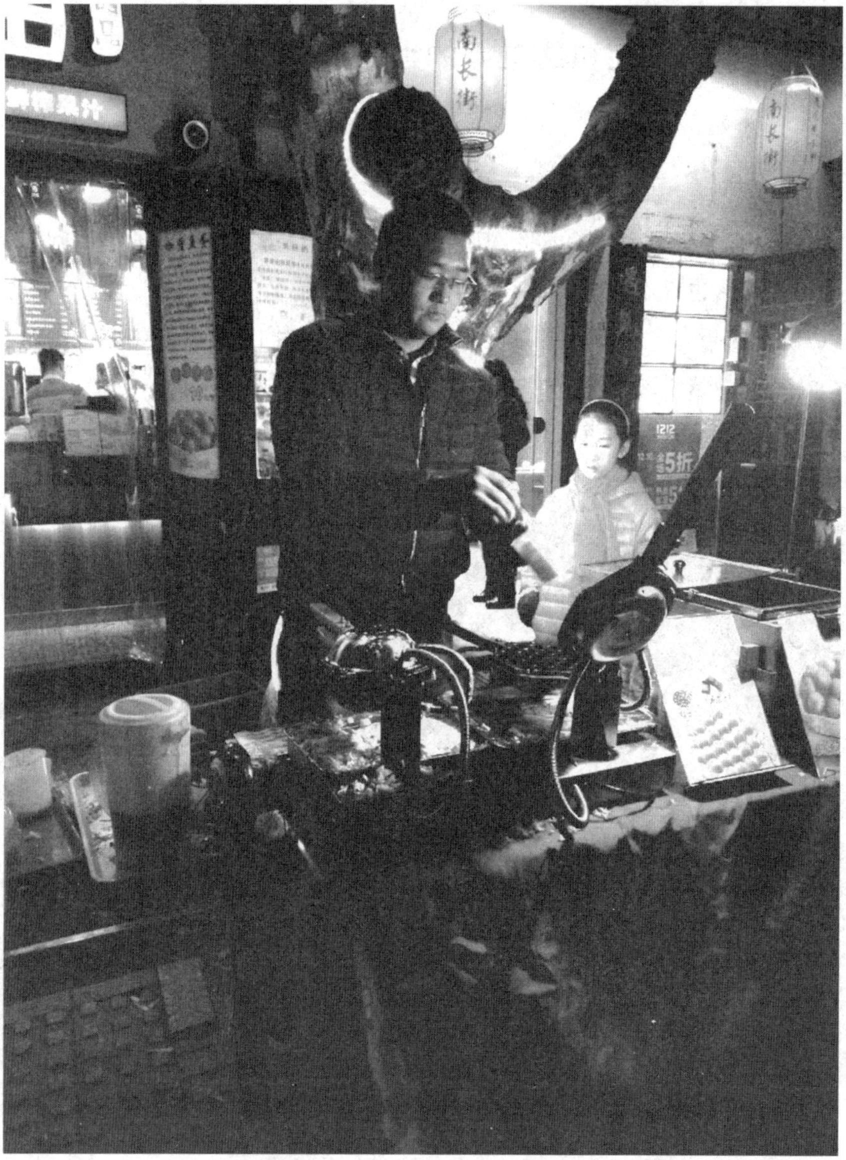

* 为生活努力工作的人们，在灯光的渲染和孩子的陪伴下感到一丝温暖。

我一直相信，当你用善意的眼光看待这个世界的时候，你也会被这个世界温柔相待，与其相信这种想法是天真幼稚的，不如试着用充满爱意的目光看一看，瞧一瞧。我相信，哪怕只是扫视，只是用余光，你也会看到许多以前见所未见的美好，它们渺小但足够震撼，因为我就是这样体验到了这些。

＊一对小情侣，我猜他们正一起为未来打拼吧，加油，祝福你们哦！

这世界上的人们相偎相依，相拥而笑，他们虽有贫有富，但他们都是那样认真努力地生活，不苟且，不放弃，为他们所爱的人。他们不一定只是广为人们赞颂的为国争光的运动员们，为完成高空对接夜以继日工作的科学家们，也不一定只是为保卫国家领土光荣牺牲的战士军人们。难道你没有看到那些为生活而努力叫卖的小水果商贩吗？没看到冒雨给在学校的小孙子送雨伞的老爷爷吗？他们并没有感动全中国，他们只是简单地爱着他们所爱的人，并且竭尽全力。

＊深秋，一位妈妈在陪女儿练滑旱冰。想起小时候，妈妈陪我练习滑旱冰的时候，我摔倒后她没有扶我，同样的这位母亲也拒绝了女儿伸出的双手，不用说，我们都知道为什么。我站在十米外看了他们好久，想起以前朋友对我说的一句话，“仿佛这世界上所有的爱都是为了聚合，只有父母的爱是为了相离”。

记得老师说过，中华文明的传承方式和西方不同，因为在根源上中国人注重内在，注重伦理道德。那天晚上和同学一起走在古巷里，听着不知远方何处传来隐隐的“南屏晚钟”，不知为何，突然爱上眼前这片江南景色，安逸宁静，没有一丝杂质。那时，我才突然意识到，中华文明那份薪火相传一定是在爱的载体里。也只有爱的纽带才能延续那么持久，强大的力量往往是无形的，流淌在血液中，经久不息。这也就是为何我们往往会被那些细微的发自内心的美好所震撼的原因吧！

＊同样的亲情之美，总是觉得这两代人在一起时就是莫名的和谐温暖，小时候围着爷爷奶奶、姥姥姥爷乱跑的日子永远珍藏在记忆里。

＊和朋友一起在路边小小的美景里照相大概是我们自小就有的爱好吧！

＊那天去北商的奶茶店，听店主对实习的姐姐说，“这是你人生的第一桶金吧！”

“嗯。”

简简单单的一声“嗯”。但我感觉到了她心里的快乐，真幸运，我见证了到了这一幕，分享到了她的快乐。

朋友，给你个真诚的建议吧，别和这美好的世界擦肩而过。

因为，先爱上这个世界，而后才能爱上生活，爱自己，爱他人。

推销员来了，你怎么看？

陈钟瑶(产品1601)

从初中开始的政治课就被灌输的职业平等观，想来是理想化的。世界的各个方面从来没有哪里是绝对平等的，职业，自然也一样。

人们对推销员的态度，总是一般般。曾听人说，他接到推销电话，是从来不挂断，但也不听，只是把手机放在一旁，让他们自己说去。看似很潇洒的处事态度，说话人也有种沾沾自喜的感觉。其实我倒觉得这是损人不利己的行为，如果你不听，也不要浪费别人的时间，不要漠视别人的努力。哪怕挂断，起码也是一种尊重的态度，我不需要你的信息，你我，各自安好。

可能人们普遍反感推销人员的原因很简单：一是害怕被骗，或者说是对推销有一种抗拒感；二是觉得他们目的性过强，只是为了自身利益。

其实论目的，我们大部分人都是平凡人。所以，做医生也好，做环卫工人、推销员也罢，都是个人谋生的手段，但同时也都为社会做了贡献。从这个角度上来看，是应当被平等对待的。

另外，不要一开始就觉得所有推销人员都是骗子。从某种程度上讲，但凡是骗术，总是在利用人性的弱点，而最容易上当的，也总是那些不能清醒认识自己的人，比如，贪图小便宜的人，不想付出只想收获的人，一味凭运气做事的人等。我一直相信，对自己极端诚实的人是不容易上当的。所以我觉得，如果被骗了，首先不要埋怨社会，埋怨他人，而应该冷静下来好好反省自己，反问自己是不是早都意识到了某些不对的苗头，为什么欺骗自己，让自己视而不见呢？是不是了解自己的内心，知道自己想要什么，是不是对自己极端诚实？

我接触了很多做保险，或者搞推销的人。其实他们真的很不容易，你们能想象每天被别人拒绝成百上千次吗？遭到白眼与讽刺，和写在脸上的“瞧不起”。

很多人觉得做推销的人都是没自尊没能力的，中国人向来是特别在意脸面的问题。其实很多人的那种死要面子活受罪的行为，并不是自尊自爱。每个人都有自己坚持的东西，而拿自己的一套标准去衡量别人，很不可取。放弃一些无谓的东西，人才能活得更轻松一些吧！这一点，反正我自己还是做不到的，所以我想，有些人的内心，比我们坚强很多，他们的努力、坚强总被人忽视，却依然默默地存在着。

也许下次，再碰到推销员，希望你们可以平等对待他们。这并不是希望你们买保险，并不是希望你们买东西，只是作为人与人之间的一种理解吧。

理想让青春不迷茫

李金洋(产品1601)

世界上最快乐的事,莫过于为理想而奋斗。——苏格拉底

因为对海水的向往,游鱼才逆流而上;因为对阳光的渴望,嫩芽才破土而出;因为对天空的神往,雄鹰才搏击长空;因为理想的指引,我们才有前进的方向,才会站在我们梦寐以求的大学校园。理想不会有尽头,昨日为理想而拼搏,今日是理想的再一次启程,大学就是我们为追逐理想迈出的重要一步,让理想带走你青春的迷茫。

理想信念是人的精神世界的核心。作为一种人类特有的精神现象,它是在人们的实践中形成的,是人们的世界观、人生观和价值观在奋斗目标上的集中体现。"一个人的活动如果没有理想的鼓舞就会变得空虚而渺小。"理想对于人,特别是我们大学生尤其重要。我们正处于青春年华,有大把时间精力,我们正值为人生奋斗的重要时期,韶光易逝,我们不能一手挥霍埋葬自己的大好年华,而且我们在这样的年华里不能迷茫,所以现在的我们才更加需要树立一个远大崇高的理想,让理想指引我们前进。找到理想,找到现阶段你的目标与动力。没有动力的生活是虚无的,一个崇高的理想不仅会为你指明奋斗方向,亦会使你生活充实。

但理想不等同于空想,我们不应做空想家,应区别理想与空想。自身理想的建立需要认清自身的能力,加强思想道德修养,提高精神境界,牢牢把握住理想核心。拼搏追逐固然好,但不切实际,也可能只是黄粱一梦。同时我们的理想也要与个人性格喜好有关,当你真正喜欢做一件事的时候,你的付出是心甘情愿的,是积极有效率的,是持久的,是幸福的。同时,要认清当代大学生的历史使命。作为社会主义的建设者与接班人,要坚持社会主义理论的深入学习,确立马克思主义的科学信仰,树立中国特色社会主义共同理想。

人们由现实产生理想,理想还仍须返回现实。有付出才会有收获,有了远大的理想,也需要我们付诸实践。正如周恩来总理对我们的告诫:"理想是需要的,是我们的前进的方向,现实有了理想的指引才有前途;反过来,也必须从现实的努力中才能实现理想。"正确理解理想与现实之间的关系,脚踏实地认真坚守理想。在生活中,我们总是忽视对理想的现实付出,无论是多么伟大的理想,如果不付出

行动是无论如何都不会实现的,现实与理想,二者不可割舍。

“人生最重要的事情就是确定一个伟大的目标,并决心实现它。”当你确定了理想,决定要付出,那就请你坚持下来。坚持与努力是实现你目标最为重要的。理想的实现是长期性的,是艰巨性的、曲折性的。我们要有信心和毅力努力实现自己的理想,远大的理想更是需要我们坚定不移地付出。追逐理想的道路注定不会是一帆风顺的,我们终将会面对失败与打击。自古成功须磨砺,理想的实现更是如此,我们要树立艰苦奋斗的精神,为理想而奉献青春。

“条条大路通罗马”,实现理想的方式不止一条,我认为现阶段的我们应该积极地调整心态,在适应大学生活的同时兼顾转变追求理想的方式。一条道路的不通畅不代表我们没有其他实现理想的机会,转变思维,积极应对,不要放弃追逐理想。

当然,在现代新型环境下,我们也要懂得利用一切有利的合理资源帮助我们实现自己的理想,拓宽自己的视野。科学技术的日新月异,为我们的学习提供了良好条件,自主学习,利用各方面有益知识增强自身能力。兼顾马克思哲学思想,为我们实现理想做思想保障。

最后,我们的理想还应该与社会理想相统一,用社会理想引导我们追逐个人理想,在伟大中国梦的实践中放飞我们的青春理想。

把握住我们的理想,理想让青春不再迷茫!

愿真实能贯彻我们的一生

杨颖喆(产品1601)

如今的我们生活在一个千姿百态的世界中,这个世界有它的规章制度,有它的底线,有它的规格,当然也有它的原则。

我们强迫自己顺从这个世界的法则,往往因此丧失最真实的自己。人活在这个世界上,最怕的就是“失格”。失去自己的人格,就像是失去了自己活着的意义。也许这个“不可理喻”、规则束缚的世界里藏着太多不安躁动的灵魂,有些人不得不放弃这个太过喧闹的社会,成了一个冷静的局外人。于是成为一个真实的人显得尤为重要,抛弃虚伪,抛弃伪装,让真实贯彻我们的一生,好好地活着。

在这个世界上,许多人善于伪装,希望用过于滑稽的外表和言论,让本该惆怅的脸被滑稽的微笑与鬼脸掩盖,掩饰自己内心的消极与出格,掩饰自己内心的苦楚,掩饰自己内心的尴尬和想法,压抑着自己的内心情感,隐藏在自己的世界中,在众人面前来一场完美的表演。他们习惯了隐藏,习惯了伪装,虽然年纪轻轻却成了一个不动声色的大人,成了个冷静的局外人,虽然年纪轻轻但内心早已白发苍苍,虽然年纪轻轻但看起来就像是年过四旬,忘记自己其实可以展露情绪,忘记自己其实可以真实地表达自己,忘记自己其实可以成为一个真正的自己,忘记其实自己是可以活得很好的。

其实生活中我们没有必要做一个不动声色的大人,一个局外人,慢慢地你会发现其实学会接纳、学会表达是一件很幸福的事情,只有真实才能带来温暖。所以现在的我很想说,我希望我们都可以成为一个不会掩饰内心的孩子,会表达自己的情绪,会拒绝别人,永远会用一种新鲜光亮的目光注视这个世界,注视人或事。

那么,我们怎样才能做一个真实的人呢? 怎样才能让真实贯穿在我们的生活中呢? 真实地活着,好好地过这一生。

首先,我觉得做一个真实的人肯定很需要学会去表达,懂得表达自己内心的想法,并且愿意去分享。真实的人肯定不会是压抑的,他们不会去压抑自己的任何情绪或者隐藏思想,不会让自己蜷缩在自己的黑屋里,不会一直在自己塑造的世界里匍匐前进。他们愿意走出去,愿意与人交流,愿意在这个社会中和不同的人交流生活经验与相处，不断让真实的情绪贯彻在自己的生活中。我一直觉得分享是个很重要的事，因为它可以与人交流彼此的故事，在交流的过程中我们既可以在不同的人的故事中学到很多东西，又能让别人在自己的故事中得到启发，在分享中共同提高。当然，生活中有些情绪是我们自己无法解决的，只有通过表达宣泄或是交流，才能忘记，才能渐渐地从不好的情绪中走出来。所以也许学会真实地表达，可以让你的生活过得更加美好。表达与分享可以让我们远离许多复杂的情绪，一个人压抑自己，总会出现一个尴尬的情况，就是想太多，生活在自己构造的世界中，不愿与别人分享自己的内心，自我满足，自我欺骗，慢慢地走向了“失格”的境界，无法再从自己虚构的世界中走出来，慢慢地开始和这个社会脱节，很难再去融入群体。所以，好好地过这一生，做一个真实的人，愿真实能贯彻我们的一生。

其次，做一个真实的人，我觉得我们很需要一种善良，我们既要学会去发现一切事物优秀、值得肯定的地方，也要敢于对它的不足提出意见。能看到事物好的方面是善良最基本的体现，然后对于发现它的不足其实也是你对善意的回答。一件事物肯定有它的两面性，没有一件事物是完美的，没有一件事物具有最终的完整性，就像是不会有人说自己掌握了所有的知识，自己把所有的事情完成了。所以不足的地方其实是你善意地去提醒了他们怎样会更好，告诉他们怎样修改，当然不只是在你评价别人时这么思考，在自己被别人指出不足时，也要用同样的态度去对待这些评论，在这些言论中我们肯定会收获颇多。当然优点肯定是我们要最先看到的，所以我们也要学会去发现，发现任何事物美的地方，发现每个人优秀的地方。慢慢在自己的眼睛中形成善良的因子，好好地过一生，做一个真实的人，愿真实能贯彻我们的一生。

最后，我觉得做一个真实的人，需要对这个社会充满热情与信心。也许你看到了许多的阴暗面，看到了许多的不可理喻的事，看到了许多的灯红酒绿，你讨厌这样的日复一日，你觉得你无法去拯救这个世界，你觉得你已经后悔，但你还是要用一个积极的态度去面对这个世界。永远都要用一种热情去面对生活，用一种新鲜感面对生活，你会发现虽然你看透了很多，虽然你已经身心疲惫，但自己内心的这份热情与新鲜感可以感化自己老去的内心，你会开始重新认识这个世界，你会开始重新对这个社会进行理解，你不再会那么失望，不会再那么世故，不会再那么厌倦。知世故但不世故地活着，不缺失童真，用最“真实”的心态做真实的事。好好地过一生，做一个真实的人，愿真实能贯彻我们的一生。

人们用文字与彼此交流，概念互通，有些概念约定俗成下来，变成了定义这个世界的工具之一，虽然这个世界看似丰富多彩，但也充满着许多的规则，我们强迫自己顺从这个世界的法则，往往也因此丧失最真实的自己。所以我希望真实能贯彻我们每个人的一生，好好地活在这个规则下，但是不会丧失自己的人格，丧失自己在这个社会上值得宝贵的特点——真实。

近视眼的“祸福相依”

张佳佳(产品1603)

随着时代的进步和发展,人们对于眼睛的利用越来越多,电脑、电视、手机、游戏机、pad这些一个个出现在我们生活中的电子产品,对我们的眼睛也发起了新的挑战。据调查显示,我国的近视率已接近30%,小学生22.7%患有近视,初中近视率猛增到55.8%,高中生70.3%的人戴上眼镜,大学生近视比例高达80%。仔细想想,从小到大自己周围的家人、同学,确实大部分都戴着一副眼镜。

从小到大,听到的关于近视的危害不在少数,像眼睛会往外鼓起不好看啊,经常眼睛会特别疼不舒服啊,每年还要多一笔花在眼镜上的开销等。其实,戴了五六年的眼镜,对于眼睛近视的不方便我也深有感触。早上起床第一件事便是找眼镜,鼻梁比较塌,戴眼镜会往下滑,要不停地用手去扶,天冷的时候一进到暖和的屋子立马眼镜上起了白白的雾气,女孩子化完妆戴上眼镜除了口红剩下都看不到了……但是,近视眼摘掉眼镜以后看到的那个模糊的世界,却是任何方法都描述不出来的,朦胧的鲜艳的色块组成的世界,那是一幅来自生活的完美的抽象画。

记得我之前看过一篇文章,文章讲的是一个外国的画家,他最初研究的方向一直是写实派,超写实画法,一直致力于把事物的每一丝每一毫都画得和肉眼看到的无异,对于所画的每一个事物,都死死抓住每一个细节,然而哪怕他画得再精细入微,却一直是成绩平平。厄运不止一个,因为长期用眼过度,眼睛得不到适当的休息,他的眼镜度数从200度增加到了1000度,厚厚的镜片下的眼睛有一些无神,他感觉自己似乎要放弃这一行了。就在那天他摘掉眼镜呆坐在画架前不知该干什么的时候,他的妻子从门外进来,他听声音回头看,发现从门外走来的妻子,在美好的光影下的身影朦胧而动人,他迫不及待戴上眼镜想要看清楚,却发现戴上眼镜后清晰的世界却少了那丝丝美感。他欣喜若狂,赶忙趁着脑海中的画面还未消散画出了那幅画,却意外得到了众多好评,他的绘画生涯也慢慢顺利起来。

祸福相依,世界上没有全然不幸的人。

真诚的声音永远不会沉默

唐丹丹(电气1601)

“诚”,中华传统之美德,各朝各代史官史笔薪火相传、生生不息。“诚”,我认为是做人之根本,人无信则不立,无信则不兴。

可是啊,却不知为何,社会上总是有很多人,他们打着“真诚”的旗号,挂上“童叟无欺”“诚信第一”的招牌,当人一面是所谓的“良心商家”,背后却是一副丑恶嘴脸!

你看不见,看不见包装甚是精美、营养参考价值甚好的食品背后脏乱、添加超标的制作过程;你不知道,不知道和你面对面和善说话的人脸下藏着怎样一颗深不可测的心;你听见的,只是无数消费者在购买完商品后深深的痛骂和抱怨。当“三聚氰胺”事件、“毒胶囊”事件再次爆发时,身为即将步入社会的我开始惶恐,开始不安。这就是之前成人们说的社会吗?这到底是一个怎样的社会?当“食品”要时时刻刻与“食品安全”联系在一起时,当再也听不见一句真诚的话时,我们又从何祈求一个真诚的社会、一个温暖的大家呢?

“自私”仿佛成了很多人的通病,人与人之间,渐渐地,少了相互理解、宽容,少了真诚的心灵沟通,转而化之的是斤斤计较,甚至是算计。

也许,现在的“无良商家”也诚信过,只是“诚信”“老实”好像在这个浮躁的社会无法立足,于是他们学会了一些伎俩,学会了偷工减料,学会了收买人心,这个社会便少了他们真诚的声音。

也许,现在的职场人士在步入职场前是理直气壮、敢说敢做的青年,可是,他们接受了前辈的教育,学会了职场求生技能,学会了投机取巧,早就把之前的“真诚”抛却脑后,最多是嘲讽当初自己的不懂事。

但是,真诚的声音永远不会沉默!我还是可以欣喜地看到,一群群年轻人对着既定“制度”说“不”,良心商家坚持本心,用真心打造品质品牌,你对我说话时,眼神里流露的坚定从容与诚恳。

真诚,其实真的没有这么难,只是需要我们大家都在与他人相处时简单一点,多为他人考虑一点,少一点自私的情愫,慢慢地,我们会发现,这个社会并不像有些人说的那样,至少,它是真诚的。而我们,也可以挺直腰杆,和我们的孩子说:“这个社会很真诚!”真诚的声音永远不会沉默!

我们可以选择的人生

唐仇炀(电气1601)

我们活在这个世界上,可以选择很多方式去活着。正直地活着,虚伪地活着,一个人活着,或者依附别人去活着。

选择如何的人生,是我们自己的权利,我们如何运用好自己的权利呢?

当初有过“坐在宝马车上哭”和“坐在自行车上笑”的话题引起了很多人的争论,我觉得这个难道不是依附着男人在生活吗?我为什么不可以去创造我的生活,不需要去依靠别人,靠着我自己,去活出我自己的人生呢?

即使不是富二代,也不是官二代,没有背景,又是女生,就失去了在这个残酷社会竞争的机会吗?不过纵使现在说什么男女平等,可是却依旧存在着不平等的现象,人的潜意识里,总是觉得男孩似乎是比女孩强大一些。所以,要想真正的有资格去和别人竞争,那么,就要学会强大自己,丰富自己,有自己的理想,有丰富的知识储备。从而拥有一份稳定的工作,去拥有一个美丽的生活态度,在想要旅行的时候可以拿起行李箱,和两三知己,到处看看,去开阔自己的眼界,而不是在金钱和爱情的选择上纠结得死去活来。

你若盛开,清风自来。这是一句我一直觉得很正确的话,当你活出了自己的样子,你总会遇见一个和你一样活得精彩的人;当你有了足够的资本,为何会在宝马车上哭,又为何在自行车上笑的时候而担忧生活呢!当你盛开,一切如你所愿的事情都会来到你面前,你当初的梦想,一个一个都会实现,可是前提是,你必须活得努力,活得独立,不去幻想韩剧中一样的情节,没有王子喜欢一无是处的人,纵使是灰姑娘,她也有美丽和善良的优点。我们可能没有美丽的外表,而我们要做的,是让自己变得优秀,去培养自己拥有优雅的气质,不至于遇见一个优秀的人之后,觉得自己配不上而独自埋怨,埋怨为什么看不上自己,从而埋怨生活,变成我们曾经最嫌弃的那样整日埋怨的配角,看着光鲜亮丽的生活一昧地羡慕。

人生,不只是坐着等待,好运就会从天而降。就算是命中注定,也需要自己去把它找出来。我们绝不要甘心臣服于命运,我们要去创造命运。管他什么人各有命,富贵在天,一切都是未知,未来的生活还是要我们自己去创造的。

坚 强

黄琼(电气1602)

一天,我发现,一只黑蜘蛛在后院的两檐之间结了一张很大的网。难道蜘蛛会飞?要不,从这个檐头到那个檐头,中间有一丈余宽,第一根线是怎么拉过去的?后来,我发现蜘蛛走了许多弯路。从一个檐头起,打结,顺墙而下,一步一步向前爬,小心翼翼,翘起尾部,不让丝沾到地面的沙石或别的物体上,走过空地,再爬上对面的檐头,高度差不多了,再把丝收紧,以后也是如此。蜘蛛不会飞翔,但它能够把网凌结在半空中。它是勤奋、敏感、沉默而坚韧的昆虫,它的网织得精巧而规矩,仿佛得到神助。这样的成绩,使人不由想起那些沉默寡言的人和一些深藏不露的智者。于是,我记住了蜘蛛不会飞翔,但它照样把网结在空中。奇迹是执着者创造的。

信念是一种无坚不摧的力量,当你坚信自己能成功时,你必能成功。

曾无数次见到那些尽管有着生理缺陷,但依旧顽强不息地生活着的人。他们不畏各种困难险阻,努力地实现梦想。难道他们没有意识到他们的缺陷对他们造成的伤害,对他们生活的影响吗?不,他们知道,然而,他们并不认为这些能阻挡他们,他们坚强并且自信!

他们明白,如果想走出阴影,那就让你的脸面向阳光;如果你想告别懦弱,那就让心在历练中慢慢坚强;如果你想保鲜爱情,那就在奋斗中改变原先的模样;如果你想摆脱平凡的生活,那就努力让自己变强大。没有哪件事,不动手就可以实现,这个世界虽然残酷,但只要你愿意走,总会有路;如果退缩,就只能选择感伤。坚持下去,就会有希望。

这些有着无可奈何缺陷的人都如此努力,而我作为一个"正常人"有什么理由不努力,有什么理由不奋斗!人生,就要闯出一条路来!为了事业,为了奋斗的人生,尽管失去许多,但有失必有得!而得到的往往会比失去的更重要,它是人生的价值与意义。伟大人物的最明显的标志,就是他坚强的意志,不管环境变换到何种地步,他的初衷与希望仍不会有丝毫的改变,并最终克服障碍,达到期望的目的。

命是弱者的借口,运是强者的谦辞。也许你的出身没有别人好,也许你现阶段的成果没有别人好,然而不到最后一秒,你怎能放弃,你怎知最后一秒不会反败为胜,但你若是将之推给命运,你就注定失败。

生命,就像一场永无休止的苦役,不要惧怕和拒绝困苦,超越困苦,就是生活的强者。任何经历都是一种累积,累积得越多,人就越成熟;经历得越多,生命就越有厚度。

生命不息,奋斗不止!只要相信,只要坚持,只要你真的是用生命在热爱,那一定是天赋使命使然,那就是一个人所坚持和努力的东西,无论梦想是什么,无论路有多曲折多遥远,只要是灵魂深处的热爱,就会一直坚持直到走上属于自己的舞台!

教 人

尹一(自动化1501)

12月的一个周五下午,被期末考试压得喘不过来气的我正在食堂和同学一起刷题,这时旁桌一声巨响,像是砸书的声音,引得人们循声望去,发现是一位妈妈在教育自己的孩子,动作大了点而已,大家也就不以为意地转过了身去。不知我那时是否是因突然被打断而无法再集中注意力学习,便在一旁观察起了这对母女。可是没观察多久就让我陷入了沉思:这位妈妈不停地纠正女儿的坐姿,拿笔的姿势,甚至还有做题的速度,乍一听可能并不觉得有什么,可是她却采取了大声呵斥,甚至还采用打的方式,大庭广众之下,这位妈妈并不觉得有任何不妥之处,反而因女儿的反抗而更加激烈地呵斥、打骂;反观那个女儿呢?一声不吭地拿着笔,妈妈把本子摆正她就放歪,妈妈让她涂了重写,她就不予理会,嘴里嘟囔着,不知在说些什么……

五分钟的观察好像让我看到了这个小女孩的未来,着实是有些可悲,不是说这位妈妈有多不好,也不是说女儿有多不懂事,只是让我对从小根深蒂固的观点产生了质疑:家贫出孝子,慈母多败儿。难道现如今已经不适用了?

其实我们都知道答案是否定的,一个人的成长与太多的事物相关,家庭环境只是一方面,但作为我们精神上的摇篮,它与一个人思想上的成熟过程是密不可分的。那么是什么让这位妈妈不惜毁掉自己在孩子心中温柔的形象,也要像“虎妈”一样教育孩子呢?在我看来仍然是环境,对于妈妈来说,她没有为自己的孩子创造一个完美的、优越的环境,那么就将希望寄托在了自己的孩子上,望他们成才,完成自己没有完成的,拥有自己无法拥有的,于是“教人”。

“教人”我理解为教导如何向成人的方向发展人,这当中包括学业、特长等。教人的老师可以,父母可以,社会也可以。人在攀爬摸索的过程中收获情感,积累经验,这些都是上天的礼物,我们应该感恩。所以说那位母亲的做法我不能赞同,但是可以理解。我们也可以换个角度想,假如有一天,她的女儿真的如她所愿,进入了理想的学府,那么女儿就能受到良好的教育,有更开阔的眼界,跳出这个怪圈,让下一代有更高的起点。现实是残酷的,虽然人生下来就有差距,但后天的教育极其重要,这里的教育不是指九年义务教育,而是一种全民的、全时的、全域的思想教育。学习永无止境,就像打怪兽一样,等级是要靠战斗次数与装备决定的,有人就可以花钱买装备,而有人就用 PK 来累积经验值,这说明了人要想站得高,就要自己在脚下垫砖。

人生也是这样,从起点到终点的路上你会遇上各种情况,说不定那个满载而归的就是你。

无奈的偏见

高振威(自动化1502)

我从未否认过自己存有偏见,也不承认存在没有偏见的人。正如H.G.加达默尔所说,“历史中人和他的理性不能摆脱偏见,因为偏见是人在历史中的存在状态”。不承认自己存有偏见的人,或许他的偏见之一就是对“偏见”的偏见——将“偏见”视为“恶”。

因此,我非常不喜欢雨果的那句“偏见是无知的产物”。以我个人的观点来看,这本身就是一种偏见,岂不是他自己也无知?但结果显然不是这样。“无知”会导致偏见,但偏见的人不一定是无知的。

人生在世,谁会真正做到摆脱爱恨情仇,达到精神上的超脱?若不能如此,谁又敢妄言自己不存在偏见?

成“史家之绝唱,无韵之《离骚》”,一手书写《史记》的司马迁,虽相对客观地记下了历史,但受了宫刑之后,又何曾未在《史记》中加入自己的偏见?否则,汉高祖刘邦,“能将将者”,又为何被叙述是其母与一只蛟龙所生?或许这是在强调高祖非常人,但不也正是在骂高祖是畜生吗?《李将军传》,好一声李将军,道出他对李广的敬佩,但他也正是因为李陵求情而受宫刑,好友的爷爷,又怎能担不起一句李将军。但当我们细读《史记》,相比之下,李广的军功何在?官复原职,却公报私仇,寻隙杀了霸陵尉,这位李将军的胸怀又何在?相比之下,论功论德,是否只有他称得上“将军”?

当然,这也正是我个人的偏见。历史究竟如何,究竟该如何评价,在当时无法避免偏见,在后世,当时移世易,一切都成了历史书中文字,成了历史博物馆的文物,又怎能保证此刻记录的便是事实,此刻的评价不存在偏见呢?

既然我们无法避免偏见,又何不痛痛快快地承认自己存在偏见呢!毕竟存有偏见不一定是件坏事。最简单的一个例子就是我们逛街买衣服时,总会遇到自己喜欢与不喜欢的类型,若没了偏见,岂不是不用逛街了,随便买一件岂不省事。若一味地否认偏见,无奈的不是别人,正是偏见本身。毕竟没有谁有权力规定偏见是件坏事,正如人有好坏,偏见也有好坏。

当然,以上只是我个人对偏见的认识。或许因我未读几本书,见识过少,对偏见的认识过于狭隘无知。但有谁可以规定读书少的理科生不能发表观点,有谁可以规定无知的人不能发表观点?若如此,这本身又就是一种偏见。

浅谈生活的意义

施星羽(社工1501)

生来什么都没有,死后什么也带不走,人一生中累也好,清闲也罢,可是究竟我们都在追求什么?

我曾经听过这样的一个故事。

故事发生的地点在英国某小镇。有一个青年人,整日以沿街为小镇的人说唱为生;有一个华人妇女,远离家人,在这儿打工。他们总是在同一个小餐馆用餐,于是他们屡屡相遇。时间长了,彼此已十分熟悉。有一日,我们的女同胞,关切地对那个小伙子说:“不要沿街卖唱了,去找一份正当的职业吧。我介绍你到中国去教书,在那儿,你完全可以拿到比你现在高得多的薪水。”小伙子听后,先是一愣,然后反问道:“难道我现在从事的不是正当的职业吗?我喜欢这个职业,它给我,也给其他人带来欢乐。有什么不好?我何必要远渡重洋,抛弃亲人,抛弃家园,去做我并不喜欢的工作?”邻桌的英国人,无论老人孩子,也都为之愕然。他们不明白,仅仅为了多挣几张钞票,抛弃家人,远离幸福,有什么可以值得羡慕的。在他们的眼中,家人团聚,平平安安,才是最大的幸福。它与财富的多少,地位的贵贱无关。

还听过一个发生在中国的故事。

中国山东,有这样一对夫妇。刚刚结婚时,妻子在济宁,丈夫在枣庄;过了若干年,妻子调到了枣庄,丈夫却一纸调令到了菏泽。若干年后,妻子又费尽周折,调到了菏泽,但不久,丈夫又被提拔到了济南。妻子又托关系找熟人,好不容易调到了济南。可是不到一年,丈夫又被国家电业总公司调到重庆。于是,她所有的朋友,就跟她开玩笑:“你们俩呀,天生就是牛郎织女的命。要我们说呀,你也别追了,干脆辞职,跟着你们家老张算了。”但是,她、公婆和她的父母都一致反对。“干了这么多年,马上就退休了,再说,你的工作这么好,辞职多可惜。要丢掉多少钱呀!再干几年吧,也给孩子多挣一些。”其实,他们家的经济条件已经非常优越,但是他们仍然惦念着那一日退休。于是,夫妻两个至今依然是牛郎织女。

很多人一直是为了某种自己未必真正明白的意义而活着。于是,人们不能在没有目标的生活中活着,而这个目标,可以是工作,可以是理想,可以是金钱,可以是孩子,可以是老人……但是,唯一不可能是的,却是自己。人们可以很委屈地活着,可以是工作上的极不顺心,可以是婚姻上的勉强维持,可以是人际关系上的强作笑颜,可以是所有欲望的极端压制,……哪怕牺牲自己一生的幸福,也在所不惜。

我真的想要好好想想人生的意义到底在哪里。我曾经问一个很重要的人,人是不是只有拼了命地努力努力再努力,人生才算没白活。他没有直接回答我的问题,而是给我讲了这样一个故事。

有一个美国商人坐在墨西哥海边一个小渔村的码头上,看着一个墨西哥渔夫划着一艘小船靠岸,小船上有好几尾大黄鳍鲔鱼。这个美国商人对墨西哥渔夫能抓这么高档的鱼恭维了一番,还问要多少时间才能抓这么多。墨西哥渔夫说,才一会儿工夫就抓到了。美国人再问渔夫为什么不待久一点,好多抓一些鱼。墨西哥渔夫觉得不以为意:"这些鱼已经足够我一家人生活所需啦!"

美国人又问:"那么你一天剩下那么多时间都在干什么?"

墨西哥渔夫解释:"我呀,我每天睡到自然醒,出海抓几条鱼,回来后跟孩子们玩一玩;再睡个午觉,黄昏时晃到村子里喝点小酒,跟哥儿们玩玩吉他。我的日子可过得充实又忙碌呢!"

美国人不以为意,帮他出主意,他说:"我是美国哈佛大学企管硕士,我倒是可以帮你忙!你应该每天多花一些时间去抓鱼,到时候你就有钱去买条大一点的船。自然你就可以抓更多鱼,再买更多渔船。然后你就可以拥有一个渔船队。到时候你就不必把鱼卖给鱼贩子,而是直接卖给加工厂。然后你可以自己开一家罐头工厂。如此你就可以控制整个生产、加工处理和行销。然后你可以离开这个小渔村,搬到墨西哥城,再搬到洛杉矶,最后到纽约,在那儿经营你不断扩充的企业。"

墨西哥渔夫问:"这又花多少时间呢?"

美国人回答:"十五到二十年。"

墨西哥渔夫问:"然后呢?"

美国人大笑着说:"然后你就可以在家当皇帝啦!时机一到,你就可以宣布股票上市,把你的公司股份卖给投资大众。到时候你就发啦!你可以几亿几亿地赚!"

"再然后呢?"

美国人说:"到那个时候你就可以退休啦!你可以搬到海边的小渔村去住。每天睡到自然醒,出海随便抓几条鱼,跟孩子们玩一玩,再睡个午觉,黄昏时,晃到村子里喝点小酒,跟哥儿们玩玩吉他。"

墨西哥渔夫疑惑地说:"我现在不就是这样了吗?"

我恍然大悟。人的一生到底在追求什么?这个问题没有标准答案。只有按照自己喜欢的生活方式去生活才是最大的幸福。

在我的想法中,没有什么事情是绝对的,没有什么事情是一成不变的。人不怕平凡而怕平庸。什么事情无论怎样都会有它本应该遵循的规律,所以我从来不着急。

还有对于欲望的问题,无论人或物,是你的就是你的,你赶都赶不走,不是你的,你留也留不住。

我希望所有人都不要在成长的路上丢了自己,活成了别人眼中的样子。

为什么我们不愿平凡

杨福星(社工 1501)

20 世纪 50 年代的理想:我要当工人、教师、科学家、解放军……

21 世纪理想:我要当企业家、明星、模特……

时代不同,我们已不愿意变得平凡。

什么是平凡,什么是不平凡?

要了解为什么不愿意平凡,首先要了解什么是平凡,什么是不平凡。大致有几种观点。

第一种,有地位。比如,大老板、领导、明星……其共同特点就是受到他人尊敬,影响力大。

第二种,特立独行。比如,奇装异服、穷游……特点是与他人不一样,“不拘一格”。

为什么我们不愿意平凡? 为什么要不平凡?

从平凡自身来讲,变得平凡似乎没什么好处。我们辛辛苦苦工作,虽然不富裕,但是吃穿不愁,精神也充实。但是突如其来的变故能夺走我们的一切:一场疾病、一次事故能使人一夜回到解放前。我们小心地守护我们的一切,把钱存起来,可以供孩子上学或在大城市买个房子。平凡的人,很难抵抗这样的风险。

在十多年的教育中,我们早就被教育了要做“不平凡”的人:童年时期,就有个“别人家的孩子”让我们望尘莫及;小学,要准备进重点中学,因为那个学校升学率高;中学,要准备高考,因为要考个好大学,找个好工作;上了大学,要当学生干部……没有一次不处于竞争的压力之下。毕竟有句名言:不想当将军的士兵不是好士兵。然而,现实是,绝大多数人是没有机会当“将军”的,由此产生的“相对剥夺”给人带来的失落感,更加刺激了人们要“不平凡”的决心,于是急着向前冲,有些人成功了,却忘了自己追求的是什么。

要问当今人们最缺什么,当然就是钱。于是有人跳出来,将之批判一番,说这是“功利主义”。然而,功利主义在一定程度上就是现实主义。人们的需求能最真实地反映社会的状态。当今时代,用钱买不到的东西越来越少,人们追求功利无法避免。

针对第二条,为什么要做一个特立独行的人呢? 我认为多数人是他没有能力按照老规矩实现不平凡,于是便想出其他的道路。有人在网上问:“我十九岁,向往自由,放弃高考,去图书馆看书,行不行?"有网友发表对这个问题的看法:"不就是你学习成绩差,才想出这种办法的吗?"

其次,还是为了第一条,就是为了吸引他人注意,从而提高自己地位。如今常见的"炒作"就是如此,在此不多讲述。

第三种,是最有价值的一种,那就是打破规矩,尝试新的道路。这样做的前提,是他有能力按照老规矩去成就事业,否则就是第一种人了。道路是人走出来的。他们是探险者,如果成功了,人们就会受到启发;如果失败了,也会给人留下警示。

第四,就是逃避。逃避激烈的竞争。这算是从根本上解决了要不要变得平凡的问题。他们从根本上认为,人生无须变得不平凡。下面重点讨论这种想法。

平凡还是不平凡的问题,从根本上讲,是要不要与他人比较的问题。如果人生的意义在于比他人强,比他人地位高,那么就是要比一比的,要追求不平凡;如果人生来只追求快乐,无须与他人比较,那就不必强求不平凡。

那么,究竟要不要与别人比呢?我认为还是要比一比的。社会就像是镜子,人是通过社会了解自己的。当然,比较会产生冲突,冲突才是社会进步的动力。每个人的思想不同是正常的,可怕的是每个人都有相同的思想。

“求”的浅析

陈缘(社工1501)

求则得之,舍则失之。——《孟子》

求,觅也,乞也。相比于喜怒哀惧,“求”的感情在我们的生活中扮演着更为重要的角色。芸芸众生无时无刻不在进行着“求”的活动,在社会这个庞大机器中,即使作为最微不足道的一颗齿轮的个人,也在有意识或无意识地“求”着。他渴求自身能力的提高,乞求不被机器抛弃或被别人顶替——哪怕他仅仅是一颗齿轮。无论对于历史还是现实,集体还是个人,“求”从始至终是一个永恒的话题。

中国传统思想具有稳定、中庸、不走极端的特点,中国人似隐居在桃花源中,自给自足。在历史上的中国,“求”往往以两个极端表现出来。

其一为卑微乞求。想到“求”,脑海里很容易出现的画面是某人或作揖,或屈身,或五体投地,极尽卑微之能事。总而言之求者是处于十分卑微的地位的,在旁人看来是相当可笑而可怜的,但也许并非旁观者清,当局者迷,求者自己应当也知道自己的形象,但为了达到某种目的也不得不放低身段求于人。

其二为热烈追求。是指对自身理想信念及远大抱负的执着追求,其背后是内心强大精神支撑,并用积极的行动来争取达到自己的目的。这种“求”往往是值得人们赞颂的,求者并无丝毫卑微,而是以一种斗争者、进取者的形象奔跑在追求人生价值的道路上,尽管洒下血汗却无怨无悔。

历史的崖壁被时间浪涛无数次地冲刷,留下的痕迹任凭后人玩味与定义,“求”的故事也在历史的画卷里不断地重现。

例如,“求和”,在中国历史中具有两个极端的典型,其在中国近代史中是极为难堪的。这是因为中国近代的“求和”并非出于作为强者的怜悯或作为儒者的仁慈,而是作为弱者的被迫与无奈。面对列强侵略,无能的清政府做出“割地求和”的屈辱选择,使得中国长时间成为任人宰割的鱼肉,让中华民族饱经沧桑,令华夏儿女饱受磨难。而在古代,“求和”却能展现出另一幅面貌。宋辽的澶渊之盟、西汉的汉匈和亲等,在这些求和事件中,中国的先人们无不展现出对和平的追求及对安定生活的期盼,这种追求与屈辱求和大相径庭,值得人们为之称赞。

当所“求”与生命相关时,最容易体现出一个人的价值取向。中国历史上有皇帝在平定天下后不倾力安邦治国,让自己有限的生命持续发力,却选择寻求灵丹妙药以期万世永存。但愚人定被命运愚弄,心怀这种不义之求的皇帝莫不在蹉跎中消逝了生命、葬送了江山。与其相比,却有人愿为所求放弃生命。苏武牧羊的故事妇孺皆知。苏武被扣于匈奴后,匈奴贵族先以名利引诱,后以严刑威胁。但苏武始终大义凛然,宁死不屈。匈奴贵族无计可施,便"徙武北海上无人处"。苏武则"掘野鼠,去草实而食之"。在如此艰难的环境下,他仍拄着汉朝的旄节,不屈节辱命。他出使时正值壮年,待其归汉之时,已是须发皆白。苏武生命可逝,但求气节的精神令人动容。

历史的记忆总是闪烁着微茫的灯火,文明的脚步一直在探索中风雨兼程。以史为镜,可以知兴替,品味历史中的求,吸取经验教训,更好地把握自己,无论治国或修身都能求有所义、求有所获。

回归当代,随着文明的进步与文化的变迁,"求"已经逐渐脱去了极端的外衣,融入了生活的方方面面。接受教育叫"求学",寻找工作叫"求职",就连坐一次出租车、看一次牙医都属于"求人"。值得一提的是,在中国这个典型的熟人社会中有一种"求",即利用熟人关系在他人能力范围之内有求于人,而以后在他人求于自己时予以回报,其中非但没有尊卑关系,反而更能增进熟人之间的感情与联系,个中滋味,只有求与被求者能够体会。"求"早已没有以往的卑微至极与轰轰烈烈,它就像一杯清茶,泡着我们的整个人生。

若从心理学角度看,"求"之于人如同水之于鱼。需要与动机属于人的基本心理现象,人的一切活动几乎都遵循"出现需要—产生动机—发生行为"的模式,而"求"恰恰贯穿其中。

人的意识由三部分组成:本我、自我和超我,即原始本能、现实人格和发展完善。首先,"求"几乎支配着整个本我,作为人类,必定有进食需求、饮水需求、睡眠需求等生理需求,一个没有经过社会化的人,在面对这些需求时会遵循快乐原则,一切活动以自身需求为指南。其次,现代人之所以为人,是因为有了现实与社会的约束,在这个阶段人出现了归属与爱的需求,人们渴求融入社会,寻求社会归属感,于是按照社会行为规范进行活动;自尊需求,人会为了获得社会的尊敬而形成努力的动机,于是发展出了自己的事业,形成自我。最后,在超我阶段,人们出现强烈的自我实现的需求,便去追求人生价值,当今社会中出现的令人尊敬的成功者,无不为自己的理想付出巨大的努力,在"求"的支持下勇攀高峰,达到众人难以企及的高度。

只有不断地追求探索,永远不满足已取得的成绩的人,生活才是美好的、有价值的,没有追求的人生便是乏味的。让整个一生都在追求中度过吧,那么在这一生中必定会有许许多多极其美好的时刻。

要爱国，要豁达

李昱昕(社工1502)

张载说：“为天地立心，为生民立命，为往圣继绝学，为盛世开太平。”如此高尚的情怀，让我不得不肃然起敬。这是张载的志向，也是我的人生信条。我同时相信“天生我材必有用，千金散尽还复来”。人虽在尘世中沉浮，心却得始终明朗。苏轼是我最爱的词人，他爱国，他豁达。我从他的身上学到了很多。

苏轼从西蜀山水走来，眉目冷峻，两袖清风。居庙堂之高，他能看到黎民百姓的疾苦，在目睹了王安石变法给百姓带来苛捐杂税时，挺身而出反对变法；处江湖之远，他能坚守内心的本真，在忍受黄州艰苦的环境同时，挥锄东坡辛勤劳作。为官一任，造福一方。在杭州，他修堤筑湖，使百姓免于遭受洪水暴发的侵害；在儋州，他推广中原先进的农耕技术，传播文化，率先开化了这片蛮荒之地，使当时尚且愚昧的人民清醒过来；在湖州，他上书皇帝，本地的水军教习、海防建设从此开始。“问汝平生功业，黄州惠州儋州。”苏轼晚年自嘲自己的政绩微小，但在这三个地方，却做了实事。

因乌台诗案受牵连而被贬谪到黄州，他写“缺月挂疏桐，漏断人初静。谁见幽人独往来，缥缈孤鸿影。惊起却回头，有恨无人省，拣尽寒枝不肯栖，寂寞沙洲冷”。内心凄苦愁闷一览无余，然而他并没有怨天尤人，虽然也曾想“小舟从此逝，江海寄余生”，逃避尘世，清高生活，但又“莫听穿林打叶声，何妨吟啸且徐行”，保持初心，乐观豁达。于苏轼而言，名利荣辱皆是身外之物，哪怕一生都逃不了被贬谪的命运，遭受丧失亲人的痛苦，但终究学会“回首向来萧瑟处，归去，也无风雨也无晴”。与婉约派的李清照在郁闷伤心时写下“寻寻觅觅，冷冷清清，凄凄惨惨戚戚”的词不同，豪放派的苏轼狂放地写下“大江东去，浪淘尽，千古风流人物”。这是何等的豁达与率性，他还要“会挽雕弓如满月，西北望，射天狼”呢！

我所追求的人生境界，是“闲居非吾志，甘心赴国忧”的热忱与激烈，是“行到水穷处，坐看云起时”的从容与淡定。若时光折叠，苏轼或许能通过他的词与我对话，身体力行地让我明白，要爱国，要豁达。

我看人生

蒙香连(社工 1502)

有人说,人生没有回头键;也有人说,人生没有删除键。

一辈子不长,但也不短。我们难免会做错事,误会过别人,不小心伤害过别人。我们之后会后悔莫及,要是回头再来一遍,我们想着一定不会那么做了。或者,把那么一段不开心的事情给删掉,就好像从来没发生过一样。但是,人生只有一次。

人生是丰富多彩的,自己过得美好就行。

人生在世,什么身份什么地位都不重要。生命很宝贵,别太浪费,就好。简单做人,心安理得;踏实做事,问心无愧。过自己想要的生活,活出自己的人生。

我们人生路上,会出现很多过客。

不必请太多的人进来,也不必强行进入别人的世界。我们会很累,也勉强了别人。与别人交往,情是真的,心是纯净的,换几个真心对待的人,就好。

一代人的逝去。

2015 年 9 月 3 日,抗战胜利 70 周年纪念日。在各地的纪念现场,总少不了一个群体,当年的老兵及抗战的参与者。他们苍老的脸庞上还铭刻着当年的艰辛血战,他们面色严肃而凝重,年迈的身体无法掩饰他们当年的英雄气概。

看到这一幕,我百感交集。敬佩之意由心而生,同时又感到深深忧虑:倘若有一天,他们这一代人都逝去了……

那一代人的逝去,不仅仅是生命的终结,也是那段记忆,那段情感的消失。当那一代人逝去,对我们如此重要的民族记忆、民族情感、民族耻辱又如何存留呢?又如何成为激励我们不断前进的动力呢?这是很可怕的事,是我们面临的危机。或许它不像经济或军事危机那样来得猛烈,可是其危害性、隐蔽性都远远超过其他危机。而且,一旦思想上、精神上出现问题,也是极难改变的。

面对这种危机,我们必须做好两件事,一是传承,二是责任。这两件事的主体便是我们青年。

有了传承,那些记忆才能留存下来;有了责任,我们才能利用好那份记忆。若只有传承,记忆也只是片片废纸,只有责任也将会空虚无为,甚至迷失方向。只有二者兼备,才能让那些记忆融入我们的血液,让它化为一种动力,一种情感。

那一代人的生命终会逝去,但我们让那一代人的记忆与情感长存。这是我们任何时代都不能丧失的财富!

浅话“红楼”

秦佳敏(社工1503)

与《红楼》结缘还是看87版《红楼梦》,看一眼陈晓旭扮演的黛玉,真的是“一顾倾人城,再顾倾人国”,当时的感觉就是心神荡漾。曹雪芹先生作:“两弯似蹙非蹙笼烟眉,一双似喜非喜含情目。态生两靥之愁,娇袭一身之病。”我瞬间就顿悟了《红楼梦》为何是中国古典四大名著之首。人生中有一种遇见,就是莫名其妙。莫名其妙地喜欢一个人,愿意和你,一盏红灯,一杯清酒,可饮风霜,可温喉。不为别的,就是因为是你。

红学大家马经义曾说过:“当我们对人生的轨迹触摸不透,无法掌握,无从知晓,找不到文化凭据时,我们往往归咎于一个字——命。”一个人的时候,想起好朋友,心里有一股暖流划过,轻轻地,静静地。我就在想我为什么这么幸运,世界这么大,人这么多,我们却相识相知。我猜想在遥远的某个地方,会在某个时候邂逅可以陪在你身边的人。雪小禅说过,有质感的生活有时就是:清茶一杯,赏心三两。无聊午后,有聊人生。偶尔寡言,偶尔独笑。偶尔你在,偶尔她在。

有一个人说之所以出现《红楼》热,主要是两个原因:一是《红楼梦》包罗万象,二是有许多未解之谜。确实如此,《红楼梦》是诗化的小说,是小说化的诗。而我喜欢它的两点是,“草蛇灰线,伏脉千里”和“悲凉之雾,遍被华林”。第一点和我个人的爱好有关,我从小就喜欢看福尔摩斯一类的小说,第二点是因为这才是生活。“正因写实,才转新鲜”,戏如人生,人生却不是一场戏。第五十四回“史太君破陈腐旧套　王熙凤效戏彩斑衣”中的贾母点评才子佳人一段就很醍醐灌顶。

历史上争吵最激烈的就是《红楼梦》是索隐还是考证。其实我觉得这些都不重要,反正大的时代背景都是一样的,我们有时间还不如多想想后四十回到底是怎样的。读曹雪芹先生著作的和高鹗续写的,读完了你不去对比情节,读完的味道一点都不一样,读高鹗写的一点都不尽味,特别是黛玉焚稿那一段,一点都不符合前文曹先生塑造的形象。黛玉绝不可能含恨而终,黛玉本是下凡还泪,儿女情结太浓厚了。

还有最近炒得比较热门的谁是《红楼梦》中的主人公。我觉得西岭雪说得最好,那些人纯粹是炒作。那我想问你,你在世上几十载是谁的配角。但是我觉得也蛮好玩的,刘心武大师提出秦学,倡导秦可卿是女主人公。也正是因为他,我才发现秦可卿这个人物的设定确实有很多疑点,她凭什么嫁进宁国公府,又凭什么越过凤姐成为众人喜欢的媳妇。她的死也是疑点重重。我最感兴趣的是第五回“游幻境指迷十二钗 饮仙醪曲演红楼梦”中的其鲜艳妩媚,有似宝钗,风流袅娜,则又如黛玉的女子为何叫秦可卿,是不是作者暗示“黛玉未嫁而亡,宝钗成婚而早卒,湘云别适而为孀”。我觉得《红楼》里的女子都很可爱,宝钗是有点小心思,可她代表的是自古以来女子行为的典范,其实她比黛玉更可怜,明明知道宝玉心里没有她,但是她早就知道她是他的妻,她深受三纲五常影响,只走世俗里对的路。宝钗没有错,是那个时代的错。

萝卜青菜各有所爱,而我喜欢邢岫烟。端庄而不拘泥,贫寒却不小家子气。特别是她的名字,一听就觉得超然脱俗,几分五柳先生气息。岫者,山穴,峰峦也;这“岫烟”二字,青山隐隐,云烟袅袅。人生最大的喜事就是遇见一个志同道合的人,著名评家陈其泰却称邢岫烟为“书中第一流人物”,心里就特别激动。有三处最能体现她的风骨:一是教宝玉署名“槛内人”;二是岫烟当衣,在苦难面前,选择坚强;三是“看来岂是寻常色,浓淡由他冰雪中”。在大观园,她不似薛宝琴惹眼,她展现给读者的是才貌平庸,但事实真的是这样吗?

用闫红的一句话结尾:“年年岁岁一本书,这种相看两不厌的相守,让我觉得时间都是静止的。”

不偏不倚，折中致和

吴小芹（社工1503）

一次，子贡问孔子："老师，颛孙师和卜商相比，谁更贤德一些？"孔子回答说："他们都很贤德，只是颛孙师做得过了，而卜商做得稍有不够。"然后子贡又问："那么，颛孙师比卜商更好一些吗？"孔子回答却说："过犹不及。"

成语"过犹不及"便是出自此处。其意思是说：做得过了头和做得还不足都对结果没有任何意义，只有不偏不倚，折中致和，把握万事万物的一个"度"，才能不偏离预期效果，甚至达到一种完美、令人满意的状态，而这种智慧也是儒家中庸思想的另一种表达。

当自己在为人处世中贯之"不偏不倚，折中致和"的思想，遵循适度原则，便是一种大智慧。追溯古往，历史上那一个个能在云诡波谲的朝廷中安身立命的政客们，更有甚者能历经几代王朝而不衰，他们凭的便是这种智慧：既不把事情做得太绝，也不会无所作为。这也成了一种为官之道，甚至沿用至今。并且不只是政界，在任何职场、关系网中，似乎能拥有这种智慧的人，都有一定的成就。

在小老百姓的日常生活中也是一样的。在当今这个高速发展的时代，拼搏奋斗的人深感压力之大。勤于事业，忙于工作，固然是一种敬业美德，但如果每天都紧绷神经，过分担忧自己的业绩，就会使自己疲惫不堪。最近看到一个新闻，某公司的一名员工，经常加班到很晚，早上起来，好好地去刷牙洗脸，却不料竟猝死在卫生间里。生命如此终结，该是多么的可惜与悲哀啊！工作是一种追求，是实现自己人生价值的一种方式。但如果让工作成为生活的全部，那么一个人的身心修养就会被忽视以至于失去生活的乐趣。淡泊名利，清心寡欲纵然是一个人修身养性的至高境界，如果过分执着于此，逃避社会，以致不食人间烟火，那么他便会成为一座孤岛。

我虽然还未完全踏入社会，但自小与别人相处、眼观他人之间的相处，都让我觉得"不偏不倚，折中致和"的中庸之道是大道。

自身为人处世是如此，看待他人之事时也应如此。看待他人、他物、他事，不偏不倚，理性待之，更显公平公正。舞台上的光鲜亮丽并不完全只有掌声，还有背后的辛酸与泪水。只有当我们理性公平地分析一件件事情，挖掘其背后的故事，才不会只是一片唏嘘，更需要的是行动与改变。

道理虽简单易懂，但实践起来却不那么容易。然而：

慢慢懂事的我们,会体悟这些道理;
渐渐成熟的我们,会践行于生活中;
人生本就是一条不断去探索的路,
前方如何,我们不知;
但我们知道,
我们会一直走下去。

我始终相信努力奋斗的意义

沈潇(环艺1501)

身边的很多朋友如今都会笑着说:“鸡汤,还不就那样,看完之后,或许会冲动两三天。但是到了后面,还是该吃吃该喝喝,原来哪样如今依旧哪样。”

类似这种情况,很多人提起“努力”这个词的时候,总是以一种过来人的姿态,嗤之以鼻。

或许努力很久很久,也才只有百分之一的可能会获得自己想要的那个结果,但是,扪心自问,你真的努力了吗?

我指的努力,不是嘴上喊着努力,却依旧熬夜追剧、打游戏。其实,只有你自己最清楚你到底有没有在努力。

身边一直有人每天都喊着学软件,学雅思,学网页制作,学视频剪辑……

一个月过去了,两个月过去了,貌似还是什么变化都没有,依旧睡着懒觉,玩着游戏,追着电视剧。

简单地说,我认为努力的第一要素,就是过得不舒服。

大概大部分人依旧记得自己高考时的状态吧,我高三那一年,记忆特别清楚,在当时,我觉得那个时候特别辛苦,有时候自己背书的时候就会陷入一种混沌的状态。在深夜两三点,依旧不断地重复那些似乎枯燥、没意思的历史事件。复习书上,有着各种各样的扩充知识点,蓝红黑三种颜色的记号笔把一摞摞的复习资料填充得密密麻麻。

我如愿以偿考上了梦寐以求的大学。

当然我也佩服我们学院的一位学长,没有课的时候,图书馆开门他就去,图书馆关门他才回来,不带手机,不带电脑,带的只有一本厚厚的笔记本,陪着他的也只是那些极其枯燥无味的理论。

顶着寒风早起读书,自然没有躺在被窝里睡懒觉来得舒服;看那些枯燥的理论,自然没有追剧玩游戏来得舒服;在图书馆挂一天,自然不会比在宿舍玩手机、看小说舒服;跟着网上视频学习自己从来没有接触过的软件技巧,一定没有刷刷微博,看看段子舒服。

你问问自己,是不是因为过得太舒服了,所以才喜欢一路安逸地走下去。

早上睡到八九点,去上两节课,然后吃饭,回来玩电脑,打打游戏。

不满足于现状,内心隐隐不安,但又不想改变,喜欢现在的安逸。每天吃吃喝喝过去了,挺好。

古人说“生于忧患,死于安乐”,当然是有道理的,生活太安逸、太轻松,一定是会消磨你的斗志的。

一、找到自己喜欢去做的东西

说句实话,无论如何,这漫长一生总是会过去的,但我希望趁着还有时间,去经历、去做一些我自己喜欢的事。

热爱这种感觉,真的有想不到的力量。因为喜欢本身就把所有不舒服的事情变成了享受。

我最讨厌熬夜,但是集训的时候,简直是会没日没夜地画,一天可以只睡四五个小时,每天熬到两三点,但是起床之后依旧精神奕奕。

身边有个朋友喜欢写文章,刚接触推文的时候,泡到电脑上,一天能码字上万。

因为在做自己喜欢的事情,所以熬夜、早起都不算什么了。

做自己喜欢的事情,本就感到开心了,最后得到的成果,反倒是意外之喜了。

但是我想很多人,恐怕连自己喜欢的事情都没有找到吧!

在这未知的世界,努力去做那些自己喜欢的事情,不要闲下来,把所有时间都用到自己喜欢的事情上,不要怕没结果,不要怕没成功。最怕你一生碌碌无为,还安慰自己平凡可贵。

认真努力做事的时候,无论最后结果如何,但你一定会真真正正喜欢上那种充实感。

但是话说回来,为了梦想,因为热爱,拼命去做,想不做成都难。

二、你如果不想为自己努力,那么你有想过身边的人吗

并不是每个人生下来就有数不清的人脉关系,铺好了前进的路,其实我们都清楚,我们只是这个世界上最普普通通的一个人,很平凡。我们每走一步,都要用血和泪去换,有时候或许还没走,就开始倒退。

去年春节的时候,因为集训没回家,想着买点东西给老妈带过去,在街上逛着看中一件略贵的衣服,下狠心用生活费买下来,撕掉吊牌寄过去了。

之后整整被我妈电话训了一个小时,总要我拿回去,说太贵了。

之后听我爸说,整个春节期间,那件衣服我妈就穿了一次,还是家里亲戚来我家拜年的时候,他们都说衣服好看。老妈则是一脸喜气地说,是我买的,我的眼光好,说这话时,嘴角止不住地上扬。

那时候，不知为什么我感觉特别心酸。

之后又过了一段时间，在画室画画的我，手机短信提示汇款 1000 元，看见那条短信，我就知道我妈把钱给我打过来了。

“衣服我托人退了，在外学习不容易，别老乱花钱，我在家挺好，吃得好，喝得好。”

当时莫名的难过，突然就想起小时候，家里挺穷，爸妈都特别节省，我印象里，老妈都没买过新衣服，有时候亲戚就会拿些旧衣服过来，老妈就会高兴得像捡了宝一样。

这么多年，老妈依旧特别节省，但是对我，却特别舍得花钱，凡是我想要的玩具、零食，她总会尽可能地满足我，给我最好的照顾。

但是，如果我不努力的话，我又拿什么给她最好的呢？

无论结果如何，我都始终相信努力奋斗的意义。

你努力了，你就不愧对自己的热血。

你努力了，你就不愧对你曾经经受的艰苦日子。

你努力了，你就不愧对你身边的人。

就怕你一直抱怨，太累太辛苦。

就怕你失败一次，就嚷嚷着自己是金子却无处发光。

世界纷纷扰扰，你过得舒服吗？你真的在为你自己喜欢的事情努力吗？

如果你被生活磨掉了棱角，你被现实打败了，希望你同样相信努力奋斗的意义，这是一个本质的问题，因为你知道你做了，就不会辜负自己，更不会辜负身边的人。

岂能尽如人意，但求无愧于心。

变

宋楚楚(环艺 1501)

一、爱好哪去了

大众生活水平一路向前,精彩度反而见退。个人的日常爱好似乎越来越单调,甚至未能留住其一,还有不少爱好几乎快淡出我们的记忆。

听得比较多的“我喜欢”,大概是追剧、健身、K 歌、美食等,的确很接地气;相比之下,看书、绘画、下棋、垂钓等就少了许多,毕竟格调高了。当然也有人爱网游、泡吧、玩牌等。随着我们物质文化生活的丰富,我们的爱好也发生了微妙变化。传统的娱乐方式已经不能满足现代人的需求,人们开始寻找更为精彩刺激、释放身心的娱乐爱好。所以手机、网络、各种娱乐场所就成了现代年轻人日常不可或缺的东西。

记得从前的大人小孩有玩不尽的好玩的。自做的沙袋、毽子,做的过程就欢喜;弹子、陀螺,拿在手里就开心;跳皮筋的话,老太太也要来凑热闹;搭积木、捏橡皮泥、讲故事,是大人和小孩的合作;骑牛、爬树,让多少孩子兴奋;在溪坑玩水、树下朗读,让人神往迷恋;地上画字,管它像什么;到了夏夜里,还能去追萤火虫、听蛙叫,真正使内心得到释放;还有静坐、发呆也算爱好。如此等等,数都数不过来。如果再去玩,敢问你们还愿意吗?

国人对爱好的胸襟比较狭窄,怕玩物丧志。其实玩物也能养志,有些爱好专门调养身心;玩物也能尚志,在纯粹的喜欢之外,还别有斩获,有些爱好可以和事业联合起来,那是任何人梦寐以求的。奉化人黄岳渊先后做过清廷和民国的官员,后来厌倦了官场中的尔虞我诈,年近 30 岁时,他弃政归田,转而研究自己所钟爱的园艺,并建了黄家花园,是当时名流的雅聚之所。黄老曾举办菊展数十次,屡获中外金银奖牌,被推崇为园艺界的权威。所以说爱好,只要自己做着喜欢,又不妨碍自身和别人,就够了,说不定还能爱出一番惊天动地的成就呢!

再说现在,闲时大家都爱刷刷朋友圈,聊聊 QQ,玩玩微博,逛逛淘宝,追一追剧,聚会就聚在一起吃吃饭,唱唱歌,玩玩桌游电玩,虽不能养志尚志,可又有谁能说这是进是退呢?遍地的“伪爱好”:专看新闻、纪录片是因为以经政史为谈话主题显得有档次,钢琴几级、舞蹈几级、跆拳道几段,擅长奥数、小语种也并不是兴趣使然,而是作为特长给别人看的,或者说是为了挣钱或炫耀——将工作和生活合成一体是多么可悲。如果说前者是为环境所迫,那么后者就是人心理在这个环境里扭曲的过程。生是为了活着,而活,是为了快活。

有时万籁俱寂出门去,同学见了会问:“干什么去?”我说:“去走夜路。”同学说:“一个人?大半夜怪吓人的,走夜路干什么?”——那种感觉非常好。是吧,这就够了。

二、当沉默成为习惯

一直少言寡语不善言辞,一直都学不会那些出口成章客套的言语。

现在的我,已经开始学会沉稳淡定,处事不惊,却始终缺乏一种处事的圆滑与世故。

现实的空气中隐约弥漫着虚华,人与人之间的关系总有些微妙,以诚相待的朋友总是那么的可遇而难求。当时间证明爱情或友情都只是过眼烟云,誓言或者诺言都如同笑谈,而耳畔的谎言越来越嘈杂的时候,我们开始变得越来越沉默,甚至开始有意无意地避开人们的视线,寻求一种让人彻底放松的无羁和自在的状态。

于是我们不再喜欢诉说,沉默渐渐成为一种习惯,发觉多了许多属于自己的时间和空间,不去关注别人的交头接耳,不去理会他人的蜚短流长,也就远离了许多纷争和是是非非。许多时候就着一杯清茶,静静地听几首舒缓的老歌,看几段恬淡的文字,想一想那些以为可以相处一生而今却已失去消息的人,以及那些不用联系也不会相忘的朋友们。这样的时光里,虽少了一份热闹繁华,却也多了一份不必与人分享的静谧与真实,让人感觉心安。

当沉默真的成为一种习惯,世事变迁似乎也可以被看淡,并不是我们变得冷漠,只是多了一份理智与清醒。独处的静默里,总有些往事中的温暖,被沉淀成感动,而那些曾经难以释怀的委屈,今日却已开始模糊。原来,某种顺其自然的退避,不仅能让自己的心变得宽敞安静,也能让世界变得更简单。大概这就是成长吧!

三、你们不要再假装了解90后

不明白到底是什么发生了变化,为什么仅仅几年时间,社会上对青春的打压和不认同突然变成了一种对青春毫无原则的赞许,或者是毫无原则的鼓励。

总会有一些广告的插画上面是一个戴着棒球帽、穿着嘻哈风格的体恤、戴着耳机的年轻人,旁边配以“我就是我,青春就是任性”之类的文字,背景音乐配以汪峰的《怒放的生命》这样的歌。人们将这些定义90后,不负责任地去把许多类似于追逐梦想、不忘初心、永不退却之类的话告诉我们，仿佛这样我们就会获得成功，然而这是很不负责任的。在我看来，你们应该去解释一个真实的世界，没有那么多蔷薇色光芒和泡沫的世界，一个年轻人真正要面对的世界，才叫负责任。

这个时代对我们来说是个好的时代么？作为 90 后，我觉得要面对的这个时代让自己压力很大。

第一个要面对的是人力资源需求的减少。谷歌的一位首席科学家在做人工智能和计算机的深入学习，当我们想到机器人的时候，就会想到扫地机器人，特别笨重地扫来扫去，然而现在机器人的智力已达到两三岁小朋友的水平，而且这个进步是飞快的。所以当人工智能真正实现的时候，会有很多的职位不再被需要。这在二十年之内就会发生。

第二个要面对的就是人们普遍担心增长放缓会带来失业及就业困难。根据奥肯定律，在技术稳定的社会，经济增长与劳动就业存在一个稳定关系。如果经济增长率下降，意味着劳动就业的增长率也会随之下降，失业率就会相应增加。而失业不仅是劳动这个最重要的经济资源的闲置和浪费，更重要的是，劳动者家庭将失去由市场获取收入的来源，家庭生活负担增加。加上劳动者本人的挫败感，甚至可能引发一系列社会问题。

第三个要面对的就是资本与阶层的互换。黄仁宇老师之前写过一本书叫《中国大历史》，他在里面讲到，中国的社会就是一个赛百味夹肉面包（submarine sandwich）的社会，上面一层面包是大而无当的文官集团，底层的就是农民，中层是指因为缺乏法制而用道德维系的中间阶层，一层一层的阶层是固化的，大家上不去，也下不来。并不是说这种阶层的上升无法实现，而是因为它从古至今都是前所未有的艰难。当然我们可以看到有人忽然从卖报纸的变成了什么大亨，但毕竟是少数。

所以这个时代在为我们带来便利、提高我们物质文化生活水平、给予我们机遇的同时，也给我们很大的挑战。没有一个所谓特别优待年轻人、崇拜年轻人的时代，也同样没有特别打压年轻人的时代，时代永远是这样的。

所以，唯有不为生而活，让自己的心变得宽敞安静，保持独立精神来适应这个时代，适应这个属于 90 后的时代。

背“判”设计

唐小雯(环艺1501)

设计本身就是创新,是不墨守成规的做法。“判”不是我们所谓的叛变的“叛”,而是判断的“判”。“背”可以理解为反向的、非常规的,甚至是一种变革。背“判”可能会在时空或方式方法上对设计对象的形态外观进行背叛,也可能会上升到更高一层,就是意识形态的背“判”。

设计可能真的需要一生的时间去经营。风格的形成就像习惯一样,好的习惯可以创作出很好的产品,而坏习惯可能会带来毁灭性的打击。这个时候,我们应该停下来,重新思考,重新设计。

很多设计师向往意大利,因为那里有太多值得借鉴的东西。文艺复兴是一次背“判”,是人与神的对抗。人要寻找自我存在的价值,而不是听命于神。这是一个很大的背叛,一个革新。意大利是一个很注重历史文化遗产的国家,意大利的设计师走的是自主创新的路线。他们走在时尚界、设计界前沿的原因,就是在于意大利文化在传承的同时,又有很强的包容性。而我在意大利的旅行,也体会到了意大利的背“判”。

能让人产生共鸣的设计,应该就是好设计。它不需要过多的装饰,在功能上也不缺失,还能达到服务于生活的目的。

普利兹克建筑奖获得者、全球最炙手可热的英国设计师扎哈·哈迪德就是背“判”设计的代表人物。她在伊拉克出生,具有浓烈的伊斯兰风格的设计背景。她的设计有一种未来感,充满信息科技、数码科技的感觉。很多设计师可能比较反对过于超前的东西,认为它们脱离了文化。但是,她不循规蹈矩的设计得到了市场的广泛认可,所以,她的设计就是好设计。

丹下健三曾经说过:“建筑是凝固的音乐。”扎哈的出现,让我觉得建筑也可以是欢快的舞蹈。扎哈的作品,线条灵动而夸张,是那么不拘一格,令人着迷。这种设计是有生命力的,不像老旧的木板或是粗糙的混凝土那么僵硬。建筑的形式没有对和错,只有形式、时间、形态和思考的多方面表达。

2003年,扎哈设计了辛辛那提当代艺术中心。如果你有幸看到它,你就会觉得她对自己做出了彻底的背“判”。她以前的项目走的是结构主义路线,即传统现代主义建筑,而她现在却打着批判现实主义建筑的旗号在做设计。今天做这件事,明天却又否定自己,这是一般设计师很难做到的。但是,设计师只有具备这种能力,才能做出好的作品。

传统的手法肯定是可以做出好设计的。但是,背“判”创造出机制设计的可能性会更大。如果说传承是一种沿袭,那么背“判”就是进化。进化并不是要脱离整个自然的体系,它也是历史文化传承的一部分。

自然、设计

王茗酩(环艺1501)

创造的神秘,有如夜间的黑暗——是伟大的。

The mystery of creation is like the darkness of night——it is great.

——泰戈尔《飞鸟集》

我们生活在城市里,喧嚣繁华的城市拥抱着我们;城市也被大自然拥抱着,被自然给予了生机、安详和休憩的机会。当我走在雨后的街道上时,我看到树上的叶子因为秋天的到来而变得金黄;当我坐在街角的咖啡店里享受午后的阳光时,木质的咖啡桌上纹理斑驳;当我回到自己的住处,准备脱下厚重的外套时,会发现衣摆处不经意间沾上的一片鸟羽……每当这一切发生时,我的心情会被瞬间点亮,就像是有一颗流星偶然划过生活沉寂的夜空,带来的似乎比光明更多。我一直相信,接近自然会给人类一些暂时的解脱,从繁忙的工作中、家庭的琐事中、社会的压力中得到放松。人类亲近自然应当是无比惬意的,正如孩童陪伴在母亲的身边,顺从而又安心;自然会教会人类很多东西,给予人类美好的生活细节,无声地向人类诠释着生命的真谛;正如慈母般细腻温柔,而又不缺乏严父般的教导和期冀。

我同时认为艺术家和诗人作家们应该在感情上是最亲近大自然的,因为自然是艺术、设计以及文字永远的源泉。在远古时期,我们的祖先就会用石块在岩壁上作画了,而文字的发明也紧随其后。那些被绘制在岩石上的捕猎景象、那些早期的人像浮雕,甚至那些远古的崇拜和迷信都是在大自然中形成的,在现代人眼中仍然是如此的迷人。当人类第一次使用火时,火是大自然给他的儿女们的礼物;当人类第一次仰望星空时,自然就在人们的心中播种下了飞翔和探索的梦想;当人类第一次用泥土烧制出陶器的时候,自然已经开始默许人类用它的一部分来创造更好的生活。当人类写下第一个象形文字,当人类锻造出第一把青铜利刃,当人类第一次同胞之间兵戎相见,当人类第一次打破了海洋的桎梏,扬帆远航,探索世界,当人类发明了第一辆蒸汽机车,当人类打出了第一个电话,当人们举办了第一届世界博览会,当人们在电视前第一次观看世界杯,当可口可乐畅销世界……大自然一直以来就是人类成长的舞台,也是人类获取知识的对象。

在我不断学习设计的过程中,我发现了做设计竟然需要你有多方面的学识修养:文学、历史、地理、物理,甚至更多零散的常识,诸如对茶的了解、对咖啡和酒的了解、对织物的了解、对金属的了解等,而所有的这些知识和材料都来自大自然。在现代社会里,设计更加提倡人文关怀和可持续发展。好的设计必定要更加接近自然美,比如,宜家的家具,大多都简洁环保,物美价廉;无印良品简单朴素却又别具匠心的产品受到全世界的青睐。当人类在物质和奢靡中摸爬滚打了太长时间,我们开始渴望回归天然的状态,回到一种纯真而朴实的精神世界当中,希望自己的心灵能够得到自然的滋润,荡涤尘世的苦闷。当一个人打开她随身的小包时,她的钱包上印着森林和麋鹿的图案,她的镜子和小梳子是用木材制成的,她的手套可能是温暖软和的羊毛手套,这就是人类心灵深处对自然的向往与追求,体现在我们的日常生活中。我们今天所看到的万事万物尽管千姿百态,究其根源无外乎自然创造和人类创造两大类。同时人类也是自然环境的一部分,是自然创造的结果。反过来对自然的影响随着社会的发展和科技的进步也越来越大。在人类改造世界的活动中,人类对自身生存环境的改造是最根本、最宏观、最重要的。环境艺术设计也发展成为集城市及地区的规划设计、建筑设计、室内设计、园林、广场设计、雕塑、壁画等的整合设计。也正因为如此,对自然的影响也越来越大。

自然在变,人类在变,社会也在变。世界从来没有被固定在一个模式上。由于曾经对自然不同程度的破坏,人类在改造自然、建立新文明的同时,也在不断反思自己的行为对大自然的伤害。狄更斯就曾在一份工业革命判词中写道:“这是一个最好的时代;这是一个最糟的时代,这是一个智慧的时代,这是一个愚蠢的时代;这是一个信念的时代,这是一个疑虑的时代……我们面前无所不有,我们目前一无所有。”——这是当时人们处在正反矛盾中的纠结心理和迷茫。而莫里斯则歌颂中世纪人和自然的和谐一致,建筑、工艺和衣食住行都弥漫着宁静的诗意。我很赞赏一位伟大建筑师的观点:建筑应该是自然的建筑,从属于自然环境;同时建筑应该是真实的建筑,是服务于人的建筑。

目前,人类与自然的对立日趋严重。减少和消弭这种对立是我们这些学子们义不容辞的责任和担当。从现在就确立扎实的“可持续发展”的观念,摒弃“人类中心论”的陈旧思想。把生态学和生态美学以及生态价值观引入到美学领域,把人与环境相互依存、和谐共生的观念根植于环境设计的实践中,创造健康绿色可持续发展的生存环境。

设计是对人性的关怀

张晶(环艺 1503)

在部分人的眼中艺考是通往成功的捷径,但近些年的形势却不容乐观,就拿我的家乡——山东,这个高考大省来说,同年美术生五万人,考取本科学校的人全部相加却不到九千人。也许我们是幸运的,我们实现了考试阶段的初级的梦想,我们来到了最理想的设计学院。可是学习的起初,我们在上几门不同的课程时却被问及同一个问题:“同学们,你们认为什么是设计呢?”

“什么是设计呢?”我们鸦雀无声,作为一个反复练习应试画法的学生,其实设计对于我们来说也是一个崭新的事物。有的同学认为设计是创造一种新的生活方式,有的同学认为设计是引领和创造时尚和审美的新方向等。这些回答都有其合理性,可是最近发生的一件事让我对设计有了新的认识。

11 月 19 日,2015 年中国最权威的工业设计奖——红星奖颁奖典礼在北京举行。今年共有来自 18 个国家六千多件作品参评,八项金奖中设计师陈苏宁设计的 QS-MZ 无针注射器给我留下了最深刻的印象。该产品是目前全球唯一单次灌药多次注射的胰岛素无针注射器。利用机械产生瞬间高压推动药剂经过极细喷嘴,高速穿过皮肤直接弥散到皮下组织,对于每天都要注射胰岛素的糖尿病患者,无针注射器能较好地消除患者对针头的恐惧感,降低刺痛感和感染率,提高胰岛素的利用率,缩短起效时间,亦可以避免因长期局部注射而产生的皮肤硬结。

为什么我会在看到这一个小小的产品时深受震撼,我想大概是从小的经历。糖尿病离我们并不遥远,在现代的生活中,糖尿病已成为最常见的慢性病之一。例如,在我的记忆中,我的姥姥在我很小的时候就患有糖尿病。糖尿病对患者本身影响是巨大的,不可以摄入含有糖分的食物,抵抗力低下,最普通的伤口也不易愈合等。对糖尿病的治疗来说,几十年前的治疗方法是每天定时口服大量药物,随着科技的进步,近几年糖尿病患者可以在家自主注射胰岛素来缓解病情。

记得一次偶然看到姥姥给自己注射胰岛素的过程,她从冰箱中取药后用有尖锐针头的注射器给自己打胰岛素。这是怎样的感觉呢,我又该怎样描述自己的感受呢,大概只能用“触目惊心”来形容。可能是发现了站在旁边观望的我,从那之后姥姥再注射药物时就会故意站在冰箱门后面的角落。但那一幕却在我心中打上了深深的烙印,就像那支尖锐的针头不仅刺痛了姥姥,也刺痛了我。

而今看到红星奖的金奖——无针注射器时,让我开始思考。其实好的设计并不一定是要有新颖的外表,一个好的设计必定是有文化内涵的,是对人性的关怀。设计的对象是产品,但设计的目的并不是产品,而是满足人们的需要,所以说设计是为人而设计的。

设计师陈苏宁设计的无针注射器没有华丽的装饰,没有夺人眼球的外形,它造型简洁,适应的是人们最真实的自然尺度而不是浮华的虚荣心。所以说现代设计,从本质上看是一门实用性的艺术,更是一门实用性的科学,而不是形而上学的空谈。

现今生活中的设计产品良莠不齐,社会中盲目追求规模大、数量多,盲目照搬照抄,盲目追求利益只为小众服务的设计现象层出不穷。面对不良状况时,我们应让陈苏宁这样的设计师,让无针注射器这种优秀的作品多起来。好的设计必来自好的设计师。就像江南大学设计学院的教学宗旨“培养有责任感、受尊重的设计师”。设计职业其本质就决定了设计师所具备的社会意识和社会责任,实际上是一种服务意识。设计的本质是一种社会工作,设计师也是为社会大众而从事设计的。所以说设计是服务于人的,设计的作品也应是关怀人性的,是“物以致用”的。

这大概就是我喜欢设计师陈苏宁这件作品的原因,他和他的作品真正地诠释了什么是设计。设计是服务于大众,具有民生关怀意识,真诚并创新的一种社会性工作。

作为还在憧憬未来但如今却迷茫的我们,写下这篇短文,也希望我们大家都可以热爱自己选择的未来并坚持初心。

我认识的建筑

潘港(环艺 1504)

“环境艺术设计”对于刚开始接触的我来说,还是一个陌生神秘的领域,据我现在的认知、了解,建筑空间专业大致分为:城市设计、建筑设计、景观设计、室内设计等专业方向。我们身处的空间就已经是物质存在的一种客观形式,建筑也是从其中“产生”的,然而建筑的空间不会凭空产生,它是供我们使用的“有限”空间。由于建筑实体的不同,使人们产生不同的建筑感受。这种感受可以让我们主观地判断这种建筑的功能,或是这种建筑代表的一种文化,就像现在的卢浮宫、埃菲尔铁塔已成为法国的代表,大本钟成为英国的代表……

中国的建筑从几千年前就产生了,在发展的过程中形成了我们中国独有的特色与风格。中国的传统建筑以院落为主,有内向性的特点。例如,福建土楼等民间建筑。这些建筑体现了中国传统文化中中庸、内敛以及“天人合一”的思想。当然给外国友人们印象最深的还是我们的被称为“世界著名的中轴线”的北京紫禁城,表现了古代中国皇权的至高无上。我也亲自去感受过紫禁城的威严,层层升起的基面,无不展现皇帝的庄严的特征。随着中华人民共和国的成立,新兴的建筑如雨后春笋般出现,印象最深的还属北京奥运会与上海世博会上相继出现的许多有创意的、有现代城市设计感的建筑。诸如“鸟巢”“水立方”“中国馆”等,与当下的“眼球经济”相符合。可是也有一些富有创意的建筑受到了许多的争议,例如,中国大剧院、中央电视台总部大楼等。可是我认为这些都是随着中国经济高速发展下产生的有意义的建筑。中国独立建筑师事务所是从 20 世纪 90 年代末开始出现的,起初,他们的私人身份和拥有上千名建造师和工程师的国有设计院相比微不足道,然而正是这些踌躇满志的青年设计师们,开拓了中国建筑的新时代!随着各个城市环境整治和改造的不断深入,现代的人们传统的衣食住行都变了,可是我们要辩证地看待这类问题,这种改变直接导致人与人之间的冷漠等问题,这都需要我们的创意设计去改善。

对于将要成为建筑空间设计师的我来说需要了解设计师们的交流方式与交流语言。图片、草图、草模、效果图、工程图与三维动画都是我们必不可少的“可视化语言”。其实建筑也是通过点线面的关系展现的,点形成线、线形成面、面形成体。通过不同的联系就会产生不同的视觉效果。一根柱子代表一根垂直线,看似不重要,其实它可以为周边环境提供一个视觉焦点,两根柱子可以限定一个面,形成视觉上的冲击,柱子越多墙的感觉会更加明显。面,会给人产生更加不同的效果,水平要素和垂直要素的合并的空间会给人们较强的视觉冲击力,以此为代表的就数荷兰“风格派”。在面中又分为单曲面和双曲面,这类变异形态更会增加空间魅力……

现在大家都会被设计感强的有创意的建筑所吸引,怎么样让一个建筑富有创意也是个难题呢。就像当我们要丢弃我们买的苹果产品的包装盒时内心都会不舍。一个建筑也需要与人的内心产生共鸣,说得通俗一点就是说要接地气,这需要做到:一、以人为本,建筑为人民服务,提高建筑物的实用性;二、建筑还要体现时代感,纵向地延续历史文化,把握历史的脉搏,才能耐看,给人启迪。三、我们身处于一个大的国际背景之下,就要加强弘扬地域文化,在文化的交流碰撞中,互相融合形成多元的设计观念;四、在高速发展的科技下,加强艺术与科技的完美融合,例如,关注每一次建筑材料的更新,利用高新的技术,更贴切地服务于人。做到这些就可以把握好创意的主题,把握好这个建筑设计的核心内涵。

然而设计师最重要的不只是那些概念上的东西,还需要手头功夫,当然最基本的就是手绘,这个技能是激发我们想法或者是与他人表达自己想法的最直白、最有效的方法。当然工作草模、计算机模型等后期的工作也是必不可少的。

最近也欣赏了许多建筑设计大师设计的作品,在拜读杨教授的书后对建筑艺术设计产生了更加浓郁的兴致,之后会对建筑设计有进一步深入的了解。

浅谈"青春小说"

陈灿(环艺 1504)

走进书店,在热销的柜台上摆着许多包装绚丽的小说,上面的标签,不少是"青春残酷物语""真正的青春故事""带你走进悲伤的尽头"等,也有许多少男少女在柜台前驻足。

始终觉得,不少现如今所谓的"青春小说",都化着精致的妆容,用以掩盖其空洞乏味的内容。

初中初次读到《小时代》之时,几乎是热血上涌,多巴胺过度分泌。看着顾里化着华美的妆,穿着动辄上千上万的衣服,坐在高档咖啡厅里,点一杯几百元的咖啡。当穿着普通的女生过来抢座位时,她可以毫不犹豫高高在上地劈头盖脸就是一顿冷嘲热讽:"请你穿着你那一堆不知从上海哪个批发市场里淘来的大花印布快点从我面前消失。"

那时看着这样的描写,满心艳羡,似乎只要你有高学历,你穿着华丽,你贵气十足,钱袋甚鼓,那就可以理直气壮地瞧不起所谓的"普通""庸俗"的人群,就可以高高在上面带讥讽。是的,或许每个人都做过"公主梦",梦想自己端坐皇座,可以随意对他人颐指气使。然而,这是一个作家应该传达的吗?众生生而平等,生命都值得尊重。正是因生活中缺少尊重,作家才更应以悲悯的情怀来写作。将眼光放低一点,再放低一点,看到阳光下的尘埃,看到形形色色、匆匆忙忙的人群中,潜藏的人性,看到平凡却真实,微小而伟大的事物。并不反对将目光聚焦于上流社会,而所谓的"上流人士",也有其复杂的内心和或许难言的经历。而"高高在上",可以当作现象来反映,但将这种姿态以一种暗暗的夸赞语气来描述,似乎不是一个作者应当的行为。他,是一个成功的老板,却非一个真正的作家。

写作不是吟风弄月,写作更多的时候是对自己心灵的负责。白先勇在谈到写作时说:"我写作,是因为我愿把内心深处无声的痛苦用文字表达出来。"也有很多年轻的作者,正在负责任地撰写着内心的故事,投注全部的热情于文字。也许青春小说,也能慢慢告别"肤浅""浮夸"的名号,描绘出真实而感人的青春。

亲　情

邓恒(环艺1502)

想了很久,最后决定以亲情为主题展开探讨。感触最深的是上周代课老师播放的一次视频,视频的内容是八十几岁的夫妇因为住处问题被孙子动手打骂(打瞎了眼睛),生活上断电断水。看到视频最后觉得气愤,同时为两位老人感到疼惜。故有感而发——亲情。

一、亲情定义

有人说父母对子女的亲情是爱其强,更爱其弱,一个断了腿,又瞎又聋的孩子,父母爱他会更加倍。而爱情就不然矣,爱情乃爱其强,不爱其弱。父母对下一代,再下一代,无不十指连心。所以亲情定义应是父母对子女及其后代的最久、最深,也是最真心的感情。

我认为的亲情是亲身的陪伴,是无论到哪都会思念,就如同不管是吃山珍海味还是住豪华别墅,永远都比不上自己亲人做的那一道道菜,永远也比不上儿时住的房子。亲情是回忆的源泉,在我心中视之如珍宝。

二、“亲”

从出生到人生中最重要的几个日子,成长、成人、成才过程中陪伴最多的是身边的父母,天底下最亲的人莫过于自己的父母,自己的亲人。一个人最应该尊重的是父母,最应该孝顺的是父母,最应该陪伴的也是父母。青春期,总有某个阶段会出现逆反心理,我也曾有,不爱听父母的唠叨,和他们意见出现分歧甚至吵架,现在想想那时的自己多么幼稚。也是因为亲情,无论自己有多么闹情绪,父母还是会无条件地包容自己,原谅自己。所以现在的我懂得了我们应该多孝顺父母,是他们创造这么好的条件让我们无忧无虑的生活,但成年后的我们也应该用成熟的方式思考,是继续让他们提供无忧无虑的生活,还是自己给他们一个美好回忆的后半辈子,我选择后者。因为父母是我们最亲的人,也更应该是我们最需要陪伴的人。

三、“情”

在我心中,没有什么比亲情带给我的情感更为重要的了。由情散发的是对家人的情，对故土的情，对当地美食的情。来到了无锡，将会在这里读四年大学。最深的体会是现在已经离家大半年，虽然庆幸自己如愿考上理想院校，来到无锡这么风景优美的地方学习，可是我却没有一天不思念故乡的土地，有点矫情，可事实是真的很怀念在长沙的每个曾去过的地方，因为那寄托了我对故土的情。我很独立，可我的软肋却是情，没有什么比自己亲人更重要，对我来说陪伴是最长情的告白，只要自己能养活自己，不成为他们的负担，对于事业我并不奢求太多，我始终坚信，赚大钱不是自己最大的快乐，陪伴亲人才是一生最大的快乐。我怀念家乡重口味的辣菜，都知道湘菜是出了名的辣，来到无锡也无数次找寻，可是每次都失望，哪怕味道接近、差一点点也行，但在我心里却差之千里，因为家乡菜吃的更是一种情怀。

四、落叶归根

这就是我内心的想法。我曾问过很多身边人，有天等我们可以立足于社会了你会在哪儿，很多人的答案是出国、去北京、去上海等，可我的答案很坚定，落叶归根，回到故土，回到亲人身边，这对我来说才是最大的快乐。有多少人曾想过，钱是永远赚不完的，可是时间却是有限的，人的生命也是有限的，每个人的父母都希望子女有所成就，可是他们最期望的却是陪伴。能在社会立足不一定要去发达城市，不一定要出国发展，是金子哪里都能成就自己。我很坚定地说无论外面世界有多大，有多大诱惑，无论是现在还是未来 10 年还是 20 年，我依然会落叶归根。因为亲情的陪伴才能给我带来最大的快乐。我们也应该善待自己的亲人，世界上是不可能有比自己父母对自己更好的人了。父母看着我们一天天长大，我们却一天天地看着父母老去。等他们老了，行动不便了，最需要的就是子女的陪伴。

家是一幅永远画不倦的风景，每一片朝霞都会带来无限的遐思，每一轮落日都会勾起满腹的牵挂；家是一本永远读不够的好书，每一篇文章都记载着刻骨铭心的亲情，每一首诗歌都凝聚着亲人间相互关爱的温暖。家是一份永远抹不去的回忆和思念，每一个沦落天涯的游子都盼望叶落归根，每一天夕阳西下的时刻有谁不想着回家？

没有挣扎磨练，何来所向披靡

廖锦鑫（微电子1602）

平心而论，谁也不希望自己的生命经常忍受磨练——折磨式的历练，哪怕真的是因此可以增加人的美丽，也不会有人欢呼着说："啊，我多么喜欢折磨式的历练呀。"人总是向往平坦和安然的。

然而，不幸的是，生命中遭受的磨难，并不以人的主观愿望为依据，不论人们喜欢与否，它只管我行我素，甚至有时还要强加于人，谁奈它何？

既然如此，人们为什么不让自己振作起来去迎接这挑战呢？人们为什么不能把它变作某种养分去滋润自己呢？

人们回避磨练，是因为不想忍受它，当回避不了时，人们又说，磨练原来是可以美丽人生的，两边皆有道理。避开折磨是生命的一种选择，一旦躲避不开，就让折磨变作美丽人生的养分，此亦是生命的最佳选择。

之所以说此亦是生命的最佳选择，乃是因为，人们在遭受折磨时，他面对的是痛苦、焦灼、失恋、迷茫、束手无策或一蹶不振，而这些没有一个具有积极的性质，皆会让人陷入消沉与颓废。比起这些，唯有选择让折磨变作美丽人生的养分，方才算是最佳。

生命因磨练而美丽，关键在于人对磨练认识的角度和深度。应该说，磨练本身就具有美丽人生的功能，假若由于认识上的原因，反让磨练把自己丑化了，这就有点雪上加霜的味道了，除了磨练的起因之外，你只好谁也甭怪。所以也并非是说，谁的生命都会因磨练而变美丽，丑陋者也大有人在。

生命因磨练而美丽，不仅仅因为生命需要在磨练中成长，主要在于磨练对生命的不可回避性。人群之中，物欲横流，而且方向和力度又不尽相同，谁料得到何时何地就会滋生出一种针对自己的折磨来呢？此时，经过努力，使其转化为对自己有用的能量，就成为人之不选之选。这时候的磨练对生命来说，已变作美丽的阶梯，虽然阶梯的旁边充满荆棘，但在阶梯尽处，却充满鲜花，坦然走过荆棘，就必然置身于另外一重天地。

生命因磨练而美丽，还在于它使人生收获了用金钱也买不到的某种负面阅历。人生阅历，正面的居多，人生的教诲，善良的居多，这些东西，都构不成对人生的考验，唯有折磨具备这种特质。常言不是说"猪圈难养千里马，花盆难栽万年松"吗。为什么会是这样的呢？就是因为其缺乏接受考验的机会。

不光是此，生活中的其他事情也一样，凡没有接受过考验者，你就很难断言它是否完整和美丽。而这种考验，又不是谁有计划地出的考试题，它的出现使人猝不及防。由于它的这种突发性质，所以它之于人考验的意味就足得很。经此一番挣扎磨练，人没有颓废，反而更加精神了，这样的生命不走向美丽还走向哪里呢?

固然，磨练也是可以丑陋人生的。人生原本还有点美丽，经过数次折磨式的经历之后，非但没有使其成熟和美丽，反倒使它充满痛苦、迷茫、彷徨，甚至瞻前顾后，畏首畏尾，唯唯诺诺，没有一点棱角脾气了，这是不是有点丑陋呢?

对于这些人来说，所有的磨练都不能称之为磨练，而是灾难。总而言之，只要有点挫折和难受，就无不如同灾难临身，什么坐卧不安呀、神不守舍呀、食不知味呀等，这些消耗情绪的东西就都来了。

这样对磨练的感受，实际上大可不必。

在很多时候，人生的精神财富比物质财富也许显得更重要，人们是不应该对其忽略的。精神财富的获得，有许多方法，而不断地经受磨练，是其方法之一，或者说是最重要的方法之一。而人生之美丽与否，首先可看的也就是他的精神财富多寡，而不是依据他的物质财富多寡。生命因磨练而美丽，美就美在此处。

不错，人总是希望路途是平坦和顺利的，谁也不想要折磨式的历练。但是它却没有因此而不来，作为被动的承受者，又不想就此妥协，那么，就拿出你的智慧，化腐朽为神奇吧，人生将因此而走向美丽。

在喧嚣中有一颗安静的心

薛聪(社工 1502)

喧嚣,顾名思义,就是吵闹的环境。我不敢妄言世界上所有的地方都是喧嚣的,但至少我所感受到的,我身处的环境是这样的,而且这样的感觉越来越强烈。

不得不说信息化的力量是巨大的,它像一张网,无所不有,无所不包,每个人都是一个信息终端,又是一个发布平台,“自媒体”这样的词出现,恰到好处地诠释了当下的社会。这是新一代青年们的“速食文化”盛宴。高文化素质青年聚集的大学校园自然不能免俗。

刷微信朋友圈、刷微博、看空间已是大学生们的日常,玩手机也无可厚非,不错,我的朋友们有很多在追剧、追星、读网络写手们的“快餐式”作品,满足于各种感官的欲望。我们关注的不是这些行为本身,也不是人们的兴趣爱好哪个更高雅,哪个更低俗,而是它所反映的心理状态。人们不断娱乐化地接受各种信息,对生活的态度会发生改变,浮躁、颓废、虚无,然后是茫然、彷徨、不知所措……

我要说的是耽于享乐而迷失自我多么可怕,正所谓“失其本心”。这里的“本心”暂不涉及道德(我相信我们之中的大多数人都不会因为一点不良信息就丧失心智),指的是不受外界过多干扰的心。我们缺少的正是定下心来的态度。

我们需要在喧嚣中寻一方净土。不是古代道家无为避世的复古思想,也不是“鸡汤”式的虚无缥缈,更不是让每个人都成为潜心苦学的大家,仅仅是有一个自己的态度,有一份坚持,不随波逐流,不让自己“活得那么累”。最简单的方式,少些抱怨,多些淡定。在现代社会中,不需要清静若莲花,然而还是要提升自己的修养,修炼淡然的心性。只有最平稳的心境才能承受最大的风浪,那些因一点小事就发牢骚,总是张扬的人往往被淹没在尘埃里。

温家宝曾建议国人多读书。中国的人均读书数量远低于发达的西方国家,中国的青年人都成了“低头族”,中国的手机更新换代,日新月异,而德国总理默克尔的手机还只是老款的诺基亚!网络的信息量确实很大,然而纸质阅读的消化、积累是网络阅读替代不了的。不少的著名作家更喜欢用手稿,而不是用打字机直接打印出来,他们认为,手写含有一种思考的成分。纸质书籍也是如此,它所包含的信息可以被反复琢磨,而不是浏览网页那样一带而过。自然而然,思考了,心就会静下来。

面对生活压力,我们要寻找一种放松的方式。中国人向来深谙此道,林语堂先生的《生活的艺术》把人们世代流传的风雅情趣淋漓尽致地介绍给外国人。可惜这些闲情逸致与古老技艺只有在日本还能零星寻到，撇开民族主义，这也是我眼中日本人的优点了，至少他们会保留传统。那么现代社会的我们该怎么办呢?

可以给自己的心灵一个假期。有些人虽然人是放假了，可是心松不下来，一直处于一种近乎不可救药的盲目紧张中，闲在家中也整日为琐事困扰；有些人是去旅游了，可一天到晚跟着旅游团匆匆忙忙，走马观花，还有被骗的风险。有一个经典的广告，讲述的是一个人带着行李箱坐上长途火车，带着心灵去旅行。可以找一个不那么热门的景点，或许“桃花源”就是你发现的，在民居小住，感受一下日出而作、日落而息的恬静生活，接受心灵的洗涤。丽江古城的魅力就在于此。

心灵的安静对于人生来说更像是基础，淡色的基调，以不争为争，以退为进，看似错过了许多，其实避免了不必要的干扰。它最终仍取决于对生活的态度，不要被“树欲静而风不止”的托词蒙蔽，“风动，幡动，仁者心动”。要是能够真正定下心来做最想做的事情，应该没有什么是做不成的了。暂时的喧嚣只是天边的那抹云霞，再绚烂也不过一瞬而逝，寂寞中开出最美的花朵。

生活的情调

易奕(会计 1403)

我头倚着窗,望着车窗外阴沉的、令人窒息的天气。雨似下非下,却把这氛围弄得无比尴尬。大概这也怪不得天气,这是高考前的最后一次假期。刚二模完的我依旧没有找到节奏,一想到堆成山的试卷、家长的期望、模糊的未来,我现在能做的就是支着沉重的头稍微休息一会儿,准备继续面对之后的一切。

睡意阑珊,只得养神。忽然,感觉到有人轻轻碰了我一下,这一记大概是无意的,因为它来得十分短促而没有侵扰性,刚合上眼的我,皱着眉朝身边瞥,本想甩个不耐烦的脸色,迎面而来的却是一位溢满温柔笑意的老人家。周围大包小包,一副逃难状:"小姑娘,对不住啊,俺东西多,不小心碰到你了。"老人虽是一脸抱歉,却依旧和蔼得让人生不起气来。我轻轻摇头:"没关系。"便继续倚着。"姑娘,你饿不,俺从老家带了些自己家做的饼,你尝尝。"说着,小心翼翼地掏出一个袋子,一层又一层地慢慢打开,我侧着看了看,只见那袋子里装的起码是一大家子的量。"我儿子爱吃我做的饼,这次来啊,就做了好多。"眉间竟流露出一丝满足和宠爱。"爷爷,您这次是从老家来看您儿子的吧!""是啊,儿子在城里买了房,娶了儿媳,老家就我一个,老伴儿在城里治老毛病,儿子就让我搬到城里来和他们一块住,儿子媳妇儿在大城市不容易,我就把家里房子卖了,给他们还贷,我老了,只要他们孝顺,也不需要这么多东西。"说着,憨憨地笑了起来。那种笑,就像孩子们分享了自己珍贵的零食的那种单纯的笑。"您把老家房子卖了不会舍不得吗?"我好像在为他担忧。"心疼是心疼,毕竟是生活了一辈子的地方,不过想想,一辈子不就为了小辈们生活得好点嘛,俺不想儿子儿媳再拖着债务,他们也有下一代要照顾,咱能做多少就做多少吧!"说着又是一阵淳朴的憨笑。

不知为何,在外人看来,老人的生活总体来说不算幸福,人到晚年,老伴卧床,儿子事业刚刚起步,在城里买了一套房,他变卖老家房子去城里投靠儿子。这些故事似乎是悲情的,但听老人说起时,似乎是在讲别人的故事那样轻松,甚至还满脸幸福。或许,困难就在生活中此起彼伏,没有所谓的完美结局,在老人那,我仿佛看到了一种"情调"——一种帐外干戈,帐内筹策的淡然,一切好像都能妥善解决的自信,而过去的我的慌乱的人生不必说这份"情调",甚至是应付生活的"腔调"都谈不上。

我继续踏上回校的路,尽管依旧被阴沉笼罩,却似乎通畅了许多。

弱 点

罗婷(社工1501)

我有一个很要好的表哥,我觉得他可以比得上我二分之一的生命;但我有一个调皮的弟弟,他却是我生命的全部,他就是我最大的弱点。

在思修课上陈老师讲过一个故事,一个女生对黑暗有心理阴影,童年时因为一次意外,弟弟因为她变得痴呆,自己被父母惩罚关进黑屋子里。从此以后,她就对弟弟十分愧疚,也十分恐惧黑暗。而我也羞愧于面对我弟弟头上的那道疤。小小的一道疤,与皮肤的颜色十分相近,稍长一点的刘海就可以遮住。但每一次看到那道伤疤,我就更加紧紧地握住弟弟的手。我不敢回忆,但是也无法忘记那些本可以避免的意外。我身为姐却没有很好地承担我的责任。

我9岁那年弟弟出生了,家里既高兴又忧愁。新生命的到来值得祝贺,但高额的罚款却压在了这个贫困的家庭的头上。为了父母有更多时间赚钱,我就担起照顾弟弟的责任。但是我却并没有很好地承担起我的责任。小时候都是任性的,那一天,我和父母赌气,一直和其他小朋友玩耍,没有好好照顾弟弟,在玩耍得正高兴的时候,传来了弟弟的哭喊声,刚刚学会走路的弟弟从二楼顺着楼梯滚了下去,我当时整个人就懵了。另外一次是我和哥哥在玩,一时大意没有看住弟弟。他悄悄跑到自行车旁玩耍,当我听到自行车倒地的声音时,事情已经发生了,整个自行车都压在了弟弟身上,从此我的弟弟额头上就留下了一道疤,也在我的心里划开一个切口。每次看到那道疤,就像有只手在撕扯那个切口。

我做过好几次梦,我已经忘了梦的内容,但还记得我梦到了我弟弟,他受了伤,我拼了命地想要帮助他。我哭得停不下来,一直沉浸在梦里的悲伤中,直到醒了过来,我还下意识地用手擦掉眼泪。我很爱我的弟弟,我从来不想弟弟可以成为多么厉害的人,我只希望他可以永远快乐。

雨夜好再来

高辉辉(会计 1401)

雨夜我闭上眼睛
一遍又一遍怀念谁的声音
走在江南雨夜,我不知在为谁守望
静静坐在窗前听雨,期待巷口撑着伞的谁
是谁红了的眼眸和着雨水弹着老旧的歌唱
今夜飞扬的雨滴
填平某人的唏嘘

这雨,这令人生厌的雨,为什么不干脆下得更大、更猛烈一些呢?

从江北小城走进江南,与这座城市亲密接触的两年时光里,我最怕的是四五月份。每到这梅雨时节,我总是思绪杂乱。那漫天的柳絮,并非似白雪般喜人,天晴时那朵朵小絮和风飘荡,像某种心底生出的小小情愫挠动人心;绵绵细雨冲刷过后它们又似败下阵的小兵,成片成片地堆积在路边,在扫路机轰隆隆的声音里离开。比起柳絮,更扰人的是这江南的细雨。

每逢江南的雨夜,我总是心生凄凉。虽然极力迎合社会大众对于微雨时节漫步林荫的审美,这种悲伤的情绪还是不可避免地在雨夜涌上心头。

我不知该怎么描述这情绪的源头。大概是明明撑着伞,却还总是陷入这种窘境:头发淋湿了,衣裳淋湿了,却未能湿得彻底,可凉意直往身体里渗,体内的温热却拼命把湿气往外抵,半干不湿、绵绵不透真是让人心烦啊……又或者是再抬头望望漆黑的天,如同一个硕大的深不见底的黑洞笼罩着我所存在的空间,身边寥寥的车辆和行人。我像一个微不足道的影,在这雨夜里显得孤独、凄凉。“春思淡,暗香轻,江南雨冷若为情。犹胜远隔潇湘水,忽到窗前梦不成。”大概是我恨它不够大气磅礴,没有“雷声千嶂落,雨色万峰来”的气势,又没有“黑云翻墨未遮山,白雨跳珠乱入船”的山水墨色。

我总是在雨夜给母亲打更久的电话,闲事杂事什么事都聊,更多地是抒发我对这雨的不悦。说来也怪,无论彼时窗外的雨多么细碎凌乱,与母亲闲聊间,我的心情总是莫名清爽起来,甚至有一种“守得云开见月明”的彻悟感。

谈话间,母亲总是像责怪一个幼童那样指责我:“你呀,这么大了还像小孩子似的。天气哪有那么大影响?你小时候一下雨就闹着出去戏雨,哪一次不把衣服弄湿透了才归家？越大倒越脆弱了，一场雨真有那么大魔力，让你变成了林黛玉？”我总是偷偷笑，电话那头还能听见我的父亲也在哈哈笑。渐渐地，雨夜似乎成了我的家庭电话日，趁机与母亲黏糊一会儿，再听听父亲在旁边偶尔一两句插话。外面雨滴落地的声音都好似钢琴键落的旋律，甜蜜蜜的。

终于步入盛夏了，连续的雨把这座城市洗得湿漉漉，草色青翠了许多，空气中染着泥土的气息，酷暑的风带着难得的清凉，竟有些深秋般的韵味。

某日，我接到母亲的电话，我的母亲在电话那端说："宝宝，家里下雨了，你那里呢？"母亲是一个心智年轻的中年人，面对我时她更加像一个孩子，天真愉快，我经常笑话她。此刻母亲的声音难掩激动（大概是雨天了，又可以与我闲聊），但她又很担心自己的宝贝女儿："雨天就不要乱走了，我知道你不喜欢雨天，但……"

"妈，江南也下雨了。我刚准备打电话给你……"又是一席时长半个钟头的家庭电话，父亲照例坐在电话旁边等着我给他们讲新鲜事。实在没有事情可讲了，我给父母两个人念了一则生硬的冷笑话，两人竟不约而同地笑了。通话结束后，我摸了摸眼眶，明明身处室内，眼帘上怎么盈满了雨水？

"啊呀，最近太阳怎么这么好，又要涂防晒霜了。"室友突然大喊，我回过神来。是啊，外面怎么这么晒，天空晴，飘一朵云。

我又查了查家乡那座江北小城的天气：19℃～27℃，晴。我的视线不禁模糊了……

易安易安,屹于词界山岚

张慧娴(会计1402)

小时候,读着的是她的“争渡,争渡,惊起一滩鸥鹭”,觉得好一个肆意潇洒的明媚女子。一个大家闺秀,居然可以约上同伴出游,居然可以玩到暮晚时分,还居然喝得酩酊大醉,以致“沉醉不知归路”。想来那湖上争渡的姿态也是活泼的吧!眼神明亮,笑声开朗,充满少女的活力。那一刻,藕花乱点,鸥鹭纷纷掠起,薄暮里的少年时光洒然如风。一见倾心,自后便成为李清照的追随者。

看过许多评述诗词的书,都说王国维的《人间词话》境界很高。可他的词史观比较机械地把词分南北宋来看,也不谈李清照词。之前的语文老师曾解答过我的疑惑,“王国维主推境界说,对比较直白、喜用俚语的作者都不是很看好。李清照的词的成就在当时已经得到了认可,但因为她是女性,又处于两宋之间,实在是一个孤例,后世人欣赏她的词则可以,但是没有攀仿学习的代表性,这也是王国维不谈的一个原因。”

还好有梁衡,一般认为,写人物能写到形似,已属不易,而能写到神似者则不啻为上乘。可是梁衡却不以神似为满足,他追求一种更高的水平。我喜欢他评述人物形象的手法。在大一的时候就去图书馆借阅了他的《把栏杆拍遍》,真是一本富有历史感的书籍,大概是太多人借阅,已经有些残破了。文中有“铁甲烈马、威风凛凛,以武起事又以文为业的大词人辛弃疾;有被皇家发配边荒的中国古代最后一位罪臣,同时也是中国近代史的第一位功臣林则徐;有以文为政,又因政事失败而反观人生、直面人生的瞿秋白”。无数值得被铭记的人物在他的笔下风姿绰约,而其中让我为之倾倒最甚的当属——乱世中的美神——李清照。

中国的诗词史源远流长,男性占绝大部分席位,可能与封建传统思想脱不了干系,古人总崇尚“女子无才便是德”,学堂里摇晃着脑袋的不见女儿身,更别奢求女子有什么更深的见解了。我所知道的也不过寥寥数人,唐婉的《钗头凤》因陆游而出名,班昭因为班固续写《后汉书》而为人所知,谢道韫一句“未若柳絮因风起”让世人瞠目,朱淑真也算是清代不错的女词人了,我想,唯一闪耀着夺目光芒的便是李清照了。

她的《点绛唇》:“蹴罢秋千,起来慵整纤纤手。露浓花瘦,薄汗轻衣透。见客入来,袜刬金钗溜。和羞走,倚门回首,却把青梅嗅。”

活泼明媚少女啊,一大清早,她就溜到花园里打秋千,直玩得一身薄汗。这时有人闯了进来，不知是何人，但从她的反应可知是男性，也许是一个翩翩少年（众说纷纭吧，有说法是她的结发之夫赵明诚初次拜访）。她赶紧开溜，鞋子也顾不上套，穿着袜子跑过花径，头发飘散开，金钗斜坠下来……想象一下那样的镜头吧，美丽的少女，小鹿一样奔跑，衣袂飘飘，藏不住的笑意随露珠一颗一颗滚落在花草间。她倚门回首，顺手从檐下拉过一枝青梅，一边做出嗅的姿势，一边悄悄瞥了过来，精灵一样迷人。青梅，是个别致的意象，从《诗经》时代就携带上了特殊的意蕴，梅子树下的春心萌动，展现的正是人性之初的烂漫可喜，亦是健康的象征。然而，在李清照这里，梅子将熟未熟，只是青涩，只是可爱。

殊不知当年天真无邪的少女因国破家亡演变为愁的化身，每每读到她的词，不说感同身受，但也受到触动。“当我们穿过历史的尘烟咀嚼她的愁情时，才发现在中国三千年的古代文学史中，特立独行、登峰造极的女性也就只有她一个。而对她的解读又怎一个愁字了得。”李清照是幸运的，官宦门第及政治活动的濡染，使她视界开阔，气质高贵。而文学艺术的熏陶，又让她能更深切细微地感知生活、体验美感。她又是悲剧的，她是生于封建时代的一个有文化的女人。作为女人，在封建社会地位较低，作为一个知识分子，她又处在社会思想的制高点。她看到了许多别人看不到的事情，追求着许多别人不追求的境界，这就难免有孤独的悲哀。

我心疼易安，赵明诚死后改嫁张汝舟，而张汝舟是一个道貌岸然的小人。为了不与他为伍，李清照毅然坐牢下狱。依照宋朝法律，女人告男人，无论对错输赢，都要坐牢两年。“爱情是在生命之舟上做着的一种极危险的实验，是把青春、才华、时间、事业都要赌进去的实验啊。”多么希望她一直是《减字木兰花》中那个“怕郎猜道，奴面不如花面好。云鬓斜簪，徒要教郎比并看”的娇羞女儿家啊。国不保，她无奈颠沛流离，四处逃亡。我不知道她是怀着怎样的一种心情写下“只恐双溪舴艋舟，载不动许多愁”，国家支离破碎，到处物是人非，可谓是“而今识尽愁滋味”。孤独袭上心头，落叶黄花中不知如何是好，她只能一人咀嚼着自己的凄凉，又是只有一个愁字。“寻寻觅觅，冷冷清清，凄凄惨惨戚戚。”寻而不得的是国家民族的前途，是幸福的爱情，是自身的价值。

我欣赏这个立于秋风黄花中的寻寻觅觅的美神，千年孤独，环顾女子中或许只有秋风秋雨愁煞人的民国女神秋瑾能与她相知相通，多么期待她们能够跨越时空来一场心灵交流，定是肆意洒脱，酣畅淋漓，不足为外人道也。

一碗炒米茶

谢辰欣(会计1403)

冬夜的一碗稠米粥,夏日的一碗炒米茶。

江南的稻米在锅里翻炒,明明暗暗的火苗,焦焦黄黄的米粒,米香自在地四散开来。米和铁锅摩擦着,从锅铲上溜儿地滑着,时不时发出“噼啪”的声响。炒米的过程中需要不断地翻炒,一不留意分了神,那米就黑糊了。

渐渐地,锅上粘了一层微焦的米粉,这时就可以起锅了。哗啦倒进准备好的煮锅中,放上适量的清水,煮个十来分钟就完工了。

一碗炒米茶就这样清清澄澄地放在面前,汤是汤,米是米,喝上一口,以为寡淡实而清甜,在翻炒中米的甜香早已完全释放出来,那有点嚼劲的口感更是炒米茶独特于米粥的一处。实在觉得少了点什么,那就滴点儿蜂蜜或者撮一碟酸豆角,也别有一番风味。

酷热的夏日里,父母和我就好这一碗炒米茶。生津解渴的炒米茶,简单朴实的味道,粗茶淡饭的悠然,一家三口围坐着聊天谈笑,好生惬意。

清晨的睡梦中似乎听见炒米的声音,朦胧间又闻到了米香,料想是在做炒米茶。厨房里,母亲卷着衣袖,不停地翻炒锅中的米粒,炉边的热气蒸腾,不一会儿就出了一身汗。见母亲有些疲态,我连忙接过锅铲,学着她的样子翻炒着,这样机械地一推一回,手臂很快就酸痛起来。母亲轻笑,走过来想接过铲子,我摇摇头继续坚持。

“妈,这下好出锅了吧?”

“行了行了,不会做事的,还是我来吧……”

母亲麻利地将米倒进放了清水的煮锅里,拿着瓷勺搅了搅,米在水里上下翻滚。十来分钟过去,米的丝缕回甘好像都扣进了每一滴水里。

母亲将一锅炒米茶分成三碗,我帮着端到餐桌上,以为还在酣睡的父亲也寻着香味坐到桌边,着实令我和母亲忍俊不禁。配一碟酱菜,搭几块烧饼,一碗炒米茶,没有山珍海味的奢侈,只有家的静谧与安恬。

一碗炒米茶,清汤寡水,没有茶汤的清亮透绿,更没有茶叶的昂贵精致,它的低廉粗糙,却更加平易亲和,老少皆宜。没了花花绿绿的品相,就这样坦荡了然地摆在你面前,任谁也说不出什么好坏,粮食的香气直往鼻子里窜,任谁也止不住垂涎这清粥小菜的滋味。

难说这炒米茶真的与我们家有什么缘分,吃起几顿都不曾腻味,反倒觉得清了油肠,浑身自在。这估计也真是契合了家里人的朴实性子,也就是所谓的"家风"吧!

母亲尽着为家庭和工作的本分,难得讲些大道理,小道理不经意也就讲了出来,什么与人为善、不要怕吃苦,这些唠叨几句就有了,念叨最多的还是朴实。母亲确是怕我好高骛远,让我要踏实做事,不要想着不劳而获,因为有些人忘记了自己的本分,被纸醉金迷扰了眼,丢了朴实,丢了心。

"朴实"二字,听起来虽有点土气,但未尝没有返璞归真的大境界,到底能不能上升到那境界也未可知,不过勤恳扎实、不忘本分的"小境界"就有许多人在坚持。

父亲的眼镜搭背心裤衩是他在家的一贯装束。我笑他是个学者的模样,穿着就像是村口的老大爷,父亲也坦然调侃自己就是老实巴交的农民子弟。常常见他抱着本历史杂文看一下午,讲起话来对名人逸事信手拈来,我听得也颇感有趣,一种朴实无华的快乐就在交流中传递。父亲平日里沉默寡言,对我人生的教诲却从不含糊,一是学习无止境,二便是本真做人,朴实淡然。

母亲的一碗炒米茶,父亲的几句教诲,让我对朴实有了更深的理解。素面朝天还是粗布麻衣,与朴实并不是直接对等。比起表象,朴实更像是一种内在的坚持,可能只是向往安静,向往自由,又或是敞开内心,放下戒备,渴望一些纯粹的东西。当焦黄的炒米倒入水中,浸润了水分而变得饱满,甘甜释放,但是米芯还在,赋予了后来独特的嚼劲。就这样的一碗炒米茶,就有很多纯粹的东西——白米清水,米本真的甜,不消融的米芯……需要口口相传的一家之风,就这样最原始地留存下来,简朴的味道是最贴实的感受。

父母爱吃一碗炒米茶,喜欢朴实的生活,在年纪不惑、即将半百的时候,朴实来得更加自然。我也爱吃一碗炒米茶,见到父母的朴实豁然,浮躁的心情也会平静,更多朴实而真切的东西会在思考和感悟中翻炒成熟,酝酿回甘。

明月心

刘柳(会计 1403)

记得两年前娘亲问我想选哪所大学时,我想也不想就说:“江南大学呀!”至于原因呢,很简单,这名儿一听,就与三月绵绵的春雨、巷头街口缠绵的草木香气,还有悠悠几千年的文化积淀有关。确实是这样的,人们经常说江南人杰地灵,想来不是没有道理。哲学上讲“物质决定意识”,南方钟灵毓秀的水土养就了一方灵透的人,产生了与北方不太一样的文化。而这正是我这一来自沂蒙山区的伪文艺青年所倾慕的。

江南在我心里是美的化身,其实我觉得美是人类最重要的一门学问。难道不是吗?无锡春天短,却像烟花一样绚烂:“乱花渐欲迷人眼”啊,紫藤覆宇,蔷薇满架,牡丹与芍药争奇斗艳、桃李杏花相映成趣。而后的花儿,点缀在春花与夏花之间,细密幽约,洋槐、苦楝,平静而沉默地藏身绿荫深处……及至谷雨,就已是“杨花落尽子规啼”——仿佛最好的春景都攒在了 20 多天里,急急忙忙,挤挤挨挨,待到春去,急景流年,烟消云散,就像是青春的雨季。十五六岁时没有感觉,还在吟诵“楼外垂杨千万缕,欲系青春,少住春还去”的故作愁绪,而今过了少年时候,我已不再沉迷于种种伤春怀抱,好像进入了另外一种混沌未开的状态,就像是隔着玻璃看月亮,朦朦胧胧看不清。

最近看《收山》里讲:“不如我想吃饭,家门口整条街里,山南海北的地方菜,我都能吃到,这叫什么?这叫繁荣。但是行内的老师傅对我说,恰恰相反,这叫败象,为什么?自己体会。”说得很是触动人心。

在商学院,我时时刻刻怀着恐慌:我怕有些生命中应该坚守的东西被不知不觉地磨灭,怕好多看不见摸不着的事情。有人跟我说,你们这些小文青诶,就觉得会计是跟钱打交道,生怕沾染了自己——不是这样的,在我看来,会计也是一种数字与逻辑的美,也是艺术,怕就怕它成了没有意义的数字,成了浑浑噩噩追求高绩点、谋求生活出路的工具。我的语言单薄无力,真的说不出有些感触,也许是注定不能在这个大环境中活得风生水起吧!然而却愿意付出一些代价,换清明的眼眸——我画三春的太湖绿水、写中秋的温柔月光,我把夜里绵绵的细雨入酒,饮醉一场江南遗梦……悠悠荡荡的江南水啊,从不把青春负了,我想这样生活,也算洒脱的吧。有时就想,这 20 来岁的心,在江南一季又一季的渺渺烟雨中,也不知何时能够拨开浮云见月明!

梅雨过，萍风起，夏天不知道什么时候就来了。随手翻书，但不翻也没有什么所谓，看山看水看人间，蒙蒙然间好像也能看到自己。也许迷茫是这个年纪的特征。喜欢半夜在糜巷桥前的亭子里看月亮，天气好时夏天月儿是光芒流飒的，不比太阳没气势。月光读书笔记那一段。从百草园到三味书屋，从三味书屋到江南大学，不知道上天给的坦坦荡荡的赤子之心将如何在琐碎繁杂中失掉老庄延续的浪漫与激情，也不知道社会的规则将怎样藐视孔孟刻在我们骨头上的仁义礼智信。卢新宁在北大的演讲中讲，“我唯一的害怕，是你们已经不相信了——不相信规则能战胜潜规则，不相信学场有别于官场，不相信学术不等于权术，不相信风骨远胜于媚骨”。就像是《收山》这本书所忧患的，厨师越来越多，有名的饭馆越来越多，可是真正关注生命中最深处需求的匠人却越来越少了。有些人说，你一个小青年瞎操心啥？因为我真的认为：你所站立的地方，就是你的中国；你怎么样，中国便怎么样；你是什么，中国便是什么；你有光明，中国便不再黑暗。成长中的我们，不就是中国的下一代？我们不激扬文字、挥斥方遒，谁来运筹帷幄、指点江山？

哈哈，带了一点野气。“后海有树的院子/夏代有工的玉/此时此刻的云/二十来岁的你”，这是冯唐的诗——《可遇而不可求的事》。多多少少带有矫情的文笔和少年心气，或许也就是20来岁可遇而不可求的可爱的事儿，我很高兴有机会说说这些话儿，无关成绩几何，不管费时多少，只讲心中所想。

“夫人之相与，俯仰一世，或取诸怀抱，悟言一室之内；或因寄所托，放浪形骸之外。虽趣舍万殊，静躁不同，当其欣于所遇，暂得于己，快然自足，不知老之将至。及其所之既倦，情随事迁，感慨系之矣。向之所欣，俯仰之间，已为陈迹，犹不能不以之兴怀。况修短随化，终期于尽。”——古人诚有理。人生别无他求，只求能看到美，永怀赤子之心；能充满激情，能热泪盈眶；能守住为人的底线，能挑起中华血脉的风骨。

“江南相思引，多叹不成音。黄鹤西北去，衔我千里心。”江南在我心里恒久美艳、细腻、柔婉，是一生也醒不来的相思。如果在这儿仍然抓不住心中明月的影子，那就留一颗琥珀的心吧！

做个生活家

岳佳(会计 1403)

作家、音乐家、科学家……通常也只有在某领域内造诣非凡的人,才可冠以“家”字。而提及“生活家”一词,字字透露着把生活当作是最高理想的喜悦。因为只是生活本身,就已经足够动人。所以,做个生活家,保持对生活的热忱,把生活当成是内心最高信仰,观照本心,虔诚而倾情。静笃安稳,喜悦如初。

在阅读和写作中找到一种直抵内心的方式,与灵魂中的自己邂逅倾谈,明心见性。

我很喜欢的一位作家曾言:“生活的诚恳会带来文字的诚恳。”我深以为然。生活是锦,文字是锦上添花。最开始的时候会羡慕那些光鲜亮丽、情调浪漫的人生,可后来会发现安静下来认真过好生活,在日常中发现动人之处,更能获得一种平淡而持久的美好。

我会因站在图书馆成排的密密麻麻的书架之间感到幸福,在阅读的时光里,内心变得饱满丰厚;在南方下雨的黄昏手翻古词听一出昆曲,美得惊心;五月和蔷薇约定一场花事,某个瞬间仿佛真的能听到花开的声音,对一草一木动情……生活素喜,以本心度化。把心装饰得苍翠碧绿,平和了,不是不热烈,而是在热烈中仍能保有一份安宁。

现在,时常怀着一颗感恩的心去看周围的人和事。高三时候右脚曾被烫伤,近一个月时间行走不便。那个时候就会想,父母将我生得身躯健全已是人生大幸,更何况我还拥有更多。感恩生活馈赠,我要心怀明亮和温暖,继续往前走。

其实,没想过 20 岁之前能生活得这么丰富,这种丰富与内心厚度有关。保持着对音乐、文字以及其他一切感兴趣事物的喜爱,也慢慢开始练习煮菜做饭。食物最诚恳,这是很重要的理由。30℃时黄油开始融解,70℃时全蛋中的蛋白质开始发生变化,80℃时面粉中的淀粉开始糊化,100℃时水开始沸腾,120℃以上砂糖焦糖反应渐渐失去流动性……生和熟,一分钟都差不得,耐心地等温度升高,食物成熟,过程的用心又浓缩在一汁一味里。我所理解的餐食是爱与分享,亲手做食物分享给爱的人是一种幸事,找到一种方式表达爱是口拙的人难有的幸运。

我喜欢行走。能够和一座城市的气场相容,是一件极幸福的事情。喜欢山川河流,在或沉默或壮阔的景象里看到生活的底色,热爱到近似迷恋。

到黄山,那天山顶是云雾缭绕,正因如此而显得气象万千,带着恍如隔世的美感,清幽散淡。山顶浮动的云彩,一时间向我席卷而来,心里清明干净,对自然的敬畏超过内心的纠结。晴日里落着纷纷的细雨,有一种简单的明媚,心里涌动着一种清丽的寂静。行走在石阶路上,云淡风轻,心里暖意盎然,美妙而生动。减去那些烦琐与浮华,留下这层对生活的感触给自己。穿过香溪长长的隧道,看车窗外的景色飞逝。乌瓦白墙的院落,青绿的毛竹林,蜿蜒跌宕着绿意,流畅地铺排开来。

清明时节去杭州,一个森林系的城市。所见一派生活情趣,树盛林茂,几欲遮目。看着人家院落,搭眼还瞧见院中的老式剃头,颇觉有趣。当日着一身墨绿,和城市气息分外投契。盛夏去苏州,看拙政园的荷,十里荷塘,开得饱满贞静,正应了《爱莲说》里一句"中通外直,不蔓不枝;香远益清,亭亭净植"。

到上海,感受了别样风情。站在黄浦江边吹着风,似乎能透过眼前的繁华看到老城犹在的风骨。而且可以看到城市里坚守的手艺人。手艺人,光是这三个字儿听着就落地,就心安,就踏实。他们仿佛是把时光抓在手里打磨抛光,使其温润又透彻。黄昏时分,晃进一条不知名的巷弄,里面住着人家,洗好的衣裳就在头顶上晾着,两墙之间支根竹竿就做了晾衣架子。所见叫人心头一热,市井烟火寻常人家总是和暖。

风声鹤唳的时光走了,但心里会留有一座桥梁,通向自己的桥梁。在匆匆的时光里,和人事打个照面,从它身旁翩然。山高水远,百转千回,万籁在心中。

有道是"触目横斜千万朵,赏心只有三两枝"。朋友亦是如此。

和多年好友一直保持着联系。有时无非是问句安好,也觉得非说不可。和密友谈天说地,语调都添了喜色,可以聊到很晚。与老友常互相问询近况,这份记挂真的让人动容。聊起来还是那么投机,那像一种就算是隔了很多年都不会失散的熟悉和亲切。虽然和友人之间夹杂着时间给出的未知与空间扯开的距离,但就是裹着牵挂与心安。再者,与同在南方的朋友互寄了书信,看着她的字,那种笔法那种勾勒,还是同以前一样,心里倍感踏实。人心是多可贵的东西,不能买,只能换。

凡此种种都提醒自己:人心可贵,深情活着。我在远方,惜君如常。

在最好的年华里,与生活化干戈为玉帛。热爱生活的每一个刹那,把寸寸光阴过成自己的良辰,在薄情的世界里深情地活着!

一切都会过去的

李佳雯(产品1601)

“穿过街头树影间星点楼下的阳光,那些翘首顾盼的日子悄然从指尖滑落,那些生命的小痛小痒纷至沓来又挥散成影。”走在街头,抚摸石巷的壁理纹路,忽而闻铮铮锤鸣声。

这里在数十年前是兵阀混战之地,是民众的水深火热之狱,战争将无数人残暴地推向了历史的前头,战鼓声声又将他们推向了两军对垒的烽火下。这里在数十年前横行着帝国霸权,这块土地深藏着革命与改革的功与名、汗与泪,孕育了莘莘学子的铮铮铁骨,然后这次是历史将他们推倒在帝国主义的膝盖骨下,跪着生存。虽然站着坚强的确比跪着哭泣更激昂,但抬头是冰冷的枪口,从中射出的是可以绞心裂肺的威胁。于是多少人放弃了抬头,跪着,不敢哭泣。然而,在那风雨骤变的街头,铮铮锤鸣穿越了战火一直在回响。

像是穿透了历史,穿透了岁月。然后,用掷地有声的触感让你在历史的这头振聋发聩,让你在岁月的这头幡然清醒。正因为如此,那个街角仿佛被拖得特别长,跨了好几个世纪。

有些人可能会猜,在那样兵不见血刃的年代这个铺子老板一定是个情报特工或者爱国烈士——哦,忘了说。这是一个有数十年或者数百年历史的修鞋铺。或者说,我们是受热血沸腾的剿匪抗日剧熏陶,我们希望这是个属于英雄的故事。可事实上,它就是个修鞋铺,继承了祖传的手艺,却也是有温度的锤头和皮革。

那里的人在过去的数十年里都喜欢去那家铺子修鞋。仅仅因为年代长久的手艺,当然也不乏像我们这样刨其根问其底的“好事者”。他用粗糙的手掌在架子上不停摆弄,汗水恣意下落,胸前是蓝色的陈旧的类似罩衫的东西。他淡淡地说:“其实也没什么故事,要真有功劳那也是祖上的了,传到我这也没什么可寻的了。”

或者说,这个街头这个深深巷子在数十年前经历的是席卷不停的腥风血雨,坐在铺前的也可能是革命者是爱国志士。然而,在这一刻,它只是一个被阳光穿透的修鞋铺。虽然随着时代的变迁,科技的迅猛发展,这样的小鞋铺已然生意清淡,取而代之的是商场里供人挑选的摆着的精致的鞋子。但在铺子主人深邃而坚定的目光下,我明白这历年来时刻变换的相近而不同的面孔一直都拥有同一道眉同一双眼。

这是一家见证了时代变迁的修鞋铺,用一代代人的眼,用一代代人的手见证了从历史那头的纷乱再到历史这头的寂静。一切都过去了,这中间只要几代人也可能几十代人。总之,风景已迁,时事已过。

昨夜小酣中在铮铮锤鸣中,我看到了数十年前的腥风血雨。然后,猝然觉醒,今朝是簇新的世界,一切已然过去。

谈我所牵挂的

逢晴(产品1603)

这是一次形式内容上都很宽泛的作业,不,与其说是作业,不如说是一种另类表达自己的机会。对于我自身来说,我是一个很恋家又恋母的人。家的温暖和妈妈的举手投足都牵动着我,家和妈妈就是我所想表达的内容。

该怎么形容我和妈妈的关系呢?有时候,妈妈像传统意义上的母亲一样,很慈爱,会纵着你、宠着你;有时候,会将我视作大人来谈话,上至工作家庭,下达衣着配饰;有时候,她怒气上涌,举止言行都是严厉且任何错处均不容姑息;有时候,事情突然,剧情急转直下,作为她的女儿我也不明白到底是发生了什么。但从出生起,相连的那条脐带便如缠绕一生的羁绊,让我不自觉地想亲近她,离她近些再近些。

每一个女性,不管性格如何,一旦拥有了自己的宝宝,那埋藏在肉体深处的母性光辉便会如"拨云见日"般,温柔地洒在孩子的身上。作为艺术生,四处奔波的校考生活和搔破头皮的文化课是两个大坎儿。那晚的我,因不想让物质上已为我耗费颇多的她再操别的心,回家依旧是笑着,仿佛文化课的困难已迎刃而解一般,她也笑着回应我。一切都像平常一样,我脱下外衣,走入卧室,摊开书本,面对我已无法理解的题目,我以为妈妈去拿牛奶和水果了。但妈妈只是静静地走进卧室,坐在床边,说:"宝贝,你累吗?"

"不累啊,大家都在准备高考呢!"

"累你就说,妈不……不想看着你成天逼着自己,今天新闻上,新闻上那个,有个女孩子,她……她把自己逼得太狠了,就……你可别,我,我不指望你考上什么名校,你好好的,好好的就行,啊!"最后一个字上挑的音调,像在哄孩子。我看见她泛红湿润的眼眶,看到她滚落脸颊的泪,听见她不流畅的话语……眼前已是模糊一片。双手被妈妈握得温热,心中却惊讶于说出这番话的她——真的是被我和这磨人的高考吓着了吧,她并不是这么容易就服软认输的人啊。心里这么想着,妈妈却擦干了泪,朝我笑:"别笑话你妈……"这五个字,激出了我所有的酸意和泪水,抽噎到不能自已。耳边又是她温柔的声音:"哟,我家宝贝这是怎么了,我都不哭了,好了,啊!"埋头在她怀里,心中久久不能自已,这份爱让我有归属。

我和妈妈的关系却不止于这一层,许是爸爸闷闷的,并不能时时和她"促膝长谈",而乖巧听话的我又有女孩子的种种心思,很快就成了妈妈畅所欲言的好对象。下面这篇文章，是初中时的我和妈妈的日常，文笔或许并不成熟，但事、情却真切：

她是个温柔的人，她的笑容就像是秋天金黄的野菊，每一瓣花都藏匿着阳光。

无法再形容她对我的爱，但我可以用我的语言来比喻，尽管不够成熟，却是真挚的：她的爱若是阳光，便是最温暖明媚的那一束；她的爱若是流水，便是声音最轻盈欢畅的那一片；她的爱若是春花，便是最沁人心脾的那一朵。而我在她面前，能做也最想做的就是紧紧依偎在她的怀里，嗅着她身上令人心安的香味，向她诉说我的一切，无论是喜悦还是悲伤。

不知要如何说明我对她的这份爱，这爱里有崇敬，有依恋，更多地还来自天性。我们俩之间的关系也很微妙。

我们俩的关系得从我的出生开始，从我在这世上啼哭的第一声开始。有一双抚摸我脸颊的手，轻柔、温和，是她的。虽然已无法回忆当时的情景，却无法忘怀当时那手的温暖。

而最近的她，愁容像一阵狂风席卷着原本应该舒畅的脸庞，看得我心里也一阵不安和焦躁。我知道，是厂子里的工人不齐全，想想领导一而再再而三的警告，面对着工人必须请假的理由和渴求的脸，她也不知所措了。现在每天在家里她都是手机不离手：她放不下心。不禁为她的认真而感动，却又难免心疼。

今晚的她，还是一样，手机紧握在手，又在一边的笔记本上写着工人的安排情况。双脚不受控制地抖动，还没反应过来，我已经在她眼前。手轻轻捶打她紧耸的双肩，想让她放松下来。“愁死我了，我真是不想干了。”两片唇一张一合，竟吐出这种丧气话，这还是我认识的她吗？

“不会的，你在说笑，你比我还要明白坚持有多重要，我相信你。”这么要强的人，可以抱怨，但绝对不可以让别人看了笑话。手上的动作一直没停下，依然是不轻不重的捶打，让她舒心。

“虽然是说笑，我并不是没想过，我的年纪在这，精力不够是我不能否认的。厂子里的那些人，有几个是真正站在我的角度想问题的？不会有几个的，我只能靠自己。这几年过去的工友都改行了，我的人脉一下子就弱了，找不到干活的人，厂里的工人又连连请假，厂长似有似无地催促警告，唉……真是老了。”语气不能说是不愁闷的，看到她脸侧积攒的纹路，我意识到她是真的累了，真庆幸她不长白发，她这么爱漂亮。

双手改捶打为揉捏，想要将她紧张的肌肉舒展开来，又像是想将她心中的烦恼理顺，开口：“可是你已经走过这么多年了，你熟悉那里的每一件事，你的为人处事也很好，虽然你说没有几个人为你着想，可也没有几个说你不好不是吗！我觉得这已经很厉害了。况且,船到桥头自然直,你还有好多年要走下去,肯定不会在这里止步的,这只是一个小坎儿。”我的口气温柔又俏皮,我想为她加油打气,可能力有限只能在嘴上多下功夫。手上的力道又加重了几分。

忽而,一双好看的手覆上我的手,依然温暖,她慢慢转过头,脸上重又出现了那一贯明媚的笑容,说:“谢谢女儿。”

知道她已经恢复元气,从背后抱她:“妈,你很厉害的,加油,我相信你。”

我们俩是母女,妈妈漂亮,女儿活泼;我们俩又像姐妹,彼此诉说苦恼,卸下包袱又收获着一些什么;我们俩偶尔爆发争执,面上倔,但心中却存在一份爱。

这就是我们俩。

小感动,小温馨,小争执,还有彼此的理解尊重,我和我妈的相处就是这样,但若是没有良好的家庭氛围,我想这种相处也是奢望。我家共四个人:爸,妈,我,还有弟弟。爸爸沉默寡言,不懂情调和浪漫却处处认真,事事关心;弟弟和我一样,是个话痨,是个耿直的热心肠。只需一件趣事,你就会了解我的家。

晚上爸爸要出去值班了,他已穿戴好了棉衣和围巾手套,要拉开门把手了,妈妈突然从卧室出来,抱住爸爸,说:“抱我一下再走!”我其实心里是有些害羞的,但又很高兴——爸妈感情很好。刚要看眼前上演“经典爱情故事”,“程咬金”——弟弟出来了,他以飞一般的速度,抱住妈妈的大腿,像掩护战友逃生的士兵,大喊:“爸爸,你快走! 我拖住她!”剧情发展飞快,我又迅速抱起还没来得及反应的弟弟,拖向一边,以同样的口气跟妈妈说:“妈,快抱! 我拖住他了!”锁住弟弟的任何挣扎,满足地看着爸爸抱起妈妈,还转了个圈儿。我的心也随那圈儿,晕开了涟漪。

家和妈妈,这是我最最看重的,或许我的年龄还不够大,或许我的历练还不够,但现在的我希望无论以后我多成熟,多成功,多有人脉,都能不忘记我现在看重的,以及我现在这份心情。

不忘初心，方得始终

朱圆圆（电气 1601）

时光匆匆流逝，等不及我慢慢品味。大学的时光悄悄地走向我，又悄悄地离开我。仿佛一瞬间，大学生活就已经过去了八分之一。忙碌、充实、成长……伴随着我的每一天。

初到江大的校园，就被映入眼帘的生机与翠绿所吸引，浮入脑海的就是“活力”“青春”“梦想”……前几个教学周的迷茫让我不知所措，所有的不适应席卷而来。但是，当我渐渐地融入这个校园，我才发现，原来大学才是真正学习的乐园，大学才是真正成长的园地。

阳光明媚的周末清晨，漫步在宁静的校园，总能发现那些默默努力的身影，小亭子、湖水边、教学楼、图书馆，甚至是在餐厅，都能发现那些认真学习的人。

也许，有些人来到大学之后就松懈了，从此萎靡不振，整天浑浑噩噩度日；也有些人上了大学之后仍然勤奋努力，刻苦学习。我选择后者，尽管刚开学对老师的授课方法、教学模式、思想观念等方面有各种的不适应，但是我心中始终坚信——“只要功夫深，铁杵磨成针”。尽管在学习、生活、人际交往、情感方面有各种意想不到的事发生，但我始终以微笑面对这个世界。

无论世界怎样对待你，我们需要做的就是永远温柔以待。或许有一天自己会突然感到庆幸自己当初的选择，有句话说“爱笑的人运气总不会太差”，其实是因为爱笑的人一直喜欢保持微笑，所以无论遇到任何挫折与磨难，他们都会勇敢地面对现实，而不是逃避。阳光不会总是洒落在你想让它照射的地方，但是我们可以心中装有阳光，在面对挑战与困难之时，以积极乐观的心态去接受或者去改变。

自己选择的路，无论前方有怎样的风雨都要坚持完这段旅程，人生就像一趟列车，时而缓慢，时而疾驰，需要我们耐心以待。

一个人的快乐

黄克凡(电气1601)

一个人的快乐,并不是他拥有的太多,而是因为他计较得很少。

很多时候,我们需要给自己心灵留下一点空隙。就像婚姻,两个人之间,也要保持一种轻松自由的关系,不要太松,但也不要太紧。松了,容易让两颗心觉得空荡荡、毫无挂碍,紧了呢,心灵也容易显得疲惫。这就好比正在公路上行驶的两辆汽车,中间要保持相当的安全距离一样,不仅可以留有一定缓冲的余地,还可以随时调整自己,进退有据。

生活的空间,须借清理挪减而留出;心灵的空间,则经思考开悟而扩展。就像我们打扑克牌时,即使手中的牌多么糟糕、多么不如意,也不能半途而废、甩手而去,无论结局怎样,都要把它打到结束,甚至更酣畅淋漓。人生亦是如此,重要的不是在人生的旅途上发生了什么事,而是在于发生这些事情的时候我们的处理方法和态度。

人们喜欢说送人玫瑰,手有余香。说的就是这个道理。当我们拿鲜花送给别人时,首先闻到花香的是我们自己,那么,当我们抓起泥巴想抛向别人时,首先弄脏的也是我们自己的手。一句温暖的话,就像一缕暖人心扉的春风,更像是向别人身上喷洒香水,在喷洒的同时,自己也会沾到两三滴。所以说,在漫漫人生中,要想让自己活得轻松快乐,首先要切记时时心存好意,脚走好路,身行好事。

阳光让人看见许多东西,也让我们看见许多灰尘。假如没有黑夜,我们便看不到满天的星斗。因此,即使是遇到使我们一时难以接受的灾难和痛苦,也不会是完全没有价值的付出。它可使我们的意志更坚定,思想、人格更成熟。所以,当苦难和挫折到来时,不要怨恨和气馁,应该用平静的心去面对,用乐观的态度去处理。

不要在是非摩擦中彼此伤害,任何时候都要保持一颗清醒的头脑,有些话语听起来不重,但稍有不慎,便会重重压在别人心上;同时也不要轻易被别人的话中伤。要怀有一颗豁达宽容的心,凡事都要学会有理让三分,不要与别人的无知无理较劲。

你不可能决定生命的长度,但你可以扩展它的宽度;你不可能改变天空的容貌,但你可以时时展现你的笑容;你不能全然预知明天,但你可以充分利用今天;你不能要求事事顺利,但你可以做到事事尽心。

在生活中,一定要让自己变得豁达些再豁达些,因为豁达的人不至于钻牛角尖,也才能乐观进取。还要变得开朗些再开朗些,因为开朗的人才有可能把快乐传递给别人,让生活中的气氛显得更加愉悦。要想自己常常保持快乐,就不要把人与人之间的琐事当成是非,要有一个宽容开阔的心胸,原谅别人,也就是原谅自己。有些人常常烦恼,就是因为别人的一句无心的话,而他却有意地接受,并堆积在心中,不能释怀。这就好比拿别人的过错来惩罚自己,这样的人又怎么能够快乐呢!

一个人的快乐,并不是他拥有的太多,而是因为他计较得很少。多的负担,是另一种失去;少非不足,是另一种有余,舍弃也不一定是失去,而是另一种更宽阔的拥有。

说到底,美好的生活就好似要让自己时时刻刻拥有一颗轻松自在的心灵,不管外在的世界如何变化,自己都要在心灵的底片上留有一片清净的天地。清净不在热闹繁杂中,更不在一颗所求太多的心中,只有放下挂碍、开阔心胸,心里才会自然清净无忧。

慢慢——随笔感悟

艾量(会计 1401)

在知道毛概作业之前,我是没想过作业竟会是自己想写什么就写什么的,本想着应该是写一篇对毛泽东思想的体会,仿佛记流水账一般,对这个自己并不熟悉的领域“大放厥词”,但终究不是自己的真知灼见,多为借鉴抑或摘抄。因此,当知道老师让我们随心所欲去书写时,是真的觉得这才是我理想中的大学作业,不拘泥于单一形式,讲究多元化。

我是一名女生,喜欢美好的事物。像微博中说的女生与男生的区别是:买电脑时,男生考虑的是电脑的性能、内存、显卡等,但女生只要电脑漂亮就行。我就是这一类,我喜欢一切漂亮的事物,而江南大学满足了我这个愿望。毫无疑问,江南大学是美的,她的四季、南北、水陆都是美的。其中,江南大学的春天极为突出,每逢这个时候,江南大学不乏慕名而来的游客。但是,处于这个校园的我们却并没有一双能发现美的眼睛。男生们放假窝在寝室玩游戏,致力于成为当下时尚的“宅男”,学霸们忙着在空余时间奋战图书馆,爱打扮的女生纠结于在寝室逛淘宝还是去商场购物,没有人愿意停下脚步看看路边的风景。

朱光潜在《谈美》中写道:“慢慢走,欣赏啊!”人生就像一场旅行,最重要的并不是目的地,而是沿途的风景。由于人们的心态各不相同,所以对旅行的看法也都不同。我们每个人都来自偶然,但我们能来到这个世界上,就是十分幸运的,虽然渺小得像颗尘土,却依旧拥有享受一切世间美好的权利。享受真、善、美带给我们的一切;享受亲人间爱的温暖,享受朋友间情的灿烂;走过苦难收获经验,奔向未来,享受成功。

来到无锡之前,也曾有过抱怨,离家里太远,饮食习惯不同,物价太高等。但在这读了两年书后,还是爱上了这个城市,且不论其漂亮,光是它处在发达地区却“独善其身”,没有沾染上上海、杭州等过快节奏的生活这一点,便让我很是欢喜。

许多朋友知道我在无锡读书,都或多或少有点艳羡之意。节假日跋山涉水地过来,好在无锡不会让人失望,雪浪山的薰衣草田、古韵的惠山古镇、小资的南长街,都是放假的好去处。

懂得欣赏,用心感受,才有巍峨高山的冷峻和清峭,才有平川月壑的踏实与稳健,才有牡丹玫瑰的雍容绚丽,才有芙蓉清兰的高洁典雅。

请走慢一点,等一等灵魂。

香港印象

吴佩文(产品 1601)

当夜晚彩色的灯光涂抹着各色玻璃墙面,这个城市又开始了它崭新的夜晚。许许多多的人放下一日的追逐,许许多多的人又开始了新的旅程。

洋溢的金色

夜色中的香港是不眠的,因为到处是洋溢着的金色。初到香港是微雨之夜,丝丝冷气让这个城市有着一种高贵而骄傲的气质。在黑色与金色的主调里透着红绿蓝紫的身影,随着飞奔的车向后退着,她后退的脚步匆匆而又优雅,因此一路我都欣赏着她长长的金色衣裙。

在夺目的金色下是碎碎的海,周围是灯火闪耀的海港,即使是断断续续的山,上面也是高高耸起的金色。

香港的金色不是浮动的,是深深扎根而洋溢着的,它或许是香港的灵魂之色。

宽阔与狭窄

海,在香港竟没有让我有茫茫之感。

在香港,高楼争夺着天空,灯光争夺着黑夜,倒影争夺着大海。在窄窄的街道边是耸入天空的高楼,在大街上是无法看到一片完整的天空的。在充满现代感的香港,我感受到从未有过的压迫感,对于一个外乡人,这个城市无法给予我足够的安全感。尽管它的交通优于内地,经济发达,但迷宫一样的街道,随处可见的路标,到处呼啸的汽车声音,反射光线的玻璃,给人带来诸多不适。但也只有这样,生活在狭隘空间的香港人才更明白土地与环境的珍贵。

有一位香港同学曾问我:“为什么允许外国人在中国的土地上制造商品获取利益,破坏环境?”语气中充满惋惜与不满。我想,中国会在和平的血与泪中,以崛起的大国身份,来给这片土地一份满意的答卷。在这时,我前所未有地相信着我的祖国,她一直努力着,进步着,超越着,这种相信甚至是一种信仰,新一代中国人的信仰,也是我们对于这一片宽阔土地的誓言。

人情味

在学校的走廊看到香港人情味主题征文比赛通知,便以此为小小的话题。穿梭于每一个城市,我常常驻足于小街的小吃店前。香港的鱼蛋、碗糕、炸饺子、牛碗面等是我对于这里的味觉记忆。我尽量慢慢用普通话告诉店家我要买些什么,几乎每个店家都用有些蹩脚的普通话说:“谢谢光顾啊!”并且一定会有温暖的笑容。对于一个老城,我脑中常常会浮现一家本地小吃店,一位老人或一对老夫妻,一盏黄色的老灯,而在香港竟也有着一道风景。

香港人的普通话是软软的,很有亲切的意味。学习交流的同学老师都很热情,让人都有些招架不住。第一天飞机晚点,直到九点半才到学校,而校方却安排接待会与晚餐。我还记得自己面对被盘盘送到面前的水果不停摇手的样子,以及大家分别寻找对子,见到后如故友般地交谈,又争着拍照合影。

对粤语我一窍不通,上课时老师特意让同学为我翻译,但同学蹩脚的普通话常让我哭笑不得。语文老师还尝试用普通话为我们讲课,但最后还是笑着无奈地继续用粤语上课。

现代的城市,总让人感到缺少人情味,香港人一定也注意到这一点(那次征文),对我来说,人情味也许是一个城市温暖的源泉,是社会的一种爱与团结的体现,我真心希望中国会永远永远有着浓浓人情味,这缕味道能系着香港、澳门与台湾。

小小的鲜花

每每穿梭于香港的大街小巷,那精致美丽的绿化总能吸引眼球。不同于内地的绿化,那花坛里的植物看似很名贵,事实上也确实有如郁金香、惠兰之类的花种,路上相对常见的是各色菊花和香港杜鹃。我素来是爱花的人,便常常被这些美丽的花朵惊讶到,这些本在温室或是家中小心照看的花朵在这里竟是路边的行道植物,而它们的艳丽与生机常常让我怀疑地小心触摸,以确定真假。

有一次在我想近距离观察一盆水仙时,一位香港学生急匆匆地说:“这花不能摘的。”我急忙解释道:“我只想看看它们是真花还是假花,我怎么会去摘呢?”

这次对话让我有些惆怅,什么时候我能在内地看到名花盛开于没有围栏的花圃,在香港看不到怀疑的眼神,才能收获小小的、小小的信任。

回到内地，看到机场花坛里歪歪斜斜的几株类似卷心菜的植物与窗外大片的绿色行道树，我感到我回家了。这片更富饶宽阔的土地真的应该得到更多的珍惜。

普通话与英文

香港高一已然分科，作为擅长文科的人，我却意外在一个理科班中交流学习，更超乎意料的是这里较低难度的理科科目，与高要求的英语学习。这里的数学、物理没有内地那么难，语文内容几乎我都已学习过，有的甚至是小学的内容，而英语中许许多多化学专业名词让我几近崩溃（如 CO_2：carbon dioxide）。

有一位香港学生告诉我她很喜欢中国文学，真希望可以去内地学习，但内地有些教育方式也不是她能接受的。

我喜欢中国传统文化，但我不否认我很喜欢这里的学习方式，老师注重学生独立思考习惯的养成远远超过传授课本上的知识，文科课内容很少，但作业中涉及的思考练习却远远高于课堂。我曾觉得这里的学生上课时随意走动是很不尊重老师的，但似乎这里的老师从不在乎；学生与老师大声争辩课堂内容，大声提问，老师很平静地对待，让我很惊讶。但这里活跃的学习气氛让我觉得这是对知识与课堂的另一种尊重，师生之间的尊重不是一种中规中矩的形式，应该是心灵上的平等理解，是对职业与知识的一种尊重，或许应该用更开放的心态来看待一个"走动着的"课堂。

有一堂常识课是一位香港大学中文系毕业的女老师为我们上的，她说："凭学校来论断一个老师、一个学生的优劣是一种很愚蠢的行为。"

就如我对那个大学的崇拜，对西方教育的崇拜一样，我们应该更科学地看待我们所处的环境，我们所受的教育，有差距，但不是一无是处，妄自菲薄与盲目崇拜是一样可怕的。

那位女老师还有一句话让我印象深刻："我不认为普通话中有任何一句比粤语更形象。"同样地，我也认为绍兴话中也有很多其他任何一种语言无法比拟的，这就是文化的魅力。粤语作为中华文化的一部分，我希望香港人能把它连同繁体字一起传承下去。英文对于我而言是工具，中文对于我而言是灵魂，无论是粤语、普通话或是绍兴话，都是中国话。

中国的骄傲

香港很注重学生对政治的学习与思考，一位香港学生与我有了两夜的交谈，话题涉及食品安全、环境保护等问题。

中国是一个飞速发展中的国家，我对于中国的骄傲源于她不久后的强盛，只有在这时，作为一个中国学生才可以清清楚楚地认识到国家——一个强大却脆弱，需要每一个人维护，需要我们用一生建设的地方，它所给予我们的重担与光荣使命将是前进最大的动力。

永远保持中国人的骄傲，也永远持有中国人的谦卑。

挥手灯光

各色玻璃墙面被云层遮掩，水乡的梦又渐渐清晰，经历告别是为了下一站的风雨无阻，挥手灯光，久违的天空太阳，我是内地学子，正背着满满行囊……

以梦为马

陈宇航(社工 1603)

> “我们因梦想而伟大,所有的成功者都是大梦想家,在冬夜的火堆旁,在阴天的雨雾中,梦想着未来。有些人让梦想悄然绝灭,有些人则细心培育、维护,直到它安然度过困境,迎来光明和希望。而光明和希望总是降临在那些真心相信梦想能够成真的人身上。”　　　　——威尔逊

你,是否迷失过方向呢?像落队的孤雁在鲜红的夕阳下,不知向何处飞翔?你,又是否害怕着对未来的迷茫呢?那数不尽的选择背后,是康庄大道,还是万丈悬崖?其实只要你心中拥有梦想,你便不会害怕眼前的黑暗,因为梦想是一盏明灯,它会带你冲破重重迷雾,寻找到那最美丽的天堂。

可是,我们谁又没有拥有过梦想呢?在那遥远的记忆里,在那儿时的小小世界中,小小的心中种下了梦想的种子。可当我们一天天长大,当我们有能力去改变一些事情的时候,我们却迷失了自己,亲手折断了梦想的翅膀,不再飞翔。

我们,是认可了那样碌碌无为的生活了吗?不,我们只是害怕,害怕梦与现实距离的遥远,害怕别人嘲弄的眼神。我们不再“胸怀大志”,不再“志存高远”,而是用庸庸碌碌去维护自己早已体无完肤的自尊。

可是,梦想之所以称之为梦想,就在于其具有高于现实的价值啊!正因其遥远,方显其美丽。当整个社会把所谓“不切实际”当作狂妄,把梦想看作不切实际的奢求时,我们所应当做的,是做一个谦谦君子吗?还是舍弃梦想做一个碌碌无为的人呢?与其沉默着去接近死亡,倒不如去拼、去搏,去让上天给予你实现梦想的可能,去让全世界听到你的声音,为了自己的憧憬而不懈努力,为了自己的梦想去拼尽全力。

倘若心未死,梦便未可弃。别人认为的不切实际,是嘲笑也好,怀疑也罢。梦是自己的,那便用自己的努力去实现它。即使穷极一生也无法到达,可至少我们追逐过,这样的一辈子,便没有白活。

我,有一个梦想,我愿化作一匹白马,奔驰于九霄之上,让阳光照耀我身上美丽的毛发,让白云为我铺就洁净的天路。让全世界看见我飞驰的身影,听见我哒哒的马蹄声。在平凡的生活中活出不平凡的人生。我愿以梦为马,即使前方满是

荆棘,我也要用厚重的蹄铁,去踏破苦难的屏障,哪怕鲜血染红了我的鬓发,亦要高傲地迈向我所要的幸福。

梦是一艘小船,我们都是孤独的划行者,在风雨交加的海面上,独自驶向那未知的远方。但朋友,请坚定地相信梦的力量吧,让我们乘上这艘船,用自己的努力,去划出最美的航线。等我们老了的时候,当我们坐在古旧的藤椅上,在夕阳的余晖中回想这一生,那拼搏的泪水,将会成为最美好的珍藏。

今天,我捡到了童年最美好的钥匙

魏易开(公艺1601)

如果说让我回想最美好的时光,那必定是我的童年。童年的我往往有一整天的时间去胡思乱想,脑海中满是憧憬,当然那时的我还不理解什么人生的重担、学业、工作和家庭,更不会去想别人的童年、他人的理想。如果说我当时是满脑子的原始冲动,当然也不足为过。往往一下午都沉浸在自家的小院子里,与植物、昆虫为伴——认为家人是可以陪伴终生的,所以没什么去珍惜的想法。

直到我现在进入大学生活,我才觉得童年的我是多么天真。我的童年满是无限的欢乐,当我看到电视上贫困地区的孩子,我觉得自己实在是太幸福了。之后自己深受启发,用了三周时间完成了一幅有关贫困儿童童年的画。

这幅画我给它命名叫《今天,我捡到了童年最美好的钥匙》,这是我看到一幅有关贫困儿童生活的摄影作品,产生了去绘画它的冲动,后来我在原画的基础上,自主添加了书包这件物品,因为我觉得这可能是他们所渴望的东西之一,他们渴望知识。整幅画颠覆之前的素描画法,我首次尝试在黑色的画纸上用白色的钢笔绘画素描,并不是在炫耀技巧,只是想表达,通过在原来一片黑色的画纸上添加白色光亮,更能表现贫困地区孩子对美好生活的渴望。我也记录下自己的绘画过程。

这幅画是从中心画起,扩散到四周,就是想通过自己的画笔,表现出我希望给他们的生活点亮希望的想法。

当然,这幅画也提醒了我,让我回想起了我自己的童年。《超体》电影中说过,我们每个人存在的意义就是传承,那么我当然也会讲述我的童年给予我的下一代。更想呼吁所有人在看到这幅作品,看到这篇文字的时候,回想一下自己的童年,体会一下美好。

十 年

史梦琦(公共1602)

黄昏,昏黄。

舒缓的节拍,多元的音乐元素,在渐入黑暗的暮色中闪烁着柔和的光晕。

我推开咖啡馆的木质门,一阵雅致的气息扑面而来,车水马龙的喧嚣,在钢琴曲中淡去。径直走到靠窗的位置,扭头看窗外无声的世界。黑暮下依稀几个人影,一个六七岁的小男孩跟在父亲身后,扯着父亲的衣角。一种稚气一点一点渗过来。

咖啡不知何时已被放到桌边,一丝丝香气氤氲开去。窗户上蒙着一层雾气,朦胧中映出自己的脸,缓缓融入夜色里。

十年前的我也像他一样吧。那时的我刚满八岁,爸妈年轻的光芒还未暗去。那时爸爸活力四射,似乎从不会感到疲倦。他还会潇洒地骑摩托车带着我兜风,风扬起我的头发,我用嘴巴去吹爸爸的短发,两人嘿嘿地笑出声。

一个个画面在脑中被唤醒,由模糊渐渐清晰。

"你爸加班怎么还没回来,都十点多了。"妈妈焦躁不安的声音飘进我的梦境里。我只觉周围一片混沌,眼睛沉重地睁不开。手机铃声急促地响起,妈妈猛地抓起手机:"什么? 你声音大些! 怎么了? 被车撞倒了? 你在哪?"激烈的话语冲撞着我,我一下子惊得坐起来。妈妈已经抓了件外套,准备出门。"你爸出了点事,我去找他。"我呆呆地坐在床上,怔怔地吐不出一个字。脑中一片空白,只剩下不知所措。

我死死地拽住妈妈的衣角,眼神空洞。一阵尖锐的脚步声刺进屋内,我的手悬在半空,蜡像一般。后来爸爸的下巴被缝了两针,我心疼地哭得失了声。十年前的我太过年幼和无知,面对突然来临的伤痛,根本不敢去相信。

桃红柳绿一年,草枯草荣一年。时光的列车载着孩童褪去的稚气渐行渐远,消失在小路的一头。

三年前的我,已不再是曾经无知的模样。

那时奶奶对一切都要搞得清楚明白,考虑太多,什么事都要争个对错。总是患得患失,担忧太多。爸爸的脾气随奶奶,两个人聊起来时不时便会针锋相对。

按我们的习惯是每两周去一趟爷爷奶奶家。可那段时间,一切都不一样了。

将近两个月,每当我提起去爷爷奶奶那里,爸爸总一脸冷漠毫不留情地拒绝我。我觉得莫名其妙,可老爸倔强得无可动摇。

直到有一天。

夜幕初垂,雨声淅沥,华灯洒下一片香槟金色,笼罩着一片静谧的假象。

最远的与最近的

朱楠(公艺1602)

那时候,窗外玉兰,年年绽放。

后来,长亭向晚,夜色微凉。

如今一触便嗅到年少的馨香,对着世界干净地笑,世界也为之倾倒。也许多年以后佝偻着腰,灰了鬓角,白了发梢,现实与过往在眼前割裂至两端,得失一目了然,无处可逃。

青春已成陈词滥调,却仍被少年们乐此不疲地歌颂着。青春是近的,似在指尖流淌,但又是遥远的,似驰骋的脱缰之马,一去便不再复返。尽管它短暂如白驹过隙,但残留的芳气氤氲在空气里久不散去。

小的时候,我身处的年代的特质便在我身上展露无遗,爱矫情、佯装坚强、故作镇定,其实内心脆弱得不堪一击,习惯了自欺欺人又太容易厌倦。那个年纪想过的人生是极致的人生,对的理所当然,错的无与伦比;想过的青春是明媚的青春,肆无忌惮地谈笑,苦乐交织地拼闯。

后来懂得,睁一只眼闭一只眼是面对这个世界最优美的姿态。逃不过轰鸣喧嚣,便隐匿起一半的自己,揣着静谧徜徉人生;另一半去迎合去砥砺,等待一座城池的颠覆。青春走走停停,会被滂沱大雨一通浇灌,会无意间触碰难以掩饰的忧伤,也会被旖旎风光温柔地留恋,会醉心于一刻短暂的笃定。

疾驰的岁月像场电影,令人潸然落泪,最终也逃不过曲终人散。不愿用谦卑的姿势俯仰一世,不愿匿起镁光灯下的丽影,不愿留给世界的只是嫣然一笑后的背影。雨水漫过六月的地面,踏上这条征途注定要义无反顾地走下去。日历上鲜红的数字太过醒目,心头时光逝去,青春渐行渐远的声音彻夜不息地回响,像是屈服在逼仄的环境里画地为牢,也像是飞蛾扑火后的新生。这是无法呼之即来挥之即去的必经之路,容不得亵渎,亦容不得逃避。

《小时代》中的青春,缥缈虚无,却投射出几丝现实的影子。拭着戏中人的泪,步入戏外的局。时间像一只大网,牵连着无数人插足彼此的人生,谁也无法逃脱,任其缠绕。

再然后,该是和青春挥手告别了,我们相识时,花草流转,天空明澈;离别时,枯荣再次被席卷入寸寸山河,苍黄倾颓,更替为新一轮的翠绿。我会回忆,但情到浓时却会心生畏惧，也许会害怕记忆裹挟着巨大能量呼啸而来，也许会坦然接受过往赐予我的一切。韶光虽逝，年轻的心不会凋零。总有人陪伴着我们从春到夏，周而复始，攀附着他们御风而行，等待一生浪迹红尘。总是磨砺，像迷途的羔羊，置身广袤而无所定居，颠沛流离，栉风沐雨，流浪不是痛苦而是洗礼。总有皈依，褪去浮华丽影，让冗杂的心在一片澄净中沉淀，让一路的欢歌永世不眠地飘荡。

尘世似一面镜子，日夜俯瞰无数人的新生，日夜俯瞰无数人奔赴在逐梦之路，日夜俯瞰无数人寻到安身之地。尘世也似一把量尺，量度着无数人生命的轨迹。

我不敢说有尊严地活过每一天，但我要说我站在离青春最近的净土之上，夹杂在年少的最美好的罅隙中。我不去想离青春越行越远这样令人惶悸的悲观事，因为最近和最远的距离完全听命于自己。

人生是一场修行

尚修萱(公共1602)

生命是行走的痕迹,命运是行为的结果。人活着就要有理想。理想是黑暗中的一盏明灯,为我们带来光辉的未来,指引我们前进的方向;理想是失意时的救命稻草,于彷徨时带领我们走出困境。理想使我们微笑地观察着生活,理想使我们倔强地反抗着命运。然而生活中有很多事情,并不是我们努力就能做成的,要看天时地利人和,还要看自身的条件和能力,才可能达成愿望。否则,遗憾难免。仰望那些够不着的东西,实在是一种煎熬。行走红尘,别被欲望左右,迷失了方向,别被物质打败做了生活的奴隶,给心灵腾出一方空间,让那些够得着的幸福安全抵达,攥在自己手里的,才是稳稳的幸福。睁开惺忪的睡眼,跟世界说声早安。

别抱怨,当目标成了遗憾,命运才给你改变自己的机会。往事既已过去,就应该学着笑对眼前。人生一世,如浮云流水,过往是覆水难收的,我们有的只是现在。每一个人的成功之路或许都不尽相同,但我相信,成功都需要每一位想成功的人去努力、去奋斗,而每一条成功之路,都是充满坎坷的,只有那些坚信自己目标,不断努力、不断奋斗的人,才能取得最终的成功。但有一点我始终坚信,那就是,当你能把自己感动得哭了的时候,你就成功了!

人生就有许多这样的奇迹,看似比登天还难的事,有时轻而易举就可以做到,其中的差别就在于非凡的信念。要成功,就要时时怀着得意淡然、失意坦然的乐观态度,笑对自己的挫折和苦难,去做,去努力,去争取成功!漫长的人生,其实只是瞬间,一定学着,让自己在人生途中,不后悔。

人生充满着期待,梦想连接着未来。

慢

张凌宇(自动化 1502)

从前的日子变得慢
车,马,邮件都慢
一生只够爱一个人。
——木心

想到这个题目是因为食堂的一位阿姨,我从未见过她完整的脸庞,也未听清她完整的一句话,但是这几天她的形象却不时地在我脑海里浮现。

说到食堂阿姨,大多数人包括我,都会联想到一个胖胖的大妈围着围裙,大嗓门,手脚麻利,放葱花放辣油,所有的动作都在几秒内完成后呈现在你面前的已经是热腾腾的饭菜。但是我要说的这个食堂阿姨,有些不一般。

这个食堂阿姨是做面的,现做现卖,一个微波炉,擀好的面条、面汤、菜,带上一颗细致的心,就是阿姨做面的所有材料。每次我点好了面站在窗口等面的时候,总会留意阿姨的神情与动作。加进底料,焖上锅盖,片刻就发出了咕嘟咕嘟的气泡声,掀开锅盖的时候腾起一大片雾气,然后阿姨不紧不慢地加进面条和菜,在锅里搅拌搅拌,再焖上锅盖。没有雷厉风行的动作,有的只是温柔的眉弯,一切都像是在自家的厨房里烧一道精致的菜肴。等到面端到眼前,我又感受到一股暖流腾了上来。大概是阿姨的那样慢的动作和温柔的眉弯让我感受到家的气息,那种暖是从心底腾上来的,会让我想起在千里之外家中的母亲应该也是这样在厨房里忙活着的吧!

大概会有人说,在学校食堂这样的地方需要的是效率,需要的是让更多的学生更快地吃到饭菜。但是吃到这样做出来的面,总有种特别的温暖在胸腔里涌动。快节奏的生活里缺少爱与温暖,慢下来,慢慢才能感受到这个世界的温暖。

记得高中的时候语文课本上有一个专题就叫作“慢慢走,欣赏啊!”慢慢走,才能感受,才能欣赏。到现在还记得读余光中先生写的那一篇《听听那冷雨》时我的内心是怎样的震撼。杏花,春雨,江南,简单的六个字竟包含了那么多的感情。一场雨,到底是怎样下的,才让敏感的诗人触碰到了心底最柔软的情怀——乡情。大抵还是缘于作者一颗细致的心吧!身处江南小镇,从呼吸第一口空气开始,经历了无数雨的我却也从没有那样近距离地接触过雨，那样被一种精致的雨所震撼。让我不禁想起余光中的那首诗《听听那冷雨》。

“雨天的屋瓦，浮漾湿湿的流光，灰而温柔，迎光则微明，背光则幽黯，对于视觉，是一种低沉的安慰。至于雨敲在鳞鳞千瓣的瓦上，由远而近，轻轻重重轻轻，夹着一股股的细流沿瓦槽与屋檐潺潺泻下，各种敲击音与滑音密织成网，谁的千指百指在按摩耳轮。‘下雨了’，温柔的灰美人来了，她冰冰的纤手在屋顶拂弄着无数的黑键啊灰键，把晌午一下子奏成了黄昏。”

快节奏的生活把这些都揉成了碎片丢弃在了逼仄的角落里。偶尔下雨撑着雨伞，滴滴答答的雨点也会淋湿我的思绪，滴滴答答，滴滴答答，来自自然清脆的声音，在多少人的耳边奏响着呢！

大概因为我是个来自南方小镇的姑娘，偏爱慢与精致。

我不喜欢上海那样的大都市，到处是嘈杂的人群，到处是喧嚣的车流，你不知道和你擦肩而过的是谁，你所有的目光都集中在效率，效率，效率上。置身于那样的环境里，大概也难以找到一个心灵的依托点，难以找到一个肉体的栖息点。或许我会更偏爱苏州这样的城市，深厚的历史情怀让她显得精致。我曾经去过一次苏州，就被那雨后深青色的砖和深巷里百转迂回的神秘深深吸引，但那却像雨巷里那素未谋面的丁香般的姑娘一样，让人捉摸不透，近在咫尺，却远在天涯。

大概只有心灵才能觅得那样一块精致的栖息港湾吧！“出淤泥而不染”，大概只有这样一句话能够表达我的意思了。不那么着急，不那么赶，慢下来，慢下来，去寻找生命里的风景，去感受世界上的美丽。

生若直木，不语斧凿

陈程（自动化1503）

高中三年做了数不尽的语文阅读题，唯有一篇张志承先生的《生若直木》让我记忆犹新。

这篇文章讲的是张先生在去鄱阳湖旅游的时候认识了一位江西的木工师傅，老师傅与张先生互送檀木镇纸，普通古朴的檀木镇纸触动了张先生，他联想起他与同仁还沉溺在“文革”的悲伤中不可自拔，觉得人应该学习镇纸那种隐忍、坚毅、深沉、浑朴的个性。正如书中所说：“生若直木，不语斧凿。”

书中最后一段最为精彩：

“我想，事物都大致雷同，无论一茎枯草，一头弱牛。政治的伤害比起永恒的大自然和长流的历史，比起存活下来的民众，是那么渺小。除了我们，被笔墨染了一身毛病的人，大家都不去炫耀自家伤痕。而且，大都是心广意宽，如打磨光滑的檀木镇纸，像穿了新衣裳的农民，干净漂亮地活下来。”

读完这篇文章，我不由想起一句话：人生没有不可承受之重。人性的坚韧，是将伤痛留给自己，不卑不亢，体面地活于人前；是咬定青山不放松，任尔东西南北风的岿然不动；是坦然面对一切磨难，平和直面一切后果。

大道无声。

不知从什么时候开始，社会上流行起比惨的风气，仿佛谁惨谁更有面子，甚至谁更时尚。把伤口摆在人前还不够，恨不得把伤口撕得血淋淋的才好。这种病态的博眼球的方式虽然不能过分苛责，但会不会显得太过轻佻和浅薄？我喜欢自嘲自黑，甚至觉得它是现代人生活的特殊技能，但并不代表我支持无病呻吟。试想一下，如果一个国家每个公民都如此的话，正能量就成了难能可贵的东西了。

可能现在的我们还做不到真正的坚韧，但时间和经历会让我们变得更加厚重，心胸更加博大，更加难以撼动。现在让你悲伤、让你绝望甚至让你歇斯底里的事可能到后来并没有那么重要。当初你以为你一辈子都不会忘记，一辈子都没有勇气回想的事到最后成了酒局上觥筹交错时的谈资，再也回不到当时的心境了。当初再浓墨重彩的事情，到最后在你心中留不下一点痕迹。

经历多了，心中也没有再多的空间去装下无关紧要的事了。

我们可以比自己想象得更加坚强。

静夜中的一丝光芒

陈友芹(自动化1503)

静静地,我躺在地上,拥抱着大地,亲吻着天空;静静地,我看着一丝光芒掠过黑罩般的天空,却没有发出叫声,因为周围都是静的。

就是那静夜中的一丝光芒,让我久久不能忘记那种划破天际逍遥的姿态,那么自由自在。再忆五年前,翼云逍遥局,苦与乐并行的地方,不知被黑夜光顾了多少次的地方,一个让许多人称赞的地方,一个让她的孩子一直在奔跑的地方……我就是那一丝光芒中的一个亮点,也许微不足道,也许闪亮眼球,这都不是关键,而关键在于从那一刻我给黑暗以重创,最终慢慢地、慢慢地冲出它的枷锁。

就是那静夜中的一丝光芒,让我在黑夜久久不能入睡,想象着背依翅膀,脚踩云朵的悠闲自得。再忆三年前,兰陵自由处,让我在海绵上跑了三年的地方,让我在鹅卵石上光脚奔了三年的地方,让我褪去外壳而赤裸的地方……我就是那一丝光芒中的一个亮点,在静夜中摸索前行,试着维持着那微弱的亮光,鲜为人知。

不知未来会怎样,不知过去会怎样。不知天才在左、疯子在右的世界,不知不老身心的境界。也许我只是这个混沌世界里面的一个存在,永远走不出伟人画的圈,永远摸不透外面的世界如何光明抑或是黑暗。一个人的世界或许就是这样的虚、空。就像《小王子》里面的故事,一个人孤独久了,必定想走出原来的圈子到外面的空间去看看。可是后来呢,难道还是要用我的"盒子论"来诠释这些吗?一层一层的盒子套在一起构成了这样一个宇宙空间,但是,我在第几层呢?未知。

见证过多少悲欢离合,钩心斗角,那些多么可爱的人,为生存,为活得有尊严而奔走付出,而造成繁华落尽笑抹苍白泪,韶华逝去无处寻着,孤影成形落泪湿衣。亲身感受过与至亲至爱之人的分离,殊不知我也竟成为戏中的一员,经历着撕心裂肺的痛,那种痛,可能会持续很久。

我不喜欢各种有关大道理的书籍,因为在我看来,更多更深刻的道理和感悟是需要建立在种种体验与经历上的。宁可与轻舟做伴,与花草为友,来感受自然的清澈与清纯,也不愿呆呆伫立啃书忘食。我喜欢草,喜欢绿色,喜欢躺在草地上,从此不再醒,脱离俗世曾将我湮没的苦与乐,抵达静世已被我深深爱上的宁静与绿色。

慢慢地,慢慢地,才发现原来那个内心深处火热的我原来是那么安静。如果有来生,我只愿做那无数小草中的一抹绿,平平淡淡,与世无争地依偎在养育我的土地上千万年直至神魂俱散。然而,现实打碎了这仅有的一层屏障,震醒了我,我是一个社会人,根本不可能完全与世隔绝,做到清新脱俗,远离尘世。转念而想,“既来之,则安之”。深处尘世,就应该把自己在戏中的角色演活演精彩。既然此生为人,那么就正正当当、潇潇洒洒地走过一生,无怨无悔吧!

活着,总要做点什么。而我,就要照亮那原本只有一丝光芒的黑夜。

我们都将被这个世界温柔对待

郑雅玲(电气1601)

越来越相信,只要用心生活,用心体会,用温暖拥抱世界,世界也将报你以温柔。

一

有次在楼下等室友一起去食堂,站在路边,看到一只狗跑到面前来。由于等得有点无聊,我就盯着那小狗看。像是感受到我的注视一样,它扬起头来看着我,朝我摇了摇尾巴。

我惊讶,惊讶于它的友好,惊讶于它带给我的感觉。那种感觉,就像是在路上遇到一个陌生人,你本没有在意,可他却在四目相对的那一刻给了你一个微笑,让你心生温暖。想到这里,我情不自禁笑了笑,它又朝我摇了摇尾巴。那一刻,我相信它是通人性的,它也一定能感受到我对它的喜爱。

二

上个星期去当马山女子迷你马拉松的志愿者,原本我是指引五千米赛道的,后来五千米的跑完了,只剩十千米的在往回跑。我站在赛道旁,为这些坚持下来的人喊加油,为她们鼓掌。她们有的对我竖起大拇指,有的点头微笑。有个参赛者跑过去了,又回过身来把手里的橘子送给了我!

心里的感动无以名状。我们是陌生人,但是,我们却彼此回应着,给予彼此鼓励。

三

今天去食堂的西点坊买小蛋糕,结账时店主叫我帮旁边的一位阿姨刷下卡(结账只能刷校园卡,阿姨可能没有)。我觉得这都是举手之劳的小事,很自然地帮她刷了。我把卡收到口袋里,阿姨牵起我的手,另一只手把硬币放到我的手心,对我说:“谢谢啊,谢谢你!”我笑着说“没事,没事”的时候,阿姨用两只手握着我的一只手,用有点着急的语气说:“手怎么这么冷。”然后又握紧了我的手。我突然说不出话来,默默看着缠在一起的手。嗯,我感受到了,感受到了阿姨掌心的温度,感受到了,母亲般的温暖。就在今天,在第一次离妈妈一千多公里过生日的今天。

……

是的吧?只要足够善良,足够用心体会,就能看到无处不在的温暖。无论如何,我都愿意这样相信,最终我们都将被这个世界温柔对待。

淡品人生

李俊泽(环艺 1501)

有人说生命是一个惊人的国度,匆匆而过只见苦海无边。细细品味,一路莺歌燕舞、鸟语花香,淡品人生,愈品愈香。

生命如一杯上好的茗茶,焦躁不安的人一饮而尽,满口苦涩;气定神闲的人细细品味,苦尽甘来。

悠吟南山,饮酒采菊,是陶渊明华丽的罄音;纵酒放达,以天地为栋宇,万物为裈衣,是刘伶悠然处事的豁达。之二者一箪食,一壶瓢,自有真情流露,行立坐卧,悠然处之,否泰如天地,忘形适趣。

悠悠然,于是登高远望,世界与生命的真谛于眼前展开。

苏轼放下高官厚禄,于是父老喜云集,箪食无空携,黄州惠州儋州满载他的可爱。杨绛先生与世无争,百年淑子,映月泉清。用我们的双手,静静烤着生命之火取暖,寒鸦向晚,红泥火炉,缓缓又悠然,暖自心来。

放下吧,放下这一切的无用和焦躁,生命需要一种慢节奏,一种舒缓又实在的气质,一份清香却不腻耳的经历,一种与世无争却超然于世的态度。

“世人为荣利缠缚,动不动就说尘世苦海,不知云白山青、川行石立、花迎鸟笑、谷答樵讴,世亦不尘,海亦不苦,彼自尘苦其心尔”,悠悠然赏庭前花开花落,望天空云卷云舒,采菊东篱下,悠然看见的不只是南山,是一种坦然自若的处事态度。

“思风发于胸臆,言泉流于唇齿。文徽徽以溢目,音冷冷而盈耳。”“罄澄心以凝思,眇众虑而为言。笼天地于形内,挫万物于笔端。”悠然处之,细细品味,苦尽甘来。“化千水为白练,合百音为一歌”,于是清香于耳,淡品人生,人生以浓浓清馨报你。莺歌山之冬,有一个惊人的国度,细品可得其味。

每个人都活在快乐的房间里

李俊泽(环艺 1501)

莲开莲落,有人看见了生命的圆舞曲,有人却只见得花自凋零,生机湮没。人世间的每一个人都被幸福包裹着,在这快乐的房间里,你的心决定一切。

从婴儿呱呱坠地的一刻起他就是快乐的,因为他的心如婴儿的明眸一般洁净,不存一丝瑕疵。他看见满山的石瑾花,能闻见空谷的幽香,拾一抔红泥在阳光的包裹下暖暖地笑。孩子的心充满快乐,所以他看世界是快乐的,世界看他也是快乐的。正如那莺歌山的冬天,快乐的人听见满山的莺歌雪舞,即便冬日心也是暖的。悲伤的人却只闻得冰冷的死寂,寒鸦向晚,即便手捧火炉心还是冷的。

古有杞人忧天,究其因,看见的是一颗荒凉震颤的心。他在怕在忧,所以天也忧他。同样也有一位可爱的古人,茅屋草庐,人生几经波折几次被贬,他却仍乐观开心,心宽体胖,修苏堤,把酒言欢。人人都喜爱他,不是因为他是士人的领袖,宋之文豪,不是因为他文章好,也不是他权势大,只是因为他看世界是可爱的,世界看他也是可爱的。

心若清明,它便无边无涯。

你用心看这世界,世界也用心在看你,用金黄的麦秸织成摇篮,把心放在里面,装好纽扣的车轮,让时间托着去问候世界。它路过冰寒山涧,闻到的是空谷幽香。路过孤寂荒漠,看见遍地的金沙,在阳光的沐浴下明媚地笑。最终开进你的心底,捕捉到你的幸福,你的快乐。是了,每个人都活在快乐的房间里,你的快乐由你决定。正如热情奔放的戴奥尼修斯,他神明的力量来自那颗火热的心,即使冰封也会迸出热情。

花飞花谢,其实每个人都活在快乐的房间里,当你问候世界的时候,世界也在问候你,你心存激昂快乐地问候他,他也以幸福快乐地回报你。记得啊,你生活在快乐的房间里。

莲，于我

杜承蔚(环艺1501)

听老师谈莲花一月有余，我也于此期间对“莲”有了一番新的体悟。莲花，世代为人所歌颂，或于诗，或于词，或于文，甚于曲。

曾学过屈大夫所作《离骚》，记得有句描绘荷花的词句“制芰荷以为衣兮，集芙蓉以为裳；不吾知其亦已兮，苟余情其信芳”，可见早于春秋战国时期，士人们便关注了“莲”，并于当时就视莲为清洁高雅、正直不阿的代表。而在众多花木中，我跟周敦颐又有相似喜好，不学陶渊明爱菊，不认王公贵族爱牡丹，余也独爱莲。喜欢莲的清香淡雅，喜欢她的亭亭净植，因为喜欢所以包容她的一切，即便她身处脏乱的淤泥，即便她只花开一夏，但我喜欢她就是喜欢她。无所谓太多理由，无所惧旁人言语，无所管天下怎般待她。

莲，就是一位隐士，或许有人说她矫揉造作，但我相信她本就真心归隐，与世无争。牡丹要富贵那就让她拿去，秋菊要赞赏那就任她取去，于莲，守得一方水塘便足矣，就如诗词所写“偏向弱水连天碧，虚怀若谷师人间”。莲花怀古人世间，无欲无求，只望静静地待在一方净土，开自己的花，结自己的藕，受自己的风雨。

佛教自两千多年前传入中国，在佛教中，以莲为座，甚至哪吒更是以莲藕重塑肉身。莲出淤泥而不染，江山万物皆有缘。佛爱众生而舍我普渡，由此莲也就与佛结下不解之缘。

歌曲中，也曾听到“莲带两色，一色谓之生，一色谓之死；人随两念，一念谓之离，一念谓之留”，生死流离，述说的是莲的一季，人的一生……诗中，词中，曲中，处处谈莲，仿若莲已经与我们的一生相互交融，再无分彼此，她的一夏就是我们的一生。

或许，有人说，子非莲，焉知莲之思，焉知莲之念。那么可能是我想错，是我歪解，但我此生仍望如莲一般活一世，开一季，便足矣。

莲之道，千千万万，我这寥寥几百字，实乃皮毛。只愿如莲净植，勿忘初心。

治愈者

刘天琦(环艺1502)

很久以后我才明白,所有人来到你的生命里自有他的意义,人最难得的就是学会怎么平静地面对离别,而这个世界的吊诡之处在于:当你学会平静地等待离别时,那个人已经在你心里永远也不会走了。

我们辛辛苦苦来到这个世界上,可不是为了每天看到的那些不美好而伤心的,我们生下来的时候就已经哭够了。而且我们啊,谁也不能活着回去。所以,不要把时间都耗费在情绪低落上,去相信,去孤单,去爱去恨去浪漫,去闯去梦去后悔。你一定要相信,不会有到不了的明天。

我希望你能记住那些在你生命中留下一笔的人,那些在深夜里陪你聊天,那些默默陪在你身边,那些生病时在你左右,那些你难过时会想起的人。

你知道,如果哪首歌、哪部电影、哪本小说、哪个人在你最难过、最无助、最快乐、最美好而又最容易被辜负的时光里陪你度过那么一段日子,那么无论他们将来去哪里,他们变成了什么模样,你都没办法把他们割舍。

过去的事,过去的人,即使你拼命地回忆也回不到以前。可是回忆越来越美,旧时光把你困在里面出不来。可是就在你沉浸在回忆中的时候,你错过了一个又一个人,你忘记了最重要的今天。所以,永远要现在努力,把回忆当成一种力量,更好地走下去。

人生有多残酷,你就该有多坚强,现在让你难过的事情,许久之后你回过头来看都会觉得那不算事。你之所以会把痛苦看得那么重,是因为你经历得不够多。觉得难过的时候,不妨告诉自己,现在正是你蜕变的契机。

有些东西你要相信它才会存在,你要相信自己,要相信奇迹,不必感伤不必害怕,因为你就是那个奇迹。只有相信奇迹的人,奇迹才会选择你。

没有人逼你每天背单词背到头痛背到天亮,没有人逼你为了一张申请表跑东跑西,没有人逼你离开家乡去一个陌生的地方。可是,你还是义无反顾地这么做了。因为我们不甘心,我们想要自己的生活多姿多彩;因为我们的故乡,放不下我们的梦想,我们想要了解更大的世界;因为我们的心里,始终放着我们的梦想,始终不想放弃;因为我们年轻,我们想要拥有更多。

这世界上没有不带伤的人,真正能治愈自己的,只有自己。

游　历

纪晓鸥(环艺 1502)

游历,自释为游玩经历或旅游历程,而在我短短的 19 年的游历中,游历仅能称之为游玩经历而已。自感伤感,但又不忍将大千世界的精彩仅存于心中,于是通过一横一竖记下这一幕幕。

一、红艳艳的醋溜溜

山西的秋天是干燥的。

印象中的山西总是黑色与黄色交织着,然后去过之后才明白,是黑色与红色相映着。火车旁、田野旁一张张黑黢黢的脸与一堆堆黑色的煤在秋风中呈现,黑色的颗粒爬过脸庞,留下印记。这一张张黑黢黢的脸记录下这座煤矿城市的记忆。而这满山遍野的红却带给人以酸和艳的感受。途中我曾下车亲手掰下这一串红色的果实,名为醋溜溜。放入嘴中的感受——酸。但酸到极致后却有一丝甜味,给这枯燥无味的山脉增添了不少趣味。

印象中的山西的建筑是摇摆的。耸立在地平线上的应县木塔,1000 年的风早已将它吹得摇摆不定。然而我去的时候,七层木塔三层以上内已坍塌。我只记得,当我右脚踏上那一块木板的一刻,整座木塔就已倾斜。因此我也不敢再轻举妄动,怀着敬畏的心情,慢慢走出了木塔,双手合十,弯腰鞠躬,拜了拜,离开。

印象中山西的面是苦的。沿途劳苦,在路边的小店坐下。“老板,来一碗面。”老板黑黢黢的脸看着我微笑,连忙点头,随声应和,手在自己的围裙上抹了抹,转身进入厨房。此刻早已见不到他人,但却听到面在木板上的叫声。“出锅”随着这声音,面也摆在了我的面前,还是红色的。老板在不远处望着我们。我尝了一口。他眼中渴望的眼神真是让我忘记了面本身的味道,只能顺着他的眼光嘴角上扬。我想,这也许是老板工作的意义了,而我却尝到面中的苦涩。这苦涩并不来自食物本身,我也不知道。

二、人山人海

上海的夏天是炎热的。

曾在上海举办世博会的时候凑过热闹。虽说是凑热闹,但这热闹实在是太过庞大。琳琅满目的场馆，不同肤色的人，各色各样的食物，温差骤异的空间。

不想多说，初来乍到的我们总觉得这座城市发着光，也许这光来自我们自身吧！

三、雾里看花

杭州的夏天是潮湿的。

“接天莲叶无穷碧，映日荷花别样红。”我想写这首诗的诗人，必定不是在八月的时间看的杭州。我印象中的杭州甚是潮湿与炎热。西湖中的水分皆被蒸发在空中。雾里看花，甚是朦胧。

若是能在这里配图，我真是想配上我拍的一张十分巧妙的图片。远处是湖心亭，近处是排成一条线的鸭子，那波痕把湖面撕开。乌蒙的空气于湖面上，朦朦胧胧，凸显出杭州的温柔。水雾温柔地保护着这湖面，湖面映照着整座城市。

四、亭台、楼宇、怪石、苦竹

苏州的晚春是温柔的。

初来乍到苏州，很惊讶，很惊奇，怎么市中心都是这样的古色古香，怎么这里的楼宇都是这样的低矮，怎么这里的市民都是这样的波澜不惊。停留了七日，才明白这座城市的含义，才明白这样的缘由。实在是佩服苏州人保护历史的心。“敬佩”二字不足以表达内心的感受。

每一个园林都是宁静的。连鱼游过的时候都小心翼翼，不敢打扰这份宁静。

真想带你们去看看那漫无边际的荷花湖。

我只想说，苏州，这座城市的云吞都是荷花味的。

还有许多话想说，但它们都留在了那座城市里。愿此刻对城市的记忆不会显得矫情。只愿历史的情怀仍在，古人的味道犹存，时代的色彩缤纷，事物的味道甜美。

树

陈雅洁(环艺 1503)

自然界有许多植物,树的种类也很多。我喜欢树,无论哪一种。

自从作为树苗,它便静静地待在原地,不会说话,更不会行走。在它的领地里,只能观察到周围的这一角景观。它就静静地站在这儿,没有一点怨恨。它更像是一个街道的观察者,周遭发生的一切都由它见证,而它从不发问,也从不议论。

中国的竹子与梅花、松树并称为“岁寒三友”。具有文人情致的中国人根据这种植物的特性赋予了他人的品质。竹有节,在众多的竹子品种中,毛竹也许并不名贵,但我最喜欢。它从一个竹笋开始,就在积蓄自己的力量。它不着急向上生长,只是默默地待在原地。它可以用五年的时间保持外形不变,在这五年之内,无论你什么时候看它,它都只是一个不起眼的竹笋。可是,在地下的深处,它在扎根,在汲取营养。它可以用五年的时间积蓄力量,五年过后,根系发达,便直冲云霄。这时,它有着令人吃惊的生长速度,有了稳定的根基。它不再怕周围的环境,也不再担心以后的磨难。

相对于竹的积蓄,胡杨则表现出自己的风骨。有人说,胡杨一千年不死,死后一千年不倒,倒后一千年不朽。在荒芜的戈壁滩上,胡杨以一种高傲的姿态挺拔在土地上。古代王侯权贵,用胡杨制作棺木,在如今的遗址中,胡杨做的棺木确实体现了这种特质。不朽的木材,就像给人传达的不朽的精神。

在日常生活中,城市绿化也用到了很多树。在春天,树木吐出新芽,清晨的露珠滋养着每一片嫩叶。到了夏日,便成为一片片绿荫,蓊蓊郁郁的。而秋日与冬日,南北方则显现出显著的不同。南方的秋叶是不会凋零的,北方的秋日,万物萧条,叶子一片片变黄,像蝴蝶一般飞落在泥土中,回到树根,仿佛那是它们的归宿。待它们都凋零之后,树好像进入了冬眠的死寂,等待来年春天的到来。年年岁岁,皆是如此。

树,在它身上,有许多人的影子,中庸,平和。

等风来

胡敏(环艺1503)

有一次心理老师给我们上课时,说到一个让我们都不好意思的事儿。我们很多人都希望自己拥有很多很多,生怕哪里比别人少……其实呢,不要急,也不要担心哪里会比别人少。那些你该得到的,一件都不会少;那些不该得到的,得到了也只会让你的内心更加空虚,让你更加努力地去追求更多——这是一个恶性循环。所以,做什么事都得先问自己,问问自己的内心,是否真的需要……

之所以会想起老师讲的这段话,是因为最近发生了很多事,走在一个陌生的环境里,我不知该如何选择。但在大学,如果没能做点什么,加入几个组织,却一直看着别人忙这忙那的,心里应该多少有点不是滋味。

更可怕的是使我们无所适从。

很久以前,我就在读鲍晶晶的《等风来》,一本很好的小说。写得挺真实的,那种对"钱"的向往,对生活的不满,对自我的怒气,对周遭的无奈……像极了我爸口中的"现实"——填志愿时我任由自己的内心填的离家远的学校,选的自己喜欢的专业。老爸回家后看了好几遍才明白我写的是真的。然后就开始给我"洗脑",说我不能填那么远,这样以后就不能想回家就回家了。让我慎重决定……

之后我还是填的很远的大学,现在想想,也挺后悔的……

《等风来》这个故事,怎么说呢,我觉得写得很好,很真实——语言生动,"妙笔生花"。对于书,我向来也只能说"好"或者"不好",但这个故事给我的感觉,感情丰沛的我都无法用语言去形容。

我觉得程羽蒙(程天爽)给我的感觉,有一点点像《麦田里的守望者》——他们对生活存在极大的不满,虽然前者产生不满之后选择了回归现实,后者则通过一大堆的"叛逆"行为逃离学校,但两人,都是因为有着美好的梦想,有着美好的希望,才会有那么浓的不满。

有的时候我会觉得,希望,它并不是一直都那么光鲜亮丽的。因为它的落空,曾一次又一次地让我陷入沉默;因为它的不现实,让我在走向它的时候,无数次地想回头……可是,它是美好的,它是给人以力量的,所以它是我永远也不会放弃的,或者说我从来没有想过要放弃,它就像一根救命稻草活在理想的世界。

面对已经到来的、一无所知的大学生活,我还是有几分恐惧,但也时刻充满着希望。可能自己还是有很多的不足,但是,还是会努力,会加油,会让自己变得更好。

不管你有多着急,或者你有多害怕,我们现在都不能往前冲,冲出去也没有用,飞不起来的,现在的我们只需要静静地等风来。

寒冬的时间漫谈

沈心远(环艺 1503)

近来奔波忙碌,对时间这一话题有感而发。

个人非常欣赏博尔赫斯的作品《交叉花园的小径》,故事围绕人物错综复杂的身份展开,透过几条看似清晰的时间线,讲述了一个关于争斗、关于选择的故事。故事本身不在此赘述,在下更关注的是博尔赫斯先生对于时间这一主题的主观关注和坚持。身为布宜诺斯艾利斯图书馆的馆长,博老的作品对于时间的演绎可谓登峰造极。利用精确的时间点对人物本身的心理进行烘托和渲染。而故事的结局也可谓是意料之外,情理之中。我相信,博老对于这个结局的选择也是出于自己对于时事的理解:无论什么人物,总有某个使命是始终伴随他的。我们可以相信,时间是无情的,也是公正的。它让一代代的人登场又谢幕,又给他们一根名为使命的救命稻草。有人说,所谓光荣、使命,又如何?时间终会将这一切磨灭,直至无影无踪。我想说,那又如何?使命就好比是有保质期的美食,又怎能迂腐地认为永恒的才是高价值的?这就好比中式建筑由于多使用木结构大多已不见往日辉煌,那么中式建筑就不如那些长久地躺在荒野中的希腊石柱了吗?并不!因此,时间就好比留给每个人的一把好尺,给每个人根据自己的价值观自我评价的权利。

一直很喜欢林夕的一句歌词,“世界将我包围”。这句话写的是作者登临悬崖时心中的第一反应。相信这句话也是许多人在大型场合的第一反应,在人群前演讲,在车站中守候。这是瞬间的迷茫,更是刹那种种回忆涌上心头的感慨。有人写到,瞬间即永恒。在下觉得这有些数学化,更有些唐突。是否可以说,瞬间因为长久而存在,长久会产生瞬间?可能有些拗口,在下的意思是,我们平时根本不会感觉到某个瞬间,世界仿佛停止。只有因为某个瞬间弥足珍贵,值得长久的时间,在那一刻,我们才会体会到瞬间的存在。而一个长久的积累和进程,无疑也象征着一个极为重要的时间点的来临,在那个瞬间,世界将我包围。无论之后我们会残存多少的记忆,那个瞬间都是生命极重要的一刻。这也是为什么我们常常会感觉晚会和活动稍纵即逝,这正是我们生命中短短的一瞬间,并不是刻度盘上的数字所能描述的。珍贵的瞬间消逝,像飞驰而过的列车。我们能做的,或许只有送别。

如今,时间却常常遭受人们的道德绑架。仿佛时间是有些人拿来虚张声势的玩偶,而永恒也只是时间用来评价的唯一方式。这个论调是可笑的,更是可怜的。新时代的卫道士们站在道德制高点上对他们看来没有意义的事品头论足,以人们做的事没有永恒的价值为由指手画脚。本人认为,许多事情,正是因为瞬间的可贵,才愈发光芒闪耀。一个瞬间,拜占庭侧门大开,托尔斯泰离家出走,格鲁希畏首畏尾,这些人物,在时间面前或勇敢,或懦弱,终于,历史也成就了他们不同的人生轨迹。

这让我想到前些日子看到的一些散文集和回忆录,都花了大把笔墨在批判固定的生活模式和工作模式上。在我看来,这不失为一个不错的着眼点,然而许多批判有失公正。这里,我想用蔡康永的一句话:“一群人,在最宝贵的一段时间里,拼尽全力做一件事,会是他们一生的回忆。”其实生活方式大都是人们自己选择的,批判也好,指引也好,生活仍在继续,时间不停走,快的带走了人们的泪水,慢的又如飘动的白云。

白云如斯,遥不可及,慢慢地走,转眼已逝。

我想,时间亦如白云,最好的离开,就是在不经意间,灰飞烟灭,不留痕迹。

生命中的感动

郭梦琳(环艺 1504)

感动是什么？是感激涕零还是握手言谢？我的人生中经历了许多的感动，我清楚地感知到它们不仅仅是这些，当感动真正降临时，你才能体会到，那是一种言语描绘不出的幸福，是用一颗心描绘出的彩虹。我的小学、初中、高中生活飞逝而过，许多美好的回忆埋藏在心里，将感动变为永恒的力量。

当我赤脚踩在泛着丝丝白色浪花的金沙滩上，阳光在一片金色中折射出妙不可言的色彩，朦朦胧胧却又像是真实的存在，淡淡腥味的海水随着我摆动的步伐溅起了小小的跳动水花，使我脸上闪动着孩童般的兴奋愉快，伸手触着美妙的精灵，在手上柔弱无骨地翻腾、跳动，让人心里泛起甜蜜的涟漪，波波不断。这是我的初中回忆，是我在海边慢跑时难以忘记的美丽感动，是自然的美丽，是回忆的感动。当我再想起的时候，还依稀地记得指尖亮丽暖人的橙色的阳光浸遍了全身，难以忘怀。生活的美好，让人感动。那份心境，是我值得珍惜的宝藏。

阳光照在课桌上。冬日里，静静地闭上眼睛，任阳光洒在身上，或与同伴分享一个刚刚剥开的橘子，一个午休，惬意温暖，是最平静的时光，却也莫名地让人感动。我知道，那冬日的温暖不仅仅是阳光，还有身边的他们默默的陪伴。我回忆起我的高中时光，有人说他们印象最深的是深夜中的奋斗，有人说是和同伴的携手共进。我印象最深的却是每天早晨升起的第一缕阳光，是看到树木被阳光洒上一抹透明靓丽的色彩，那让我回忆起了我最最单纯美好的时光，是最美好的，如同阳光般灿烂的，那是属于我的感动时光，是最温暖的气息。

当我看到电视中失学的孩子重回课堂激动得笑容满面，当我知道那么多生病残疾的孩子因为大家的共同努力而筹到足够资金帮助康复时，我都会莫名地感动，因为懂得，所以知道生命中的感动是多么重要，它会使一个人充满了对抗苦难的力量，它足以改变一个人的命运。也许，一个对陌生人的小小微笑，就会改变他一天的糟糕心情，会让他有勇气走出阴霾，感受到生活的美好。也许，你手中递给乞讨的老人的零钱，会使他有了一天温饱的保证，让他在这个充满了困难，充满了那么多冷眼和绝望的世界里找到一丝温暖，活下去。一个拥抱，一个不经意的帮助，在你的世界里可能是无关痛痒，可是却带给了别人意想不到的温暖感动，而你永远想象不到这种感动的力量有多大。

每次遇到困难时,我总会想起往日的片段。当我面对恐惧,同伴们微笑的鼓励,轻轻皱眉时的加油,还有那相信的坚定的眼神,给了我莫大力量。在一次长跑中,我的心理防线快要崩溃的时候,是朋友,是同学陪伴我跑完了全程,一直在离我最近的地方给我鼓励。或许他们不知道,就在那个时候,是他们让我有了跑完全程的力量。我相信,在生命的旅途中,这种力量还可以带着我,朝更远更高的地方飞去。在我不可能逾越的困难面前,是朋友,给我鼓励,让我有了勇气,有了面对失败的韧性。当我在失败的边缘沮丧时,也是他们,告诉我已经做得很好!那时的感动,那时的幸福,都让我感到了温暖,感受到了快乐,或许这些帮助对于他们来说是鼓励,是朋友之间的友好,而对于我来说,是幸福,是美好,是长达一生的回忆。感动不止一瞬间,它甚至渗透了我的生命,影响我的一生。

我的生命里有许多的感动。有的来自家人,他们是那个永远陪伴着你的人,没有任何的犹疑就可以完全信任的人。深夜的一杯热牛奶是守护的感动,拥抱着委屈的你,不计代价的付出是爱的感动。而有些感动来自朋友,有可能他只是你遇到苦难时无意帮助你而相识的陌生人,有可能是未来一路陪伴着你的人,他们是挚友,是可以一起哭一起笑,是在摔倒的时候,不顾一切冲上来看着你的脸问你还好么的那个人。因为他们,我的生命中多了那么多的感动,我深切地感激。

感动有时来自心境,有时来自环境,有时是因为一段回忆,有时是因为一个人,一种力量。我的生命中有那么多的感动,所以美好,所以每天的阳光都是灿烂的,都是充满着希望,充满着最美的光辉。生命里纵使有那么多泪水,那么多的失望,可是因为感动,我依旧坚信着生活的美好,依旧希望着我能为别人带来感动,带来属于他们小小世界里的温暖阳光的美好。

在沉默中观察,在冷静中思考

王伟豪(环艺1504)

人生过的是心情,生活活的是心态,人生随其然,生活何其烦,累了就睡觉,醒了就微笑。走过一些路,才知道辛苦;登过一些山,才知道艰难;蹚过一些河,才知道跋涉;跨过一些坎,才知道超越;经过一些事,才知道经验;阅过一些人,才知道历练;读过一些书,才知道财富;过了一辈子,才知道幸福。多一点快乐,少一点烦恼,累了就睡觉,醒了就微笑,生活怎么样,自己放调料,自己开心自己乐。

缘分,缘来缘去古至今,谈之若素诗歌吟。相逢是缘亦为分,缘定三生属命运。天涯之遥何其甚,银河难阻两灵魂。一则求远宁舍近,千里迢迢赶投奔;二则视财如土粪,情坚意定堪比金;三则奋然不顾身,千古绝唱天地震;四则并蒂心连心,两情厮守如青春。除却巫山不是云,缘来缘去皆随君。

简单,是人生的至境。小时候的欢乐,是单纯带来的。长大后的痛苦,是复杂给予的,越长大越孤单。小时候,在没人的地方,我们可以很快乐,因为有花草做伴。长大后,越是在人群中,我们越感到孤单,因为人心叵测。简单,是人生的大彻大悟。无欲无求无失望,来去随缘少徒劳。简单,是最大的快乐。

不懂珍惜,守着金山也不会快乐;不懂宽容,再多的朋友也终将离去;不懂选择,再努力也难以成功;不懂行动,再聪明也难以圆梦;不懂合作,再拼搏也难以大成;不懂积累,再挣钱也难以大富;不懂满足,再富有也难以幸福。懂爱的人,才知道珍惜,懂心的人,才知道可贵。

懂珍惜的人,才能得到;懂爱护的人,才能幸福;懂怜悯的人,才有爱心;懂感激的人,才能心善;懂付出的人,才能得到回报;懂选择的人,才能做大事;懂坚强的人,才能承受打击;懂感情的人,才能得到真爱;懂人情味的人,才能得到尊敬。

越聪明的人,其实越累。越是在乎,割舍越难,往往失去的也就越多;追求得苦,心事就重,往往美好的事也就越少。人生中,有些东西,只是数字,不必太在意;有些人,只是过客,不必太留恋;有些事情,也只是事情,不必太奢望。拥有一份美丽的心情,一个简单的心境,一种幸福的感觉,即使不完美,也是最美。

生命中,遇见一些人是一种幸福,而遇见一些人则是一种灾难。人,无完人,但要真诚、真实;事,无巨细,但要尽心、尽力;情,无绝美,但要无愧、无悔。这世界,原本干净、美丽;这人性,原本善良、质朴;这遇见,原本清澈、简单。回归自然,回归自我，回归一颗安静无尘的心。

谁都有脾气，但要学会收敛，在沉默中观察，在冷静中思考，别让冲动的魔鬼，酿成无可挽回的错；谁都有梦想，但要立足现实，在拼搏中靠近，在忍耐中坚持，别把它挂在嘴边，常立志者无志；谁都有底线，但要懂得把握，大事重原则，小事有分寸，不讲情面难得别人支持，过分虚伪亦让人避而远之。

人生的路那是要靠自己行走，无论如何选择，只要是自己的选择，就不存在对错更无须后悔。不管是好的还是坏的，没有一件东西可以永恒不变。当你失败、痛苦的时候，你要告诉自己：这一切都会过去的！当你成功、得意忘形的时候，你也要知道：这一切都会过去的。

看淡世事沧桑，内心安然无恙。人生，说到底，活的是心情。人活得累，是因为能左右你心情的东西太多。天气的变化，人情的冷暖，不同的风景都会影响你的心情，而它们都是你无法左右的。看淡了，天无非阴晴，人不过聚散，地只是高低。沧海桑田，我心不惊，自然安稳；随缘自在，不悲不喜，便是晴天。

心情不好时告诉自己：再苦再累，只要坚持往前走，属于你的风景终会出现；只要是自己选择的，那就无怨无悔，青春一经典当，永远无法赎回；过去只可以用来回忆，别沉迷在它的阴影中，否则永远看不清前面的路；不要期望所有人都懂你，你也没必要去懂所有人；聚散离合是人生的规律，不必在意，何须伤悲。

人在轮回路上，总有一些不期而遇的相逢，也总有一些失之交臂的陌生。缘分有聚散，有人能随行，就是一种温暖；人心有冷暖，有人能懂得，就是一种幸福。握紧几份真情，以心交心；拿出几许真诚，以诚换情。相识于真，才能相知于心；相处于纯净，才能相望于透明；相守于珍惜，才能相伴于一生。

人生的诸多烦恼，其实源于自己。风的摇曳，是一道自然的风景，无须牵强；雪的飞舞，是一页自然的诗词，无须奢念；心的悸动，是一抹自然的情愫，无须过多在乎。每一天，是一种终结，也是一种开始。无论过去多么美好，都将成为过去；无论现在多么不好，谁都在经历。给自己一个微笑，人生处处是阳光。

以茶抵心——人生如茶

颜甜(产品 1403)

我们在一片安谧中长大成人，
忽然被投进这大千世界，
无数波涛从四面向我们袭来，
我们对一切都感兴趣，
有些我们喜欢，有些我们厌烦，
而且时时刻刻起伏着微微的不安，
我们感受着，而我们感受到的，
又被各种尘世的扰攘冲散。

——约翰·沃尔夫冈·歌德

歌德敏感地捕捉到了社会迎来大变革时期人被环境裹挟的处境，放到今天这个充满不确定的时代，仍然准确而触动人心。我想，那种成长中混合的徘徊、不安、改变的执着的感觉，那种时代扰攘中的一点点坚持，那种年少时见闻和习染的气息融入血液带来的力量，都正在我们身上一一上演。随着时光流逝，站在人生的十字路口，我们不仅仅面临着关于学业的抉择，更多的是关于前进方向和未来发展的抉择，我们像大人一样独立思考自己的未来。都说人生如茶，沉浮无定，站在光阴的岔路口，我想品一品这茶韵悠然。

11 月中旬，因专业课题“食物与生活方式”的缘由，我前往宜兴大觉寺参加为期两日的青年生命禅学营，除了体验斋堂素食这一课题任务外，我更想在大觉寺这片净土上净化心灵，摒除纷扰杂念，悟一悟星云大师关于生命和人生的智者之言。在坐禅、过堂、跑香等寺庙生活体验中，最难忘的是妙普法师的“茶禅一韵”，茶禅二者仿佛从未分离过，给予我无限感想。

一杯茶，不必像唐诗那般浓烈，也不必像宋词那般盛丽，只需如魏晋隐逸之风那般，清单寂静便可。茶是温和的，内敛的，不动声色的。因为无言才是美，内敛才是美，品茶不语才是美。我想，喝茶是一段缘分的开始、见证。在一盏茶味光阴里，与陌生人相识、相知，谈论风月，放松心灵。思无邪，意无狂，行无燥；眉波不涌，吐纳恒常。喝茶其实就是人生豁达拿起与坦然放下的动作。同时，人生也如品茶,总要知道先苦后甜、苦尽甘来的道理。懂得品茶,才能懂得如何淡然地端起茶杯,又如何了无牵挂地放下茶杯。杯盏中的茶,由浓变淡,由热变凉。茶道亦悟道,人道亦如心道,茶品亦人品,茶道亦人道,茶道易抒,人道难悟。心源,本是一壶茶,包容百味,因吐纳而常新。一个人心无旁骛地品茶,更能参破心中的执念。一个人的独坐更能省视自我,能听见内心最想表达的声音,能让你拥有别人没有的内省。

清茶以待静者,淡茶以待明者,浓茶以待强者,好茶以待善者。古人山堂夜坐,汲泉煮茗,至水火相战,如听松涛,倾泻入杯,云光潋滟,此时幽趣,难言矣。然现在我虽不能像古人一般静坐山丘听雨品茶,我仍能感受到茶之味、禅之韵。白居易云:"大隐住朝市,小隐入丘樊。丘樊太冷落,朝市太喧嚣。"向前一步或许是繁华,退后一步或许是落寞,我想:拥有心灵的一片净土让自己静下浮躁的心去努力向前却又不忽视一路风景是生活必不可失的,不以物喜,不以物悲,像泡开的茶叶在滚烫的开水中悠然舒展姿态,渗出自己的茶韵。希望在未来前进路上不忘初心,一路风景,脚步不停,在沉浮无定的人生中活出属于自己的味道。

苔的心事

刘婷婷(社工 1501)

来到江南大学这么长时间,让我最好奇的是那遍地的绿苔。这是在内蒙古少见的植物,我又偏爱那句“苔痕上阶绿,草色入帘青”。

我喜欢苔,喜欢它虽被遗忘在潮湿的墙脚,却仍沉静孤傲。在天地之间,寻一份孤独的大美,不要花枝春满,不要月满天心,要的只是孤独自由的灵魂。

阶上的苔,入帘的草,是谪人卷舒的心情,得意失意,都以平常心待之,便是最高的境界。在大多数时光里,它该是无人想起的。孤独吗?一定的。再漫长的光阴,都得一个人慢慢地度过。有的时候,孤独是一种庞大的能量,以核的速度辐射着。它能让时光弯曲,能让光阴产生弧度。不然,那阶上的苔又怎么如此有生命力。也是这些苔,独守陋室,陪伴着不轻易低头的诗人,度过了多少个苦昼之夜。

苔是低级的生物,无乔木的高大,花朵的妖娆。在日光细微的地方,要么零星地点缀,要么抱成一团集结在一起,向人们展示生命的鲜活。它们相信,平凡一样可以获得尊重。可它们不知,那过往的匆匆行人,怎会只为一片平凡的绿色驻足,他们不愿也不能。

“白日不到处,青春恰自来。苔花如米小,也学牡丹开。”苔是顽强的,可城市却无它可容身之地,一片灯红酒绿、车水马龙、繁华热闹之地,要这寂寞不惹人的隐士何用?

对于苔来说,它的荣枯与他人无关,与自己亦无关,不过是生命和自然的轮回罢了。别人的悲欢与它亦无关,它只需静静地在沉夜里回味心事。这样的意兴,这样的阑珊,它没有绝世的容颜,只有这骄傲孤独的样子,散于天地之间,散发出最原始、最动情的惊艳之姿。

做一个独立的人

谭晓庆(社工 1501)

对于“孤独”这个字眼,如果要用“忍受”去形容,本身就是一种悲哀。

大学生活与高中生活相比起来,人群的分散成为一大特点。再也没有了固定的同桌,没有结伴而行的伴侣,每个人都忙着自己的事。然而其实自己一个人,生活也可以很美好。

一个人可以做很多事情,学做一道新菜,掌握一门新技能,一个人逛超市,一个人整理杂物、旅游、读书……多数人在意的是别人的感受,他们每天花太多时间在别人身上。如果一个人愿意在自己身上多花时间,做任何事情都好,都能让自己明白自己喜欢谁,讨厌什么,在意什么,才不会被别人的看法打倒。

我经常有一种感觉,如果这个事情发生,你却没有勇敢地去解决,它一定会再来。生活真是这样,它会一次次地让你去做这个功课直到你学会为止。一个人学会独立,是解决问题的关键,合作必不可少,但人格的独立才是临危不乱的大前提。叔本华曾说:“只有当一个人独处的时候,他才是自由的。”卓别林说:“当我开始真正爱自己,我不再牺牲自己的自由时间,不再去勾画什么宏伟的明天。今天我只做有趣和令自己快乐的事,做自己热爱和让心欢喜的事,用我的方式,以我的旋律。”深刻地反思自己,认识自己的不足,反问自己对人是否真诚,是否做了有悖道德的事……在反思中清醒和进步,人总是在经验的积累中成长起来,成为一个不仅能在外在形态中独立的人,更是一个拥有独立人格的人。懂得照顾自己,在事情处理妥帖后能尽情享受生活。不常倾诉只因为自己的苦难有能力消化,不被廉价的言论和情绪煽动,坚持自己的判断不后悔,为了自己而进步,也是人生。

成为一个独立的人,试着让自己的言行优雅并走出虫茧,内在因而变得真诚,不让自己受制于这个虚造的世界,也不去伤害别人,如前面所说“成为一个拥有独立人格的人”,以自身的力量,尽力行善。

因为只有懂得了爱,爱才会寻找到你。

微笑向暖,安之若素

杨颜(社工 1501)

时光就那么百转千回,一步步后退到浓厚的岁月片段里,微弱的阳光伴着低声呢喃的旋律悉数照在那些最美丽的回忆上面。

才发现,院落里,堆满了荒凉的叶子,如今,不也纷纷而落,等待着轮回下一季的命运?所以仰头长叹,那些曾经繁复茂盛,鲜绿华丽的夏树,那些曾经高傲炫耀自己芳华不停伸摆的旺盛枝臂,如今,不也是光秃秃地、赤裸裸地立在寒风中,独自面对那一份苍白无力的寂寞?

瞧那层层叠叠的枝丫,像极了骷髅,一层一层地撕到最后的关节,风过处,它们就那样形成了一张并不密集的网,干枯的枝抵不住风的诱惑,伸展着……像是伸着手乞讨的乞丐。

依然在感叹一年又这样过去了。我活着,享受着季节的轮回。终,还是抵不住岁月的苍老,苍老到,开始习惯了琐碎颓靡的生活;苍老到,慢慢不去计较曾经的遗憾和后悔;苍老到,随波逐流;苍老到,忘记了自己的年轻岁月,难道自己已经古稀花甲,看本书,浇花养鱼,是在陶冶情操……怎么会呢?我想总是念旧的人,应该会妨碍向前的脚步吧。要不然我怎么一直站在过去的时光里,在过去的时光里,沧桑,悲怆……

冬天确实到了啊!冷,手指又开始了无休止的冰凉。淤积心底的空荡无法消遣,大片的恐慌,在心里徘徊,凄厉哀嚎,撕心裂肺。想大声地哭,放声地哭。却也很可笑地发现,那已经是很久远的事了吧,怎么都哭不出,只是傻傻地笑,一直笑。笑着笑着,就会看到自己的岁月年轮在空气里凝结,开心的、幸福的、甜蜜的、失落的、难过的、伤感的……

一幕幕,渐成诗行。

会突然记起很久之前几个笑靥如花的女孩子围坐在一起,给心爱的娃娃缝制新衣服。

会突然记起某某年的某某与我颤抖地握着狼毫,一笔一画歪歪斜斜地写下永恒。

会突然记起流年时光,谁和谁彼此骑着单车踏青放风筝,背回一身的花香与露珠。

会突然记起颓废的年少里，哥哥给我最温暖的拥抱然后刮刮我的鼻尖说："傻丫头，有我呢……"

会突然记起渐长的日子里，陪伴我走过风风雨雨、艰辛酸楚的朋友们，你们现在还好吗？

会突然记起曾经昏黄的路灯下，有妈妈长长的影子在风雨中等待放学回家的我。

脑海，总是被填补得满满的。一阵凉风吹来，这股寒意将我从回忆中拉了回来。

我踢开堆在一起的叶子，已经枯萎的叶子发出咯吱咯吱的响声，就这么碎了，然后一直被搁浅。像是我，被排山倒海的悲伤堵住前进后退的道路，驻地于此，踌躇不前。

坐在台阶上，轻轻伏在双膝，闭上眼睛，让一切烟消云散吧。我想，这样的自我安慰，还是有一定的作用的。毕竟这样，我依然可以站起来，鼓着勇气，拾起那散落一地的荒芜，深埋或者火葬吧！来年，好生得更加华丽！惨白的天空，厚重的云中，努力地挤出一丝薄弱的阳光。

我抬头，眯着眼睛注视。深冬的阳，还是有温存的。一低头，心爱的狗狗瞪着眼睛迷茫地看着我，格外的安静。我笑笑，它马上蹭到我的边上，毕竟它是我的，不是吗？

就这样，把自己的过去与动荡不安，埋葬在这荒芜的落叶中，带向来年，下一季，会收获微笑与幸福吧！

随想集

王飒(社工1501)

从小接受应试教育长大的我从来没接触到这样的题目,不限文体,不限题材,不限字数,老师您这“三不限”也让我们不敢轻易下笔啊!倘若您给我们限定一个题目,我们都能洋洋洒洒地写出来。这样反而为我们出了个小难题,遂写了三篇随想,还望可以通过。仅以此作为一个小引,接下来进入正文。

江南秋韵

老家在北方,在那叶落知秋,很快便是片片黄叶满地,飒飒凉风,秋意正浓。可在这婉约的江南,秋天来得比北方迟了很多,但别有一番滋味。

某日,和朋友漫步在江南大学的小道上,阵阵香气扑鼻而来,清新淡雅,感觉非常舒服,便问朋友有没有闻到什么香气。他笑着说:“那不是桂花树吗?”这就是桂花树啊,树身呈绿色,里面藏着簇簇黄色的小花,漂亮极了。趴过去一闻,果然是刚才那种味道,仲秋桂花香啊!当然还有菊花盛放,香气虽未弥漫,但也为这校园增色许多。

江大妖风正盛时节,银杏叶也落了,平时不太注意,仿佛一夜之间银杏树都成了金黄色。银杏树叶是很容易飘落的,某条不知名的小路上铺满了黄叶,脚踩上去,真有一种和周围融为一体的感觉。对了,还有那曲水桥下的河水,似乎都比以前更清了,使人的心境有种澄明透彻之感。变化最大的要数那满池荷花,刚到江大时,荷花开得正美,饱满的叶子衬着娇羞的花朵,现在莫名增添了一丝残败,风卷残荷斜阳落,傍晚的曲水桥美得让人不肯离去啊!

步履匆匆,不知追寻着什么;忙忙碌碌,不知道想要什么。不如拿本书,去校园走走,或许会找到想要的答案。

梦

梦是什么?

“梦是潜意识欲望的满足,是人在清醒状态下压抑的违背世俗的欲望得以释放的主要途径”,选自弗洛伊德《梦的解析》。我并不太喜欢这种解释,尽管他说的是事实。

我喜欢做梦,感觉好像在导演一部属于自己的电影。在里面,我既是导演又是主演,这是一部属于我自己的戏。我在里面天马行空地想象,里面的演员都是我遇到过的,有些或许仅仅是一面之缘,但我知道我一定在哪见过他们。有时,我知道自己就是在做梦,可我仍是不愿醒来,因为梦中的戏还没有结束。

可我导演的梦并不都是喜剧,有时还是恐怖片,尽管害怕,可我还是要去面对。我知道在现实生活中也是这样,有些路只能我一个人走,没有鲜花,没有掌声,有的只是一种苍白的无助感。只有自己默默地走,一直走,一直走……我知道等待我的是什么,那将是我期待已久的。

梦是现实生活的延续,也是生活的升级版。既然说了梦是人潜意识欲望的满足,那就让在现实生活中被压抑的一切在梦中尽情地释放吧!这里是我自己创造的又一个世界,不是现实世界的翻版。从某种意义上来说,那个梦里的我或许才是真正的我,不压抑自己、完全释放的我。

梦,终究会醒,醒了,就裹上一身皮囊作为伪装,继续追寻现实生活中的梦想吧!

“解剖”自己

我可没有勇气拿把刀真把自己解剖了看看是什么样,那样我也肯定就挂掉了。这里说的“解剖”,是想问问自己究竟是怎样的人。

每个人都这样问过自己,我究竟是一个怎样的人呢?好多次我这样问自己,都不知道该怎样回答。想来想去,还是没有一个让自己满意的答案。

我真的感觉自己是一个很烂的人,虽然我并不想承认。我的路很少是由我自己选择的,父母仿佛为我安排好了每一步应该怎么走。他们从小就教导我要听话,要做一个听话的好孩子,我真的很努力地想要做他们眼中的好孩子,所以导致了我现在,成了只会听话而不会“说话”的孩子,没有主张,喜欢随波逐流。

我喜欢自己一个人安静地待着,什么都不做,就自己一个人傻傻地待着就好。好像是有那么一点孤僻,可那种安静的感觉真的很好。

我喜欢用笑容来伪装自己,即使自己的内心很失落,也并不喜欢表现在脸上。所以在大多数人眼中,我是一个蛮爱笑但不爱说话,感觉看上去并不难相处但还是不敢轻易靠近的人。我喜欢交朋友,交心的朋友。

好吧,其实我也不知道该说些什么了。两句流行语结束此篇:我就是我,颜色不一样的烟火;不要等我变了,才说喜欢原来的我。

原来时光回来过

张琰(社工1502)

其实我知道的,我还在年轻着,青春走得不远,只不过是不小心坐上了一趟太念旧的慢车。

——题记

在江南不尴不尬的冬日里,我趁着一个周末,回到了家乡。离开无锡的时候,难得的明媚。

大巴车缓缓驶离热闹的街区,看着太湖水面一片平静,水边草一丛丛向后退去,我想起了以前出门旅游的经历。高三毕业的夏天,我和母亲去了九寨沟。九寨沟美若仙境,非只字片语可述。即使旅程充实,沿途美景无数,在最后几日,对家的思念却越来越浓烈,直到进入家门,才有了回家的真实感觉。这次回家,也有相同的感受。

行至家乡界内,熟悉的建筑映入眼帘。我的母校,修在了郊区,僻静也适学。灰青色的砖块分明,是那样的熟悉,却又有了一丝陌生的感觉,离开得久了便是会这样吧!我想起了那段平庸简单却独自闪光的日子。时常抱怨学业繁忙,考试压力大的我们,曾相守无数日夜的我们,一起奔跑欢笑流泪的我们,已经各奔东西,有人深入林海雪原,有人走进神秘西部,有人像我一样留在了江南水乡。我的青春,没有小说电影里叙述的那般绚烂。本就是个平庸之人,虽不缺乏精彩,但更多的是我们为了未来奋斗的身影,我认为是最真实的90后吧。我开始怀念过去的一切,其实并不是叛逆的青春,而是那些格外让我怀念的朋友,眼眶一下子湿润了,我却再也没有机会穿上当初那件蓝白相间的校服了,即使我们当初共同嫌弃过它的丑。

青灰色,蓝白色,我和我们。

下了车,走到熟悉的小路上,才真正有了回家的真实感。天是乌蒙蒙的,我却在这片夜色中一眼望见了母亲的身影。真实似乎和幻想的不同,并没有激动地落泪,似乎我就是这样一个爱幻想的人吧!吃的是再简单不过的家常菜,但仍令我十分感动,母亲的味道,我怀恋的。催动我回家的,可能是其他人在网络上秀回家的幸福,让我有了冲动,但阻止我回去的,便是这份深深的依恋了。此时我只感叹时间流逝太快,我却把握不住。

回顾这段大学时光,从夏走到冬,我学会了适应新的环境。寝室也被我默认成为第二个家。我遇到了一群我认为不错的人。时光如影随形,只不过,我以为它走得快了,因为期末临近了,我却似乎并没有学到什么,在我看来都是浅显知识而已,谁叫学海无涯呢;我以为它走得慢了,住在北方的孩子掰着手指数着回家的日子啊,却还是那么长,即使我们知道很快它又要过去了。我并没有想证明什么,我只希望我的大学生活,会比以前绚烂多姿。

我是个念旧的人,但我也怀着憧憬未来的心。天生的纠结体,在大学的课堂,我还是用着旧的笔袋,当初的皮革材质,油光早已被磨尽。但我没有习惯用一支钢笔,也没坚持写好日记。我的心很大,却难以割舍这座小城,永远占据那个角落。选了一些新书随我远行,仍旧是我喜欢的那个作者。以前的印记还是跟着我来到了异乡,陪伴着我。

怀着一份忧伤,我又坐上了回无锡的车。这似乎是一种宿命。短短两天,没有选择与其他人相见,而是享受与家人在一起的时光。活在过去的人很难见到他们的笑容,我选择了接受未来并享受当下,我是有笑容的吧！但我仍旧怀念旧时光。听说,以前最爱的小巷,不知所向。不是不知,或是不愿接受吧！

时过境迁,也是我心所向。

因为时光回来过。

从夏天开始的故事

曲慧琳(社工1502)

当满地的黄叶任性地在我眼底跳跃的时候,我恍然,这是深秋了吗?

在满地金黄中认真地挑选了一片叶子,夹在日记本里。恍然,自己是有多久没有写日记了。

翻看桌前的台历,习惯了手机不离身的我,仿佛已经忘记了它太久,它都满是沧桑的灰尘了。但是它告诉我,这已经是冬天了。

你看呢,时间都去哪里了?为何,我们都遗忘了。

于是我想写点什么,证明时间存在过,证明故事曾发生过。

记 忆

一梦三年,大梦初醒,荒唐浮生。

回忆真是个奇妙的东西。它神奇地存在于我们敏感的神经。奇妙之处便在于,即使曾经的伤痛也会被时间打磨出光亮的花纹。于是,无论悲喜,在经历过后都会铭记。如果回忆有颜色的话,我想它一定是夕阳橙的色调。温暖,柔和,惬意,怀旧。阳光下扬起的笑脸,爱很简单。我并不是个怀旧的人,但还是羡慕那些作词的人,可以把故事留在歌里,无论何时听,都好像回到过去一样。这些年过得波澜不惊,我也没有那么好的记性,年轮旋转,留给我的是一个个片段。到如今,我唯一能记起的片段,也依然只是六月里绿得发亮的树叶,一场小雨过后透亮的天空,依然是浅蓝的窗帘被风吹起。窗台上一排各种颜色款式的水杯。阳光洒进来,依稀可以看到刚刚写完字的黑板边有粉笔灰在飘。风吹着墙上的公告纸轻轻翻起。我始终记得黑板上高大的他留下的字:“多年过去后,回忆高考,其实没有好与坏的说法。最重要的是很多年轻人怀揣着梦想聚在一起,做一份相同的试卷,然后决定去哪座城市,今后和谁相知,和谁一起旅行,和谁一起走一辈子。无论故事怎样,结局如何,一切都是美好的。”那个夏天,我默念了这段话好久,尘埃落定前后,我的心境大不相同。要说遗憾其实没有什么可以遗憾的,唯一遗憾的是离开那天没有去我为它取名的那条路上拍照片。

启 程

生命总是充满许多始料未及的插曲，而我们却无法偏执地说这会令我们的生命不精彩。夏天总是个会被我赋予多种含义的季节。比如热烈，怀念，别离。而这个夏天，我想给它一个崭新的名字，叫作启程。这个夏天我将离开家乡，去到一个陌生的地方开始自己新的征程。如果说始料未及是人生，那么随遇而安便是宿命。我要去的是一个我从来没有想过的地方，却也是我记忆里最柔软的部分。江南小镇，好像连湖水的每一处涟漪里都有自己的故事。826千米的路途，父母自驾送我。我一路上望着车窗外不断变换的风景，树木不停地后退，像挽留不住的离人。那天下着小雨，灰蒙蒙的天，阴沉沉的。妈妈车里放着音乐，“这次的夏天和从前不太一样。单车在经过田野，你轻轻唱。睁开了双眼只剩下相片”。手机有那么多条未读消息和短信，我都一一认真看过，载着满满的祝福，我毫无畏惧。11个小时的自驾，当我看到它的大门时，不禁眼眶湿热。都说远方是梦开始的地方，既然选择了远方，便只顾风雨兼程。

路 上

刚刚经过图书馆旁的曲水桥，一个人的时候安静得可以听见风吹波浪的声音。一晃季节更替，一晃时间匆忙。记得八月里第一次来到这里，第一个认认真真看过的地方就是这座桥。一眼便爱上了桥下湖里铺满的荷叶，夏日里明艳的荷花，桥上洒满的橙色夕阳，还有初来乍到的新奇与憧憬。如今想来，那是个分外明媚的夏天。我和一群可爱的人告别，又遇见了新的可爱的人。命运真是个奇妙的东西，没有人猜得透它的默然会带给我们什么样的困苦或者精彩。在那座桥上，我会想好多事情。翻看旧时的日记，好多心情现在已经不见了，好多迷茫的结也早已解开。曾经对未来充满未知的恐惧，曾经三月里春暖花开时候流过的泪水，曾以一个艰难行者的身份困厄逆行。当我站在桥上，抚摸被阳光晒得温热的石柱，一瞬间，所有的伤痛都会磨灭，所有的泪水都已溶解。就是这里，我到了。我越来越喜欢欣然接受命运的恩泽，因为我相信，我到的每一个地方都是我该存在的地方，我看到的眼前的一切，便是最好的安排。不悲伤，不觊觎。不怀旧，正青春。

你看时间多匆忙，一晃就到了这一年的尾声。生命中有多少值得被铭记的瞬间，又有多少值得被记住的故事。日子再忙，也不要忘记静一静，停一停。听一听自己曾说过的心事，曾慷慨谈论过的梦想。带上相机，背起背包。出发吧！秋天有醉人的煦风和黄叶地，冬天有暖人的阳光和胸膛，春天有斑斓的丛花和青草，夏天有簌簌的风声和阳光碎汞。清晨有茫茫的晨雾，午间有聒噪的艳阳，夜晚有暖黄色的路灯和连成一片的车灯。我们存在的时空里，我们一直在路上，且行且珍惜。

面朝大海 春暖花开

刘慧雯(社工1503)

从明天起,和每一个亲人通信
告诉他们我的幸福
那幸福的闪电告诉我的
我将告诉每一个人
给每一条河,每一座山取一个温暖的名字

——海子《面朝大海 春暖花开》

人们知道海子,一是因为这首著名的诗,二是因为他在年轻时选择了卧轨自杀,他死时怀里抱了本书——《瓦尔登湖》。人们为他的英年早逝而惋惜。我不赞同他的这种做法,生命只有一次,没了就是没了,容不得你反悔。人活在世间,每一天都会遇到形形色色的人,你要与他们打交道,与人交往,这其中就会产生各种矛盾。有的人正因为这样,心里有了阴影,有的甚至走上死亡的道路。所以与人交际就需要技巧,不断调整好自己的心态。

别人笑我太疯癫,我笑他人看不穿

我是一个很敏感的人,第六感很强,女生大多如此。所以在与人交往中,通过别人的语气、动作甚至眼神,都可以体会出许多,常常在意别人的感受。敏感和心软都是因为太在乎别人的评价,活不出自我,可世界上偏偏没那么多将心比心,你的好往往使得那些人越来越觉得理所应当。有的港剧里涉及心理学,剧中人物运用心理学的知识观察和分析遇到的人和事,让人感到很神奇。别人的一举一动在他们眼中无处可逃,也正是如此,以前的我想学心理学。但我又害怕自己看透他人,这样的世界太过可怕。人难得糊涂,糊糊涂涂才会快乐。

是你的终究是你的,谁也抢不走,不是你的你抢也抢不来。活出自己,活出本心,做你想做的事,追求你要追求的生活,不要在意他人对你的评头论足,很多人只是你生命中的过客。面对他人的言语,只要不触及自己的底线,都可以一笑而过。他不懂你，没必要解释，无意义的争辩反而是浪费你的时间。在这个世界上真正关心你的，爱护你的，为你担心的，只有你自己和亲人。面对生活，一笑而过。

人生本来就不易，生命本来就不长，何必用烦恼，作践自己，伤害岁月。

水至清则无鱼，人至察则无徒

这句话是说，水过于清澈干净就不会有鱼存活，人过于清楚明白就不会有朋友。第一次听到这句话是在高三的语文课上，睡得迷迷糊糊的我偶然听到了这句话，感触颇深，一下子便记住了。自我感觉这句话在生活上，在与人相处中十分有用。

记得在初中时，我有两个很要好的朋友，我们的家离得很近，经常一起上学放学，人称三姐妹。但是相处的时间长了，慢慢地就变了味道。她们俩分别喜欢在我面前说另一个人的坏话，两人见面时又十分热情，好像关系好得不得了。当时我还不太懂事，看不惯这样，有一次就告诉其中一位，然而在这天后，她俩放学后就不再等我了。现在的我只想说这看不透的人性让我从中学到颇多。

黑格尔说过"现实的就是合理的，合理的就是现实的"。很多人与事的存在，本身就有其合理性，不要试图改变什么，你什么也改变不了，做人不要太过明白。

狭路相逢，勇者胜

霍去病在战场上所向披靡，封狼居胥成为兵家毕生追求，在战场上他豪迈地喊出："狭路相逢，勇者胜。"让人热血沸腾。与人交际也像打仗一样，开始胜了不叫胜了，笑到最后的才是王者。

《甄嬛传》中甄嬛与皇后的斗争贯穿始终，前部分看似皇后压过甄嬛，实际上却是失败了。到最后她费尽心机还是没有斗过甄嬛，早早白了头，含恨而终。甄嬛聪明、机智、有勇有谋，聪明的人不害怕失败，总有一天会翻身而上。但在剧中我觉得最可怜的还是甄嬛，最后她是成功了，但也失去了太多太多，在深宫大院内，自己的伤无人可知。

人际交往中，要懂得保护自己，害人之心不可有，防人之心不可无。在成功与失败间要懂得取舍，如果要丢弃自己看中的东西才能取得胜利，还不如早早放弃。

面朝大海，春暖花开。在人际交往中不顺心时，多多看看广阔的世界，让自己内心平静开阔。遇到的事都不是事，自己真正要在意的，还在后面。深呼吸，世界如此美好，还有很多东西等着我们去探索……

陌生人,我也为你祝福
愿你有一个灿烂的前程
愿你有情人终成眷属;
愿你一生获得幸福
愿你面朝大海,春暖花开

孤岛之美

魏高宗(社工 1503)

我们每个人都害怕孤单,因此总是想尽一切办法,去寻求关注和陪伴,这种行径无可厚非,是人之常情。但我想讨论的,是脱离了尘世喧嚣,只属于自己精神世界中的那座孤岛之美。

什么是孤岛?每个人心中都有一座孤岛,孤单寂寞时,我们的心就会在孤岛的海岸线搁浅——这是它此时唯一的归宿。很多人讨厌孤岛,想要回到原来的地方,因为孤岛上只有他一个人,准确地讲,是他一个人的心。我们害怕孤单,但又不得不经历孤单,这时就会有两种不同的反应:更加害怕孤单,使用各种手段去躲避;或者爱上孤单,欣赏孤岛上的风景。我属于后者,孤单来临时,我会选择一个人栖身于孤岛上,忘掉喧嚣,和自己的心做伴。

会觉得寂寞吗?开始肯定会,毕竟我们在喧嚣中待了很久,突然安静下来,难免会不适应。但是不会持续太久,因为你很快就能发现取代寂寞的是那孤岛之美。孤单不是流放的地方,来到这里,丝毫不意味着人生就跌进低谷,意志就应该消沉;孤岛是一片净土,能够把心中一切杂念都除净,只留下本心的地方。这么美丽而又神奇的地方,我们有什么理由不去追寻它、爱上它呢?

孤岛并不大,因为这里只有你一个人的心。这里所有的存在都是你本心的体现——一花一木都包括在内,你心里如何想,它便如何表现。孤岛是最懂你的地方,因为它只对你一个人开放。来到这里,你会忘记忧愁——不要奇怪,这是入境的前提。何谓入境?入心灵之境。入境之后,你会突然发现:原来世界在安静之中也能如此美好。从此,一发不可收拾地爱上入境,爱上孤岛。

对于我来说,孤岛是最后的慰藉。无论生活中遭受了多大压力、多少烦恼,我都会抽出时间,在孤岛里漫步,在入境中遨游。再大的压力和烦恼,都会觉得不值一提,处理起来也就简单许多。

孤岛和现实并不冲突,这一秒你还在现实中困惑,下一秒也许你已经在孤岛中漫步了,自己身处何地,完全取决于你的心。

当下的时代,一切都以时间为优先,都市生活里,有太多的人每天只顾着和时间赛跑,不停忙碌,但每每回想一天的收获,除了金钱外再说不出其他所以然——只顾着和时间赛跑,却不思考自己忙碌的目的和意义,这样的一天,当然没有其他收获。我们在和时间赛跑时,不妨停下脚步,在孤岛中停留片刻,再回到生活,你会发现自己好像又有了新的感悟,不仅仅是为金钱而忙碌,工作也变得更有效率。

我爱孤岛的湖,因为它格外的静;我爱孤岛的天,因为它放肆的蓝。孤岛之中,天地不大,但我却永远也走不到尽头——心无止境,孤岛亦是如此。走在孤岛的每一条路上,都能听见不同的声音——来自灵魂的声音。

我们都渴望了解自己,但是又常常迷失方向。不同年龄段,我们的追求都不同,理想也就不同,当理想与现实出现矛盾时,我们就会困惑甚至是怀疑,还要不要在这条路上走下去?这个时候,我们希望别人能为我们指明方向,但别人毕竟不是你自己,又怎么会指出正确的方向?人生的路口不多,一旦走错,想回头往往要付出更多代价。最了解你的人,只有一个,那就是你自己。到孤岛去,探访你的本心,它会告诉你正确的方向。如果得不到答案,那只能说明你还没有抵达孤岛——真正属于你的孤岛。

最近有一首歌特别火,叫《南山南》,里边有一句歌词唱道:“他不在和谁谈论相逢的孤岛,因为心里早已荒无人烟。”在我看来,心里荒无人烟,是因为在孤岛待了太久。孤岛虽美,但不能逗留太久。孤单不能取代生活,它只是我们寄托心灵的地方,我们去孤岛,是为了扫除忧心,从而更好地生活,而不是沉迷于孤岛之中。不要让自己成为孤独者在岛上迷路。

人生旅途中,烦了、累了,就到孤岛上歇歇,再启程时,或许就是新的心情。下一站阴晴我们无法知晓,但有孤岛相伴,还有什么担心?放下包袱,向前奔跑就是。

每一个人心中,都有一座孤岛;每一座孤岛,都是美不胜收。

江南的桥

杨文慧(会计 1403)

江南多桥,我的家乡昆山便是如此,有古典的周庄双桥,有人来人往、好不热闹的正阳桥,也有令人赞不绝口的南塘桥。我第一次来到江南大学时发现,这所大学像一个小城镇一样,别样的景致令我惊叹不已。随着时间的推移,我注意到了我们学校也有许许多多的桥,真是俏江南!

在江南古镇,无论是我们家乡的周庄还是无锡的惠山古镇,小桥架于流水之上,两岸连接着黑瓦白墙,鳞次栉比、错落有致的民居,把江南水乡的全部特色概括无遗。那句"小桥,流水,人家"的形容是再贴切不过了。

陈逸飞先生的油画《故乡的回忆》使周庄的双桥与周庄走向了世界。双桥由世德桥和永安桥构成,像世德桥这样的石拱桥貌不惊人,像永安桥这样的石梁桥在昆山的乡间也是随处可见,但是两座桥的"邂逅"就此产生了一种惊世骇俗的美,如果站在桥上,则可望见莲池的长堤回廊、古亭飞檐;听见湖面的鸥鹭长鸣、渔歌互答及轻波与芦苇的悄声细语。与其说是陈逸飞先生使双桥闻名世界,不如说是双桥给予了他灵感与机遇。

既然提到了周庄的双桥,就不得不提锦溪的南塘桥,旧时这里设过水关,水中立有石观音像,是锦溪"古八景"中"古井风亭"和"石音客帆"的所在地。陈逸飞早在《故乡的回忆》之前就画下了《晨》。这幅油画以杏黄色作为建筑物的底色,逼真地描绘了南塘桥的"晨姿"。在这里,蓝天、绿树、石桥和临水民居相互映衬,自然和谐;水上的拱桥与水中的倒影连接起来,恰好成了一轮"满月"。河滩边悠闲地停泊着的几条农船,静成了一种恬淡和永恒,船娘有时兴致高涨更会高歌一曲,真是惬意极了!

如果你到周庄或锦溪去旅游,在河畔中间任选一座桥梁,向南或者向北看,你的视野中几乎每座石拱桥的桥洞均与它的倒影成一个很对称的"圆"。你不需要任何的摄影技术,也无须过多的修饰,它本身就是一幅极美的画作。

我真的很感激自己成长在如此诗情画意的环境里,中国的美景许许多多,让我有幸亲近江南水乡,不可谓不幸运!离开家乡,我还能继续在学校中感受水乡的魅力,这种喜悦与激动是言语无法表达的。我从内心感激自己能够生长在这样一个和平年代,这样一个和平的国家,远离战争,远离灾难,能够静下心来欣赏这么多美景,还能借此抒发内心的感情,表达自己真实的想法。可能有些语无伦次,但这是真情实感。

门外的那棵樱桃树

骆欣(英语1501)

姥姥家门外的那棵樱桃树依旧枝繁叶茂,而在我记忆中留下深深印记的是摘樱桃的时光。

小时候爸妈上班,自然就把我放在了姥姥家。现在看来,混凝土的建筑覆盖了原生态的美丽,幸运的是,我从小是大地的女儿。姥姥是一位勤劳独立的女性,她在我心中的地位是谁都替代不了的。“文革”时期,姥姥和姥爷在夹缝中生活,作为教师的姥爷自然受到了批斗,是姥姥一直在身后支持着他,两人携手度过艰辛岁月。我想,这段记忆是痛苦的,同样也应该是幸福的。

改革开放以后,生活一天天变好。姥爷的工资涨了,姥姥在家里做了家庭主妇,照顾孩子。于是,房子后面出现了一个小小的菜园。

一天,我呆着小脸问道:“姥姥,菜园可以种西瓜吗?”

“可以啊,但是地方太小了。小馋猫,是不是想吃姥姥亲手种的水果了?改明儿,我给你种一棵小樱桃树,让你吃个够。”姥姥笑着说。

果真,第二天,姥姥便去买了种子。我开心地捧着种子,看着这一个个小黑豆豆,我还真想不出它们会成为一棵棵樱桃树。

雨后的泥土是松软的,也有一股淡淡的雨水味。我和姥姥见证了种子埋在泥土的过程。我抬头看着姥姥,黑黑的头发中夹着几根银丝,皱纹并不多。那天,我梦到了这棵樱桃树。

时光飞逝,樱桃树长大了,我也长大了。放学后,姥姥总是在樱桃树下等我,“丫头,今天学得怎么样呀?”姥姥没有读过书,字也不认识几个,但是对于我的学习她是十分关心的。我都会和姥姥聊天到黄昏,然后一家人享用丰盛的晚餐。

记得那是一个清晨,我和姥姥像往常一样坐在樱桃树旁,突然有人说马奶奶去世了。我看见了姥姥悲伤的神情,马奶奶是姥姥年轻时的好朋友,两个人一起捡铁皮、捡玉米……我不知道说什么,离别的痛苦是无法用言语表达的。姥姥转过身,我第一次发现姥姥的背弯了,不能像以前那样背我了,不能再把我背在肩上问我“丫头,去吃烤地瓜吧?”我的眼睛模糊了,分不清是白天还是黑夜。

转眼间,我经历了高考的洗礼,步入了大学。出发前,姥姥把我叫到了菜园的樱桃树旁,拉着我的手说:“丫头,去了大学不要想家,在那里好好展示自己,这样才有出息。姥姥为你骄傲!”我感受到了姥姥的手在颤抖,我抱住了姥姥,没有说话。我把脸埋进了姥姥怀里,像小时候那样,温暖又幸福。

夕阳的余晖洒在了姥姥身上,我看到了她满头的白发和脸上的皱纹。同时我也看到了那棵樱桃树,小樱桃还没有成熟。时光你慢些吧,樱桃树你还没有长大。

门外的那棵樱桃树满是爱的记忆,在那里,姥姥永远那么年轻美丽。

江南雨，我的念

杨金颖（英语1502）

江南的雨果真是名不虚传，就这样淅淅沥沥地下了许久，让人记不得上次出现明媚太阳的时间。然而这雨又不似记忆里下大雨时的那般铿锵，也没有小到不需要打伞。它就那样没有那么大，也没有那么小，着实让人有着急的感觉，再伴随着全方位无死角的风，让人不禁细想曾经那把油纸伞可否承受。

一直很喜欢江南的那种特殊的韵味，像一位温柔的女子漫步在青石板路，她偶一回眸，白墙黑瓦在她的身后，衬着女子妖娆的身姿。那种美，是画卷里的色彩，是眼眸里的光影，在过往里埋下种子，于是，此刻的我也无法抛弃那份对美的渴望。诗词里的，画卷里的，剧情里的那个江南，曾让我激动不已。

也见过了垂柳轻拂湖面，踏上了石板古桥，迈过了高高的木门槛，在江南的古镇里踱步，在江南的园林里驻足。只是缺了一袭飘动的轻纱，一双纤细的手捻起一颗酥糖，一场只为油纸伞而下的雨。时间流逝，终究抵不过物是人非般的沧桑，古镇仍在，不见当年的韶华。

曾幻想自己是江南里的一条小溪，从山的隐秘处流出，抚过小岩石，载过落花，接受过从天空降落的雨水，亲吻过女子伸在水下的胳膊。汇集到小镇的周边，在石桥的底下流过，最后流向遥远的远方。那份深深浅浅的情怀就这样存在于日日夜夜的幻想里。

年少的时候，单纯地以为会有这样一个时刻，让我陶醉在江南的阴雨绵绵里。后来才明白一切不过是对江南浓浓的期盼，期盼的面前，还要承受失落，承受岁月流逝的痕迹。

面前的雨，面前的路，不过是现代的气息。撑着各种花样的伞，急急忙忙地赶着路，皮鞋踩下，溅起水滴，落在裤腿上，飞在轮胎上。飘落的叶片就那样附在了柏油路上，附在了泥土上。一双双腿加紧步伐，赶着上课，赶着上班，赶着去追逐现实。只是谁又不是如此呢，谁又能安然独立于世俗之外呢？人的历程总有地方是相似的，活着，是一个模式；生活，却是可以任我们自由构图。

江南还是那个江南，只不过加了现代的浓墨重彩，若是想去寻找，还是能在一片蓝天下发现古镇的悠悠韵味。它们可能就深藏闹市，街道上一片华丽喧嚣，转角，也能进入一片隐秘安详。店面挂着旗帜，细细的门帘传出稳稳的乐曲。它们不再是曾经的味道，处在现世，无可避免，却又透出淡淡的气味。

时间加注在建筑上的变迁，我们无能为力，雨还在下，看雨的人变了。我们忙着生老病死，忙着追逐活得更好，别忘了雨滴落在肌肤的感觉，或许，它就是你曾经想要拥有的感觉。

白驹过隙，想去抓住过去是不可能了。

我喜欢江南，然而我左右不了它，我能左右的无非是我的心。

你说，我说，他说

刘瑶瑶（英语1504）

“昔我往矣，杨柳依依；今我来思，雨雪霏霏。”时光无语，无数思考，无数感触，你说，我说，他说。

此时此刻，夕阳西下，太阳像一个小橘灯，静静地挂在苍白的天幕，我久久地望着它，眼中满是金色。在这寒冷的北风中，在这静谧的黄昏里，心头竟觉滚烫。不记得生命中有过多少斜阳，多少落花，多少飘雪，多少难以忘怀的记忆，都淹没在时光里。光阴荏苒，岁月如流，好多日子像沙，像微微的霞光，都风吹残阳似的消失了，泪水浸润着已逝的记忆，激起一片苦楚，怎无语凝噎？时光，时光到底是什么？

你说，时光是一片落叶。它是岁月的信笺，是凄楚而平凡的感动。也许，就在你匆匆前行的时候，它静静地落在你的肩头。那淡淡的黄色，像昏黄的灯下泛黄的书页，像傍晚天边一抹柔和的晚霞，像在秋风中摇摇欲坠的海棠花，它安详地翩飞，孤独地沉睡，仿佛忘却了一切不忍割舍的，仿佛放下了一切时时牵挂的，那一丝丝细密的纹理，是时光特殊的文字，也许是写满回忆的盈盈心语，也许是一首深切真诚的生命赞歌。刹那间，我们仿佛意识到自己失去了什么，蓦然回首，漫天的落叶像柳絮，像雪花，像飞舞的枯叶蝶，旋转翻卷，凌乱了思绪，凌乱了时间，雁鸣凄厉，寒风瑟瑟，我们不禁惊诧：往日呢，往日都到哪里去了？当你静静倚在树下，夕阳照亮你的脸庞，你伸手去抓时光，只抓到满心的凄凉，心便久久地悬着，悬着。过去的一切都随时光飘零，失去的永远不再回来，那么多的话在喉咙中哽咽着，欲诉还休。时光是一片无悔的落叶，它用生命演绎着光阴的流转，岁月的变迁，为所有的思念、怀恋跳最后一支舞，泪流满面。倘若你也曾孤独地伫立在记忆的边缘，倘若你也曾静静地看着老人们互相搀扶着走过，倘若你也曾在夕阳下怀想昨天，你是否看到了时光，看到你自己的身影？时光飘落，碾作尘埃。

我说，时光是一棵树。它是我门前的一棵老树，已经倾斜就要倒去，春夏秋冬，老树陪了我十几年，如今竟要离我而去。那日，风雨大作，狂风如肆虐的野兽，折断了大树的枝丫，吹倒了那粗重的躯干。当我看到它在风雨中脆弱的样子时，真的很心疼，我曾想，大树会流泪吗？还记得那个夏天，我站在它身边，风好大，树叶哗啦啦地摇摆着，好像有什么话要对我说，那一刻，我仿佛感受到老树的留恋。

我只恨，我听不懂它的话，我只恨，我不能帮它，透过它那粗糙的树皮，我看到了时光，看到了回忆。曾经，在夕阳下，我望着它，它望着我，那么安详，那么温暖；曾经，我站在它的树荫下，欢笑，默想，静静地看着天空；曾经，我拿长竿在它身边打枣、嬉戏……这一切，不会枯萎，不会凋零。不知从什么时候起，当我独自在傍晚时分驱车穿过儿时的小巷，路过那户人家时，再也听不到一个熟悉的声音喊我的名字，相反，一切都静默了，让我有一丝失落。我现在才知道那声音，再也不会响在我耳边了，花儿落了，失去了，离开了，我看着老树，流下泪来，时光，时光，我到底错过了多少，失去了多少。爷爷种的黄瓜，那甘脆还未忘记，新的瓜藤已经枯萎了，曾经儿时的天堂——柳树林与清凌凌的水，如今已经不在了，只有那麦浪还依旧翻腾着甜蜜与美丽……时光无言，静观改变。

他说，时光是一根蜡烛。生命是它的灯芯，一刻不停地燃烧着，缄默无语，不等待什么，也不留恋什么，却常在不知不觉中释放出生命的热量，解读了我们的思念和盼望。光阴似箭，人的一生不知会经历多少悲欢离合，在时光的光影里，我们总是在思念，在守望。有诗曰："一年将尽夜，万里未归人。"那长长的思念，是心中一片的牵挂，是望穿秋水、青丝挥雪的惆怅，如月光，丝丝清辉映照离人泪，悠悠寒气侵染一片冰心。树欲静而风不止，我们无法阻挡时光的流淌，却能珍惜它的每一点光芒，只有不停地奔跑，抓紧希望，才能让生命绽放美丽。多少风雨磨难，辛酸苦楚，时光的光环里，都显得那么微不足道。时光的火焰曳动着与生命共舞。时光燃烧，悄然流逝。

我相信，每个人心中，都有关于时光的难忘的故事，也有对时光别样的定义，你说，我说，他说，说不尽心中的感慨；你说，我说，他说，说不尽时光的意义。

但我们都有一个共同的盼望，时光时光慢些吧，别让我们来不及珍惜。

时间塔

尹若西(环艺 1503)

一、关于过去

青春期的少年像一朵开错季节,却觉得自己无比美丽的花。

高中二年级的我,也曾经傻乎乎地写过一篇文章,叫作《时间塔》。那时候只是为了纪念一段时间,洋洋洒洒写了将近十万字,以为自己那时候厉害到了极点,得意得简直恨不得见人便炫耀。

那篇《时间塔》的主人公,虽然确实是以自己为原型创造的,可是一直不敢跟别人说。一是总是骄傲地觉得别人都不能理解自己的想法,二是自己脸皮太薄,没有足够的心理去面对来自别人的嘲讽。而那时的朋友们,却都善良而且充满善意地包容了那时候的我,对自己那虚假又矫情的思想和文笔表示了认同,对那中间一半都是废话的十万字表达了惊叹,并让高中二年级那个不成熟的我初次体会到什么叫作与一个作品恋爱的滋味。

那篇《时间塔》,其实讲了一个无聊且没有逻辑的故事。除了不分地点场合的抒情和不分理性与非理性的伤春悲秋,剩下的大概只有一个虚构的形象、流水账一般的一段时间。没有跌宕起伏的情节,也没有轰轰烈烈的故事背景,甚至连文中少女单相思的情感都充满了捏造和矫情的堆积的文字。然而我却觉得是真的一般,将自己高中二年级的水平淋漓尽致地表现在文章里,将自己的矫情和无意义的感叹写满了整篇文章。

之所以还记得这个不值得提起的事,是在暑假整理自己电脑的时候看见了这个文档,电脑这种充满现代技术的东西,永远不要指望它会被一滴眼泪浸泡融化,或者随着时间的流逝慢慢消失,所以当我再次看到这份文件的时候,我已经快要离开生活了 18 年的家乡,去到一个陌生的地方上大学了——陪伴了我 18 年的书桌,即使搬家也没有换掉;陪伴了我 18 年的字典,即使我小学二年级画在扉页上那些花花草草每次拿出来都会被别人调侃也没有换掉——现在都被我舍弃了,陪伴我度过最黑暗的那段时间的课本,也已经整整齐齐地堆在家里堆放杂物的房间里。我坐在几乎什么也不剩的房间里读着高中二年级自己写过的最得意的作品,不知道为什么竟会生生从那些生搬硬套的文字中看出一点点感动和感慨。

青春期时候的自己最渴望的东西是不变。稳定的成绩、稳定的人际关系、稳定的与父母的交流……而那时的自己并不明白如何收起尚未发育成熟的翅膀,遇到了某个人就觉得自己的一生都能托付给他,受到了一点挫折就觉得整个世界都站在自己的对立面。

偏偏还一口咬定自己是对的。

像是那个少女一样,急切地想将自己的感情赋予他人,并将自己称作正义。

二、关于做到的

沐浴月光的话,万物是否会停止生长。

最近将高三集训时读过的《魍魉之匣》又读了一遍,除了惊叹于故事本身,更是惊讶于对故事中女孩的想法与曾经自己的想法是何其相似。

——阳光沐浴下的万物生长,也就离死亡越来越近;而月光是死过一次的,所以沐浴在月光下,人们会永生。

曾经的自己,也是如此憧憬这样的生活。

换句话说,害怕自己长大,害怕自己离开父母,害怕有什么会改变,害怕一直流逝的时间。同时,期待着永生——期待着一直陪伴自己的人,期待着一生都可以追随的人,期待着可以与永远相当的时间。

而现在的我,坐在还没有习惯的书桌旁,身后是还没有磨合好的室友,还没有做与他人分享同一个隐蔽空间的心理准备,捧着一个新的电脑,在一个相对陌生的环境里敲着字。身边的一切都不是我熟悉的,甚至连与过去有最多交集的放在电脑旁的手机,也因为考上大学换成了新的,而我也没有存曾经的联系方式的打算。

也许不知不觉中,变得不再那么惧怕没有永远。

没有永远也挺好的,变化比不变容易得多——也更加、更加地让人难过。可是这个过程,就是生命的过程。

或许是长长的头发让女孩子能感受到时间给予的虽然微小但依然存在的温柔,或许时间本身就没有青春期的我所想的那么残酷,在这个完全变化了并且还在变化着的校园里,我也能保持自我活下去。

三、关于目前没有做到的

因为不敢回头看,所以逼迫着自己向前看。

高考算是自己一个可能这辈子都无法解开的心结——并不是否认这个伤疤

会随着时间而被埋没在记忆的沙土里面，而是即使很久以后，如果我还有将它从沙土里面挖出来的勇气，那种倒刺一样的痛苦感并不会有半分减少。

高中班主任总是让我们给自己一个精确定位，再给自己一个踮起脚能够实现的目标。然而我逃避了三年，逃避了自己整个高中去给自己定位，总是用“还行吧”“应该不差吧”来糊弄自己，以为遮住自己的眼睛就遮住了整个世界。

就是因为这样，高中做的所有决定都急促、欠缺思考和安排。与父母的争吵也是，总是将自己定位在一个还不错的阶段，总是因为父母一句话产生近乎无理取闹的委屈，总是将事情拖到真的走投无路了再随便选一个——事后再因为自己当时的莽撞和不懂事后悔到提起这件事情就会情绪失控。

即便是最后的选择，我也是采取了逃避的态度。倒不是说侥幸一类的，准确来说，最后的我被打击得放弃了思考，放弃了勇气，甚至有点说什么就是什么的状态，而表面上却装作自己非常清醒，在一些无可厚非的地方斤斤计较，以为这样就能显得自己内里不是一个空壳。

所以之后的我甚至跳过了现在，开始臆想未来。

也许现在的我，也正在做这样的事。即便是高中时期一直想写的题目为《仰望星空与脚踏实地》的作文，也许也会一直停留在想象阶段，无论是作文题目，还是作文题目的意义。

然而这并不是说改就能改的事情，至少现在还不能强大到给自己一个交代。不过即使这样我也不会就此停下，如果还没有勇气回头看，那么就暂时一直盯着前方奔跑吧！

四、关于将来

要是自己能够做一只装满东西的盒子就好了。

若是将人比作容器的话，除去维持生命需要的器官、组织、系统等，我几乎是一只空的盒子，每天都因为自己空着而惴惴不安着，不停地编织着毫无意义的话语，渴求别人往这个盒子里面丢一些东西。

有了一点进步，就希望别人鼓励自己；有了一点成就，就希望别人夸奖自己；有了一点想法，就希望别人认同自己。自己将这些统统扔在了外面，只为了别人将那几句好听的话语扔进盒子里面。

什么时候若是能学会用自己产生的什么填满自己的躯体这个容器就好了——即使那个“什么”是现在的自己最害怕的寂寞。若是能用寂寞填满盒子的话，那个人也一定不是空虚的吧！

如果在有限的时间里,学会忍住一些话不讲,忍住一些成绩不去炫耀,忍住说一些寂寞导致的毫无意义的话语,或许自己就不会像现在这样,因为一点小事而生气,因为一点利益而斤斤计较,因为一点与自己的观念不符而气急败坏了。

穷则独善其身,我从未期待过自己能够温柔强大到兼济天下,而如果能不再依靠别人的精神上的施舍活着,或许对于我这个脆弱自私的个体来讲,也算是一种能够被评价为"还行"的人生吧!

五、总结

不知道从哪里听过一句话,生命即一瞬。

这个说法不知道能不能得到大部分人的认同,对于现在学历尚浅的我,似乎自己的记忆,与自己对未来的规划,都是"瞬间"。我记得住过去某些瞬间,对将来某些瞬间抱有憧憬和期待。

只是有的瞬间,能够让自己回忆起来,有的瞬间,就这样消失在了无数瞬间之中。

对于强大的人来说,也许他们的一瞬是遇上与自己相同强大的人的时候,强者之间摩擦出的火花;对于弱小的人来说,也许他们的一瞬,是看见两个强大的人之间摩擦出的,让所有想要跻身于此的人都灰飞烟灭的火花。

也许我的未来还存在无限的可能性,也许已经如同燃烧过的烟花,然而没有人能预言未来。对于身在三维世界的我们而言,以现在的国际单位"秒"计算的流走的这些看不见也摸不着的东西,就是我们所能掌握的一瞬——就是我们所能掌握的生命。

钟塔即使是显示时间的存在,它所能显示的时间也只有一瞬。

对于寿命无限接近永恒的宇宙来说,人类的生命也只有一瞬。

这样漫长而又短暂的一生,说不定永远不能了解别人在想什么。不过这并不是很重要,无论是遇到与自己相同的人摩擦出的火花,还是看见强者时的火花,印刻在视网膜上的是一样的颜色,一样的景象,也许也是一样的心情——也许我们需要做的,只是睁大眼睛,不要错过这样的瞬间。

也许我还会对这个充满不友好的世界感到绝望,也许我还会对自己的弱小做无意义的呻吟,也许我还会看不见自己的缺点,一个劲儿地指责这个提供我生活条件和思考条件的社会。也许有的事情我这一生都无法做到。

也许我还没有完全接受这些改变。手边常看的书也好,睡的床也好,周围的人与议论也好,即使我再次因为过去的事情后悔到不能自拔,即使我依然因为不完整的爱惴惴不安,即使我还没有找出填满盒子的方式,还在苟且地祈求着他人,还在因为一些虚假的事情伤春悲秋,还在渴望着有什么“永远”的东西能够赋予我。

即使这样,我还能通过一些瞬间感受到那瞬间的温柔,磨去有些不必要的棱角,舍弃某些不合适的性格,虽然痛苦,却是向前跨步的媒介;若是我真正能够如此向前跨步,那一瞬间——

生命即一瞬。

环境与人

蓝宇宸(产品1401)

对于一个人的为人、性格等,个人觉得,最大的影响是环境,这个环境不仅仅是字面上的环境,也包括了他周围的人、周围人的思想等。

就像是贤人身边多贤人,贤人身边聚贤人的道理。环境对于人潜移默化的影响,虽然缓慢,却是最深入骨髓的。就像一个人如若出生在书香世家,往往身上会带有书香气息一样的道理。

有时候,人所处的环境可能并不这么如意,可能有人满腹文采却因为没有一个可以发挥的舞台而被埋没。但是纵观千百年来,还是有这么多“草根”能够成就自己的一番事业,在我看来,他们是能意识到曾经的自己所处的环境不尽如人意,为了让自己得到提升,不断攀登,寻找到一个更加适合的环境,以谋求发展。

家教为什么对一个人来说这么重要,就是因为家庭对于一个人有着很大影响。就例如宿舍生活中,从一个人懂不懂得在宿友睡觉的时候把手机调静音、电脑视频不外放,就能看得出来这个人从小的家庭教育是怎么样的,一个懂得为他人着想的人必定是有良好的家庭教育的。

古人云:“近朱者赤,近墨者黑。”

一个人的出身和刚开始接触到的环境是无法改变的。但是在哪个环境中,往高走还是往低走,都是由那个人主观可以控制的。如果一个人没有追求,满足于现状,不思进取,也就无法进入一个更加美好的环境。

《西湖二集·洒雪堂巧结良缘》里写道:“原来近朱者赤近墨者黑,朱樱日日服侍小姐,绣床之暇,读书识字,此窍颇通。”朱樱只是一个侍女,出身是卑微的,但是因为日日跟着小姐学习,学得了一般侍女无法学得的东西。由于小姐对朱樱的影响,才能让朱樱被人称颂。

人不可能完全处在一个相同的环境里,就算是偏远的村庄也有可能会有经过的游人,假如在当前的环境中无法得到自我的提升,那就应该寻找到那个环境当中细微的良性变化,即使是一点点好的变化,也能让人从中受益。日积月累,终究会见到成果。

“怨天尤人”和“推卸责任”不是对自己错误的托词,只会怨天尤人、推卸责任的人往往是不思进取的,因为他们没有办法在自己身上找到原因。就像是一个创业失败的人说:“我没有办法闯出一番事业是因为我爹不够强。”这样的例子在现实生活中比比皆是,这样的人不是去寻找自身的不足,反思到底是不是自己不够强。

我们考前班画画,刚开始强调“眼高手低”,对于这个词的理解在那个时期不是贬义的,而是说,要有高的眼界,才会知道什么样的才是好的画,就算自己暂时手头功夫达不到,也要多去看看好的画,大师的画。

我们接触到的好画多了,自然知道该朝哪个方向去画。

所以,我认为,环境对于人的影响非常大,我们要学会对当前的环境不满足,不仅仅要在当前的环境中找寻到其中能带给我们的美好事物、美好品质,还要在当前的环境中找寻到机会点,以进入到更高层次的环境,让那个高层次的环境与自己慢慢融合,使得自己完全适应于那个高层次的环境,然后再循环,再循环,不断地攀升,不断地超越,在短暂的人生中成为一个最好的自己。

静悟人生路

杨丰瑜(产品1401)

人生一路颇多良趣可讲,可平谈态度又未免空洞造作、难成意义,恰逢前几日拜读孟实先生文章,彼时正值岁暮天寒,得暇便围炉嘘烟遐想,细节上倒与今日洽合。其后笔墨字句也非枉然,偏生了对人生一隅的追思和想象。一拍即合,不若着墨而书。

仔细想来,如果将牙牙学语至今的人生时光简拟作求学问道之途,虽然笔墨稀疏,却也无甚差错,毕竟生活也就是简单或复杂的求索历程。但这样从世界汲取养分的方式带来的不仅是生活的经验,还平添了诸多问题。

以孟实先生谈文化的十字街头为例。他道曾经的殉道者们倘若寂居文艺之宫,便会如不流通的清水变得浑浊恶臭,若置身十字街头则摆脱不尽名利声势、虚伪刻薄、肤浅欺侮等字样。在这个“学术思想是天下公物,须得流布人间,以求雅俗共赏”的文化社会背景下,尽管同一领域之内想必也会有苦心钻研、成就颇丰的人物,但我在年龄和阅历尚且粗浅的曾经和当下,难免过于崇拜一些谈吐论调、风格学说——哪怕是如今看来稍显幼稚的向往之所,都是未必错误但并无益处的。就像先生自己说的那样:“我景仰希腊廊下派哲学者,相信人生当皈依自然,不当存有嗔喜贪恋;我景仰托尔斯泰,相信人生之美在宥与爱;我景仰布朗宁,相信世间有丑才能有美,不完全乃真完全。”道理如此,但若不经历,谁也不能判断正确与否,若不是人生的道路向着那方蜿蜒,谁能说一定会让人受益匪浅?

《易传·系辞》有言道,要真正明白事物的奥妙,须得各人领会,百态都是他人的人生,还是做自己好。一句“万物静观皆自得,四时佳兴与人同”也是这个意思,明道先生有云,姑且以此名为众人所知,当是了悟这个道理。

在这个嘈杂喧嚷的世界里,如果能够丢开模仿一役,专注追求己身之事,虽则见欢爱而无留恋,虽则见罪孽而无畏惧,而人生之途万万道路,有人心易变,三年五年便面目全非,也有人心如止水,十万八千里走过,初心不改。这样的“静”里是比较容易见出趣味的,如果可以,我愿做其后的求索之人。

写下这文字时恰逢冬日难得的好天气,这个季节还能看见落日,那颗太阳几千万年都不曾改变,缓慢地坠到山水里去,水面上的青山被波澜撞碎,又映出那些瑰丽的夕阳来。

冬山无风起,潮水与日平。

青春,只可追

白玛拉措(社工1501)

当一轮红日连滚带爬越过了树梢,六七点钟了,处于人生发展过程中的我们,恰恰也在这个时期,越过童年,蜕变着,发生着质的变化。

青春,我们的身高和体重在迅速增长,我们的思维特别活跃,我们的感觉特别敏锐,我们的兴趣无比广泛……青春期是人生最美好的时期,但是,世上没有永开不败的花。在时间的流逝里,在这似水的流年中,往往会散落成碎片,变成花开花落般的故事情节,到那时才发出“夕阳无限好,只是近黄昏”的感叹为时已晚,青春一去不复返呀!请珍惜青春,太阳下山明早依旧爬上来,花儿谢了明年还是一样地开,但是,青春小鸟一去就不回来了,如此瑰丽又散发着芳香的美好时光怎能虚度,应尽己之能,发挥它的光辉作用。

青春是神采飞扬的,青春是热情奔放的,青春是狂放不羁的,青春是瑰丽光彩的,青春是激情澎湃的……我们的青春,五彩缤纷,但其本质是一样的——我们的血液在血管里流动,但是,我们的血液流得汹涌澎湃,如一簇簇巨浪拍击着礁石。我们不向任何逆境低头,我们有自己的主张与想法,不像木偶一般被人操纵,我们活力四射,激情无限……我在闹,你在笑,这就是幸福。青春,就应该这样把手指缝中的光阴洒在天地之间。

午后的下午,我踏上自行车,双腿快速上下摆动起来,齿链带动轮子,转得飞快,耳边的世界只剩下风在耳边呼呼地吹着,上衣则像一面鼓足了风的帆,来回如旗子般摆动起来,头发未“怒”却已“冲冠”,长长的刘海全倒竖起来,活像一只刺猬,眼睛虚眯着,是为了挡住刺眼的阳光,双手一会儿按铃,一会儿捏闸,片刻工夫就到了运动场,青春的活力果然是无限的……我们跳跃,我们奔跑,我们大笑,我们打闹,只是为了证明青春的我们拥有着不羁的灵魂与活跃的思绪。看向周围,四季的飞雨飞雪让我心醉,轻风轻梦轻轻的黄昏让我沉迷,淡淡的云、晶莹的泪、美好的岁月让我陶醉。久坐于操场上,出现了种种沉迷,青春舞台来来往往很多人,有谁能把聚光灯照在头上,谁能让大家欢呼喝彩!哦,青春不等人,却让人沉醉,它给人的活力与改变太大了。只有青春,能让我们挥洒汗水与泪水在天地之间;能让我们挣脱束缚,奔跑与跳跃;能让我们活力四射,精彩无限;能让我们一起玩,一起笑,一起闹……

为青春喝彩,亲你的所亲,爱你的所爱,有什么烦恼忧愁都把它拒之门外,流金的岁月,灿烂的时代,如果不是这样那才奇怪……

海纳百川，方是大国气度

王文隽（会计1402）

最美好与最糟糕，智慧与愚昧，信仰与怀疑，光明与黑暗，希望与失望。狄更斯在《双城记》开头中所用的这些看似相互矛盾的形容词，不仅仅是在描写法国大革命时期的巴黎和伦敦，它们似乎也同样适用于世界上过往的每一段时代，乃至如今的每一个国家。从某种程度上来说，毫无疑问，中国也在此列。但是，祖国啊，就是这样的存在，自己可以“不满”，或是“嫌弃”，却丝毫不能容忍外人有一点点的指责。

然而，似乎并不是所有人都是那么想的。纵然如今民智已开，国家动向全国耳闻，但是民间却不时有些断章取义的言论扰乱人心。在我还身处学校，未能拥有更广阔的眼界接触、了解这个世界、这个时代时，我也是受这些言论影响的人之一。但是当我真正将自己的眼界从书本、习题和杂论中解放出来时，我发现我曾经是何其狭隘和渺小。这个国家，没法让人不爱。

诚然，中国未曾达到尽善尽美的地步，但是万事万物总有一个进步发展的过程，国家发展也是这样，在这一过程中行差踏错总是难免。

有的时候刷完微博、看完新闻评论，细想来也会觉得可怕。不够专业的民科充作专家，编些似是而非耸人听闻的伪科学，糊弄对事实真相不了解的外行或是百姓；披露黑暗、揭示事实的新闻被打压，明星结婚、闹绯闻却能盘踞头版头条；不管是在社交网站还是新闻网站，“键盘侠”总是层出不穷，将自己并不那么正确的三观强加给他人……娱乐至死、舆论致死，抛去了底线，一切与利益挂钩。如此来看，在负面言论强势地入侵人们的视野、正面言行却被忽略时，舆论工具也就反过来放大了负能量。

想要扭转这样的想法其实有些困难，它就像传销，能够左右人的思想。也该庆幸我还年轻，多看多听多想，这个弯也就转过来了。可以这样理解，在人们逐渐学会怀疑、学会不盲目相信的过程中，负面新闻带给人的冲击比绝大多数的正面新闻要大得多，因而这些乱七八糟的负面的东西也就流于众人视野的表层，吸引了人们的目光，久而久之，大家也就习惯于关注这些。

但是，在众人不那么关注的地方，被掩盖在名利欲潮下，有浪潮在翻涌起伏，越来越强烈，也越来越强大。

爸爸妈妈都是比较传统的人，但是如今他们可以毫无偏见地和我谈起美国通过同性恋婚姻法案或是同性恋者的社会压力。从前我一直都期望有一对开明的父母，我曾经以为这有难度，但我没想到的是，在我不知道的时间里，我实现了这样的愿望。妈妈会在看完一篇美文后和我讨论小说的情节和逻辑，然后告诉我，书很好看……

我不知道这样的情况是否普遍，但是鉴于我们只是中国无数家庭中极普通的一个，那么，我是不是有理由相信，在这一类问题上能够折射出的是人民思想的开放和进步，能够反映出的是国家、社会的包容？私以为，海纳百川，方是大国气度。

再换至文化方面。我是混古风圈的，喜欢咿咿呀呀的戏腔，喜欢宽袍广袖衣袂翻飞。纵览史书，先秦波澜壮阔，秦汉辉煌，魏晋风流，唐宋繁盛，近代风起云涌……几千年的历史，不是任何史学家、任何史书能够完美呈现的，哪怕只是其中一小段，也足够荡气回肠，传诵千年。

12 岁的时候妈妈开始让我背古诗文，“西北有高楼，上与浮云齐”，“白马饰金羁，连翩西北驰”，“其新孔嘉，其旧如之何”，彼时，即使我在古文上的知识尚浅薄，却毫无理由喜欢它，并天真地以为每个人都会喜欢上古文。但是我错了，如今的大多数人，尤其是学生，对古诗文都是“恶之欲其死”的态度。

在心理学上有一个名词“记忆遗传”，即种群的祖先可以将记忆、感情和想法遗传给后代。这是一个尚未被证实的假说，我也并不是想武断地说它正确与否，我只是想用这个词来类比世代传承，一种深入每个人血脉的、对于中国古老思想文化的自发的热爱和传承，譬如我，我从爱上古诗文开始，慢慢拾起了这种热爱。但是在我的身边，即使大家读了再多的古文，我也无法看到有大范围地、普遍地爱上中国古典文化的现象。“遗传”似乎出现了断层，但是没有多少人及时地注意到，或者说即使注意到了，也觉得无关紧要。几十年前的动荡，我未曾经历，也没有深入了解，因而不予置评。但是从那个时代过来的人对传统文化的漠视和无谓绝非少数。

但是，世无绝路。当我高考完能够自由上网时，我找到了组织。“记忆断层”并不可怕，因为还有挽救的方法——“隔代遗传”。越来越多的年轻人能够欣赏、热爱古典文化的韵味，他们也许不集中，但是他们散落在各地，“星星之火，可以燎原”，用在这里也同样恰当。各地的汉服运动也轰轰烈烈，感谢世人越发开阔的胸襟和对其日益深厚的了解，在最开始时还听闻穿汉服被人当作穿和服而被打的消息，但如今大家都对汉服习以为常，笑脸相对，江大校园中也时有看到穿襦裙的姑娘款款走过。大家开始把“中国风”“古风”融入方方面面，虽然这样的复古仅仅流于表面,但万事开头难,头开了,后面的路也就越走越宽了。

我的见识尚浅薄,也未能走遍山川开阔眼界,同外界沟通的渠道也主要是他人之言、书本和网络。书看多了,难免想得多,大多挤在脑中,剪不断,理还乱,无法尽诉于纸笔,上述言语也仅是千头万绪中的一头一绪,语不成句。总而言之,就是中国尚在发展,有着这样那样让人不满意的地方,但是在这"乱象"的背后,无数人在奋斗,正在努力共同建立一个理想中的家园。

不是不爱，是爱的方式不同

陈文(会计 1402)

马克思的辩证唯物主义告诉我们物质决定意识，意识影响物质。影响思想意识的有很多因素，如物质、政治、时代等。在如今这个和平年代，网络科技也很发达，思想意识参差不齐，各种不同的世界观、人生观、价值观互相碰撞。改革开放以来，年轻人的思想越来越开放，使得有些上一辈的人们对年轻一辈复杂的思想意识很反感。

老一辈的人对国家和党有着近乎信仰般的忠诚，而年轻人却没有他们那样的感觉，因此有些长辈会觉得现在的年轻人"不爱国""不爱党"。对此，我想说，不是不爱，是爱的方式不同。

尤记得以前上中学的时候，本校同学在私底下总会抱怨学校作业多、老师管得严、放假少等，总是一副不喜欢学校的样子。到了外面，一听到有外校的同学嘲笑自己学校时，总会同仇敌忾，丝毫不允许外校的人诋毁自己的学校。那时，对我们来说，爱校，就是我们自己可以吐槽自己的学校，却容不得外人一点点的责骂。

我身边的同学，包括自己，很少有郑重地表示自己对祖国有一片热诚之心的机会，可是在原则问题上，没有人会含糊。

2016 年初发生了"周子瑜事件"，有女生放弃了买她代言的产品，其粉丝也脱粉，喊出了"先国家后偶像"的口号。经过一系列事情，事件又持续发酵，网友自发组织"表情包大战"来维护祖国两岸的和平与统一。而此次"表情包军团"的主要组成部分则是 90 后，正是一群年轻人。虽然此次事件将娱乐政治化，将政治娱乐化，这并不是网友们所想，但这些事情和行为却真真正正地表达了如今年轻人的爱国情怀。

引用《人民日报》海外版上文章的话："周子瑜和许许多多的台湾青年一样，他们都带着这个时代给他们的烙印。"自古以来，面对不同的政治诉求，人类的雄才韬略里，往往缺乏"理解"和"尊重"两个词。1976 年，诺贝尔经济学奖得主罗伯特·奥曼曾经提出过一个博弈论模型：如果争论不欢而散，那么必有一方是虚伪的；若是两个理性而真诚的人讨论问题，结果必然是达成一致。多希望有一天，大陆的青年能和台湾的"周子瑜们"一起坐下来，真诚理性地聊聊历史、现在和未来，找到一条合适的路，走下去。

中国老一辈生活艰苦,用着极其虔诚的态度表达着爱国之心;年轻一辈思想略开放,用多种方式来表达自己的爱国之心。不论如何,正是因为一代一代人民对我们大好河山的热爱和拥护,作为四大文明古国之一的中国才会在历史的长河中生生不息。

西藏,超乎想象的美

努增(社工1503)

从16岁开始离开家乡来内地求学,见到了不曾见过的高楼大厦,遇到了各种各样的人,然而比起内地都市的国际范,我更喜欢西藏的民族范,比起内地人的聪明机智,我更喜欢西藏人的纯真宽容,无论我走到哪里,都能触摸到你的胸膛,能聆听你的心房,我的西藏,你是我心灵的故乡。

西藏的水,留不住年年与岁岁,却能留下我的身影。

西藏的风,吹不干雅鲁藏布江,却能吹起我的笑容。

西藏的路,阻不住前行的脚步,却能找回我的心灵。

西藏的天,仿佛用珠穆朗玛峰的雪醮着唐古拉山脉的水擦过无数遍似的,无比晶莹透明。又像天池之水,清澈无痕,美轮美奂。天空时而湛蓝时而碧蓝,时而纯蓝。西藏的美是心醉的,是灿烂的,是神秘的,是静谧的,带来的是纯净灵气,是神奇,是希望,是欢乐。

冬天的西藏天空变得很纯粹,气候温暖干冷。因为冬天少了如潮的游人,反而还原出西藏本身的淳朴美丽。夏天的西藏天气依旧不是很热,清凉怡人。夏天对于内地人来说是炎热,可是在西藏并不是这样的。西藏的夏天是舒适的,它没有冬天的寒冷,没有秋天的萧索,没有春天的干燥。众所周知,西藏是很多人都向往的地方,据说,在一百个人中,有九十九个都怀有一个去西藏的梦。寻梦的人们对西藏的设想大抵是这样:白云棉花般触手可及;苍穹清澈可以映出倒影;仓央嘉措在看不见的地方浅唱低吟;布达拉宫在红山上静静沉思,为远来的客人洗尽铅华;朝圣者们身穿华丽又朴实的长袍,面向佛祖的方向虔诚长拜。也许也有很多人他们根本不了解西藏,在他们眼里西藏可能只是个普普通通的地方而已。曾经无数次想写西藏的美,又不敢提笔,怕自己写不出它的美,怕别人看到了说西藏也就这样。为什么有这么多人对西藏的向往是这么浓烈与持久呢,是因为它有独特的自然与人文,西藏之旅,不仅是身体之旅、眼界之旅,更是心灵之旅。西藏是个深受佛教思想影响的地方,宗教力量深入骨髓,因此跟其他地方的人相比,藏族人的人生观和生活方式很特别。

西藏有着超乎想象的美景,西藏被称为世界第三极,离天最近的地方,那里有神秘的藏传佛教文化,圣洁的雪山和像宝石一样的湖泊。西藏还是个神奇的地方,每座山都有各自的传说,很多圣湖据说可以看到自己的前世和来世。西藏集纳了世间所有可以想象和无法想象的神奇与美丽。

大美青海

马明蕊(社工 1502)

我的家乡青海是个美丽如画的地方,那里有一碧千里的辽阔草原、无垠的荒漠戈壁、奔流不息的江河、熠熠发光的湖泊、茂密的森林……。

青海历史文化悠久,是“唐蕃古道”和“丝绸之路”的要地,是架起东西方文化交流的平台。当年文成公主翻过日月山,越过青海湖,经玉树抵达雪域圣城拉萨,建立了藏汉友谊,谱写了民族团结的动人篇章。在历史的长河中,塔尔寺、柳弯彩陶、喇家遗址、吐蕃古墓、北禅寺见证了多文化、多民族、多宗教在这片神奇的土地上交流、融合,展现了一幅幅青海文化进步的画卷。藏羚羊是高原野生保护动物,有“青藏高原精灵”之称……

接下来就让我再来说说青海特色小吃吧!酸甜可口的酸奶、辛辣鲜美的干板鱼、甜中带酸的醪糟、烤羊肉、羊杂碎……一个个都是好吃得没的说!青海的老酸奶你可一定得吃。夏天,顶着烈日,花两元钱买一碗青海街头洁白如脂的酸奶,几口吃下去,暑气全消,让人神清气爽。大美青海,不仅小吃和特产是一道独特的风光,风景更是美不胜收。

说起青海怎可不说青海湖呢,青海湖又名“库库淖尔”,即蒙语“青色的海”之意。它位于青海省东北部的青海湖盆地内,比中国最大的淡水湖鄱阳湖,要大近459.76平方千米,最深处达38米,湖泊的集水面积约29661平方千米,湖面海拔3196米,西北有布哈河注入。青海湖既是中国最大的内陆湖泊,也是中国最大的咸水湖。水面很清,在太阳的照耀下金光闪闪,似天空中蓝蓝的布上缝了许多白色花朵。远处水天相接,都分辨不出哪里是水,哪里是天了。那里的山绿绿的,远的山一眼看去好像是透明的。在那里你会感觉呼吸不畅,因为那里是高原地带,但是那里的空气很清新。在那里的中午尽管很热,但是由于潮湿,一点儿也不会出汗。在那里你还可以看见文成公主的雕像。文成公主(625—680),唐朝宗室之女,汉族,她聪慧美丽,自幼受家庭熏陶,学习文化,知书达礼,并信仰佛教。在青海湖你还可以看见鸟岛,它位于湖的西部,面积0.11平方千米,是斑头雁、鱼鸥、棕头鸥、鸬鹚等10多种候鸟繁殖生息场所,数量多达10万只以上。现已建立鸟岛自然保护区。湖中盛产青海湖裸鲤。滨湖草原为良好的天然牧场。

听我讲完是不是心动了呢?还有呢,说到青海湖怎么可以不说湟鱼呢!湟鱼是青海湖特有的，湟鱼的身子圆滚滚的，一年才长一斤肉，十斤的湟鱼就有十岁了。湟鱼是国家三级保护动物，大家一定要保护它们呀！青海的特产还有收敛止血、生津止渴的人参果，爽神明目的冬虫夏草。

青海的省会西宁的景色也变得越来越美了。站在浦宁之珠上，整个城西区看得清清楚楚。眺望远处，一盏盏霓虹灯给西宁的夜晚增色不少。仰望天空，一轮玉环似的圆月嵌在了漆黑的夜幕中，星星一闪一闪地跳跃着，好似一个个可爱的音符。听！远处蛐蛐儿在“叽叽，叽叽”地叫着。看！一只只萤火虫舞动着轻快的翅膀向我们飞来，用“灯光”照亮了那一丛生长在砖缝中的小苗，微风习习，夜晚西宁的一切都是那么和谐。

青海的美说也说不尽，道也道不完，希望大家到我的家乡大美青海来游玩，你会领略不同的民族风情。我爱巍峨的昆仑山，我爱冰清玉洁的青藏高原！我爱湛蓝的天空，我爱辽阔的草原！我爱淳朴的青海人民！我爱我的家乡——大美青海！

平凡生活中的英雄

李文俊(会计1401)

罗曼·罗兰说:"世界上只有一种真正的英雄主义,就是认清了生活的真相后还依然热爱它。"

——题记

对于生活,我只有些小感悟,谈不上真知灼见,语言可能也有点混乱,希望老师不介意。一直想写点东西纪念下大学那段苦涩的日子,正好借此机会可以整理下记忆,给过去一个交代,给未来甩掉点包袱。

和大多数同学一样,刚入校时,我们都是踌躇满志,因此忽略了梦想可以很丰满,现实通常很骨感的真相。戴着有色眼镜的我们,在猝不及防的失败的现实面前,自然被打击得丢盔弃甲,无力反击。

即使生活一地鸡毛,也还是要欢歌高进。入校第一次选班委,采取个人发言然后同学投票形式选举,得票高的全是班群活跃分子,让我与想要的岗位失之交臂。满怀信心去参加至善生选拔,无奈高手如云,被"秒杀"。想加入辩论协会,却因临场发挥不佳失望而归。这些对于刚刚顺利通过高考独木桥的我来说,是不小的打击,甚至使我长时间处在悲伤愤懑的状态,自怨自艾,不进反退。

其实这些都是平凡生活必然会遇到的挫败。想取得成就,你必须有相应的实力作为支撑。我的英雄主义,就是敢于承认自己不优秀,即使此刻的我不优秀,我仍感激还有很多机去改善,这就是我依旧热爱着生活的理由。

欲带皇冠,必承其重。现实被谈及,大抵是躲不过贫富差距的话题。江南大学处于富裕的长三角地带,富裕家庭的孩子必然很多。其实最让人觉得压力大的恰恰不是别人有多么富裕,而是那些明明家底殷实、资源丰富、颜值不低,却偏偏比普通人更拼命的同学。不管你再怎么努力,他们似乎总是领先于你。

当然,除了眼红羡慕,也须客观面对这个事实,有句话叫"人一能之,己百之;人十能之,己千之"。可怕的不是他们的优势多明显,而是我们有多大的决心去争取,无数成功人士的例子表明,当我们尽心争取我们所要的,过程比结果更重要,同时,结果也不会差。在奋斗路上,有人总是能抄捷径,可是决定我们过哪种生活的权利依旧在我们手上,这难道不是让我们持之以恒向前的动力吗?

“梦想是注定孤独的旅行,路上少不了质疑与嘲笑。”大一打算考 ACCA,是会计类比较牛的证书,因为是全英文教材,考试也是全英文,所以难免要多花时间,经常泡自习室,没太多时间用来交际。故而,被同寝室友认为性格孤僻。其实这是不是事实并不那么重要,只是觉得自己被拿去当别人茶余饭后的谈资,未免生气。

现在想来,当初真的没必要那么在意,说人是非者,必定也是是非之人。让不必要的情绪浪费时间实在愚蠢。有人不理解,自然也有人理解,和志同道合的人交流,似乎不仅可以消除孤独,也能获得能量。

平凡生活里的英雄主义,就是在被生活千般打击、万般刁难时,还能有一颗感激之心去发现生活中的小确幸,还能有勇气继续一往无前,还能有力量创造美好。

工匠,精神

高易景(会计 1403)

“工匠精神”,对很多人来说这个词有些遥远和陌生,但它却实实在在地出现在了政府的工作报告中。2016 年 3 月 5 日国务院总理李克强做政府工作报告时提到,鼓励企业开展个性化定制、柔性化生产,培育精益求精的工匠精神,增品种、提品质、创品牌。

什么是工匠精神?它是指工匠对自己的产品精雕细琢、精益求精的精神理念。我们崇尚工匠精神,是因为在这繁华的都市生活中,越来越少的人懂得如何用一颗“匠心”去对待生活,认真做一件事,用心去爱一个人,让节奏慢下来,让生活去发光。

我们必须承认现代科技的发展给人们的生活带来了诸多便利,随着现代化进程的加快,有些东西好像在渐渐丧失。印象当中听某位老师说过当今现代化的建设是不是城市文明对于农村文明的侵占?有句很诗意的话说:“不要因为走得太远而忘了当初为什么出发。”一直认为,每一句诗,每一首歌,每一场电影,又或是一句台词,在每个人不同的人生阶段都会有不同的体验,人的阅历是需要不断丰富的,可又有多久,我们没有放手眼前的便利,停下来好好想想,你曾看过的书,读过的句子,去静下心想想,你现在是否已懂得了最初的含义?

因为没有主题和字数的限制,自觉有些扯远。作为商学院的学生,难免离不开本专业的主题,想到工匠精神,第一想到的还是企业的发展与传承问题。香奈儿的首席鞋匠也说过:“一切手工技艺,皆由口传心授。”传授手艺的同时,也传递了耐心、专注、坚持的精神,这是一切手工匠人所必须具备的特质。这种特质的培养,只能依赖于人与人的情感交流和行为感染,这是现代的大工业的组织制度与操作流程无法承载的。不禁想起了去年完成企业伦理作业时所了解到的钢笔品牌——万宝龙。

经常看到,那些具有一定身份和地位的人往往随身携带一支钢笔,即使是在科技如此发达的今天,机械也没有完全替代手工。一支万宝龙的钢笔,将古典与经典集于一身。当科技在我们的生活中日新月异发展的同时,古老文化的魔力演化成了心中的艺术品。“放缓脚步,尽享生命”是万宝龙的哲学。是人类用时间磨砺出的精神光芒,是一段沉淀了近百年的文化。它的文化的传承,在手工匠人的制作中,得到了淋漓尽致的展现。一支钢笔,100多道工艺,都需要手工匠人的细细打磨。大家都知道,一支钢笔的灵魂在于笔尖,而匠人们是采用了“听笔”的方式来判别笔尖是否完好,这不仅是他们几十年来深厚功力的体现,更多地也彰显匠人们内心的坚守与虔诚。那么是否,在书写的时候,我们也可以给每个字注入自己的感情,赋予它们灵魂呢?它的脚步放缓,却慢慢地踏出了百年的历史,传承了厚重的文化。

我们物欲,我们功利化,我们急切地想要获取成功证明自己,这好像是当今社会的主旋律,慢慢地似乎忘了生活本身想要赋予我们的东西。记得白岩松曾经说过:“大学生,应多做无用之事,目光不要仅仅局限于这门课是否关乎学分,这本书是否关乎成绩,不要做每件事都显得那么有目的性。”的确,扪心自问,如果不是关乎素质学分,我是否会去听一场讲座?是否可以静下心,像当初所想的自己一样认真读一部看似无用的书?我好像没有能够写出工匠精神本身的含义,好像还有些偏离主题,只是指尖的敲打无意中暴露了自己的内心。很庆幸自己身处于江南大学,在无锡这个城市,它是现代化的,却并不紧迫,这个用它的本真留住人心的城市,给我们留下了无限美好的记忆。我们在南长街看到了它的厚重历史,在博物馆看到了家族名流的兴衰,在宽阔的街道看到了它的成长,一代一代人的付出,是否也在城市的建设中体现出了他们理解的“工匠精神”?在历史长河中静静驻足,一步一步踏踏实实地前进,留下有自己味道的印记。

天空飞过的鸟儿呢喃地寒暄,田野里的一朵雏菊顽强地生长,小溪中日光下澈影布石上……凡此种种,无所顾忌,只要有心,生活处处皆诗意。只要有心,我们可以静静打磨,迈出自己坚实的脚步。

第三篇

品读经典

未黯的火

——读《额尔古纳河右岸》有感

魏茜玲(会计1401)

高中时,一本迟子建的长篇小说《额尔古纳河右岸》带给我一次心灵的洗礼。关于生命,我有了全新的认识:生命,不只是生下来、活下去这样单调,生命是伟大的、生生不息的,她也是多姿的、色泽各异的。生命,更像是一团火,久久不灭的、未黯的火。

年迈的鄂温克民族,历经风霜,百年的沧桑欢愉,里面夹杂着神秘的力量,严寒、艰辛的生活和清澈、深沉的挚爱,无比鲜活,勾勒出一幅跨越时空的神秘画卷,似一曲从额尔古纳河右岸飘来的木库莲。星辰,河流,山川,冰雪,驯鹿,兽皮,乌力楞,白桦树,萨满跳神的舞步,线条简单的岩画,诚挚而坚定的眼神……字里行间,充斥着一股神秘的力量,只一闭眼,伸手便能触碰到岩壁的凹槽纹理,风中净是声声鹿铃……

读完这本书,好几个月的时间里,只要一闲下来,我的脑海里就会涌现幻想中的鄂温克族人,他们的生活,他们的习俗。而书中最让我觉得神秘又充满奇幻色彩的情节,就是生命的轮回。列娜的死是对驯鹿的生的循环,黑桦树的重生又是老鹿的安息,生命之轮一刻不停,像乌力楞外燃烧的火,热烈、温暖,让人想要拥之入怀,却又心怀敬畏。

生命,从来都是一个大的哲学问题。她触手可及,又好像吹弹可破,但其实,每一个生命都似点点星火,不曾黯淡,生生不灭。生命是炽热的,是海面初生的朝阳,是暗夜忽现的一缕光,从不渺小,绝不冰凉。她是跃动的、鲜活的,值得每个人尽心呵护的,任何轻视生命、蹂躏生命的行为都应被唾弃。

生病时,想想你的身体里数以万计的白细胞在为了你而与病菌殊死拼搏;难过时,想想你的每一个器官同你一起悲伤;走投无路时,摸摸你的胸口,你的心脏还在奋力地跳动着:它们都在为了生而努力,你有责任让它们延续。

每一个生命都精彩而又充满未知,她可能平凡但绝不平庸,可能微小但绝不渺小,她值得我们好好珍惜,值得我们用心呵护。她像一团火,温暖我们的心,久久未黯……

心若阳光,乱世依然

——观《乱世佳人》有感

王佳玲(会计1401)

看过影片后,那句"Tomorrow is another day."总是在脑海中回荡,挥之不去。

这是一部长达三个小时四十分钟的影片,一部改编自著名小说《飘》的影片,一部从希望转向失望又充满希望的影片。其中,影片塑造的几个性格鲜明的人物形象给我留下了深刻的印象。

首先是真实、摆脱世俗、自信坚强的斯嘉丽。她从青年时期开始就疯狂地迷恋着阿希礼,而阿希礼娶了梅丽为妻。愤怒的斯嘉丽先后嫁给了两个自己并不爱的人,经历了南北战争后嫁给了一直追求她的白瑞德。但是,斯嘉丽依然沉浸在自己爱的人是阿希礼的幻想里。直到最后白瑞德的离开,才使得斯嘉丽幡然悔悟:原来自己一直爱的人是白瑞德。斯嘉丽在兵荒马乱中毅然决然地回到家乡,独自一人承担起重建家园的重担,并且对阿希礼的妻子梅丽照顾有加,即使在逃生的过程中都没有放弃梅丽。我看到了斯嘉丽的坚强、勇敢,以及深藏在内心的善良。

其次是专一、睿智、可靠的白瑞德。身为一个商人,他对商机的把握度很强;身为一个公民,在南北战争爆发前他颇有远见地指出南方的弱点以及南方最后会败北的结局;身为一个爱人,他对斯嘉丽的感情从一开始在书房听到她勇敢地向阿希礼告白到最后都没有改变过;身为一个朋友,他在大家都义愤填膺地前往贫民区为受到贫民非礼的斯嘉丽报仇时,留下来冷静地解决警官找上门的问题。我看到白瑞德在面对一切困难时的镇定和智慧,还有他对斯嘉丽至死不渝的爱。

最后是善良、无私的梅丽。她是影片中的"圣母"。无论是对人人敬而远之的穷人,还是对流言中自己丈夫的情人斯嘉丽,梅丽都怀着一颗热忱、纯真的心待之。就如白瑞德所说的那样——她从不过分恶意地想别人。无论在什么情况下,她都会把别人放在首位。最后,自己的身体明明就不好,还竭尽全力地安抚失去女儿的白瑞德,累倒了,即使是生命的最后一刻,还在担心自己的丈夫、孩子,还有斯嘉丽同白瑞德的感情。我看到梅丽从内心深处散发出来的慈爱,她那纯洁的不掺杂一丝自我的善良。

认识斯嘉丽,让我懂得了追寻的意义。从一开始的迷茫,到最后的领悟,一步一个脚印,随心而行。正如现在的我,对于未来还是处于迷茫的状态,不清楚自己想要的是什么。但是我相信只要踏踏实实地做好手边的事,随心,很快就会找到真正想要的。

认识白瑞德,让我懂得了坚持的意义。怀着那份对斯嘉丽的爱,他总是带着笑脸面对一切挫折。持之以恒,不轻言放弃,哪怕最后不是自己想要的结果,也不负自己真正努力过、坚持过的岁月。

认识梅丽,让我看到了善良的可贵。在那个人人只求自保的时代,梅丽的善良可称得上伟大了。我相信"人之初,性本善"。在面对各种不公、不善、不义的事情时,我希望自己能保留心中的那份善良;在遇到社会的黑暗面时,自己能坚强地挺过去,不至于被打倒,也不至于从此失去本心。

生活并不是一潭死水,而是生动的海洋。有风和日丽,也有狂风暴雨,我能做的就是直面,始终保留宽广的胸怀和纯洁的内心而已。

在自己存在的地方，成为一束光

——读《向着光亮那方》有感

段芳雨(会计 1401)

《向着光亮那方》这本书是由刘同(现任光线影业副总裁)写的，读这本书是因为读过他的《谁的青春不迷茫》《你的孤独，虽败犹荣》。其实一开始我只是把它当作一本简单的鸡汤文，不知道是不是这类文章读得太多的原因，还没有读到一半，就已经不想再看下去了，总觉得太过矫情，也对书中的一些事情抱着怀疑的态度。后来我就想去看一看网上的一些评价，尽管大多数的评价还是好的，但是也不乏一些不好的评价，这之后我再也没有读过这本书，直到看到刘同说的一句话，我突然觉得我好像太斤斤计较于故事到底矫不矫情了，其实青春这东西本来就挺矫情的，矫情也没有关系，那是青春的信号，因为过了这样的年纪，就再也矫情不起来了。当被人问到这个问题的时候，刘同这样说，矫情不过是比别人更在意自己的感受，找到那些合适自己的方式才是最重要的事，人总不能被几个尴尬的问题就弄趴下吧。害怕尴尬不过是对陌生的人、环境和未知的问题没有信心，你的善良必须有些锋芒。

看到刘同这样的话，我好像突然间不再纠结了，于是又从头把这本书读完了。与第一次读不同，我想我是有自己的想法的，同时也是有共鸣的。扉页写着：我们都是普通人，没有先天优越的条件，没有养尊处优的环境，我们的每一天，都要靠自己的努力，逐日挨过。其实，我们都一样，是最普通的小孩，是丢入人海中就会被忽略的那一个，但总有人在自己的世界活成闪闪发光的将士，扛着大刀走向辽阔草原。

“愿你，在自己存在的地方，成为一束光，照亮世界的一角。面对一个陌生人，要说出自己内心幼稚的愿望，不仅需要勇气，还要有真的想要变得更强的信念。克服内心的怯弱恰恰是另一种光芒。有时候一个人遇见另一个人真的会有改变，无论对方是不是足够强大，只要这个人愿意去接纳，去寻找，去突破，人生就会有更多可能性。你总等着别人来救你，只会坐以待毙。你主动伸出手去抓东西，也许能浮上岸。”在这本书中我最喜欢这一句话，分享给你，希望每个人都能有自己的见解。

荆棘王冠

——读《荆棘王冠·致无尽岁月》有感

王俊宇(会计1402)

人真的不必逼自己去做不像自己的那种人,强大固然是好,但脆弱和柔软也没有什么过错。一个人不用活得像一支队伍,一个人只要活得像一个人就行了,有尊严,有追求,有梦想,也有软弱和颓废的时候。

——独木舟《荆棘王冠·致无尽岁月》

《荆棘王冠·致无尽岁月》是独木舟的第一本真实记录随笔集,大概是在2014年出版的,当时读到上面这句话的时候颇有共鸣,于是就将其摘抄在自己的笔记本上。

对于这句话,不同的人有着不同的看法,有许多人认为这是在给自己找堕落的借口。当然我并不认同这种看法。

"人不必逼着自己去做不像自己的那种人,强大固然是好,但脆弱和柔软也没有什么过错。"人本身就是社会的动物,我们每天都会结识各种各样的人,有的人十分优秀,令人仰慕,进而自己会努力地去学习他的优点,这是最好不过的。但有的时候太在意别人的优秀,一味地想"变成他",反而忽略了自己,失了本我,那我还会是"我"吗!

"一个人不用活得像一支队伍,一个人只要活得像一个人就行了。"这也是我一直没法理解透彻的地方,因为我觉得单独只看这一句话,每个人都会有自己的想法。有趣的是我在高中的时候曾经遇到以"一个人要活得像一支队伍"为题的命题作文,当时洋洋洒洒地写了数百字。但是有的时候我会感觉无论怎样,我都不可能强大到如同一支队伍,我只是一个人。

我身边很多人活得好像很完美,就像一句口号、一幅标语。我惊诧于他们如何能做到这一点,可是,他们跟我说他们过得并没有我想象的那么好,哪怕活得看似很完美,却也都有自己的烦恼。生而为人,存活于世,面对人生的创痛,如何能做到毫无感知?所以下句才会说道:"有尊严,有追求,有梦想,也有软弱和颓废的时候。"恰好与前面"强大固然是好,但脆弱和柔软也没有什么过错"相对应,人们总是想把自己塑造成一个极度完美,没有软弱和颓废的人,却不知那便是对自己的软弱的逃避,每个人都有阳光和阴暗的两面,我们要做的不是藏起阴暗,而是直面阴暗。

所以我们没有必要因为自己的懦弱而轻蔑自己,一个真实存在的、有血有肉的人,他的人生一定会有痛苦和迷茫的时刻,但重要的是,由这些引发的思考中,我们能有所思考,有所汲取。

当初,我也固执地认为一个人要活得像一支队伍一样强大,但现在,我觉得一个人不用活得像一支队伍,做好自己就好,有尊严,有追求,有梦想,也有软弱和颓废的时候,因为活得真实远比活得强大更重要。

苦难虽痛，阳光仍暖

——读《活着》有感

张超（电气1602）

当我饱含热泪地合上这本书时，却仍然无法从余华描绘的这个世界里跳脱。我能看到，那灰暗的天空，那干裂的大地，在那一人一牛向我走来时，阳光撕裂厚重的云层，嫩芽冲破大地的桎梏，世界仿佛瞬间明亮起来，那只老牛泛着金黄，那位老人眼带笑意，不慌不忙地相伴走余生。

我希望能心怀理智地品味这本书，却仍然无法避免被感动到热泪盈眶。阅读的过程中，我一直不明白为什么上天待福贵如此不公，父母去世，儿子死了，凤霞死了，家珍死了，连苦根也死了，为什么，这到底是为什么，我的内心咆哮着，哪怕留下一个人陪着福贵也好，可最后却只有一头老牛留了下来。但当我看完最后一页时，我的内心趋于平静，封面上那猩红的两个字——活着，便说明了一切：人是为活着本身而活着的，而不是为了活着之外的任何事物所活着。或许福贵早就懂了，才能以如此波澜不惊的心态诉说着这一切。

我记得有人说过，当我们知道苦难是生命的常态，烦恼痛苦总相伴人生时，我们便没有必要自怨自艾。福贵一路颤颤巍巍地走来，经历了亡家丧妻、白发人送黑发人等各种苦难，由难以接受到恢复平静，所谓生命所不能承受之重，福贵一一忍受。生活中，我们也会抱怨上天的不公，可和福贵相比，我们大多数人所经受的不幸又能算得了什么呢。在这个美好的时代，那些让我们叫苦不迭、不堪忍受的日子，却正是福贵所期许的一切。

我们应该以怎样的姿态来面对生活中的苦难？看完这本书，我一直在思索这样一个问题。活着本身很艰难，延续生命就得艰难地活着，正因为异常艰难，活着才具有深刻的含义。没有比活着更艰难的事，也没有比活着更美好的事。匆匆百年，生老病死，苦难何其多，与其被外界的事物束缚自身，消耗光阴，我更愿意多一点乐观，多一点顺其自然，与生活融为一体。好与坏、开心与悲伤、希望与失望通通都可以照单全收，宠辱不惊，悲喜不形于色，不动于心，以一个乐观的心态，用自己手中的画笔去改变苦难的颜色，去描绘未来的蓝图。

我又不禁想到海德格尔“向死而生”的死亡哲学。海德格尔认为，人只要还没有亡故，就以向死存在的方式活着，就是说一直以“有死”或“能死”的方式活着。

我们的生命,以出生为起点,亡故为终点。每个人都一遍遍地重复着这条相同路。不同的是,每个人都有自己活着的方式。福贵的一生是苦的,可同样是精彩的,或许福贵也知道,人能来世上走这一遭,也是值得的。

我们每一个人都在努力地活着,但一定不要为了外界那些无意义的事情而活,要为"值得"而活,为"活着"而活,只要活着就仍能感受那温暖的阳光,那人间的温情,这就是我从这本书中获得的最大感触。

让书香陪伴我身

高思洋(自动化1503)

每一本书都是一个用黑字印在白纸上的灵魂,只要我的眼睛、我的理智接触了它,它就活起来了。

——高尔基

进入大学后的这几个月来也读了几本书了,越读下去越会觉得自己的渺小与世界的伟大,我不善言辞,但是我很想把这几本书推荐给大家,以下大都摘抄自百度词条,不过每一本书我都用心去读,觉得这些分析也合情合理。

麦田里的守望者

杰罗姆·大卫·塞林格

孤独、彷徨、人心冷漠,二战后的美国正处于巨大的胜利喜悦之中,"假模假式"的一切充斥着毫无生气的社会,人们的精神生活是一片荒原,没有人在意别人的感受。作者用细腻的笔法,刻画了一个内心矛盾的16岁中学生霍尔顿。霍尔顿既是这异化社会的代言人,同时又是这异化社会的牺牲品。异化是现代社会的重大问题,是现代社会中人类所面临的重大挑战,也是现代哲学的重要概念。在现代工业文明及后工业文明里,技术挤压着人的原始生活空间,提高了人的感官的自由系数,却降低了人的精神的自由系数。人迷失了自我,泯灭了自我,向着"非人"的异化状态沦落,而社会也向着物化的异化状态跌落。异化问题的核心维度是价值的维度,人是目的、人是价值的尺度这样的古典哲学命题受到了挑战。然而,道德作为考量人与人之间关系的标尺,关系着人学目的论中终极价值的内部结构与内部机制,也应该成为异化问题的重要操作性维度。

《麦田里的守望者》表现的社会是一个异化的社会,也是一个道德堕落的社会。在这种社会范围内的整体性的堕落中,个体的堕落有可能在表层的堕落之下蕴含着深层的反堕落和道德的信息,有可能具有积极的内涵。霍尔顿以其自身的堕落揭示和反抗着异化社会中道德的堕落。

《麦田里的守望者》所表现的社会现实是商业社会的社会现实。在商业社会中,利益关系在社会意识中得到了空前的强调而实现了影响的最大化。由于利益关系得到了最大程度上的强调,思想关系与情感关系退居幕后,思想感情联结所需要的真诚淡漠了,往往可以促进个体利益的虚伪则大行其道。虚伪的作风愈演愈烈,成为商业社会人际关系的重要特征。在麦田中奔跑的孩子随时可能不慎跌落悬崖,这象征着纯真者时刻面临社会性道德堕落的威胁,他们有可能陷于异化的道德泥潭中不能自拔,他们有可能受到当时物欲横流的商业社会的腐蚀而迷失本真的自我,在道德异化的危机中走向身份的异化。而霍尔顿梦想着成为一名麦田里的守望者,他要拯救那些处于危险之境的纯真者,使他们免受精神的伤害,使他们永远纯真,使他们坚守道德的阵地,不受堕落之苦。在这里,霍尔顿将自己定位为一位道德上的救世者,表达了他不满于当时社会中道德的堕落。

——摘抄自百度词条

孤独是生命的礼物

周国平、余秋雨、陈忠实等

人一生,谈过最长的恋爱,是自恋
只要你懂得这一点,所有的拿起与放下,都不会再变得那么沉重
因为只有学会与孤独相伴
人才能不妥协、有勇气、有尊严
在踯躅多年后你仍然不知道
你需要的只是一双可以依靠的臂膀,而并不是一个能读懂自己沉默的人
人总是像智者一样劝慰别人,像傻子一样折磨自己
最终,你不得不承认,你仍然是自己的陌生人

随着年龄增长,人变得成熟、世故,但是心却不会变
即使你过着最简朴的生活
也一定不要扔掉看起来遥不可及的梦想
要知道,倔强是时光在心里留下的茧,让你变得更坚强

对生命而言,接纳才是最好的温柔
不论是接纳一个人的出现,还是,接纳一个人的从此不见
如果有一天你能接纳自己所有的曾经
那么你就找到了一条通往幸福的捷径

世上的大部分人都背着太多的“放不下”
可是那些“放不下”，是永远也看不完的风景
假如你背着轻便的行李，却一直在路上
那么，你一定会遇见最丰盛的自己

人之一生，总有孤独伴随在我们的身边
但是，孤独是生命的礼物
因为孤独，我们变得更加坚强
因为孤独，我们不会迷失自我
因为孤独，我们守望明天
因为孤独，我们虽败犹荣
我们每一个人都是孤独的王者
王者永不言弃，王者会扼住命运的咽喉
我们要珍惜这份孤独，去创造一个属于我们的世界

苏菲的世界

乔斯坦·贾德

《苏菲的世界》包含至少三个叙述者，分别是哲学家艾伯特、苏菲和席德，他们从各自的角度来观察和描述。这三个不同的视角组成三重叙述层面，相互交叉在一起，构成了这部小说的复调结构。

苏菲的故事提出真实和虚构二者之间关系的问题。苏菲认识到自己的虚构身份，这一点是元小说人物的共同特点。元小说人物的身份通常是模棱两可的，既存在又不存在。在许多元小说中，人物突然意识到自己其实并不存在，死不了却也从来没有出生，不可能有所作为。苏菲在了解到自己的虚构身份后先是沮丧失望，谋求改变现状，在明白一切已成定局后，她接受了自己的身份。最后当她和哲学家发现，不仅他们还有席德和塑造他们的作者也不是真实的时候，他们便安于现状，并开始期待进入虚幻的文学世界，因为作为文学作品中的人物他们将永远不会老去。

换句话说，苏菲的故事是虚构的文本，同时这个虚构的文本又存在于一个更大的虚构的文本之中，即席德的世界，作为读者的席德原来也是不真实的。苏菲和席德的故事必然引起读者对现实和虚构的深刻反思，因为它解构了人类存在的坚实基础，质疑客观知识的可能性。从这个意义上讲，这部小说是后现代的。

《苏菲的世界》包含书信、明信片、哲学、历史、文学等各种语类形式。巴赫金认为多种语类形式的运用是小说"复调"结构的一个方面。在元小说中这种"复调"形式十分明确。在以往的小说中,这些不同的语言和声音通常从属于一个主要的无处不在的作者的声音,元小说没有这种作者的声音,而是强调语类形式并存的必要性。《苏菲的世界》的语言具有以上的特点,实践了一种类似巴赫金式的语言的游戏与狂欢。

《苏菲的世界》把哲学趣味化、生动化,但它同时是一部成功的元小说,用元小说的形式来表达哲学思考,二者相得益彰,是艺术和内容的统一。《苏菲的世界》顺应了近年来欧美哲学通俗化的潮流。当代大众文化对人文科学的冲击,直接导致哲学通俗化的浪潮,出现若干用小说、诗歌和插图来介绍和解释哲学的作品。《苏菲的世界》的成功说明小说非但不会如某些批评家预料的那样走向"衰竭"或"灭亡",反而会得到发展和走向成熟。小说发展的一个趋势是它与其他学科的结合,生态文学是另一个明证。在文化多元的当代,小说形式的不断创新是它生命力的源泉。

《苏菲的世界》里用非常通俗易懂的事情将哲学的原理演绎出来,在描述德谟克里特斯的原子理论时,小说中是通过苏菲玩积木的过程讲述的;通过皇帝的新衣来讲述苏格拉底的智慧,以及人类并非万能和无所不知的;通过戴眼镜等方式让人们理解康德的时间和空间直观形式;作品中通过光着身体的男人,来表现弗洛伊德的潜意识理论。

随着小说故事情节的展开,哲学家的书信、苏菲的故事和席德的世界交叉在一起。小说的结构总体上是按照哲学发展的阶段来分章的,从古希腊的神话到弗洛伊德。小说的目录看上去像是哲学史的提纲,但其中也穿插一些指示故事内容的标题,如"少校的小木屋""花园宴会"等。由此可见,《苏菲的世界》缺少整体性和连贯性,小说的结构是分裂的、不连贯的,虚构的框架是分散的,读者不可能被故事情节吸引而忘记自己的身份,而更多地是思考自己所阅读的内容。阅读的过程变成读者和文本的对话,而这正是这部哲学史小说所希望产生的效果。

——摘抄自百度词条

挪威的森林

村上春树

20世纪60年代,日本已经进入高度发达的资本主义社会。经济在快速发展,人们的精神危机也与日俱增。物质生活的丰富与人的欲求膨胀,造成了精神世界的严重失衡。人与人之间的交流减少,心理距离拉大。生活在都市的人们像无根的浮萍,孤独、虚无、失落,却又无力面对强大的社会压力。都市的繁华,掩饰不了人们内心的焦虑。而甲壳虫乐队唱出的曲子《Norwegian Wood》给了作者很大的灵感,那是一种微妙的,无以名之的感受。1987 年村上春树就以《挪威的森林》为书名写了一本青春恋爱小说。

年轻一代受传统观念的束缚较少,他们很容易迷失在丰富的物质世界中,他们甚至不知道如何迎接现实世界的挑战。他们不再面临困难,相互之间难以交流,这不仅仅是日本的现状,在世界范围都可以看到年轻人自我封闭,陷入一种孤独的状态。《挪威的森林》中的直子和她最初的恋人木月之所以采用自杀的方式结束生命,无非是两人一直处于近乎与外界隔绝的环境,随着年龄的增长,他们更无法同纷繁复杂的外界沟通。在发现自己无法融入现实生活的时候,木月在没有任何征兆的情况下选择了自杀,而直子在木月死后一直在拼命挣扎,想从木月之死的阴影中走出,想敞开胸怀接纳更丰富的世界。书中有对直子所在的疗养院优美自然风光的大段描写,在这个如诗如梦的意境中,烘托和渲染了直子心中渴望的另一个世界,一个与现实对立的陌生的心灵世界。从某种意义上说,这个世界对于直子只是一个梦,尽管直子在这个梦中挣扎,但现实世界与梦的世界的对立、纠缠,使直子内心深处的痛楚和灵魂挣扎得更辛苦,最后只能以结束自己生命的方式来逃避这种痛苦。就连活泼好动的绿子,也在家庭和学校两个环境中感受到被抛弃的孤独,不止一次诉说。而主人公渡边,心里更是始终怀抱巨大的孤独在人生旅途中踽踽独行。作家以苍凉悲壮的笔触着意刻画渡边与直子之间委婉缠绵的精神苦恋,直子用她纯朴火热的爱情以身殉情的悲剧人生,抒写了一代人理想与现实的冲突和炼狱般的精神历程。

当渡边和直子一同在街头漫无目的地行走,在熙熙攘攘的陌生人群中,成长的创痛隐隐浮现,身旁汹涌而过的车流和喧闹的街市带着城市的气息,周遭全然陌生的人群构成了空旷又拥挤的环境,都市人焦灼、空虚的内心世界,迷乱、脆弱的生存状态,在作者举重若轻的叙述背后得到了最好的诠释。

《挪威的森林》本是披头士的歌曲,书中主角直子每听此曲必觉得自己一个孤零零地迷失在又寒又冻的森林深处,这正是年轻必经的彷徨、恐惧、摸索、迷惑的表征。男主角渡边多次想拯救处于自我迷失中的直子,但有时甚至他也迷失了方向。生活在都市中的年轻一代,在都市空间愈狭小与人的疏离愈大的对比中,令他们失去与人接触的欲望,恰是年轻一代避免受伤的保护罩。小说以一个个片段相连接,但并不使人觉得杂乱无章,许许多多日常生活的片段一一在眼前掠过,唤起熟悉亲切的气氛，让人产生心领神会的共鸣。气氛存在于片段中，或夹杂在片段与片段的留白里，文字清丽雅致，笔触自然流畅，片段的接续并不妨碍流畅，反而更添加弹性，产生不一样的效果。小说中的人物都带着“都市化的标识”，人物的背景十分简单，没有错综复杂的人际关系，主人公喜爱的爵士乐曲不断出现，总是直接引用某个作家笔下的话语来表达情绪，使得人物平面化、符号化。

——摘抄自百度词条

无言的宇宙

达纳·麦肯齐

《无言的宇宙》向你讲述的是人类历史上 24 个美丽而伟大的公式背后的故事，从基本的“1+1=2”到揭示电磁现象的“麦克斯韦方程”，从著名的“$E=mc^2$”到神秘的“汉密尔顿的四元数方程”，清晰地解释了每一个方程的含义，谁（如何）发现了它，以及它们在人类发展史上和现实生活中发挥的巨大作用。

这些故事既长知识又有趣，比如：

发现世界上最简单的方程，这意味着什么；

如果世间未曾有过“0”这个概念，将会怎样；

牛顿运动定律是如何使人类做到这一切的——从建设桥梁到预测天气；

一根劣质雪茄如何改变了量子力学的进程；

为什么鲸鱼（如果它们能和我们交流的话）会教给我们完全不同的几何概念？

同时，这本书也解释了为什么这些方程在诉说着关于宇宙的永恒的秘密，没有任何一种人类的表达方式可以与之匹敌。最重要的是它们如何影响了人类历史和我们的日常生活。

跨越 4000 年的文明，用诗意文字展示数学之美。

讲述引人入胜的故事，看 24 个公式如何改变人类历史进程。

这本数学公式史话，解释最伟大公式背后不为人知的真相。

——摘抄自百度词条

我希望通过我的整理，你们能对这几本书有一个大致的了解，虽然有很多是摘抄过来的，但是我不希望你们因此而不去理睬它们。

狼　性

——读《狼图腾》有感

孙露娜(自动化1503)

《狼图腾》是世界上迄今为止唯一一部描绘、研究蒙古草原狼的“旷世奇书”！

六年前,初闻《狼图腾》之名,三年前浅读它,于今年我完成了第一遍精读。“始于感触,终于表达,这中间还应加上追寻的过程!”白岩松老师如是说。我也在计算着我读完姜老爷子的《狼图腾》之后追寻的时间。一个月,似乎有点短,但还是想在第二遍精读前写点什么。

我感到很庆幸,自己在刚入大学之际与《狼图腾》“相知”,为什么要如此说呢？刚入大学,全新的环境,全新的同学,全新的生活方式,全新的一切就意味着巨大的变化,这变化让我心生的不是好奇与探索,而是惧怕。幸好有《狼图腾》在,狼的勇气像一股股新鲜的血液汇入心脉,流入心间,又游走在四肢百骸,让心中勇敢的阵地一再扩大,让我得以勇敢地面对诸多的未知！从这场精神盛宴中,我不仅汲取到勇气,还学到了其他的值得一生珍藏的道理。

为蒙古民族对狼图腾的信仰唱首赞歌！对信仰,新华字典是这样定义的:对某人或某种主张、主义、宗教极度相信和尊敬,拿来作为自己行动的榜样或指南。以毕利格老人为代表的额仑草原民族人民对狼图腾的坚定信仰深深撼动了我,他们“恨”狼,狼也确实可“恨”,寒风朔冬时,饥肠辘辘的狼会偷袭草原人民用于保命生产的羊群、牛群。可他们又爱狼,敬狼,没有狼,那成千上万的黄羊群会轻而易举地毁掉脆弱的额仑草原,没有狼,那一生十、十生百的旱獭早就“吃”掉了风吹草低见牛羊的草原;没有狼,信奉腾格里的草原民族,就无法身归于草原自然,魂归长生天;没有狼,草原游牧民族的强悍与睿智便无从谈起。既爱又恨,这是一种多么矛盾的心理,可就是在这矛盾的情感里,草原民族在这复杂无比的又命薄无比的草原上一代又一代繁衍生息,与狼一起,舞出一曲狼图腾之歌。对于信仰,可以再反过来看看现在的我们,现行的社会,又信奉什么呢？这是一个高难度的问题,不是因为问题有多难理解,而是答案不统一。草原民族,他们信奉狼图腾,信奉腾格里,所以他们敬畏草原,敬畏长生天。他们尊重自然的生物链,不过多地打扰自然的“生活规律”,所以姜老爷子才有机会领略草原的广袤之美,创作出令后人赞叹不已的《狼图腾》。

当然,姜老爷子的《狼图腾》教给我的可不止这些。写读后感,若是不写狼的精神,那可真是有些舍本逐末了,在处理很多问题上,我还真得向狼好好学学。

学学狼的冷静。当突兀的钢镫声冲击狼的鼓膜时,即使群狼都被吓得一哆嗦,但仍未自乱阵脚,是狼冷静的天性使得狼群快速撤离,并井然有序。对野生野长的草原狼而言,陈阵这几声钢镫声只是些小打小闹,真正体现狼的冷静的是"人狼之战"。毕利格老人与乌力吉老人策划的"打围",灭了狼的嚣张气焰,一雪狼群全歼军马群的耻辱。可也就是在这一战中,我看到了狼性中的冷静,在云隙间泄下的晨光将草原照得蒙蒙亮时,狼群虽已陷入包围圈,但在头狼的率领下,迅速采取措施掉头回冲,冲向猎圈最薄弱的环节——套马杆最少的女人集中的地方。可是额仑草原人的头狼毕利格老人亦不是吃素的,那由人网、狗网、声网、光网编织成的猎网,与盆地接合得天衣无缝,让狼群无处可逃。但即使势单力薄、损兵折将、无路可退,狼群仍不乱阵脚,重新调头,急转直下凭借居高临下的山势向人群发动决战。这一战如果仅以突围的狼的头数论成败的话,无疑狼群"完美"败北。也确实是这样,这一战若不胜无以平民怒,无以祭惨死的军马魂。狼师父教给我的不仅有它的冷静,团队合作,而且有巧利环境的技巧,这些品格都是我今后努力的方向。

《狼图腾》的成功不仅在于对人狼交锋的精彩描述,还在于陈阵"豢养"小狼的过程和在这个过程中收获的心得。在没有正式读这些章节时,我也天真地想过我如果有机会"穿越"回那个时期,去到额仑,应该也是有能力养一条小狼的。毕竟我曾成功地养活了猫、狗、兔子,养活了鱼、虾、乌龟,但享受完狼图腾这场精神盛宴,突然感觉伊始的想法有多么可笑,多么天真。我没有陈阵对狼的痴迷,不会铤而走险去掏狼崽,我也没有陈阵的耐心、容忍与吃苦的精神,在那种每天赶羊累到吐的恶劣环境下,还要供养"娇气"的小狼,想想都觉得很难。可是陈阵养了,而且从小狼身上学到了很多有关狼的东西。

小狼就是这样的性格,不自由,吾宁死。小小的狼崽在还未断奶时,就进入了人类社会,在完全没有母狼教导的情况下,它所表现出的特性应该可以称为天性吧!那对自由的追寻就是狼的天性之一。但也是因为对自由的渴望,对囚禁的厌恶促使小狼走到了生命的尽头。那抵死不肯被绳牵随牛车走动一步的小狼让我生气,那咽喉肿到不能咽食却还要拼命嚎叫以期盼重返狼群的小狼让我心疼,那时常因好奇而犯迷糊做蠢事的小狼又让我喜爱。时常我就在思考陈阵曾思考过的问题:若不是小狼阴差阳错地被强行带入人类社会,这条倔强又坚毅,独立又自强,敏锐又警惕,矫健又机灵的小狼怕是会成为下一任狼王,然后带着狼群来一雪打围之辱。可是这些也都仅仅是美好的想象。小狼最终在人类的势力范围内重返长生天,魂归腾格里。当故事发展到这里,也差不多要接近尾声了。对于《狼图腾》,姜老爷子有更深刻的理解,在我还没有完全明白的情况下,贸然动笔写只会破坏心中对《狼图腾》的敬意。此书不仅为我们提供了一个全新的研究游牧文化与农耕文化的角度,也为毁坏草原、破坏自然而不自知的我们敲响警钟。

在这个匆匆忙忙的时代,为《狼图腾》停留一会儿,随姜老爷子一起去赴这场精神盛宴,你将会满载而归!

读《围城》有感

吴蕙铭(环艺 1503)

“被围困的城堡,城外的人想冲进去,城里的人想逃出来。”这就是《围城》。《围城》并不仅仅是一部爱情小说。它的内容是多方面的,它的主题和象征是多层次的。

围城的象征源自书中人物对话中引用的外国成语,“结婚仿佛金漆的鸟笼,笼子外面的鸟想住进去,笼内的鸟想飞出来;所以结而离,离而结,没有了局。”

钱锺书常用漫画式的笔法勾勒“众生”,他以锋利的笔法高超地概括出一幅幅神情毕肖的漫画形象,使人未见行藏,便已看出人物的性格及作者的情感态度,具有强烈的艺术感染力。如第七章开头对汪处厚的肖像描写:“胡子常是两撇,汪处厚的胡子只是一画……他只想有规模较小的红麦尖角胡子,不料没有枪杆的人,胡子都生不像样,又稀又软,挂在口角两旁。既不能翘然而起,也不够飘然而袅。他两道浓黑的眉毛,偏偏根根可以跟寿星的眉毛竞赛,仿佛他最初刮脸时不小心,把眉毛和胡子一股脑儿全剃下来了,慌忙按上去,胡子跟眉毛换了位置,唇上的是眉毛,根本不会长,额上的是胡子,所以欣欣向荣……为了二十五岁的新夫人,也不能一毛不拔,于是剃去两缕,剩中间一撮……这也许还是那一缕胡子的功效,运气没坏到底。”

看到这段惟妙惟肖的肖像刻画,一幅活灵活现的漫画就形象地浮现在读者脑中了。作者在描绘这位汪大人可笑的容貌时,对他的历史、思想、心理也一并做了讽刺,使他一亮相,就给人滑稽、迂腐的印象。

又如对沈太太的描写:“她眼睛下两个黑袋,像圆壳行军热水瓶,想是储蓄着多情的热泪,嘴唇涂的浓胭脂给唾沫带进了嘴,把黯黄崎岖的牙齿染道红痕,血淋淋的像侦探小说里谋杀案的线索。”连用几个想象奇特的比喻来铺陈渲染,读之令人忍俊不禁而又厌恶至极。作者常用半是讽刺半是悲怜的口吻调侃“芸芸众生”,他是饶舌的、俏皮的、促狭的,联想特别活泼、思维敏捷,下笔不能自休。他总是尽情地挥洒着那种博引经传,融贯中西,联类无穷的超越具体描写对象驰向更广阔思维空间的讽刺幽默笔墨,能造出一种由博识、睿智、谐趣构成的有智性之类的审美世界和巧喻迭出、纵横恣意的独特文体。在调侃方鸿渐购买假文凭时,作者引用《圣经》里的故事作比:“这一张文凭,仿佛有亚当夏娃下身那片树叶的功用,可以遮羞包丑。”在嘲讽他的自我解嘲时,又拉来了中西古代哲人柏拉图和孔子做陪衬:“撒谎欺骗有时并非不道德,柏拉图《理想国》里就说士兵对敌人,医生对病人,官吏对民众都应该哄骗。圣如孔子,还假装生病,哄走了儒悲。孟子甚至对齐宣王也撒谎装病。父亲和丈人望自己是个博士,做儿子女婿的好意思教他们失望么?买张文凭去哄他们,好比前清时代花钱捐个官或英国殖民地商人向帝国府库报效几万镑换个爵士头衔,光耀门楣,也是孝子贤婿应有的承欢养志,反正自己将来找事时,履历是决不开这个学位。”

《围城》把婚姻描述成了一座“被围困的城堡”——“城外的人想冲进去,城里的人想逃出来。”婚姻也罢、事业也罢,整个生活都似在一个围城之中,人永远逃不出这围城所给予的束缚和磨砺。主人公方鸿渐与苏文纨、唐晓芙、孙柔嘉的感情纠葛,每每因自己的不敢多言,言不由衷,以至一步步陷入婚姻陷阱中,最后自食苦果。这座感情围城,曾经令方鸿渐向往,后又无奈于城中的无聊。三闾大学着实是一座事业的围城,充斥着尔虞我诈、明争暗斗,时刻让人感到压抑,令本性善良却怯懦的方鸿渐不堪忍受。但当他离开那里,面对的却是一个集父母的封建思想、家庭的责任、事业的衰败、多层混杂的社会大围城之中,他无所适从,似乎所有的一切都被一只无情的大手掌控着。本就无才的方鸿渐只能屈服于这只手,接受朋友的施舍,踏入婚姻陷阱,事业低谷。此外,赵辛楣也总踏不进苏文纨的围城,但之后仍逃不出娶妻生子的命运;方家上下逃不出封建传统思想的围城;两任岳父逃不出面子的围城。总之,文中所有人都有自己的一座围城,这也是民国时期封建与崇洋思想的盲目结合所带来的弊端。

钱锺书先生以幽默的语调,除了批判当时人顽固不化或崇洋媚外的种种行为,调侃当时老人的迂腐、留学生的傲气,揭露无谓的婆媳妯娌之争、情敌同事之争外,真正阐明的是:生活本是一座大围城,人永远逃不出无尽的压力和束缚,永远要在无形的墙内过完一生。每个人都逃不出这样的命运,只是在于你在这围墙下是否活得精彩。事实上,这座无形的围城始终存在,只是钱锺书先生把这座城具体形象化了,让身处21世纪的我们看清了书中人的喜怒哀乐、悲欢离合,更使我们看清——我们身边也有同样的围城。就自身来讲,学校、家庭、社会,每一个环境都是一座围城。同学间的友谊和竞争、家庭里的亲情和压力、社会上的光明与黑暗,从我们出生起就有着形形色色不可逾越的诸多围城。我们不会也不可能逾越这座城墙,因为只要我们在生活,我们就永远处于围城之中。我们所能做的只有在其中不断拼杀,始终保持着一颗积极的心去创造这座围城里的异彩,让围城中的生活变得丰富。生活本就是一座围城,婚姻、事业、学习……每个人每件事都是城中的元素。当一切人和事因努力和乐观而变得美好,这座围城就不再是可怕的束缚和压力,而是幸福的乐园,没有人会试图离开她。让我们心中永远存在这种美好的理想。

《追风筝的人》读后感

庄镇杰(环艺1503)

这是一本令人震撼的小说,看完后也让我有很多感想。其实,我们每个人的心里都应该有一个属于自己的风筝,它可以代表亲情、友情、爱情,也可以是正直、善良、诚实。对阿米尔来说,风筝隐喻他人格中必不可少的部分,只有追到了,他才能成为健全的人,成为他自我期许的阿米尔。小说开头和结尾重叠在一起,成为两幅相似的画面:广漠的天空,雪花飘落,空气寒冷而清澈,追风筝的孩子们欢笑着奔跑,追逐飞逝的光影。这一幕在不同的地域,不同的两代人之间反复上演着,但每一次的重复之间,生活都发生着剧烈的变化,这幅画面也随着主人公命运的变化被不断染上新的颜色,从孩童天真的视野堕入世事变迁的悲哀之中。

《追风筝的人》讲述了12岁的阿富汗富家少爷阿米尔与他父亲的仆人的儿子哈桑之间的友情故事,作者并没有用很华丽的文笔,他仅仅是用那淡柔的文字细腻地勾勒了家庭与友谊、背叛与救赎。当仆人的儿子哈桑——阿米尔最好的伙伴,被其他富家少爷围困在角落里施以暴力与侮辱,阿米尔——哈桑最信任的朋友,却蜷缩在阴暗的角落里默默注视,直到泪流满面却仍不敢挺身帮助哈桑时,我听到了心碎的声音。可命运的指针并没有停止,阿米尔因为懦弱而极端害怕直至惭愧不已,无法面对哈桑。最后甚至栽赃他,让他永远离开了这个家。到后来阿米尔获悉哈桑竟是自己同父异母的兄弟时,悔恨与伤痛纠结。当中年的阿米尔偶然得知哈桑的消息时,他却不顾危险,前往家乡阿富汗,开始了救赎。但时间是可怕的,因为它可以让一切都改变。终于回到家乡的阿米尔,目睹了家乡的变化,战乱不断,民不聊生。同时也见到了儿时的老管家,见到了荒废的家,也得知了哈桑的死讯。哈桑死了,阿米尔的救赎却没有停止,哈桑唯一的儿子索拉博落入了阿米尔儿时的宿敌手中,儿时的懦弱和愧疚纠缠着中年的阿米尔……

一场救赎再次开始。故事的最后,阿米尔救回了索拉博,可此时的索拉博却因精神上的创伤以至完全失去感情,唯有说起风筝——那哈桑和阿米尔童年最喜爱的玩物时,才会不知不觉笑起来……书的后半段写的是主人公心灵的救赎。他费尽周折找到了哈桑的儿子索拉博,追到了心中漂移已久的风筝,重新成为一个堂堂正正的男子汉,生活的大门终于又向他敞开了。阿米尔的结局,相比较而言,是幸福的。他终于明白了彼此的意义——以生命为代价。

作者用细腻平淡的笔触，为我们真实还原了阿富汗喀布尔，娓娓道来一段人性的救赎。语言平实而力透纸背，感情强烈真挚而不造作，仿佛一位老朋友向你诉说他曾经的故事。"为你，千千万万遍！"铭刻在心底的声音是永恒的忠诚誓言，哈桑坚定澄澈洞察一切的眼神从一个少年的眼中直达另一个少年的心扉，20 多年来不停歇地煎熬拷问着懦弱的灵魂。亲情、友情，欢笑、背叛，汗水、血水，树荫倾泻的阳光，顺窗而下的雨水，最珍贵的感情，最鄙夷的沉默，独自咽下的泪水，难以置信的身世，执着奉献的生命，连同风筝和那张带着兔唇的圆脸在阿富汗这片被宗教信仰与真诚热情缠绕、被战火摧残的土地上交织成震撼人心又回味悠长的交响曲："为你，千千万万遍"……

书中的情感不仅仅是亲情，不仅仅是友情，只要是能够沉下心来阅读的人，都会被其中直指人心的情感打动，也会从中折射出自己曾经有过的心绪，比如伤害别人时的快意和犹疑，危急关头的懦弱无助，亲人面临危险时的慌乱无措，爱情乍到时的浮躁不安，失去亲人时的悲伤孤独，应该担当责任时的自私推诿，以及时常涌上心头的自责、自卑和赎罪的冲动……这样的情感没有任何的虚伪做作，是一个人在面临变化的那一刻来不及思索的真实反应，是一个人在夜深人静时最私密的扪心自问。胡赛尼的笔犹如一把尖利的刻刀，将人性的真实刻画得近乎残酷，却又毫不哗众取宠。

也许故事的结局并不完美，也许有些许苦涩与酸楚，但人生就是这样，犯错，错过，再用一生来挽回。

《中国建筑美学》读书心得

姚艳君(环艺 1503)

我经常思考一个问题:我们中国人从天然资质讲,不亚于世界上的任何民族,因此我们曾经创造了世界先进的文明和灿烂的文化,成为世界四大文明古国之一。但是对于今天的我们,古建筑已经是一个很陌生的概念,快节奏的生活让我们慢慢淡忘了那些承载了风风雨雨的古建筑。

中国建筑美学的涉及面很广,作者在书中主要从四个方面展开论述:

一是综述中国古代建筑的主体——木结构体系。概述中国古代建筑为何以木构架建筑为主干,分析其历史和发展推力。

二是阐释中国建筑的构成形态和审美意匠。在单体建筑层次,探讨了中国建筑的“基本型”,揭示了官式建筑区分“正式”与“杂式”的深刻意义。在建筑组群层次,阐述了庭院式布局的缘由、作用和潜能。将庭院单元从功能的构成特点和组群总体的构成机制进行分类,并对庭院式组群的空间特色和审美意匠做了较细致的论析。

三是论述中国建筑所反映的理性精神。针对“理”的两种含义所构成的两种不同性质的“理性”,分别阐述了中国建筑的“伦理”理性精神和“物理”理性精神。

四是专论中国建筑一个重要的、独特美学问题——建筑意境。借鉴接受美学的理论,阐释了建筑意象和建筑意境的含义。

世界上的大多数建筑,从形式上划分,基本上有两类:一类主要用石头建造的,叫作“石构建筑”,流行于世界绝大多数地区;一类主要用木头建造的,叫作“木构建筑”,流行范围很小,主要在以中国为主的东亚地区。两种形式的建筑各自都有深厚的文化渊源,各有不同的风格和艺术特色。就艺术而言,各有不同的价值观和审美取向,很难分出高低。我们的木构建筑至少已有两千多年的历史,那“覆压三百里”的阿房宫可资证明。

中国古殿堂建筑注意主轴线,讲究轴线对称,台阶分列,形成两阶制。“主人入门而右,客人入门而左。主人就东阶,客就西阶。客若降等,则就主人之阶。主人骨辞,然后客复就西阶。”这表明,设东西阶是礼的规定。东阶,又称阼阶,“东道主”一词即源于此。

古建筑的屋顶体现了在木构架体系下的实用功能、技术做法和审美形象的和谐统一。深远的出檐、凹面的屋面，反宇的檐部，有着排泄雨水、遮蔽烈日、收纳阳光、改善通风等诸多功用。梁思成和林徽因对中国屋顶形象所蕴含的功能、技术与审美的和谐统一，曾经给予很高的评价。他俩指出："历来被视为极其特异极其神秘之中国屋顶曲线，其实只是结构上直率自然的结果，并没有什么超出力学原则以外的矫揉造作之处，同时在实用及美观上皆异常的成功。这种屋顶全部的曲线及轮廓，上部巍然高崇，檐部如翼轻展，使本来极无趣、极笨拙的实际部分成为整个建筑物美丽的冠冕，是别系建筑所没有的特征。"

中国古典建筑组群形态布局十分复杂，但其中颇有神韵，木构架建筑体系在平面布局上产生主要变化和升华，各栋单体建筑的各种组合构成了中国古典建筑的特色，组群的时空构成是最美所在，也可以说是中国古典建筑美的灵魂最深处。不仅组群美，而且追究到各个细部，也是相当具有考究价值及美学意义的。

在作者看来，建筑之道是"有"与"无"的辩证法，他从《老子》提出的器物"有""无"中得出建筑的"有""无"的概念。

意境说可以追溯到老庄哲学，可以说，意境这一美学概念贯穿唐以后的中国传统艺术发展的整个历史，渗透到几乎所有的艺术领域，成为中国美学中最具民间特色的艺术理论体系。在建筑和造园实践中，意境的创造有着独特的体现，是中国建筑美学的一份独特的遗产。

早在 1932 年，梁思成、林徽因在《平郊建筑杂录》中提出了"建筑意"的用语。他们说："这些美的存在，在建筑审美者的眼里，都能引起特意感觉，在'诗意'和'画意'之外还使他感觉到一种'建筑意'的愉快。"

"建筑意"的提出显然具有重要的意义。它提醒人们，建筑并不是砖瓦灰石等无情无物的堆砌，其中自蕴有深意。就如同"诗情""画意"一样，"建筑意"也在诉说，在唱歌，充满了感情。它与"诗情""画意"的不同，只是在于它的表现采取了建筑独有的艺术语言而已。

建筑意境的景观构成通常都是人文景观和自然景观的融合体。除了宫殿型，绝大多数建筑总是不同程度地融入了山水花木等自然景象，在古人写的建筑游记里，山水自然景观景象往往占据着最突出的地位。

《诗经 · 小雅 · 斯干》的"如鸟斯革，如翚斯飞"就是赞赏屋顶动人的建筑意象。

杜牧在《阿房宫赋》中表述的"五步一楼，十步一阁；廊腰缦回，檐牙高啄；各抱地势，钩心斗角”就是描绘阿房宫“盘盘焉、囷囷焉”的一连串建筑意象。

“虚实相生”是生成意境的关键所在，也是我们揭开意境生成奥秘的谜底。

有学者在《存在与华夏文明》一书中提出了“美”的这个定义。今天，在我读了《中国建筑美学》后，对于建筑的美学也有了一定的理解。在我看来，美是广义的。建筑性格、风格、语言、排序规律都是美的表达。

浅谈人性

——《追风筝的人》读后感

牛思琪(环艺1504)

从来都不曾有如此强烈的欲望想要写一点东西来描述我心中的人性,或许是这个概念实在是太为神圣,让我不敢去轻易触及,抑或是它实在太为高深,让我觉得无法用自己的只言片语来描述。然而其实一切伟大的人性认识者都是真诚的反省者,不断地反省让他们对人性有了深刻的理解。拜读了阿富汗作家卡勒德·胡赛尼的处女作《追风筝的人》之后,我对这一说法有了更加深刻的理解与体会。

初读小说的时候就被它那与众不同的阿富汗特色背景深深吸引,此前我对这个国家唯一的印象就是无休止的内乱和暴动,甚至整个西亚地区就是铺天盖地的黄土、取之不尽的石油、永远裹着全身的虔诚的伊斯兰信徒,作者却将小说与自己的儿时经历巧妙结合,为读者描绘了一个充满人性善与恶的精彩故事,让人细细品来既扼腕叹息又感慨良多。或许文字的力量就是如此地震慑人心,虽然那是个我完全陌生的国度,但是我竟无法自拔地渴望通过这薄薄的纸张去了解那个遥远的国度以及他们的伊斯兰文化。

作者并没有很华丽的文笔,他用淡柔的文字细腻地勾勒了家庭与友谊、背叛与救赎,却让人感慨良多。《追风筝的人》的确是一部将人性透明化的书,作者将人性的弱点和美好都淋漓尽致地向读者展现出来。故事所讲述的那些亲情关系、孩童时期的友谊、请求宽恕的勇气以及只能存在于爱当中的救赎的大众主题,无论你身处何处,经历过什么样的文化熏陶,肤色如何,都会被深深感动。

“为你千千万万遍。”仆人哈桑的这句话在书中反复出现,每一次出现都充满了震撼力与感染力。那么真,那么纯,那么坚定。就算身为身份卑微的仆人,哈桑对小主人阿米尔的忠心从不曾改变,面对主人的背叛,他选择了沉默与原谅,在我看来,他所做的一切都是在紧紧追着他的风筝——真诚,忠心,善良。他的一生注定会是悲剧,幸运的是他选对了风筝,并义无反顾地追随。他用天使般的眼睛看待这个不公的世界,用微笑去对待这冷酷的世界。他活得那么完整,那么独特,将人性的美好表现得那么自由与洒脱。

阿米尔,哈桑的小主人,哈桑眼里的朋友,哈桑同父异母的哥哥。他生性懦弱,为了得到真正的父爱,他背叛了哈桑,借机赶走他们,将一个谎言隐埋了四分之一个世纪。良心的不安使他踏上那条再次成为好人的路,去追寻他的风筝——勇敢,诚实,正直。他放弃了美国安逸的生活,重回故土——战后惨不忍睹的阿富汗,只为寻找他的侄儿——哈桑的儿子。他要给他一个安全的生活环境,更为了解放一颗获罪的心。最终他还是追到了,尽管伤痕累累,但那是他人格中必不可少的部分。在缺失了四分之一个世纪后,他终于成为健全的人,成为他自我期许的阿米尔。阿米尔是小说中性格极其丰富的一个人物形象,他的内心充斥着纠结与矛盾,内心深处的他希望能展现人性中美好的部分,而儿时的嫉妒与懦弱却使他走上了一条背叛之路,也就注定了他会背负着罪恶感用后半生去救赎。

谁能说自己没有遗憾过,后悔过。也正因为遗憾和后悔才驱使人们不断地追寻人生中所缺失的风筝,只有追到了,才能说自己真正成为健全的人。

看着文章最后阿米尔跑去追风筝,我心想"这就对了"。我一直相信轮回这一说,每个人都有很多面,这些面也有可能是相对的。当年的哈桑不顾一切地为阿米尔追风筝,30 年过去了,阿米尔也是那样不顾一切地去为哈桑的儿子追风筝。也许阿米尔追到的风筝不如哈桑追到的蓝风筝华丽,但那份浓浓的爱与追求,却是那样让人感动,让人温暖。几十年后的阿米尔终于战胜了自己人性中晦暗无光的一面,在救赎之路上将人性的美好展现出来,并最终得到了内心的平静。

其实,人都是自私的动物,作者通过阿米尔的心理描写,放大了人性的卑劣面,希望读者能够清晰地看到自身的弱点,并尽可能地把弱点最小化。在读小说的时候,也许那些小说人物的经历就是自己人生的真实写照。

人非圣贤,谁能无过。漫漫人生之路,我们总会面对各种抉择,在形形色色的选择面前,人性的弱点很容易就会暴露,在人性弱点面前做了错误的选择也不足为奇。但人与人之间的区别就在于面对既成事实的错误的态度,如同小说中的阿米尔,如果能够正视自己人性中的弱点,并积极地用美好的心灵去补救。这样的救赎不仅仅是对客观事实的拯救,同样也是对心灵的净化。

承千古风流，载万家灯火

——读《建筑的故事》有感

梁爽（环艺1504）

作为一名选择了环境设计专业的大一新生，我对自己的专业充满着热情与憧憬，但同时也感到迷茫，不知如何入门。而由王受之教授所著的《建筑的故事》，用浅显易懂的文字，介绍与评论了世界各地著名建筑，且图文并茂，读起来十分有趣，这本书很好地帮助我这个“小白”向建筑这个大世界里踏进了一小步。

论这么多年来自己所走过的著名建筑。书上共写了26处，地点与门类的跨度十分广，从亚洲、欧洲到大洋洲，从私人住宅到机场、教堂，让我开阔了眼界。

首先，书的开头两章先介绍了帕萨迪纳购物中心、香港的“又一城”这两个著名的商业购物中心，而这两个商业购物中心有着截然不同的特点。

先说离我们较近的香港“又一城”，这个购物中心与我们所熟悉的购物中心较为相似，都是那种大型的室内购物中心，不过由于是美国著名建筑事务所阿奎泰克托尼卡的作品，自有其独到之处。以解构的方式加上不同肌理的材料，清新整洁的室内设计，如雕塑一般的七层交错扶手电梯，使整个建筑既有次序又不刻板，无论是大局还是细节分寸都把握得很好。

然后就是与“又一城”风格截然不同的帕萨迪纳购物中心。帕萨迪纳是洛杉矶北部的一座小城，人口20万左右，但由于该城拥有世界顶尖的大学与科研实验室，人口素质可谓是世界顶尖。在这种城市环境下孕育出来的购物中心自然有所不同，帕萨迪纳购物中心不是传统意义上的“mall”，而是“生活方式中心”，这里没有那巨大房顶，高层的建筑，取而代之的是各种露天的开放式商店、咖啡厅、小广场、露天花园。这种开放的氛围使人们与自然更加亲近，更有一种“逛街”的感觉。

接下来王受之教授介绍了许多著名城市的地标建筑，澳大利亚的“共同体广场”、巴黎的亚特兰提克公园、洛杉矶天使教堂、东京市民广场等。这些大型公共建筑都关系着整个城市市民的生活，并且代表着城市形象，所以这些建筑不但造型上要求具有十分高的艺术性，其功能性也不能差，还要承载着这个城市的文化，可谓是承千古风流，载万家灯火。

位于澳大利亚首都堪培拉的共同体广场，不但能为澳大利亚人举办大规模集会与大型庆典活动提供中心场所，还能作为堪培拉的历史性建筑。该广场的建筑依地势而起伏,将颇具象征意义的政府建筑群和开阔的自然环境连接起来,体现了澳大利亚人与自然和谐相处的特点。

东京的市民广场与巴黎亚特兰提克公园都是闹中取静的代表。东京市民广场由丹下健三设计,位于高楼林立的市中心。他将人流最密集的区域与公园连接起来,让那些终日不见阳光的白领解放到自然中。亚特兰提克公园建造在繁忙的火车站顶上,是个空中花园,在造型上并不沿袭巴黎旧有风格,与火车站的风格相吻合,在设计上见缝插针,最大限度地利用土地,做到功能性与艺术性的统一。

接下来王受之教授介绍了一些在设计上比较创新的住宅等小型建筑,木构架的光明寺、弗兰克·盖里自己设计的住宅、莫列顿湾住宅等,这些建筑都是建筑家们纯粹充分表达自身理念的作品,有构成主义、解构主义创新的木构架,都是大师们成功的创新实验。

最后两部分分别介绍了各地的火车站、机场、地铁站这些大型的交通枢纽。首先是火车站,利物浦街火车站文化氛围浓郁,功能也十分好。然后是地铁站,王受之教授十分感性地描写了自己多年来乘坐世界各地地铁的感受,有莫斯科的"地下皇宫"等,让人感受到了地铁站的风采。最后教授较为详细地写了几个机场,马来西亚首都吉隆坡带有浓郁宗教元素的吉隆坡国际机场,宏大且设计得极好的香港赤鱲角国际机场与环境相呼应,突出丹佛城市特色的丹佛国际机场,以及我老家那让王受之教授赞不绝口的广州白云机场,这些机场都是机场中十分成功的例子,文化、外观、功能都十分讲究。

通过这本《建筑的故事》,我深切地感受到了建筑的伟大,它在人类社会中发挥着巨大的作用,各式各样的建筑不但要担起它本身的功能,还承载着艺术、文化与历史,承千古风流,载万家灯火,让我对今后的专业学习产生了巨大的兴趣。

书中王受之教授还有许多观点让我深以为然,用感性的语言述说对建筑物的情感,让我深刻地体会到建筑物对人们的影响之深,让我对以后建筑设计的学习有了明确的目标。建筑应在有着合理、完善功能的基础上有着优美的形式,并且符合当地的文化,亲近大众,具有人文气息。

读《在建筑中发现梦想》有感

周卓宇(环艺 1504)

"我希望,将有生命的建筑送到社会面前。"　　　　——安藤忠雄

每个时代都有其独一无二的韵味,每个时代的建筑也是如此,其中更加沉积了每个时代卓越的建筑设计师们对建筑的、对生活品位的、对梦想的追求。而每个优秀的设计师都在追求的道路上自发成长。

《在建筑中发现梦想》是建筑大师安藤忠雄在日本 NHK 大众讲堂进行建筑讲座的讲义集合,《在建筑中发现梦想》是一本回归建筑本真问题的书,集中了"我们为什么建筑""建筑真实又为何"的讨论。建筑家安藤忠雄,沿着他年少时代游学的足迹,逐一写下自己与世界各地建筑的见闻。而书中记录下的每一个建筑故事,都包含一段人类生活的历史,正是这些隐性的基因与密码造就了风格各异的建筑形态。安藤在感慨建筑成为联系社会、生活紧密纽带的同时,也在反思现代建筑带来的人与人、人与环境的隔阂。

安藤忠雄自身的经历很难不成为他的卖点——他从来没有接受过正规的建筑科班教育,曾经尝试做一个职业拳击手,却成为如今最活跃的世界性建筑家。而安藤忠雄在该书当中,列举了许多他过去曾经邂逅过的建筑与城市,从个人角度去叙述它们身上被寄予着何种梦想,又与现代人的生活有着什么样的关联。希望能够借此让更多人知道,建筑世界是多么丰富和深邃。

安藤忠雄在书中的第一章就提道:"我认为建筑的原点是住宅,住宅起源于人类最根本的欲望,忠实地呈现出长久居住在当地的人们的生活与气候风土。"因此,每个地区的不同的气候风土,成为影响当地建筑形式风格各不相同的一个重要因素,这更加体现了人类生活的复杂多样。住宅是提供于一部分生活共同体使用的,所谓住宅,是由与土地密切相关的人们使用当地现有的材料,依据自己的生活方式亲手打造而成。由于住宅自然而然地保有当地共同体既有的形式,因此世界各地具有地方特色的住宅,确实展现着丰富多样的面貌。然而前面提到的住宅是前现代又非理性的,但是又是能够给予观赏者惊喜的。细思之后,你会发现,我们现代的住宅更加便捷,但却没有了地方聚落的联系,没有丰富的多样性,也没有了对居住的渴望与梦想,有的只是提供与价格等值的功能商品。

住宅是对于小部分群体而言的，住宅会形成聚落。群聚而居是自原始人类就一直延续的一个习惯，植根于人类骨髓里的习惯。在思考集合住宅时，最重要的就是要考虑到个别住宅与其集合整体的关系。“以日本来说，住家们不过就是堆叠或是并列在一起，实质并没有达到群居而居的意义。聚落乍看之下，似乎没有人为的特别意图，是自然发生的；但其实聚落是人们为了求生而长年累月累计起来的智慧与巧思的结晶。”聚落是一个有意思的集合体，尽管是统一的，但其中的家家户户却又是各有其个性、富有变化。而在思考群聚而居的意义与丰富性时，最先想起的，大概就是客家人的传统居所——土围楼。大的土围楼可容纳50个家族、约300人群居在一起。这种居住方式呈现出了一种独具一格的大家族制度，中国传统重视的血脉家族观念也可见一斑。

在思考了住宅与集合住宅之后，人们的日常活动是不能够仅仅在房屋范围内活动的，因此，人们需要更多的活动空间，因此，“广场”出现。而广场作为一个公共空间，需要有较大的土地面积，而这些空间，在急剧城市化的如今，显得尤其稀缺。随着社会向快速信息化时代发展，人们之间的联系渐渐减少，因此更加需要“广场”这样的公共空间来让人们聚集在一起，通过实际接触体认共同体意识。广场在城市中的地位十分重要，一个布局规划合理的城市必不可少的是广场。广场给人带来的不仅是一个社会活动的场所，更多的是精神氛围。

安藤忠雄在书中将对城市的认识分了三个章节，这几个章节是对城市历史发展的具体描述。他说：“所谓城市，并非都是照着城市规划者的理念及设计建造而成的。城市是不断变化与成长的生物。”而变化和成长假若是在一个并非完全预先规划的前提下的话，其必定会充满偶然性，城市是由各式各样的要素复杂地缠绕在一起的，并且没有一个唯一正确的解答。这样考虑的话，如果要让一个城市成为一个舒适又充满魅力且让人可以找到梦想的地方，就必须要有优秀的指导者为城市规划良好的机能秩序，也需要人们具备将城市作为共同体来建设的公共意识。

城市的梦想，或许是一种虚幻而无实体的东西。但是一座城市假若能够将梦想付诸实现，将梦想化为实体，毫无疑问这座城市是一个有梦想的城市。

安藤忠雄在书中最后的篇章讲述的是庭园以及边创作边思考。而庭园在建筑范畴来说是私人的，前面提到的集体住宅以及广场都是公共开放的。而庭园的设计则更讲究个人审美，因此庭园会更注重意趣而不会太重视实用性，但是观赏性会比公共性场景有更多的提升。

所谓的建筑，是设计者个人的展演；而手绘的设计图则能够将设计的意图以及问题症结表现出来,然而计算机辅助的设计图却完全无法呈现,而且建筑应该将人们的生活感受作为基础来进行思考。假若一味将计算机辅助设计作为媒介,而不抱着任何思想与感情的条件叠合下建造的建筑,是否真能有鼓动人类精神与灵魂的说服力?

因此,将建筑作为社会持续使用的一种物质,其就具备了经常变化成长的性质,那么建筑则可以在这种基础上成为一种“生物”,成为一种具有生命力的文化、思想沉积。

春暖花开

——读《寂静的春天》有感

林宇(社工 1501)

最近在读蕾切尔·卡逊的《寂静的春天》,只看到前面一部分,却颇有感触。

《寂静的春天》于 1962 年正式出版之后,成为当时美国最畅销的书,书中关于危机的思考,引起了美国政府的重视,从而在 1972 年全面禁止 DDT 的生产和使用,其后各国纷纷效仿,目前几乎全世界都已经没有 DDT 的生产工厂了。《寂静的春天》被看作是环保主义事业的开端。

21 世纪的今天,我们面临着众多环境问题:全球气候变暖,海平面上升;土壤流失严重,耕地面积减少;森林资源日益减少;水荒制约发展、影响生活;臭氧层破坏威胁地球生命;生物物种加速灭绝,生物资源急剧减少;人口爆炸危及自然生态;有害人工化合物的转移;有害废物的排放与转移贻害世界。

这些环境问题的产生很大程度上都归因于我们人类自身,特别是工业革命以来,我们肆意在大自然身上索取,又把于人类无益的废弃物扔给自然,更是将那些威胁到人类自身利益的、本与自然达到微妙和谐的动植物赶尽杀绝。可悲的是,我们在"赶尽杀绝"过程中,采取的方法并不明智,承受这种方法的代价的,终将会是我们自己。

E.B.怀特说:"我为人类感到悲观,因为他们太精于为自己创造利益了。我们对待自然的方法是使它屈服。如果我们不那么怀疑,不那么专横,而是学着适应地球,并心存感激地对待它,我们将会有更好的生存机会。"

的确,我们倡导着"人与地球和谐相处",却在实际行动中试图摧毁一切危害我们自身利益的生物,而这种结果往往很可笑,那些我们试图摧毁的东西更强大了,最终只会导致我们自身利益的减少,我们试图征服自然,也只会得到自然更大程度的报复。但是如果我们换一种方式,对自然饱含敬畏之心,学着适应它,如我们的老祖先一样,敬畏自然,自然也会回报我们。达尔文说"物竞天择,适者生存","适"是我们对大自然的适应,并非大自然适应我们的需要。地球并不是绕着人类转的,是我们人类跟随着地球转动。

《寂静的春天》记叙了一种内吸杀虫剂——八甲林。在英格兰,有人想知道蜜蜂在经内吸杀虫剂处理过的植物上采蜜会发生什么情况。在使用过八甲林药物的地区,虽然在花开之前就喷洒了农药,结出的花蜜仍会有毒,蜜蜂生产的蜂蜜也被污染了。我们给狗喂一片药,这种药会使狗的血液含毒,进而消除身上生虱子的困扰。而政府机构的兽医们发现,反复的小剂量用药会逐渐耗尽动物体内的保护性胆碱酯酶,因此,如果没有事先警告,极小的剂量也会引起中毒。幸好目前没有人提倡研制人类内吸剂来对付蚊子。“也许,这就是下一步要发生的事情。”卡逊如是说道。

我们在与昆虫的斗争中使用致命化学物质,与野草的斗争也是如此。人们想极速而简便地除掉不需要的植物,除草剂只对植物有毒、对动物不构成威胁的理念广为流传,但不幸的是,这种观点是错误的。除草剂中含有许多化学品,对动植物都会产生影响。它们在生物体内产生的作用很大,有的是一般性毒药;有的是新陈代谢的强力刺激物,会使体温升高而致命;有的会引发恶性肿瘤;有的会导致基因突变,破坏遗传物质。错误地认为它们是“安全的”而滥用除草剂,会带来灾难性的后果。

“我们为辐射的基因效应感到震惊,那么,对于我们在环境中散播的化学物质造成的相同后果,我们又怎么漠然置之?”卡逊说道,“化学控制人员忽视了生命的非凡能力,毫无原则地开展计划,面对巨大的力量没有一丝谦卑。”如果人类没有一丝谦卑,那么面对自然组织惊人的韧性和恢复能力以及它们出人意料的反击方式,我们也将无一丝招架之力。

春天应当是莺啼燕语、万物复苏的季节,它有蓬勃的生命力和朝气,是生命的起始。我们在征服自然的路上越走越远的同时,寂静的春天也就越来越近。每一种生物都是“存在即合理”的,地球经过几亿年的进化,各种生物之间都有一种微妙的平衡,在一长串的生物链上,一旦我们鲁莽地破坏其中一节,就会产生“蝴蝶效应”,引起一系列连锁反应,最终危及的,会是我们人类自身。

人类与其他生物共享地球家园,我们要意识到,我们面对的,是各种生命,是它们的族群、它们的压力与反压力以及它们的繁荣与衰败。

对自然保持谦卑与敬畏,春天怎么还会寂静?

读《呼兰河传》有感

马苏日娜(社工1502)

《呼兰河传》是我来到江南大学后读的第一本书,当初选择这本书是因为我在网络上搜索到的“女生大学必读书目”只用简短的八个字为它做了推荐:生得寂寞,死得单调。

《呼兰河传》是著名作家萧红创作的一部自传体小说。作者以她的童年经历为原型,为我们讲述了那个特殊的时代我国东北边陲小镇呼兰河的风土人情。在我看来,这像是一幅幅多彩的地方风俗画,也像是一曲曲凄婉的家乡恋歌。

萧红笔下的呼兰河小镇是美丽的,且美得干净、美得纯粹。在她看来,家乡的“太阳走在云后,那过于明艳,像红色的水晶,像红色的梦”;雨季也是清新醉人的,“下了毛毛雨,那蒿草上就弥漫得朦朦胧胧的,像是已经来了大雾,或者像是要变天了,好像是下了霜的早晨,混混沌沌的,在蒸腾着白烟”。而我最喜欢的就是作者对呼兰河冬天的描写:“严冬一封锁了大地的时候,则大地满地裂着口。从南到北,从东到西,几尺长的,一丈长的,它们毫无方向地,便随时随地,只要严冬一到,大地就裂开口了。严寒把大地冻裂了。”作为一个同样来自东北的女生,今天重读这段文字,我对家乡的想念之情变得更加浓烈,因为与无锡的潮湿相比,我更喜欢大东北这个时节零下20多摄氏度气温、彻骨也干燥的寒冷,不时地飘雪装扮出的银白色世界才是我心目中冬天该有的样子!

萧红创作《呼兰河传》时身居香港,且当时我国正处于抗日战争时期,一生的漂泊,萧红的人生如烟花般灿烂,也比烟花更寂寞,遣不走的是刻在她心底的悲凉;而旧中国的扭曲造成的对人格的损害更是她内心永远的伤。呼兰河小镇上的人灵魂是空虚的。“假若有人问他们,人生是为了什么?他们并不会茫然无所对答的,他们会直截了当、不假思索地说出来:‘人活着是为吃饭穿衣。’再问他,人死了呢?他们会说:‘人死了就完了。’”在小镇上生活的人“家里边多少年前放的东西,没有动过,他们过的是既不向前,也不回头的生活,是凡过去的,就算是忘记了,未来的他们也不怎样积极地希望着,只是一天一天地、平板地、无怨无忧地在他们祖先给他们准备好的口粮之中生活着”,没有追求;而女人们的内心是麻木的,她们会带着自己的小孩,“他们还没有长成为一个人,母亲就早把他们带来了,也许在这热闹的世界里,还是提早地演习着一点的好,免得将来对于跳井上吊太外行了”。在这本书中,给我印象最深的人物角色有两个,一个是被封建迷信愚昧无知的婆婆活活折磨致死的小团圆媳妇;另一个是妻子离世“大家都觉得他算完了”,却看见两个孩子反而镇定下来“觉着在这个世界上,一定要生根的,要长得牢牢的”的冯歪嘴。一个死一个生,死者单调,生者寂寞。

这片东北的土地上弥漫着绝望的气息,这让萧红不禁在作品中直呼:“满天星光,满屋月亮,人生何如,为什么这么悲凉?”但这片土地是她的故乡啊,是她漂泊在外萦绕心间的梦啊,是她尘埃落定时的归宿啊,所以她选择了平和与淡泊地坦然面对,包容一切的不美好。她爱着她的故乡啊！好在慈祥的祖父给了她爱,后花园里有过她的笑声,这应该也给了萧红的心灵一丝慰藉吧!

我不禁联想到了课堂教材上我们学习的内容:树立正确的人生观要求我们正确认识人生矛盾,其中有一条就是要树立正确的生死观。生与死是贯穿人生始终的一对基本矛盾,如何正确认识、对待生与死,体现了一个人人生境界的高低。如果说作者以及呼兰河镇上人们的不幸该归因于那个时代,那么作为当代大学生的我们就该引以为戒,担负起实现中华民族伟大复兴的中国梦的历史重任,不让“生得寂寞,死得单调”的时代悲剧重演。这样我们的人生会因融入国家和民族的伟大事业而闪闪发光,寂寞、单调的一生也不会被复制粘贴在一代又一代人的身上。

“呼兰河畔没有牧歌,那里,生命是轻的,孤独是重的。”后来,那里,生命是重的,孤独是轻的。

童话里的人生

——读《小王子》有感

焦鹏程(微电子1602)

“这就像花一样。如果你爱上了一朵生长在一颗星星上的花,那么夜间,你看着天空就感到甜蜜愉快,所有的星星上都好像开着花。”

第一次读《小王子》,是在高中的时候,一下子就被他那清新的文笔和单纯的世界所吸引。六年后的现在,再读《小王子》,不禁一次次地流泪,为小王子那慑人心魂的忧伤而心悸,为他纯洁而执着的爱所感动,也为自己那逐渐泯灭的童心而哀悼。正像作者圣-埃克苏佩里在序言里面说的,他把这个童话“献给雷昂·维尔特,当他还是一个小男孩的时候”。

这是一个属于成人的童话,属于曾经有过童心的成年人的童话,孩子们是无法体会小王子彻骨的忧伤和爱的沉重的。他们也不应该过早地体会这些,他们应该在阳光明媚的世界里享受着快乐的时光。这与其说是一个童话,不如说是一个悲剧。童话里的主人公总是像白雪公主或灰姑娘一样,生活得幸福美满。而忧伤的小王子却在发现爱的真谛后死在沙漠里。

小说的情节很简单,主要是从“我”的角度讲述小王子的游历过程。因为一朵美丽而娇气的玫瑰,小王子离开了一直平静地生活着的B-612小游星,他先后游历了六个星球,在这些星球上,他遇到一些他觉得很不可理喻的大人,狂妄自大的国王、财迷心窍的商人、迂腐的点灯人……于是他不断地感慨:“大人的世界确实奇怪。”在这里作者以小王子的孩子式的眼光,透视出这些大人们的空虚、盲目和愚妄,也道出了成人的孤独寂寞、无所适从的处境。

最后他来到了地球。在这里他遇到了一只狐狸,这只狐狸给他解决了那朵娇气的小玫瑰给他带来的对爱的疑惑,使他明白,爱意味着责任,意味着慈悲,有了爱(广义的爱)生活里的一切才有了意义。狐狸告诉他:“对于你使之驯顺的东西,你永远有责任。你要对你的玫瑰尽责。”“如果你使我驯顺了,我的生活就会充满阳光,欢快起来。我将会听出一种与众不同的脚步声。……你有着一头金发,于是,一旦你使我驯顺了,这将变得妙不可言!金色的小麦将使我回想起你来。于是我就会爱上穿行麦浪的风声……”爱使人懂得了忧伤和痛苦,同时使人摆脱了孤独寂寞,使生活变得富有情趣和意义。正像小王子对“我”说的:“这就像花一样。如果你爱上了一朵生长在一颗星星上的花,那么夜间,你看着天空就感到甜蜜愉快,所有的星星上都好像开着花。"于是作者明白,这世界上,一只小绵羊吃掉一朵花儿,是没什么大不了的事,但对于小王子来说,"那就如同所有的星星顷刻间都熄灭"。

最后,小王子在离开他的星球一周年之际,让毒蛇咬死了他,这样他可以"摆脱躯体的重量",回到他的B-612小游星,回到他那骄傲而脆弱的玫瑰身边。小王子走了,就像卖火柴的小姑娘飞向与奶奶在一起的没有寒冷、没有饥饿的世界一样,他奔向他永恒的爱。留给这世界的只是金色的麦田和一园子无关紧要的玫瑰花,还有我们在徒劳地哭泣。而我们就像渴望被驯顺的狐狸一样,对着麦田思念着小王子金色的头发。因为小王子,我相信沙漠里确实藏着水井,因为小王子听到辘轳在风中的声音,并饮了那令荒漠变得美丽的甘泉。

其实,我们每个人都是小王子。

寻找点亮生命的光芒

——读《绿山墙的安妮》有感

刘琦(微电子1602)

“山中的冷杉和云杉遒劲挺拔,粗壮而茂盛,影影绰绰,永不熄灭的微光萦荡其间;那里仅有的花是千万朵娇嫩的‘六月钟冠花’,她们是林区中最害羞、最香甜的花。另外还有一些浅色的七瓣莲,随风摇曳犹如去年花朵的精灵。树丛中的蛛丝如银线般闪着微光,粗大的水杉枝和流苏状的茎叶仿佛在发表友好的讲话。”

这便是秀丽的亚芬里乡村风光。卡斯伯特兄妹就住在这儿,住在清幽的绿山墙。孤儿安妮阴差阳错地走进了他们的生活,从此点亮了他们的生命。

这个满脸雀斑、骨瘦如柴的11岁小姑娘对生活有着无限的热爱,无论在何处,她那双敏锐的眼睛总能寻觅到美。而这,正是长期生活在美丽的亚芬里村庄的“大人”们所缺少的。在安妮看来,每个人都那么善良友好,周围的一切都显得那么美丽。她曾为没有出生的人感到遗憾,因为他们不能享受眼下这美好的一天。安妮的热情有一种天然的吸引力,使读者不由自主地跟随她走进绿山墙,走进那座小村庄。当她为初绽的五月花欣喜若狂时,当她眺望铺满紫罗兰的山谷时,当她在树林里穿梭嬉戏时,她那蓬勃的朝气便如一条汩汩流淌的小溪,径直流入读者的心田。

“你错过了多少东西!”这是作者借安妮之口向读者抛出的问题。很多时候,我们没有安妮那样快乐,不是因为我们身边缺少小小的美丽,缺少善良友善的人,而是因为我们不像安妮那样会寻找、发现快乐。我们忘记了擦拭心灵之窗,于是错过了外面明媚的阳光;我们忘记给自己的快乐之火添加干柴,于是时常错过了生命中的温暖。安妮记得活着就是一种快乐:早晨起来光是想到这是全新的一天就多么让人激动!因而她的每一天都充满着生命的张力,她的一言一行都那么生气勃勃,似乎可以将阳光洒向周围的一切。

除了对生活的热爱,安妮令人惊叹的想象力也是点亮生命的火种。安妮说:“你知道我把五月花想象成什么吗?我觉得它们一定是去年夏天枯萎的花朵的灵魂,这里就是它们的天堂。”很多时候,如果我们多一些孩童般的想象力,生活会不会变得更美好?我想,答案是肯定的。运用我们埋藏在心底的想象力去和自然

“对话”，去倾听春日鸟儿的啼啭，去聆听树叶飘落的微响，何尝不是件乐事呢？

生命需要光芒去照亮，而点亮生命的火把其实就在我们自己手中。凭着一份对生活的热爱，怀着一颗平静而轻盈的心，去仔细品味生活，我们就会发现自己心中那个快乐的安妮。

爱情与美丽

——读《黄金时代》有感

荆琦斐(产品1602)

真实是丑陋的,甚至是令人恶心的。

但爱是美的,艺术是美的。好歹让人有些念想。

——王小波

高三的一个荒废夜,我拜读了王小波的著作——《黄金时代》。我当时正困于苦涩的暗恋中,竟感动得不能自已,在宿舍中蒙住被子偷偷哭泣,从此以他为精神上的良师益友。之后我一鼓作气,把他的《红拂夜奔》《三十而立》等中长篇小说以及一些杂文一口气读完了,常言"男读王小波,女读周国平",我虽为女生,对王小波的喜爱丝毫不弱。在痛苦的高三,正是王小波的作品伴我左右,让我有了"些许念想"。

实际上,我也曾迷茫于王小波作品与真善美的关系。他的作品,真吗?真。洋洋洒洒随性而为,无不表露内心所好。善吗?未必那么善,反而更多揭露人性的恶。文中人大多不是什么良善之辈,反而多是浑浑噩噩的普通人,沉浮于苦难中尚不能自保,何来良善与大爱?美吗?《红拂夜奔》中红拂美得令人窒息,《黄金时代》中陈清扬的爱情美得令人心疼,可这些美丽,无不出于污泥,在黑暗中挣扎反叛,无奈落得香消玉殒的下场。对于她们,或许人如流星,一生隐忍只为一刹绽放,可这结局对于那些美得张扬爱得放肆的人,似乎也太不公平了些!

我曾以为,爱到极致,美到极致是多么美好,为什么他不给爱和美一个完美的结局?

以我粗浅的见识,认为《黄金时代》是一篇接近完美的爱情故事——除了那个曾经让我不解的结局,无论是结构内容还是情感,都是王小波的心血。我阅读王小波的其他小说,有时觉得结构上率性得让人难以接受,内容上也太跳脱了——我相信韩寒一定借鉴过这种风格。而《黄金时代》有开头,有高潮,有结局,有伏笔,有悬念,有悬念解开后的大彻大悟。除了结局不完美,哪里都很完美啊!

而就内容而言,《黄金时代》是一部爱情神作,一点都不错,其实它也可以叫作

《我的知青生活》《乱世女医生》《云南畸恋》等，总之就是下乡青年王二与怀才不遇女医生陈清扬的感情。在那场轰轰烈烈的运动中，他们共同经历了爱情与苦难，感情与不幸互为因果。然而他们始终没有承认那是爱情，而称它是“伟大友谊”。

王二的“伟大友谊”一直是个有趣而心照不宣的论点，而且对于陈清扬的质问，王二说它半真半假，情愫我猜不出。这伟大友谊最终也断了，因为两个人都不能把彼此交出去。期间一个重要隔阂是王二否认他是陈清扬女儿的父亲。这个问题不同人有不同看法，我认为王二这样做属于薄情。

曾经我掩卷思考，为陈清扬的爱情哀叹，觉得她与王二是不对等的。在这段感情中，王二的“伟大友谊”是对全世界的，如阳光普照，但只有陈清扬一个人接受了；而陈清扬的“伟大友谊”就是对王二一个人的。陈清扬心如明镜，一直清楚自己要什么爱什么，而王二浑浑噩噩得像个孩子。因此我曾经对王二又爱又恨，如同对我暗恋的男生。

高三我顶着高考和单相思的双重压力，把自己折腾得接近崩溃，曾忍不住把自己代入陈清扬的世界，厌恶自己的懦弱，哀叹自己无法拥有心之所向的感情和人生，对陈清扬重逢后的原谅与释然非常不解。

直到毕业，我才从苦闷中渐渐走出，开始重新审视自己的心态，并在网上和网友一起讨论《黄金时代》。有个叫“执念”的网友是这么说的：“大一下学期失恋了，看完了，要真说读出了什么，那就是爱吧……不可回避的有丑有美，大抵都不完美，但还是要享受爱。”

那时我对王二的恨渐渐消失，也开始重读《黄金时代》。

很多评论都说陈清扬在山上被王二打了两巴掌的那一段是黄金段落。那一段描述确实万分动人：

“陈清扬说她真实的罪孽，是指在清平山上。那时她被架在我的肩上，穿着紧裹住双腿的筒裙，头发低垂下去，直到我的腰际。天上白云匆匆，深山里只有我们两个人。我刚在她屁股上打了两下，打得非常之重，火烧火燎的感觉正在飘散。打过之后我就不管别的事，继续往山上攀登。”

“陈清扬说，那一刻她感到浑身无力，就瘫软下来，挂在我肩上。那一刻她觉得如春藤绕树，小鸟依人，她再也不想理会别的事，而且在那一瞬间把一切全部遗忘。在那一瞬间她爱上了我，而且这件事永远不能改变。”

可我觉得,那一段只是写了爱情,惊艳则惊艳,美则美矣,却没有表达《黄金时代》的主题。而《黄金时代》的题眼是这一段:

“陈清扬说,人活在世上,就是为了忍受摧残,一直到死。想明了这一点,一切都能泰然处之。要说明她怎会有这种见识,一切都要回溯到那一回我从医院回来,从她那里经过进了山。我叫她去看我,她一直在犹豫。等到她下定了决心,穿过中午的热风,来到我的草房前面,那一瞬间,她心里有很多美丽的想象。等到她进了那间草房,看见我的小和尚直挺挺,像一件丑恶的刑具。那时她惊叫起来,放弃了一切希望。

“陈清扬说,她到我的小草房里去时,想到了一切东西,就是没想到小和尚。那东西太丑,简直不配出现在梦幻里。当时陈清扬也想大哭一场,但是哭不出来,好像被人捏住了喉咙。这就是所谓的真实。真实就是无法醒来。那一瞬间她终于明白了在世界上有些什么,下一瞬间她就下定了决心,走上前来,接受摧残,心里快乐异常。”

佛教说,四大皆空。步入空,是解脱苦难的不二法门。或许我不能理解空,但是我觉得无论如何,放下欲望是不可能的。饮食男女,是每个人睁眼闭眼都要遇到的事情。正如同无论陈清扬对世界的幻想如何,她对王二“伟大友谊”的期待如何,都不可避免地会看到王二的丑陋的一面。

在那一个瞬间,陈清扬明白了世界上有什么。世界上既有我们所有人都喜欢的真善美,也有怎么样都不能回避的假恶丑,这就是世界。甚至可以说,真善美和假恶丑原本就是一,而不是二。不经由王二的“小和尚”,陈清扬就无法和王二达成“伟大友谊”,进而产生爱情。如果陈清扬的幻想世界是一个完整的世界,这个世界里恰恰有一个王二,她就要接受王二正是这般如此。因此,只要存在她想要的幸福,她就能将幸福与苦难一并接受。这也是她时隔 20 年一直深爱王二的原因吧!

在杂文和小说里,王小波常常揭露“文革”时期的苦难,因为他正是“被文革摧毁的一代人”。可是理解了陈清扬,我突然明白王小波为何能够积极地接受“文革”如此如此,自己的人生如此如此。

王小波正是这样看待“文革”的,也是这样看待人生的。明白了摧残无所不在,真实的快乐才会切实产生。幽默,从这个意义上,正是穿透了生命与生俱来的荒诞,轻轻触摸到了宇宙的真实。

生命是一场游戏，苦与乐都是游戏环节。看透它，才能接受它，才能玩它，而不是被它玩。我喜欢王小波的这个观点，比我曾经所理解的要坚强和勇敢得多。

在生活的反复虐待中，仍然深爱生活。这是我所理解的有趣的王小波。这是我所理解的根本不屑于沉溺于“文革”的悲戚之中的王小波。这是跨越时代，直抵生存本质的《黄金时代》。这是《黄金时代》给我的爱情与美丽。

励志之歌

——观《垫底辣妹》有感

徐志徽(社工 1603)

记得在高考之前,班主任曾给我们放过一部日本电影《垫底辣妹》,这部影片讲述了年级倒数第一的辣妹沙耶加一年内偏差值提升 40 以上,并考入日本“私立双雄”之一的庆应大学的故事。这不仅是一部情感真实的励志大片,还传播了于笑中带泪的情感正能量。

此前电影打出了“世界上最大的谎言是你不行”的宣传语,以“高考”这件每个人青春中都会经历的“大事”作为介质,触动了不同年龄阶层观众心中的“热血”按钮。《垫底辣妹》讲述的既是一种逆流而上的对抗,更是一种“从内打破”的励志,是发自内心的“我能行”,传递的是一心向往更好的人生信念。这部取材于真人真事的电影打动我的不只是真实事件本身的传奇与“真实”打造出的励志感,更是一个人单纯为梦想拼命努力的样子本身。

即便不是每个人都有机会演绎“传奇”,但这样一碗“鸡汤”同样值得信赖,就算没有机会在高考前看完去考上更好的大学,也有机会在未来诸多人生“考试”中像沙耶加一样全力以赴去赌一把。

除了励志,这部影片还有“当你勇敢地去追梦的时候,全世界都会来帮你”的感动。影片中的亲情、友情、师生情从来不会刻意煽情,女主角沙耶加身边所有亲朋好友都以他们不尽完美却真实的情感为她的梦想打气。沙耶加的妈妈对女儿无穷的信任,因为沙耶加拼命努力的样子而重新拧成一股绳的一家人,“因为我们是好朋友,所以我选择不跟你一起玩耍”的友情,还有坚定地相信奇迹并用“竖鸡蛋”的方式鼓励沙耶加的坪田老师……所有情感因为沙耶加努力实现梦想的过程而变得弥足珍贵,而这些充满“正能量”的情感汇聚在一起,最后成就了沙耶加的梦想。

看着这部笑中带泪的情感“正能量”的影片,忆起那些在每一个人生重要关头守护在我们身边的亲朋好友,相信这样温暖和感恩之心的力量,会让你在这个始于一年之计的春日里“正能量”满满地出发。同时,影片片如其名,满足了观众对日本“辣妹”文化和热血青春所有的想象,超短裙、小蛮腰、大长腿、电眼……这些“辣妹”符号不仅提供了赏心悦目的观影体验,更是打造了这些视觉符号背后有血有肉的“辣妹”和她经历的热血青春。

黑暗中的光明

——读《假如给我三天光明》有感

何洁(公艺1601)

曾经,她的世界是多彩的。她能够听见春日里鸟儿的啼叫,能够听到夏日里的蝉鸣,同样也能看见秋日的丰收,能够听到冬日里寒风的呼啸等,四季曾在她——一个活蹦乱跳、咿呀学语的她身上留下了美好的记忆。

只是,上帝是无情的,他不会让幸福永远停驻在一个人身边。在一个万物生机勃勃,充满鸟儿啼叫声的春天里,一场高烧无情地夺走了她绚丽的世界。她看不到花儿盛开了,她听不见鸟儿啼叫了。

我不曾盲过,也不曾聋过,我无法体会到她那种一醒来发觉自己什么都看不见,什么都听不见,世界充满了黑暗与冷清的恐惧。所以,我无从评判她。但她能够在这样无光、无声的条件下,取得如此卓越的成就,我不得不肃然起敬。

她一生只拥有过19个月的光明和声音,但她却不向命运屈服,反倒是创造了一个伟大的奇迹。她就是海伦·凯勒。

平常,面对一个盲人或是一个聋哑人,我都会在心里想,他们是如何生活的?他们能够适应无光或是无声的世界吗?不知不觉地,因为他们而湿润了眼眶。然而,面对又盲又聋的海伦,我的心受到了极大震撼,我根本无从想象她的世界。

马克·吐温说过,19世纪有两个奇人,一个是拿破仑,一个是海伦·凯勒。

初盲初聋,她也曾恐惧,也曾埋怨,也曾自暴自弃。没有人愿意待在无声无光的世界里,海伦孤独、无助。她只能靠发脾气来提醒自己,同时也提醒别人,她还活着,还存在于他们身边。直到莎莉文老师的到来,海伦被那一份耐心、温馨的爱所感化了。莎莉文老师教海伦识字,教海伦做人,教海伦与大自然联系等,莎莉文老师再塑了海伦那深渊中的无望的生命。

如蒙昧的婴儿,海伦从零开始,摸索着,一步步向着前方进取。她的前进,就如一个人在无尽的黑暗中寻找光明,其艰辛我们无法想象。而在这一过程中她所需忍受的孤独我们同样无从知晓。

海伦凭着一颗不屈不挠的心,接受了命运的挑战,用爱心去拥抱世界,以惊人的毅力打破了命运强加在她身上的枷锁,为我们书写了一个伟大的奇迹。

海伦·凯勒度过了生命的88个春秋,却熬过了87年无光、无声、无语的孤独生活。她以实际行动向我们证明,即使身处于极度黑暗之中,也一定能够找到光明。

所以,朋友,当你身处黑暗,不要悲伤,也不要害怕。请接受黑暗的挑战,在黑咱中寻找那清晨的第一缕阳光,然后顺着那缕阳光走下去,你总会身处光明之中。

悠悠黄土，岁月长流

——读《平凡的世界》有感

赵政儒（会计1403）

飞扬的尘埃暗淡着重峦叠嶂的山脉，淙淙的流水支离了纵横的川道与沟壑。苍苍莽莽，是黄土地的厚重；曲曲折折，是人情岁月的无声。

再读《平凡的世界》，萦绕脑海的是黄土高原上那种深邃简约的环境，那种质朴淳真的生活，那种自强不息的执着，那份深厚浓重的情谊。《平凡的世界》是一本值得人细细品味的书，无论重温多少遍，它都像是在唠家常一样，讲述着这个平平淡淡的村落里普普通通的人家的平凡生活，像古代中国的大写意山水卷轴一样漫展开来，展示着黄土地的自然风貌，风土人情。

曾经很多次地和朋友在群里谈起这本书。有人说，这是一个美好的故事，就像重温一个人年轻的时光似的；有人说，他喜欢平平淡淡地读着平凡的《平凡的世界》；还有人说，这就是一本挥洒着汗水的书，像那个时代有为青年的奋斗史。哦，突然想提起，那个群的名字，就叫"平凡的世界"，里面有来自大江南北的青年，身份、地位、学历参差不齐，却能够相互扶持，共同奋斗。而我，常常在想，之所以会如此喜欢，或许可以说是因为真实。翻开书页之时，我们看到的不是别人的故事，而是曾经在某个地方真实上演过的生活。为何会如此评价呢？它绝不是喜剧，主人公们是靠着自己的血泪辛酸拼出一片小天地，然而贫苦刚过，病魔又来；但它也算不得悲剧，里面有太多太多可爱的人，做了太多太多可爱的事。那它是什么？我想，我只能说，它就是生活，就像如今千千万万的家庭一样，勤勉一生，享受了幸福喜乐也尝尽了苦痛辛酸，然而何去何从，又未可知。《平凡的世界》中，乡土人的淳朴，该令如今多少都市之人汗颜，但同时，他们又时时刻刻有着家长里短的矛盾与摩擦，可爱得让人啼笑皆非。

要想说说眼中的《平凡的世界》，或许应该从少平讲起，他该是许许多多的读者最不能忽略的一个人吧。那个曾经嚼着高粱面馍，连咸菜也吃不起的黄瘦小伙，却又自尊自强得可怕，拒绝大哥帮助，做过村子的小学教师，做过揽工小子，也做过生死不由命的矿井工人，吃尽了苦中苦；与漂亮有能力的县长女儿晓霞，从朋友到恋人，再到生死相离；最后的最后，经历了矿难毁容，经受了心理的蜕变，他拒绝了秀的爱，回到矿上，回到了惠英嫂、明明以及脖项里响着铜铃声的小狗的身旁……历经无数，少平可谓是命途多舛，痛苦过，也幸福过。少平的可贵在于他的真知灼见，他的勤勉奋进，他的胸怀宽广。经过了高中的知识储备，又经历过了黄原的揽工磨砺，少平注定已经不再是像少安一样的农民的儿子了。出生的那个小村落甚至是整个黄原都已不是他的容身之地，他和晓霞是一样的人，思路开阔，心胸宽广。所以，晓霞之后，他注定属于远方。虽然这样的结局让人惆怅，为晓霞，为少平，也为秀。但现实往往就是这样，况且，有惠英嫂与明明的地方，或许也能算得上是家了吧。

提到晓霞，是说不出的惋惜与心痛。从最初假小子一样的出场，就洋溢着热情如火的活力与青春的气息。没有润叶的矜持内敛，也没有城里小姐那种等级与贫富观的傲慢，晓霞就像一团火，与少平从相知到相恋，亦是良师，亦是益友，直至青春的最后，都光彩四射。不止一次地听朋友讲起，喜欢晓霞，是越来越浓烈的情感，以至于晓霞最后的死都难以接受，难过了很久，也哭了很久。晓霞的魅力在于她的热情，聪慧强干，又心细善良。回头想想，她可能是路老先生笔下最熠熠生辉的人物了，犹如黄土地上的一枚星辰，她本应属于的是辉煌的都市，却理想着做一名记者，奔波于波澜四起的一线，将满腔的热情挥洒到黄土大地的每个角落。或许，最美的人生就注定要留下点遗憾，这才是生活。

相比起睿智聪敏的少平，哥哥少安或许更适合做黄土地的宽厚农民的儿子。不知为何，最让我喜欢的也始终还是这个老实稳重，却又敢想敢做的青年。狭小的村落、清贫的生活丝毫没有拘束住这个勤劳又淳朴的年轻人。命运总是垂怜那些有想法又有魄力的人，少安便是这样。十几岁的他肩上担的便是整个的破烂不堪的家，20岁出头的他便担任了生产一队的队长，从偷偷发动一队成员改革，到被告发、被批斗，再到等来改革开放的春风；从开办砖厂，到积蓄全赔，再到直面谷底、东山再起。就这样一步一个脚印，似乎无论何时，无论何事，少安都是村里亮眼的标杆。或许，这也是少安最能够吸引人的地方：吃苦耐劳，远见卓识。也或许，少安的过人之处在于他的真实和踏实，这是对于润叶而言。少年的他与润叶相恋，又因双方生活差距的悬殊而无缘，最终结识善良勤劳的大眼睛姑娘秀莲，二人风雨相依，祸福同存。我想，少安是明理的。对于他自己，秀莲是比润叶更合适的伴侣。曾经和朋友们这样说过：润叶很善良也很纯粹，有着大家闺秀的温婉。但细细琢磨之后，她在我心中的定位，总是属于城里人，做着稳定的工作，过着舒适宽裕的生活，而这些，是少安哥所不能给的。他们适合做朋友，甚至可以做恋人，作为心中某个角落的牵念，却不会是能够牵手一生的人。而相比之下，秀莲——这个从山西嫁来的姑娘，更踏实、更质朴、更辛勤、更能够担当，更是能与少安共担风雨、共面挫折的伴侣。而事实证明,秀莲也的确做到了。然而,就如同整本书的基调,最后的最后,少安的幸福却以秀莲的癌症而告终。每次读来,都是一种彻骨的心疼,心疼这一家人受过的罪,心疼这一家人来之不易的幸福。曾经感到,是路老先生太过残忍,让阴云在这个小家庭中围绕太久。但反反复复中,我突然想到,幸福,在于朝夕,在于难关将至的相濡以沫,在于夫妻共同依恋的那个小窝。或许,这也是生活。如此,少安与秀莲也是幸福的。

而润叶呢?一心挂念着少安的可爱的润叶。她善良、内敛、心细、温和,而对待爱情,却又比少安更加执拗、决绝。嫁给一心疼爱她的温和体贴的向前,润叶的执拗便是一把束缚住两人幸福的枷锁,一人终日独守空房,一人彻夜酒醉迷归。也曾为少安与润叶爱情破裂而惋惜,也曾为润叶的固执与决绝而心急,更为向前那一次次的酒醉、那汹涌的泪、那动人心魄的放歌而心碎。最终,一切结束于那场酒醉之后的车祸,向前失去双腿,润叶开始回归。难以说清,这究竟是场祸患,还是幸福的迟来。或许,这是润叶的可爱,牵于心,动于情。终于,向前也等到了他梦寐的家的温暖,虽然迟,但好在还不算晚。

悠悠的黄土地,拥着群山叠嶂,携着细水长流,就像是最原生态的土壤孕育出来的最宽厚的人们,主人公们都有着脚踏实地、一步一个脚印的品质,不会埋怨上天的薄情,不会悲愤岁月的怠慢。除了细细讲到的那群可圈可点的青年人,还有懂事聪慧又极有出息的兰香,有善解人意又讲义气的帅气的金波,有关心体贴又热情洋溢的秀,还有文质彬彬的养民,体贴痴情的向前,低调内敛的润生,温柔贤淑的惠英嫂……一个个鲜活的人物,一段段动人的故事,将那掊黄土,那段岁月演绎得动人心田,可歌可泣。

《平凡的世界》中,一字一句讲了很多。每个人有每个人的轨迹,幸福与艰辛同步。所有的关爱与情谊,所有的欢乐与喜悦,在所有的苦难里交织,一切的意蕴尽在不言之中。我想,大概这就是生活,从家境富足的官员,到贫苦艰辛的农民,都有过大喜,也有大悲,没有一个人生像童话故事一样甜蜜,也没有一个人生如同悲情戏剧一样低谷连连。再甜的蜜多了也无味,再低的谷相连也是宽阔的平原。

悠悠黄土,岁月长流。这句话是源自书扉页的启迪:谨以此书,献给曾经养育我的土地和岁月。我想,我们都有理由相信,无论多少岁月长流,无论多少代人更替,那片宽阔无垠的黄土地,那重重的山峦,那支离的地貌,都永远是黄土大地上的人们最温暖踏实的港湾。面朝黄土,亘古不变的是至淳至朴的品质;回首岁月,永世长存的是至真至善的情谊。

岁月可逝,真情永恒。

第四篇

故事会

相 遇

许瑞春(英语 1501)

遇见是一场阴差阳错的好运气,恰好路口遇到你。能陪伴在身边,就没辜负你在遇见之前的那一路奔袭。

一生都在遇见,一生都在分别。出生的时候,你遇见了父母,长大后,你选择了离开,去往远方的城市;上学了,你遇见了朋友,毕业了,你们不得不奔赴各自的前程;恋爱了,你遇见了对的人,分手后,你选择不再相见;结婚了,你想要一生厮守,却奈何时间无情,只剩下了一人空留。太多的离别,早已在相遇之前就响起了序曲,逃避相遇,害怕相遇,因为你知道,所有的美好初见总会面目全非,故事总会有结尾。

我喜欢所有的初见,不管好的坏的,十几亿人中偏偏我们俩遇上了,这得多少的缘分呀! 不管故事的结尾是好是坏,我们时时刻刻享受着相守相伴的每一寸时光。我们不知道会遇见谁,一路奔袭,只不过偶尔口渴会停下,恰好有人接水给你,这便是相遇呢!

一路同行,有一搭没一搭的。“哎哎哎,你倒是给我搭把手儿啊,我累!”“自己走! 好意思的!”然后一副不情愿地拉起你的手。你们一起嗅闻清晨的阳光,一起看挂在叶尖的露水,远处的群山起伏不平,也变成了你们打趣的对象,“看那个,看那个! 跟你一样丑!”……

一个突兀的分岔口,在前面。你说:“我向左。”她说:“啊,我向右。”

沉默,无言,你们谁都没有继续走,坐在了湖边,直到白天过去,黑色的幕布上早已挂满了星星。水面上的褶皱也读出了你的心思,泛起的波澜,一直没有停歇过。

“一定要走?”

“恩。”

“还能再见吗?”

“或许吧。”

……

再也没有了言语,第二天早上,你发现了枕边的纸条:早安,我走咯,这一路很快乐,我会想你的。

你以为离别会是轰轰烈烈,洒满了泪水与不舍,没有料想到的,是这样平淡,平淡到好似生命中从来不曾出现过这个人。像往日一样,去嗅好闻的太阳味儿,去看挂在叶尖上的露珠,耳边还回荡着那调笑的声音,只是那个人已经走了。

右边的尘路上,有你熟悉的脚印。迈步向前,你走向了左边,不回头。

“我也很快乐,这一路。”潮气慢慢漫上了双眼。

相遇再美好,也不及陪伴的十分之一。分离再痛苦,也不及错过的万分之一。对啊,珍惜眼前人好吗……

老一辈人的爱情

陈丽东(自动化1503)

我一直认为那些老一辈的人之间是没有爱情的,他们只是简单地找一个人终老,无论这个人是谁。

他们生活在一个物资匮乏的年代,需要不断地劳动获得物资以满足基本的生活,又哪有时间和精力去谈一场轰轰烈烈的恋爱呢,况且,恋爱这样的字眼一直不就是年轻人的专属吗?那个年代,很多人都是为了生存去做一件事,没有什么功利,也没有什么是非。他们很单纯,他们只是简单地想要生存而已。那个时候,很多人养个女儿都只是为了将她们嫁出去时能有一笔不菲的彩礼钱。所以,那个时候的婚姻,讲得太多的是门当户对。很多人就是这样结婚的,也许之前并没有见过面,或许掀下红盖头的那一刻,惊呼一句:"原来是你。"

爷爷和奶奶就是那样,在父母之命、媒妁之言下结了婚。爷爷小时候生在一个富庶的家庭,出生就有一大片一大片的土地和长兴不衰的家族产业。如果没有什么变故,他就是一个从小身着华丽绸缎的少爷。可现实永远没有想象中的美好,在他10岁那年,"斗地主"的运动斗到了家里,家里所有的土地、所有的钱财一夜之间化为乌有,他一直在上的学也就这样没有了着落。但他还小,家里还有父母撑着这一切,不用他为之操心。不过,从此以后,他不再是一个家财万贯的少爷,他只是一个平凡的少年,和别人并没有什么不一样。

十五六岁了,也该结婚生子了,于是他就和奶奶结了婚。在此之前,他们并没有见过面,尽管两家只是隔着一条河而已。忽然之间,两个陌生人成了彼此相伴走过一生的人。那个时候,物资极其匮乏,日子也是过得磕磕碰碰的。

后来,奶奶有了爸爸,当她告诉爷爷这个消息的时候,爷爷很高兴,但是转瞬又是担忧,他们连自己都养不活,又怎么能够养好这个孩子呢?但是他们还是决定生下这个孩子。在奶奶怀孕期间,爷爷对奶奶可是照顾有加,不让奶奶干重活。爷爷每天忙完外面的活之后,回到家尽管很累,但是他并不是像其他人一样,回家一副大爷样,他回家还会帮奶奶干一些家务之类的。终于,奶奶在一家人的期盼和欣喜之下生下了爸爸。他的出生,给这个许久没有喜事的家带来了许许多多的喜悦,但是,也让这个贫苦的家变得更加贫苦。毕竟,要养大一个孩子不是一两天的事,也不是一两碗饭的事。但是爷爷仍然相信爸爸的到来会给这个家带来好运。在奶奶坐月子的时候,爷爷由于要忙外面的事,所以白天都不在家,奶奶就在家带年幼的孩子和照顾两个年迈的老人。日子很苦很累,但是没有什么办法,总是要活下去。

突然有一天,爷爷兴冲冲地回来了,手里握了个什么东西,非要让奶奶猜,奶奶见他的手握得圆圆的还总是合不拢的样子,奶奶就心想:“还能是什么呀,马铃薯呗!我们能有的东西就是马铃薯有那个大小了。”但当爷爷张开手掌的时候,奶奶惊呼:“鸡蛋!”高兴地拿过来左看右看,在手里拿了一会儿才想到不对呀,怎么会有鸡蛋,对于他们来说鸡蛋可是奢侈品呀。于是又问爷爷什么地方得的鸡蛋,爷爷说是考虑到奶奶在坐月子需要营养,然后用粮食换的。听到这里,奶奶的眼泪唰唰地就掉了下来,哭着说道:“咱们家粮食多少呀,一家人吃都不够,你怎么还拿去换鸡蛋呢?换了咱吃什么?”说着说着就要爷爷将鸡蛋拿去把粮食换回来。爷爷安慰奶奶道:“没事的,咱们会有吃的,我相信这个孩子会给我们带来好运。但是你现在需要营养,不能把自己身体拖垮了,你的身体垮了,谁来照顾孩子和爸妈?”听到这,奶奶总算是接受了爷爷拿粮食换鸡蛋这件事。

果然,这个孩子给家里带来了好运,家里的情况越来越好,不仅每年吃的有了,有时候还会留下些。五年之后,他们又相继有了大姑和小姑,生活不再像当初生爸爸那样艰难,有了三个孩子家庭热闹了许多。可这样的好日子并没有维持多久,这一切因爷爷的突然离世全都变成了过眼云烟。而奶奶也因为爷爷的离去伤心得大病了一场。奶奶是想要跟着爷爷一起去的,几次想要寻短见,但是都被劝了下来,他们提醒奶奶她还有这三个孩子。想到这三个孩子,奶奶是有多不忍心,这么小就没有了爸爸。可能是因为想到这几个孩子还需要人来照顾吧,奶奶的病好的很快。从此,奶奶这个瘦弱的女人就担起了养活这个家的责任。

一个手无缚鸡之力的女人来养活一个家当然是有些困难的,但是奶奶并没有退缩。爸爸作为老大,也是得为这个家多多努力。于是,他们就在这样艰难的生活中长大了,而奶奶也老了。

这些年,奶奶一直没有改嫁,尽管现在我们都已经长大。听有的人说,奶奶年轻的时候是有人为她张罗改嫁的,那人条件也还不错,但是奶奶还是拒绝了。她想自己将这几个孩子养大成人。

渔 港

戎江燕(英语1501)

生活在这里的人们不知道享受是什么。

每当有外来人问起,他们都会骄傲地称呼自己是一个光荣的水手,永远不把自己当作一个普通的渔民。在渔民的眼中,他们的职业就是一名水手,英勇的、光荣的水手。然而无论他们是普通的渔民,还是英勇的、光荣的水手,似乎都挣脱不掉靠海的心情、捕鱼的命,而至于他们究竟是什么,又有谁在乎呢?

在知道这些之前,约莫十一二年的光景,我曾一度渴求父亲带我出海,去做一名真正的水手,而父亲总说:“娃啊,你还小,海里头的危险,你还应付不来哩!”

“俺爷说勒,渔港的儿郎们,十一二都可以斗它一条大白鲨哩!”我总用爷爷的话去反驳他。

而每当这时,父亲总是把头扭向一边,既而摸了摸我的头,一声叹气。而他究竟在想什么,谁又知道呢!

渔港的傍晚是一天中最热闹的时候,当归船载着星光回到港口,渔民的歌声回响在海风中,出海归来的人们卸下收获,在问候声中回到家里,带着疲惫进入梦乡。这样的生活会是他们想要的吗?没有人关心,也没有人去问。

我在海港生活了18年,也仅仅只是在离开这里的前夕看到了真实的这里。光荣的水手?慷慨的大海?或者是朴素的渔民?不,我没有看到,我只看到这里常年出海的一幅幅满载风霜的面孔,不断降临暴雨海啸的无情的大海,以及为了多挣一分钱而与商贩争执不休的渔民。

而我的父亲,那个在我曾无数次渴求成为一名水手时沉默的父亲,那个在我心目中无比伟大的作为水手的父亲,又去了哪里?18岁的离别,送予我的,仅仅是一句保重罢了。为何不用珍重?也许在父亲的眼里,这个渔港,并没有什么可以珍惜的地方吧!

即使真相如何残忍,我想那些故事里的水手们,还是会朝向大海的方向,一代又一代地前进着吧。

摩梭手织

郝倩(英语 1502)

竹篱落落,苔影森森。

我独自徘徊在悠长的雨巷,清脆的足音在石板路上回响。正值旅游淡季,此刻的泸沽湖显得静谧安详。耳畔隐约传来机杼声响。

我寻声而至,来到一家名为"摩梭手织"的小店。漆黑的牌匾上用鎏金烫着"惠女春风手"几个大字。店内陈列着各色或素雅或明丽的布匹,碎碎的花样极富民族韵味。

店主是一位清丽动人的摩梭姑娘,肤若凝脂,面含春华,丹唇未启齿先笑,瘦削肩膀,小蛮腰。见我来,她抬头冲我微微一笑,示意我坐下休息。

只见她右手转动纺轮,带动线锭子转动,左手捏着棉条接向线锭子的线头,面条上的棉花随着线锭子的快速转动自动加捻成线,缠绕在线锭子上,左手顺势向后拉,纺出的线越来越长,手不断由前向后,由后向前,线丝丝缕缕绵延而出。

我看得怔住了,忍不住和她交谈起来。

经过一番交流,我了解到她的故事:原来她家族世代相传织布手艺,她从小耳濡目染,掌握了这一门手艺。但是年轻气盛的她更向往都市的繁华,不甘清贫的织布生活。她如愿以偿地考上了一所重点大学,之后的工作之路却是异常的艰辛坎坷,厌倦了都市的浮华,于是她毅然抛弃一切重归家乡。

夏的长风逶迤卷起潮湿的青草气息,沁人心脾。我离开了那家名为"摩梭手织"的小店,内心丰盛而平静。

我在烟雨中一个人

何玉凤(英语1502)

11月21日,雨,独游惠山古镇与东林书院。

古镇游人熙熙攘攘,长街繁华而不似梦中安宁。我亦曾游周庄,终觉古镇可远观而不可亵玩,而现如今人来人往,古镇是否还能如往昔一般淡泊?今人爱惜古镇之古韵,但今人却又惊扰古镇之古韵,不可不谓之憾事。

游古镇归来,路经东林书院,游人稀少,古意油然而生,然不觉却又有知音少之感。我亦曾在年幼时游嵩阳书院,彼时的书院更是清冷,比之,今日之东林游人确实很多了,再想到是雨日,就更不能不让人欣慰了。

在古镇,我竭力避开人群,躲开繁华长街,拣尽无人愿走的偏僻小巷,却意外地走进了幽处。

走进这里似乎进入了一片不同的天地,这里是居民区,与外面的风景区是大不相同的。这里只怕是绝对担不起古镇之名的,这里早便没有了青砖铺成的小路,没有了雕花的门窗,没有了高高的门槛。但为什么?这水泥塑成的小径却让我感到了更深沉的安稳呢?

这里的居民是安详的,一道小小的门将他们与外面的风景区隔离,门外是游人如堵,门内是萧条寂寥。游人走到了这里时,一脸丧气地回头,当我走进去时,门口的保安竟是用诧异的眼神看着我。但是,当我转身看到墙面上"听松坊"三字时,我的心弦却是一颤。

当我走进这里时,正撞见商店里的老板娘择着青菜,家养的猫悠闲地趴在一边,我本以为只存在于画中的图景,留在了听松坊。对于我这样的一个突兀闯进的外来人,这里的人竟会邀我进屋歇脚,这里的孩童竟会好奇地打量我,这里的猫和狗竟毫不认生地在我脚边打闹,这里的一切,我本只在书里见过,奢求过。巷口与外界相连的是几个店铺,在这不是饭点的时刻自然是门可罗雀,没有吆喝声,没有高音喇叭,没有低音炮,店里的老板、老板娘正在有一句没一句地搭着闲话,擦拭着桌椅,低下头鼓捣着手机。在那瞬间,我竟有了这样的疑问:或许,这里才是真正的古镇?

外面的风景区保留了古镇的建筑,保留了曾经的辉煌,保留了曾经的记忆。而角落里的那条小巷呢?

便若那东林书院,在一间小屋里我见到几个孩童在家长陪同下上着课,冷雨中,本是暖意在心,但最后才知是家幼儿园在试讲,心中不觉又了了了。

11 月 21 日,雨,古镇,书院。

我,孑然一人。

我该如何选择

宋睿潇(环艺 1501)

窗外正飘着雾一样的蒙蒙细雨,打着伞听不到雨声,不打伞一路走回来却能湿了衣服、头发。

这种雨似是江南特有的。

我是一个北方的姑娘,山东青岛人,身上一股子北方姑娘的随性和爽快。

来到这个学校已经两个多月了。实际上大学是我第一次真正地离开父母、离开家,在此之前我从来没有住过校,高中时仅有的军训也就是一个星期而已。8 月 25 号我站在北门抬头看着红漆的“江南大学”四个字时,心里很慌乱。那是对于我未来生活的迷茫,对于我独立生活的不安,对于即将步入社会的抵触,对于时间飞快流逝的恐惧。

一直以来父母的开明随和给予了我最大程度的宠溺和保护,虽说我不是什么无理取闹的大小姐,却一向是一个散漫任性的小孩子,逃避着困难,逃避着未来,一切由着性子来,走一步是一步,走不下去就换条路,总会有守得花开月见的一天。有人说这样的性格,想得开没烦恼,却也成不了大器。想想当时从知道江南大学开始,突然喜欢上了江南烟雨中氤氲的水乡,所以决定去考考,试一试,没想到专业课真的过了,到后来决定要考上,努力拼文化课,再到最后真的拿到录取通知书,仿佛是昨晚的一场梦,记忆犹新却又那么不真实。

我学的是环艺,说实话因为高考成绩的几分之差学的不是我喜欢的专业。其实在很久之前喜欢上画画就是单纯地因为有崇拜的插画师,喜欢看动漫,向往有一天我也能用自己的画笔传递出我的感情,画出我想表达的东西,做个被大家喜欢的插画师,有杂志社肯要我的稿,就足够了。但父母、老师都会教导我既来之则安之,父母更是期望我能学好我的专业甚至出国继续研习。父母的期望远高于我原本的理想,他们予我的恩情,已是我这一生都报答不了,更何况是辜负。

对于未来的规划,四年后我会做些什么,我的理想,我的目标,这些我都很迷茫,一直在逃避,好像从未认真想过。这是在深夜提笔翻开日记本直面我内心时的挣扎,是我无数个夜晚在黑夜中数着心跳,放下所有幻想后不得不面对的现实。

我不知道该如何选择,我不愿去面对。

我敬佩那些游记中能撕了自己的设计图纸背着包去环游世界的人,也敬佩那些即使每天工作到深夜不打拼出一片天地也绝不放弃的人。

开学不久我听了一个学姐的演讲。学姐不出众的外表却给我留下了深刻的印象。她说大学是你的一个新世界,你可以选择以各种不同的方式度过。你不再被高中时那样的条条框框拘束,想做什么就立刻去做啊,喜欢什么就去尝试啊。如果你喜欢摄影,你可以拿着相机拍遍你心里的美景;如果你对心理研究感兴趣,那你就去蹭别人的课啊;如果你喜欢日语,那你就去学啊。只要不是停滞不前,你所做的一切或许都会是你为未来打下的伏笔。

我依然不知道未来的我会是什么样子,却没有那么迷茫了。或许我没必要一定纠结于我一纸书面的大学计划,我的心灯能照亮我前进的方向,我只需一步一步向前走就是了。顺其自然或许是我最好的出路。

未来,你们还会和我是朋友吗

郭湘(环艺1502)

现在还是会感到不适应,伤感稍纵即逝,捕捉到的只是些许不完整的回忆。

步行在陌生的街道,我时常忍不住回头。我在想,是不是有那么一个时刻,我会看见熟悉的景象。如果一直往前走的话,在前方等待我的是什么,我也不知道。为什么步履缓慢?也许是人总是畏惧着改变吧!

我好像是将自己过于封闭在一个瓶子里了。

“那,干脆重新开始好了。”

抛弃过客?抛弃过去未经挑战的自己?

这样想的时候,于心不忍。

我觉得“重新开始”并不是一个好的词语。新是现在,那么旧便是过去。难道要打碎瓶子吗?诚然,过去的我,只能窥见世界的一角,叫嚣着要突破阻碍与束缚,即使喉咙干渴、沙哑也丝毫感不到痛。我埋怨有瓶子的存在,打着“理所应当”的幼稚旗号与其抗争。有过天真,有过热血,有过固执,所有的事物在那时的我看起来都是如此容易。我轻易地和别人搞好关系,我轻易地享受学校生活,单纯地为大大小小的考试奋战。

这可能很廉价,但这也不能成为我割舍过去的理由。

现在才发现,说不定我真的是一直活在瓶子中。

路灯昏黄的光,生硬地扯过我的影子,将它慢慢拖长,好像在告诉我,我孤单一人远在他乡。窒息感袭来,我却莫名安心了许多,那是属于瓶子的气息。

也许一年后的我不会再写感慨,也许一年后的我会忘了很多很多珍贵的回忆,会忘了朋友和曾经一直支持着我的人。那段时间,我在瓶子中屏住呼吸,贪婪地享受不为多数人所理解的快乐,即使是忍不住叫出声的疼痛,也随着时间的冲刷闪闪发光。

我找到一个靠窗的位置,安静地坐下,无言望向天空。

若能对过去的日子说些什么,人就能过得比当下更幸福吗?

那么明天起,就要独自一人醒来了吗?当我们的朋友圈失去了交集,当我们的价值观产生了分歧,当我们的交流不再只有单纯,当我们的时间都分给了他人,当我们的未来可能再也没有对方……我的瓶子快要碎了,如果再用力握紧就会破碎不堪了。

不仅仅是友人,我想说的,不只是友人。

……

未来,“你们”还会认为,和我是“朋友”吗?

当然的吧!

火车行

余元培(产品1601)

双十一去往南京的路上。

走在通往火车站候车室的路上,越来越觉得这里的氛围和高铁站大不相同。上了火车,坐在我对面的是两个大学生,旁边是一位看似刚坐过长途的大叔,神情略显疲态。对面的大学生中的一位一路大声说着话,让“专心读书”的我不得不听他说话。他语气粗俗,从他口中得知,他是技校的学生。

旅行的意义不是为了旅行而旅行,而是通过旅行对所见的人事物展开思考。

十二号晚我再一次到达南京火车站准备赶回学校,人群同样嘈杂。快到点了我去询问工作人员何时排队。被我询问的是一名女同志,紧锁眉头,冷冷地回了句:“听广播通知。”不一会儿又见她不耐烦地吆喝着:“K83××的,过来排队!”好心的乘客看见检票口台上有张票,拿过来问女同志:“有人丢票啊!”女同志狠狠地说:“那是废票! 放回去!”我第一反应是想:“这个女同志工作态度真差。”转而一想:“为什么呢? 是什么原因让她这样?”每天安排大批的人群过检票口固然会乏味厌烦,又或许家里不和,诸多原因导致心情不顺畅。下班后又很累,带着情绪疲惫地睡了,第二天又是忙碌而烦躁的一天,但最主要的还是她自己的心态调整得不好,本来想建议她暂时放下手头工作,看看书,旅旅行,而又想她若是不工作或许就没有饭吃了。事情总是充满矛盾,而这些矛盾比起生命来说又是微乎其微的,不管生活有多不畅,总能解决,时间会荡平一切。

上了火车我的座位是在一家子人旁边,奶奶、一岁不到的孙子、爸爸,对面是一位看似城里人的年轻女孩。一路上小朋友很热闹,我是很喜欢的,看着书,偶尔盯着他看。虽然一家人穿得很普通,可是举止得体,所以我感到舒服。车上的乘务员路过我们这都要逗逗小朋友,语气很亲和,这幅画面和在候车厅时的截然不同,欢快热闹,人与人之间相处融洽。虽然同样做着看似乏味的工作,这里的乘务员却心态很好,他们的心态也影响着车厢里的乘客们的心情。

过一会儿,我发现对面那个女孩儿锁着眉头,用手捂着鼻嘴,瞥着身边的人。确实他们不香,可真的不至于这样。小朋友忍不住在地上撒了泡尿,这仿佛让城里的女孩崩溃了。脚尖耸立,若是能悬浮,她肯定飞。终于到站了,我的书看得差不多了,心情很好,看见对面那女孩跳芭蕾似的惊恐地跳出了车厢。对于这种情况,我不该批评,因为我也不喜欢异味,我也爱干净,可是面对这么可爱的一家人,好感让我忽略了他们的不够干净,把心融入这个环境是快乐的。自然觉得女孩是可怜的,美好的生活却不会去感受。

时间犹如沙漏

郑燕玲(环艺1503)

在青春的世界里,沙粒要变成珍珠,石头要化作黄金;青春的魅力,应当叫枯枝长出鲜果,沙漠布满森林;这才是青春的美,青春的快乐,青春的本份。

——郭小川

明明应当是秋风飒爽的九月——我在来江南之前一直以为江南水乡的气候九月应该已是带些许凉意而又烟雨蒙蒙,却没有想到这里的阳光居然比我一直生活着的广东还要烤人。偶尔一下雨气温便骤降,烟雨蒙蒙是没错,只是没想到伴随着朦胧美的却是一阵阵的阴冷。想到要在这种浅灰色的色调里度过我最明媚的四年青春,不由得有些失望也有些发怵。

在彷徨中寻找自我——大一的生活总是迷茫的,要不就是东施效颦似的模仿各类“成功人士”的学习经验,要不就是像无头苍蝇一样每天起床、上课、下课、回宿舍打电脑。可大学毕竟是自己上的,青春也是自己的青春,我们还是要让它有点样子,有点自己的计划。一首歌里唱到“我的青春小鸟一样不回来……”这虽然是歌词,却是再恰当不过的比喻了,青春,不就像一只唱着歌的鸟儿,想抓却抓不着,也许最后只能默默地注视着它飞入苍穹。既然抓不着,那在飞行沿途总应当多看看美妙的风景,体验最新奇的事物。趁着我们还年少不怕输,还有精力,还有时间。

时间是一个沙漏,懒惰的人总想将它颠过来倒过去——现在宿舍很安静,我甚至能听见我的手表嘀嗒嘀嗒的秒针声,而我们毕竟没有冻结时间的能力。一年有365天,一年可以让地球绕着太阳公转一圈,一年秒针共转525600圈。我不知道我的青春有几年,可以让秒针转多少圈。但我还是知道青春转眼即逝,在青春里一直迷茫几乎是罪恶,所以我想用文字控诉自己的罪行,用自己的文字激励下自己:确立目标,找到备战高考时的充实感。

青春,青春,无与伦比的美丽年华——我们要在青春这一篇幅痛快淋漓地书写汗水与激情;在青春这一篇幅小心翼翼地勾勒着美好的未来;在青春这一篇幅叮叮当当地奏响动听的音符。青春,青春,每个人生命中不可缺的那一章节,为之奋斗、为之拼搏、为之骄傲、为之自豪。做到让自己不后悔、不惭愧、不伤感。

然而大学更为让人期待的是爱情的不期而遇,就算是恋爱都不过是最平常景象。偶尔可以幻想下自己与那个谁正在何处,或是你不经意间涌到梦里来,变幻出多少的新奇花样,说出多少动人情话,不过是假象,一切会回到最普通的现实,都是些平常的情感,却又撩动不少人的思绪。月是思念的象征,开学时还是总能观月,可后来是什么遮住了月亮的光,不是云,不是树,也不是建筑……偶尔能遇到一个诗人,变幻出多少新奇的诗句,也不及一句情话,感动你一时。偶尔你还能碰到醉汉,是什么扰乱他的心房,是什么能让一个人如痴如醉,或许只有他们自己才会懂,醉过才知酒浓,爱过才知情重。正如你不能做我的梦,我亦不能够做你的梦。大学生活……我期待所有的不期而遇,我期待所有的美好。

时间拉不动回忆

李昕昊(社工 1501)

我已经开了三个小时了,80 千米的时速,抛下高楼甩开烟尘,没有拥挤的人流阻碍,没有嘈杂的喇叭声,感受着杨树一排排奔跑的速度,驶向那个许久未归的小村。

想想也该是回去的时候了。七年的光阴匆匆而去,我渐渐懂了,成熟了,从大学毕业生,到现在的公司部门经理,一天天挺起胸膛。又过年了,该回去了。我拿着一张卡,换回一辆车,换回了一场归途。

妈打电话来询问归期,还坚持要我把回家的路记下,真是的,我怎会不记得?那是我咿呀学语、蹒跚学步穿着尿布滚过每一寸土地的故乡啊!

但是,我迷路了。

那里多了岔路,那里添了桥,那里建了工厂,那里矗着高楼。

这儿消失了小麦地,这儿没了茅草房,这儿缺了银杏树,这儿少了鱼塘。

白驹过隙,原来这里也长大了,一天天改变灰头土脸,一天天挺起脊梁。

最终我还是不情愿地打开了导航。地图上几条弯弯的小道通向中心的小方块,旁边是村委会、老年人娱乐中心、广场……

哦,我记得的。“我跟你说,现在村里有广场啦,就原来你常在里面玩的那个老房子,拆啦,造了个可大的广场,每天好多人呢……”

“啊呀,村口那个超市可方便啦,都不用跑那么远去集市了……你啥时候回来看看吧!”

我记得的。每次妈都在电话里惊讶时间的速度,而我却静止在办公桌前,任光阴从笔尖流过而视而不见,渐渐地,我迷失在那座到处都奔跑着时间的城市里。

铿铿的发动机声音从一条岔路传来,一辆破旧的摩托车载着他,颠簸着,不一会儿,摩托车在铿铿声中停下了。

“怕你找不到路我出来看看,还真被你妈说中了。后面跟着,回家。多大个人了……”他说的平稳而又从容,仿佛小时候,他唤着我,一路吹着北风回家。我听着铿铿的节奏,看一辆车,一个背影,他的白发在风中飘散成丝,耳朵冻得紫红,棕色的羽绒服鼓起来,显得胖胖的。爸缩了缩脖子,爸的脖子还是瘦瘦的,清晰地显出青筋来。他弓着背,压低身子,直视着前方,不时地窥一窥后视镜,小心地看一眼车里的我。我想起朱自清的《背影》,嘿嘿地笑:“爸开摩托的样子,可比朱自清父亲爬月台的样子帅多了。”

车停了,回家了。

妈远远地就望着,坐立不安,看见车到了,人回来了,又忙碌起来:“来啦来啦,我去给你搬个凳子……渴么?要喝水么?你先坐,东西我帮你搬,房间都打扫好了……你也忙,好不容易来一次……来来来你坐着……”

不知所措的我就坐着,听风声飒飒,鸟雀跃而飞,看鸡群四散,大犬狂而吠。这里的时间几乎静止:镜子上被我打碎的缺口、墙上的儿童涂鸦、专为我做的矮矮的小木凳……这里用温暖而柔软的回忆,张开怀抱迎接我,我嗅着这里木头、泥土和阳光的气味轻轻地迎上去。

真好,一切都没变。就算时间再快,它们还是顽强地保留着原来的面貌,原来的家,好让我在时间洪流中找到属于自己的避风港,带着沉重的回忆,拖慢时间的脚步,慢慢地前进。

时间再快,快不过思念;时间再快,拉不动回忆。

谁都在长大,都在变化,但回忆是不变的永远。回忆是杭州厂的火柴,是色彩各异的弹珠,是窸窣作响的糖纸,是破碎的青瓷碗。像轮船上的锚,没有回忆,船在旅途中就会随波逐流,漂泊不定,无所依靠。

还好,一切都没变。阳光洒下来,我们围坐在小桌旁吃着糖醋鱼,听妈烦这烦那,听爸问这问那,笑了,暖了,时间就在这里慢慢停下来,偷听我们的对话。

几天后我回到城市,又看日出日落,川流不息,人声鼎沸,又回到那时间洪流中。我总是在路上收到来自妈妈的电话,讲了一大堆,末了短短地说一句:

“慢点儿开。”

那是多少思念和回忆,扯着我的衣角对我说:

“不要走得太快,不要走得太远。”

如果有一天时间慢了下来,那是因为有人在等你。

吴　戈

宋一楠(社工 1501)

我的房间有两个门。一个出口,一个入口,不能换用。从入口出不来,自出口进不去,这点毫无疑问。人们从入口进来,由出口离去。进来方式很多,离去办法不一,但最终无不离去。他们来过,留下痕迹,如尘埃一般漂浮在房间的每个角落,处处可见。我记得他,他叫吴戈,姓钱,是我朋友。

那时他还很年轻。瘦削、苍白、懒散,总是一副没睡醒的样子,似乎对什么都兴味索然,总而言之,阴郁冷漠。然而他的眼神却可称锐利,且眉宇间没沾染风尘气。正如看起来的那样,吴戈没什么朋友,甚至可以说除我以外,他很少和人打交道。我不知道他为什么会和我是朋友,我想他可能也纳闷。可能有某种联系,我和他之间,我猜测,是就是了,水到渠成。

很少有人能够知道他在想什么,多数人对他的了解仅限于他表现出来的给别人了解的那部分,我偶尔能一窥其内心的想法,但我总不愿去揣测,一是由于我觉得度他人之腹是种罪恶,二是因为更多时候我也不知道。人本就不是该被了解的动物,每个人都如此。虽然这么说,我仍觉得吴戈很特别,很“矛盾”,他的矛盾,就像他有着成百上千个灵魂,这些灵魂并不孤立分裂,而似乎总是交织缠绕在一起。无数个细胞组成了人体,而这成百上千个灵魂成为吴戈的人格。

不像看起来那样,吴戈不是个消极颓废的人,或者说本质上不是。相较于外在的冷漠,他内心的炽热令我吃惊。我从未见过有人比他更敏感、更执着、更“人文”。正如吴戈自己所言:“我假装无情,其实是痛恨自己的深情。”他对自己所界定的美有着近乎病态的执念和近乎狂热的想象,尽管他有时也会为自己的想法感到痛苦不堪,就像每一个受挫的理想主义者那样。感觉他就是这样活着的,对生活中的蝇营狗苟不屑一顾,渴求着想象中的星辰大海。

吴戈认为自己和别人不一样,他爱着有趣的事物,但正如他无法理解别人眼中的有趣,大多时候别人也难以理解他的有趣。或许他已经习惯了。也如他喜欢说的那样:“我其实并不孤僻,甚至可以说开朗活泼。但大多时候我很懒,懒得经营一个关系。还有一些时候,就是爱自由,觉得任何一种关系都会束缚自己。当然最主要的,还是知音难寻。我老觉得自己跟大多数人交往,总是只能拿出自己的一个维度,很难找到一个像我一样兴趣一望无际的人。”我不否认这话有些道理,但当你的一个朋友和你讲这话的时候,你总会觉得感受到了他的某种自恋。

正如前面所说的那样,吴戈是个浪漫的人。所以,他和我谈得最多的是女孩。梵高说:“当我画一个人的时候,我要画出他的滔滔人生。”吴戈说:“当我爱一个人的时候,我要爱尽她的滚滚今生。”然而,他喜欢过好多女孩,大多暗恋。吴戈在一段时间里,或长或短,总是单喜欢一个女孩的,这种相思,可浓可淡,总是不知由何时源起,也不知何时结束。开始的时候总是相似的,女孩们或知性,或活泼,或乖巧,都漂亮,这某种特质吸引了吴戈,随后就这样了。而结束的方式却有很多,毕业了再也见不到面,人家姑娘有男朋友了,姑娘老是不搭理他,等等,不一而足。面对这种情况,吴戈总是很坦然,他相信忘却的魔力,事实上他也总是很快就能走出暗恋失败无疾而终的阴影。随后再过段时间,或长或短,又是一个新的女孩常出现在他的视野之中。造成这种忘却的原因很多,可能是因为从一开始就是一时冲动,他并没有自己想象的那般喜欢她,但由于他矛盾、感性的特质,哪怕是一点点轻微的好感,在他不断地自我暗示和强化下,都可能演变成一股汹涌的吞噬着他内心的洪流。可能是因为他不愿让自己那一点可怜的感情上的自尊受到损害,而倔强地去选择品味自己的孤独。不过我想,最主要的还是吴戈不愿让自己敏感脆弱的内心受到过去情感的束缚,毕竟他是个爱孤独爱自由的人。如果简单地理解的话,可以说他没心没肺,除了自身心灵的感受,他对什么事物都漠不关心。

若要判断吴戈有没有又喜欢上一个女孩,不能直接问他,问了一般也会否定,而是得看他发呆的时间是否又增多了,天知道他那时候脑子里想的什么玩意儿。这种时候,他常在课本上、草稿纸上默出几句觉得很有“感触”的句子,似乎想在那些忧伤的文字中寻求共鸣,窥见自己的灵魂。我记得几句他常写的,“费尔明娜,这个机会我等了半个多世纪,就是为了向你重申我永恒的忠诚和不渝的爱情”,“那时你是年轻女人,与你那时的面貌相比,我更爱你现在备受摧残的面容”,“他说他不能不爱她,他爱她将一直爱到他死”……天啊!他真是一个“浪漫”的人。我不理解他,在我看来,这些不过是故作忧伤强说愁。所有的一切,因为一个不经意的微笑而心神荡漾,因为一个淡漠的眼神而郁郁寡欢,不过是他的一场幻梦。他以一种创造性的热情投入了这个幻梦,不断地添枝加叶,用飘来的每一根绚丽的羽毛加以缀饰。再多的激情或活力都赶不上一个人阴凄凄的心理所能集聚的情思。

和吴戈不同,我是个务实的人。比起他抄那些有着淡淡忧伤的文字,我更喜欢拿那些时间做几道数学题。我懂得什么时候说什么话,做什么事,没有把握的事不去做,没什么用的东西强迫自己不去想。权衡利弊,周全考虑,既不庸碌平常，也不锋芒毕露，冷静地活着，可以说我“懂得做人”。不少次都是我拉着吴戈让他别强行告白，不然吓人姑娘一跳，事后他总是感谢我。“不然我就万劫不复了”，他这么说道。想起来那时候我确实混得比吴戈好多了，人缘不错，还有女生不时请教我数学题，吴戈却鲜有人问津，但他说一点都不羡慕。他总是嘲笑我缺乏“人文情怀”，这种时候我都傻傻一笑，继续听他扯那些有的没的。

尽管性格相差很大，但吴戈曾和我形影不离，我俩好得跟一个人似的。回忆起这些，总带着某种美好的期许。然而天下没有不散的宴席，随着年龄的增长，我和他的联系越来越少，最后一次见他是在28岁。那时我工作刚安定下来，忙着攒钱结婚，过着朝九晚五的生活，对千篇一律的生活已经由烦闷转为了麻木。“就这样吧。”我想着，“人生就是这样的。”吴戈也早已长大，表现得很正常，但我知道，他只是把那种矛盾心态压抑得更深，再怎么收敛，他也无法只剩一个灵魂。此时我再也无法理解吴戈那些不切实际的幻想，虚的就是虚的，绝对当不了饭吃。吴戈也意识到了我的疏远，他没有说什么，只是变得更沉默。终于有一天，他来向我告别，眉毛犹豫地垂着，笑着说：“我们会再见的，或许吧！”他的那副样子，就像是我把他赶走的。

之后很长一段时间，我没能记得他，我没有闲心去记得一个虚无缥缈的人。又蝇营狗苟地生活了很长一段时间，经历了很多事情之后，一天晚上，我梦见了吴戈。醒来之后，我才悲哀地在沉默中发现，他离开之后，我再没能遇见一个那么“理想”的人，如此真诚地矛盾着，真诚地惹人厌烦着。那天以后，他就像一个白色的影子始终伴随着我，我再也没能忘记他，而随着年龄的增长，思念也越来越清晰。

现在，我已经老了。一天，在一处公共场所的大厅里，我又遇见了他。待他走近我才认出来那是吴戈，瘦削、苍白、锐利的眼神，没有沾染风尘气的眉宇，一如以往。他对我说：“好久不见，兄弟。”我始终看着他的脸。在那一瞬间，我才惊讶地发现，他和我的模样竟如此相像。

回不去的肆意童年

白雪佳(英语1502)

不远处,几个小朋友跑跑跳跳,欢笑溢满双颊。

"阿姨,这是什么花啊,香香的?"一个八九岁的小女孩蹦跶到我面前,手里搓着几朵艳黄的桂花,半奋拉着脑袋问我。

我愣了一秒,而后释然地笑着回道:"小朋友,这个叫作桂花哦!"

"哦——桂花啊。谢谢阿姨!"不待我反应过来,小朋友又蹦跶着去找小伙伴了。

阿姨——对啊,我已经是大学生,奔二的人了,已经长大了呢。可是我的童年怎么就这么溜走了呢……

"二八二五六,二八二五七,二八二九——呀,好疼啊!姚二苟,你们男生怎么丢沙包的啊,又丢到我头上了!"

"哈哈哈哈——因为你头大啊——大头大头,下雨不愁,别人有伞,你有大头!"

"你才是大头,你等着,看我不揍你才怪!"小念佳挥舞起拳头扬着气鼓鼓的脸朝着姚二苟跑去。

"来啊来啊,有本事来追我啊,妈妈叫我回家吃饭呢!"姚二苟提溜着书包就跑了。

"哼,胆小鬼!"小念佳对着姚二苟飞奔的背影大喊。

"佳佳,又欺负你哥们儿了。"念旭边说边走下教学楼台阶。

"姐,这次真的不是我欺负他,姚二苟他刚刚打我!"小念佳撇着嘴说。

"行了,谁信啊,从来只有你小霸王欺负别人的份儿。太阳都这么大了,咱回家吧,妈妈早上说中午吃大米。"

"太棒了!终于不用吃焖面了,最爱吃大米了!"念旭、念佳俩姐妹蹦蹦跳跳地回家了。

……

"哇,姐,快看,鸡冠花开了,喇叭花也开了,我去摘鸡冠,你去弄耳环,咱们等一下再回家。"小念佳揪下两片浅粉色鸡冠花瓣,两个食指夹住花瓣底部,大拇指指甲扣住花瓣顶部湿黏的三角尖,轻轻一撕分成两层。抬头看见姐姐正拿着喇叭花的细藤,左手大拇指和食指捏着藤的一端,左一下右一下掰着,没几秒一个绿色耳环就做好了,戴在左耳朵上。念佳也一把将做好的鸡冠摁在念旭额头中间,然后随手扯下一片大叶子,半欠着腿:

“小佳子扶着旭格格起驾回宫——”

……

“你们两个又回来这么晚,路上贪玩了吧!给,一人一个苹果,我去热饭。”妈妈走进厨房。

“恩,真甜,好吃!”小念佳一会儿就吃完一个。

“姐,你吃了吗?”

念旭没回答。

“你肯定又藏起来了,哈哈。”

“我现在还不想吃。”

“那我帮你吃吧。”念佳恳切地看着念旭。

“不行!”

“旭儿,来给妈妈帮个忙——”

“哦——!我告诉你,别偷吃我的苹果!”念旭走进了厨房。

小念佳悄悄走进屋子里左翻右翻,终于在念旭书包里找到苹果,刚刚拿起来准备往嘴里放。

“放下我的苹果!你讨厌死了!”刚进门的念旭大喊。

小念佳看姐姐一眼,迅速地啃了一口苹果:“我都咬过了,你已经不能吃了。”

“呜——呜——哇——你太讨厌了,我要去告诉妈妈!”念旭大哭着跑出去。午饭都没吃的小念佳悄悄地拿着“罪证”苹果边吃边跑向堂弟家。

……

“宁宁,宁宁,咱们今天该野外烧烤了。”小念佳还没走进屋就开始喊人。

“小佳姐,你去旁边白奶奶家叫上吕小帅,我去偷土豆,一会儿在A基地会合。”矮了小念佳半个头的堂弟一边说着一边溜向自家厨房。

“哦哦哦,别忘了偷打火机啊——”小念佳说完就去叫了吕小帅去A基地。

……

“我去找干树枝儿,你俩在这儿挖个坑,把着点风啊!”小念佳说着跑向小黄土坡。

“这个不行,太绿了,肯定点不着。这个好,就是有点大,怎么把它弄回去呀?”只见小念佳弯着圆滚滚的身子,两手熊抱住一根大树枝的一头,背着身,两只脚轮换着向坡下挪。“呀——”小念佳一个没踩稳,整个人连着树枝滚下小黄土坡去。

“这下好了,都不用我搬了,嘿嘿。”小念佳笑嘻嘻地从地上爬起来,满身都是黄土末儿,接着拖着大树枝回到了A基地。

“我回来了!我回来了!看——”小念佳扔下大树枝风一样地跑过去。“咚——”刹不住闸的小念佳一口气儿跌进了宁宁和吕小帅挖的坑儿。

“哈哈——哈哈——”宁宁和吕小帅站在坑儿边上捂着肚子笑得前仰后合。

小念佳从坑儿里爬出来,脸上是囧囧的表情,这次满身的黄土末儿直接掩盖住了衣服本身的颜色。小念佳扭头指着身后的树枝:“快,快来把这个大树枝扔进去,还有我再去搞点小树枝和干树叶。”宁宁和吕小帅刚刚把大树枝扔进去,小念佳就抱着一大堆杂枝杂叶回来了。

“快过来,小佳姐,我要点火了。”

“哦!”

“先把小木头和叶子放进来,然后点着这张纸。”宁宁从口袋里拿出一张四线三格纸。

“再把纸放进去,着了!着了!着了!快让开——”宁宁、小念佳和吕小帅倏地一下向后闪去,小小的一片纸点燃了与它邻近的枯叶,枯叶又点燃了与它邻近的小木枝,火向外缘扩散,在这三个孩子看不见的地方,它又向下层的大木头散去。火势由小变大,又由大变小,土坑儿里的温度却越来越高。

“好了好了,宁宁、吕小帅快把土豆扔进去。”小念佳迫不及待地边说边走近土坑儿,看着宁宁和吕小帅扔了三个土豆进去,之后拿起小木棒翻了翻火堆。

“让它烤着吧,咱们上窑洞顶上吹会儿风去!”三个小朋友撅着屁股向窑洞房顶爬去。

……

“哇,这里有这么多藤草,我要用它们造一个小房子,下雨的时候我要为它撑把伞,下雪的时候我要堆一个大雪人,它冷的时候可以藏在里面……”小念佳看着窑顶背后小黄土坡上的藤草自言自语道。

“佳姐,烤土豆差不多了,咱们该下去了。”稍远处的宁宁和吕小帅走来。

“哦。”小念佳随着宁宁和吕小帅向下走去,不时地回头看了几眼藤草。

……

“哇!我都闻到香味了!”三个孩子兴奋地跑到土坑儿前,迫不及待地用小棍子将上层的燃灰和枯叶拨拉到旁边,被烘烤得焦黑的土豆露了出来。圆溜溜的三个土豆躺在坑里,安静地散发着它们独有的土香味。三个小朋友各拿起一个土豆,发烫的土豆在他们手里颠来颠去,像在欢快地跳着舞。

没想到刚刚被安置在坑旁的燃带点燃了旁边还没有被用过的枯叶。

“呀呀呀,吕小帅你后面那着小火了！快快快,你俩快撒泡尿——”小念佳指挥着这两个年龄稍小的男孩“灭火”。

吕小帅和宁宁几秒钟就“灭掉”了这场火。

“终于灭了……”宁宁道。

“刚刚要是被大人发现就完蛋了……”吕小帅庆幸地咬了口土豆。

“好了,天都黑了,咱们该回家吃饭了,下次咱们烤玉米,嘿嘿嘿……”小念佳拿着手里暖烘烘的土豆先向家跑去,宁宁和吕小帅也一边啃着土豆一边向家走去。

……

“姐,看我悄悄给你烤的土豆,就当作苹果赔给你啦!”小念佳跑进家里直接拿着烤土豆递给了念旭。

“哼,这次就放过你,下次不可以偷吃我的好吃的!”念旭接过土豆剥开皮吃了起来。

“好啦,好啦,知道啦!”小念佳回答道。

妈妈从厨房里端着饭走出来,看着和好的俩姐妹微微笑着:“吃饭吧,孩子们!”

念佳一手拿着馒头,一手拿着筷子。有时候咬一口馒头夹一筷子土豆丝,有时夹几筷子土豆丝才会咬一口馒头,噎着的时候喝一口小米汤,简简单单的饭菜在她眼里像是珍味。

一会儿工夫就吃完了饭,妈妈收拾着碗筷,说道:“吃完饭洗漱洗漱就早点睡吧,玩了一天了挺累的。”

“哦!”念佳、念旭俩人齐齐回道。

简单洗漱过后,俩人爬上了她们的双人床,一会儿就闭上了眼。

刚刚收拾完厨房的妈妈走进来看了两个女儿一眼,她们正睡得香甜,轻轻地拉了灯线,关上门走出去。

梦里,小念佳说:“我想用藤草盖个房子。”

可是房子呢,大概被风吹散了吧!

有时候想想,我在长大的过程中得到了什么,又失去了什么呢?是得到了一肩长发吗?还是失去了和黄土亲密的勇气?也许只有风知道吧!

童年的玩伴们都长大了,有人在上学,还有人已经工作,甚至有人成了坏人,还有的,我却不知道了。

长大了才喜欢焖面,但是几乎会烹饪所有菜色的我直至离开家乡也没有学会如何烹饪一锅热气腾腾的焖面。

后来的日子,搬离了窑洞,一个人的生活,一个人躲在手机屏幕前看《天天向上》,一个人去水果店挑选一个最好看的柚子……现在,一个人身在异乡,举目无亲,再也没有身边的你我他。

其实我是回去看过几次的。只是,曾经的小黄土坡先是凹成大坑儿露出了大片煤田,再是架着钢筋水泥矗立成一座高楼。我那冬暖夏凉的窑洞很快也会彻底消失。有人说,童年是一场记忆。现在,恐怕也只能是记忆了。已然的和即将失去的小黄土坡与窑洞都是我的童年啊!

沈奇岚说:“成长就是渐渐温柔、克制、朴素。”就像我再也做不回当年的小霸王,可能是因为当年的小伙伴已经散伙,可能是因为这些年才明白天外有天,但更多地是我的心境改变了吧!

舍不得长大吗?也没有。只是,南方的冬天可真冷,这曲水桥上妖风吹过,冻得我想哭。

第五篇

调查与实录

信息化时代下江南丝竹生存现状、保护与传承探究

张嘉雯(产品1702)

第一部分　考察问题确定

1.调查主题:信息化时代下江南丝竹生存现状、保护与传承探究

2.调查背景

(1)江南丝竹音乐是丝竹文化的重要成分

江南丝竹音乐的产生和延续,对民族音乐史的研究及戏曲、民俗文化、群众文化的发展都有重要的作用。江南丝竹是江南水乡文化杰出的代表之一,充分体现了浓郁深厚的江南文化底蕴和人文特征,是江南文化的特定产物,并于2006年5月已被正式列入国家非物质文化遗产项目。浙江丝竹音乐乃是江南丝竹的主要组成部分。

(2)江南丝竹音乐有重要民俗文化价值

江南丝竹传统的技法中有你繁我简、你高我低、加花变奏、嵌挡让路、即兴发挥等手法,并逐步形成“小、细、轻、雅”的风格特色。这种技法和风格包含了人与人之间相互谦让、协调创新等深刻的社会文化内涵。丝竹乐来自民间,植根民间,简便易行,适宜推广,有重要的民俗文化价值。

(3)江南丝竹音乐的濒危现状

至20世纪六七十年代,传统江南丝竹班社均自行解散。至今,70岁以上的老艺人已相继离世,后继乏人,加上传统曲目传谱很少,江南丝竹日渐濒危。

3.调研目的

(1)明确丝竹音乐文化的定义内容、构成及类别

在探究信息化时代下江南丝竹的现状、保护与传承现状的情况下，首先查阅文献，明确江南丝竹的定义与内容，将这些信息进行分类并确定其文化传承所在地。

(2)了解丝竹音乐文化的生存现状

通过实地考察与数据分析，了解丝竹音乐的生存现状。

(3)分析江南丝竹文化保护现状

通过线上搜索，与相关负责人联系，了解并分析保护现状。

(4)提出江南丝竹文化保护与传承的对策与建议

设计问卷与访谈提纲，研究其他音乐文化的保护与传承机制，提出相关对策和建议。

4.调研意义

明确江南丝竹音乐文化的生存现状，并提出可参考的解决方案。

此次调查研究结合调查问卷和深度访谈两种形式，对丝竹生存现状进行探索研究，通过数据分析实证研究，了解其存在的问题并提出相关可参考的解决方案。呼吁大学生关注丝竹发展，加强对传统文化的了解和发展。

第二部分　组织实施方法

1.桌面调研

在文化传播官网上搜索并了解丝竹音乐的相关资料。

2.问卷调查

以江南大学学生为调查主体，在社交平台上以问卷形式展开调查。

3.深度访谈

访谈人文学院老师沈雷强。

4.实地考察

参观苏州市太仓江南丝竹馆。

第三部分　社会调查实录

1.丝竹音乐沈雷强教师访谈

(1)前期准备

我们通过校园官网查找，获取了我校丝竹音乐传承教授的教师资料。其后，

经过我们的逐个访问，最终联系到了我校沈雷强老师，并确定于6月30日上午10点接受我们的访谈。

(2)访谈情况

沈老师向我们具体介绍了丝竹音乐并且讲述了我校丝竹音乐教授传承状况。

我校目前音乐教学种类主要分为东西方两种，其中东方乐器中大多部分属于丝竹乐器，所以即使许多人不太了解丝竹音乐，但他们在许多时候是无形地在接触丝竹音乐。我校丝竹音乐的教授老师虽备注中没有明确注明，但实际情况是，所有人文学院的老师都或多或少知晓其中一种乐器。

在谈到沈老师对于丝竹音乐的造诣时，沈老师十分地骄傲自豪。他作为江南弟子，出身音乐世家，在家中从小受到丝竹音乐的熏陶，之后在大学选择研究方向时，经过深思熟虑决定选择丝竹音乐的研究，因为沈老师感受到了丝竹音乐正在逐渐走向暗淡，但其并不愿看到这样的结果，他想向大家介绍并且传扬丝竹音乐文化。实际上，沈老师也做到了，他已经先后出版三本丝竹音乐的书籍，且对丝竹音乐的了解程度与深度探讨已经颇多。

最后，谈到了丝竹音乐作为我国江南地区独有的民族音乐，沈老师坚持着要将丝竹音乐发扬光大，并且将会带领我校学生将此文化转化为内心的力量。

在访谈结束之时，沈老师赠送了我们一本他写的有关丝竹文化的书，并且邀请我们于7月4日在太湖广场聆听丝竹音乐晚会。

2.丝竹音乐晚会街头采访与保护协会会长访谈

我们经过沈老师的推荐，前往了太仓广场欣赏丝竹音乐。我们准备了采访人的访问大纲及相关设备。

当天到场夜色渐晚，广场人数从最初的20余人，到之后大约有200人。我们先对到场的听众进行了采访，采访对象从年龄上分为较为年老的群体与年轻群体。中年群体较多都是带着自己年幼的孙子，因为时间空闲且闲逛至此，才算是意外地听了这场民间音乐会。虽然他们基本上都参加过类似的音乐会，但对音乐本身并没有过多的了解。到来的年轻人分为两类，一类是前来学习的年轻学者，曾经有这相关方面的学习且是有目的前来；第二类为单纯的游客，他们与前一部分所说的中年群体类似，是意外地来到这里。经过我们对数据的分析总结，我们已经能够得出一个明显结论，现在人们对于丝竹音乐的了解还是十分匮乏的，然而想要改善这样的情况，可以从太湖广场音乐会的老年人入手，对于年轻人来说，丝竹音乐需要通过其他衍生产品来加以宣传。

之后我们联系了活动举办负责人，她是一位50岁左右的女士。她称目前这个乐队是她在负责运作,她已经在这个乐队待了20余年。剩下的演奏者都是由一些退休的老干部组织而成,但这支乐队的发展面临十分严峻的挑战,因为目前没有任何的新成员加入,而只有成员的退出,但是他们整个乐队成绩是非常优秀的,曾经也参加过数场音乐会。她说,他们经常组织这样无门票的公益演出,就是想让更多人感受到民间音乐,传递民间音乐文化。她说,即使很多人不了解,但在听后都能潜移默化地提高一些音乐素养,听歌是一种快乐的行为,对于演奏者来说,这个过程也是快乐的。而这些演奏者,他们都是一些退休老干部,他们的生活原本是没有乐趣的,是因为音乐才让他们充满了活力。丝竹音乐作为他们当地的音乐风格代表,他们也常常会去演奏。随后,我们询问了整个乐队的发展基础,她称,政府的支持是他们整个乐队发展的源头,没有政府的支持,他们是不可能撑到现在的。但是现在政府对于他们的资金帮助逐渐减少,所以她也不知道之后整个乐队何去何从。但是作为整个乐队的总负责人,她称她会全力帮助这个乐队努力到最后。

3.苏州市太仓江南丝竹馆参观与访谈

在7月4日我们三位小组成员一同乘坐大巴前往了苏州太仓丝竹音乐馆。

江南丝竹馆位于太仓市新华西路,张溥故居东侧。建筑主要包括清代杨家小楼和其南面依次新建的花篮厅、戏台、门厅等传统风格建筑,共计770平方米。太仓江南丝竹馆至今已有400多年的历史,于2006年被列为国家首批非物质文化遗产名录。

在太仓丝竹音乐馆里,我们见到了高音家先生,他是苏州市级江南丝竹代表性传承人,也是太仓五洋丝竹乐队驻团成员兼副团长。同时,他还是中国民族管弦乐学会会员,上海江南丝竹协会会员,苏州市民间音乐学会会员,太仓市音乐家协会会员。

刚见到他时,他正在丝竹音乐馆内与一位小朋友进行笛子演奏的交流教学。小朋友看起来是一位十多岁的小女孩,高老师十分严格,对于小女孩个别的出错,都会严厉地批评。我们询问是否能够对高老师进行访谈,他告诉我们在他完成教学工作后可以。

在之后的访谈中,高老师为我们详细地讲述了丝竹音乐的变化。丝竹音乐包括丝类音乐、竹类音乐和其他打击乐。他所在的太仓五洋丝竹乐队,是由50多位音乐爱好者一同组织而成的,于1994年成立,当时叫作"太仓市文化馆恒通民族乐队",2006年更名为太仓市恒通丝竹乐,2007年由江苏五洋集团资助冠名更名为"太仓五洋丝竹乐队"。曾先后在新加坡、日本、北京、南京、上海世博会等地成功举办江南丝竹专场音乐会。2002年、2007年、2012年分别录制出版《太仓江南丝竹十大曲》《太仓江南丝竹新曲八首》《浏河音乐专辑》,获得各类大赛金银奖20余次,2015年参加了第三届海内外江南丝竹邀请赛获非职业组金奖榜首,曾经获得的颁奖词是“江苏省太仓市五洋丝竹乐队的演奏非常精细,极有情感,热情洋溢,而音乐协和富有表现,又恰到好处”。

现在的太仓江南丝竹馆是苏州市的一个特色文艺创作基地,他们在不停地创新创作。高老师说,丝竹音乐的发展想要传承下去,想要让更多人知晓,就必须创作出更多与现代接轨的东西。所以,丝竹音乐会与一些现代元素相结合,但是它们也一定会保留原汁原味的丝竹音乐特点。关于丝竹音乐的重点,高老师说了一句话:“强而不燥,弱而不虚,夸而不敢,慢而不拖。高想低亲,外响里轻,张弛有度,力速均匀。”他提到他们曾在国外的大型音乐会中,也尝试与其他风格音乐一同演奏,他说这也算是对丝竹音乐的一种突破。因为丝竹音乐从来都是一种十分独立、有个性的民族音乐,它需要很强的配合性。

我们之后询问了关于丝竹音乐传承的问题。他说,现在学习民族音乐的人越来越少了,但他们乐队的发展是保持一个稳定状态的。他们大多从一些音乐学院、高等院校挑选或者招聘队员,再加上政府的支持,现在他们乐队在这近几十年内是不会有大的变化的。但是这些年轻的学徒通常没有他们有耐性,对于丝竹音乐本身的文化沉淀不够高,常常想要变更丝竹音乐多年的风格基调。这样的变化确实让丝竹音乐跟上了潮流,而且他们会发布在现代的网络平台上,确实能够吸引很大一部分年轻人的眼球,所以对于这样年轻元素的加入,高老师称,他也不知道未来的发展会是怎样。向他学习的学徒,现在有三四个,都是一些十岁左右的小朋友,不能确定他们将来是否会继续坚持学习乐器,文化的传承已经到位,他们已经接受了丝竹音乐,他们也肯定感受到了丝竹音乐的魅力。

之后,高老师带我们参观了这个丝竹馆。丝竹馆不大,但是里面包含了丝竹音乐的历史发展沿途,丝竹音乐定义与分类情况,和他们乐队的出版书刊与获奖证书。高老师指着获奖证书十分骄傲地为我们讲述他们的辉煌历史。他也说,这样的高度评价,将来肯定会持续下去的。

4.江南丝竹音乐社会调查问卷

(1)调研实况

7月1日我们发放了调查问卷,很大一部分问卷,我们是采取线上回收反馈的方式,还有一部分在我们前往太仓江南丝竹馆的时候,向前来参观的人进行了调查问卷访问。

(2)调研结果

我们将其发布在校内各个平台中,加上实地考察的问卷,最终回收了106份,其中有效问卷为79份,无效问卷原因分为问卷回答不完整或者回答对象非我们考察对象。

经过数据汇总,我们发现,虽然大学生听音乐的情况是95%以上,但几乎没有人会在手机中储存民族音乐,曾经听民族音乐的情况也都仅限于音乐课堂中。知晓丝竹音乐的同学是个位数,都是因为作业原因曾搜索了解过。同学中乐器学习的人数也没过半,其中学习民间乐器的同学只有9%,学习时长都不超过十年。对于丝竹音乐将来发展的看法,江南地区的同学比外地地区的同学更有文化认识感,更有本土文化保护意识。不过,较多同学都愿意在学校老师带领下欣赏或学习江南丝竹音乐,这是一个较为良好的结果和趋势。

第四部分 思考与分析

1.发展现状分析

经过我们的调查与分析,丝竹音乐虽然有着自己独特的表现方式和值得传承的表现力,但是在这个多元化的社会中,现在的年轻人大都追寻流行音乐,即使是少数人,也只是了解民族音乐,对于江南丝竹音乐的了解是微乎其微。而且经过我们摸底调查,就算是生活在江苏、浙江一带江南丝竹音乐发源地的同学们,他们了解或者关心江南丝竹音乐的比例也不足千分之一,所以主动参与活动,主动去了解江南丝竹音乐文化的可能性更是渺小,对比其他的民族音乐传承,如民歌、民间乐曲等,江南丝竹音乐的知晓度远远低于它们。在这样的情况下,可以看出,整个社会对于江南丝竹音乐的关心重视程度都是不够的。

另外,经过我们的桌面调查,我们发现,关于江南丝竹音乐的调查,研究人员也十分少。其实我们都知道江南丝竹音乐缺乏了相关部门和社会各界广大民众的关心和支持后,更加远离了时代,与整个时代有脱节。江南丝竹音乐是整个江南音乐最亮的品牌之一,一位德高望重的老音乐家也是丝竹音乐的继承人,丝竹音乐协会主席曾经说:“我们的民族器乐工作就是要花力气去研究我们本土的江南音乐,把江南音乐给搞活了。”有了他这样的一番讲话之后,才引起了相关部门的重视,然而,这场运动并没有持续很久,也没有很大的影响力,所以现在江南丝竹音乐需要持续推进,持续给予它支持,它才有可能继续发展,随着社会的潮流与江南人一起前行。

2.发展保护措施

经过我们认真思考与分析,我们认为需要从以下几个方面来继承、发展和保护丝竹音乐。

(1)政府相关部门的支持

一个文化的保护肯定离不开政府的支持,只有得到了政府的支持,它才能获得一定的资金来发展和传扬。政府可以激励更多的专家学者来对民间丝竹音乐进行研究,做更深入的民间调查分析。并且可以对各个大型或小型私人的丝竹乐团给予一定的设备、场地支持。定期更换购买乐器,定期给予广场或音乐厅的使用表演权利,还可以安排丝竹音乐相关的专家来帮忙指导。活动的举办,也可以是各个乐团之间切磋的机会,让他们相互鼓励,相互成长,从而实现共赢。

(2)学校教育行业的支持

学校教育开始重视江南丝竹音乐以后,在教育中不仅涉及民族音乐,更是涉及具有当地情怀的丝竹音乐,并且给予他们丝竹乐器学习的机会,提供欣赏丝竹音乐的机会,最终让同学们将丝竹音乐也是中国音乐体系中一分子这一概念牢牢刻在脑中。

(3)社会民间组织的支持

民间组织就是各种音乐协会组织,在浙江、江苏一带民间音乐发展中,丝竹音乐算是弱势发展项目,各个其他组织可以一同帮助丝竹音乐的推广,相互走访,相互学习,共同促进民间音乐文化的发展。

3.个人感受

首先是对于丝竹音乐了解后我的看法,欣赏传统民族音乐的人必然随着时代的发展是越来越少了,但这又一定意味着民族音乐是在走向消亡的路上吗?它们一定有更加适合它们的生存之道,或许它们需要改变现在的生存方式。

其次,作为本次社会调查小组的组长,我是收获颇多的。从最初的与完全不认识的其他学院同学一同探讨,抉择课题,到之后的计划表呈现,我们花费了比计划更多的时间,但是我们也比计划中收获了更多。第一次与沈老师交流丝竹音乐,就为我们提供了比我们原计划更多的内容,所以我们的行程变得更加丰富。生活或许就是这样,计划赶不上变化,大家都在努力把这样的变化转化为更好的结果。

改革开放以来苏南地区的古街文化变迁

张天玮(机械1704),潘春宏(机械1705),金铉宙(过程1701)

内容摘要:古街往往是一个地区历史和文化的缩影,是该地区记忆保存最完整、最丰富的地方。假期中小队一行人分别前往苏南地区的代表性古街——无锡南长街以及南京夫子庙两处沿河古街区进行为期一个星期的实地调研。两处古街是以其丰厚的文化积淀、古老的建筑风格著称并融为一体的著名文化遗址。其中南长街以京杭运河无锡段为轴,由寺、塔、河、街、桥等众多江南符号组成,构筑了独具风韵的江南水弄堂风格,是千年吴文化、运河文化、佛教文化的缩影。南京夫子庙位于南京市秦淮区秦淮河北岸贡院街、江南贡院以西,为中国古代文化枢纽之地、古时金陵历史人文荟萃之地,为明清时期南京的文教中心。两处古街沿街有着传统的茶馆、银店、糕点店等,并在其中融入如酒吧、咖啡厅等现代商业元素。在调研中,一行人通过品尝当地小吃,与当地老人交谈,与店铺老板交流,逛旅游纪念品店感受近百年来古街的变迁与兴衰,感受古街发展的古今融合,中外融合。对古街的发展历程、发展规律进行了思考,分析比较两处古街发展的异同,对古镇发展现状的利弊进行分析,并对古镇的发展提出自己的见解。

关键词:苏南地区、南长街、夫子庙、人文变迁、商业发展

古街——浓缩了一个城市几乎全部的风土人情,一砖一瓦的堆叠,堆叠出中华民族上下五千年的文化精魄。改革开放以来社会飞速发展,各种文化激烈碰撞、兴起与失落。但老街依旧是一座城市最古朴最有沉淀的地方。让我们穿越鳞次栉比的小楼,一起探寻这被时间掩盖的风土人情。

无锡南长街,是无锡最著名的一条古街,是京杭大运河的一段,人们也把它称作清明桥历史文化景区。街区由南长街、京杭大运河无锡段、南下塘、伯渎港、大窑路一带具有丰富历史文化底蕴的区域组成。街区以古运河为轴,构筑了独具风韵的江南水弄堂。作为世界文化遗产京杭运河沿线重要的历史景观,它以运河为轴,由寺、塔、河、街、桥等众多江南符号组成,从一定程度上说,这里就是千年吴文化、运河文化、佛宗文化的缩影。南长街至今保持着路河并行的双棋盘城市格局,保留着小桥、流水、人家以及幽深古巷的江南水城特色,存有历史建筑上百处及九座古桥梁等,其中许多不乏是市级文物保护单位。

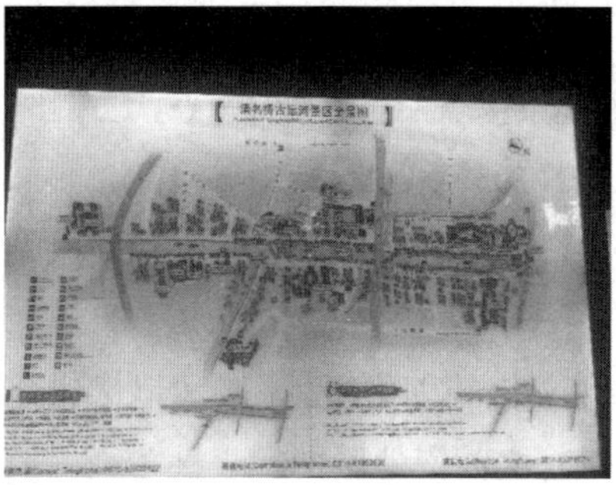

清名桥古运河景区全景图

南长街入口处“丛桂留馨”牌坊

我们找到了附近一所茶楼里负责弹唱的老大爷，经他介绍沿南长街两岸的民居建筑，大多建造于清末民初，也有一部分是后来中华人民共和国成立以后建造的。南长街上，河路并行，主路上低矮的古民居，清新典雅，高低错落，木窗木门，前店后坊。加上这一段历史文物建筑众多，构成了独特的老街，在附近运河城市中是独一无二的。

1994年，地方政府对南长街北段近600米（即南长桥至跨塘桥段）进行了改造，拆迁一批工厂、商店、银行及企业、事业单位，保护一批省、市文物保护单位，道路拓宽成四车道，宽30米，两侧房屋翻建成仿古建筑。

从2006年起，根据清名桥历史文化街区建设规划，对南长街跨塘桥至清名桥段进行了大规模的改造。一是保护、修复古建筑。街道两侧房屋做了保护性翻建，都以清末民初建筑风格为主，整修如旧，保留了商业传统建筑群和刘鸿铎祖宅、周氏余庆堂等一批老宅。二是改建老厂，修缮家喻户晓的老建筑。改建永泰丝厂，恢复薛南溟故居，修建清和茶楼、转角楼、矮脚楼面店、和平书场，扩建南水仙庙。三是保护古路道。道路以小方块石铺路面，改造成步行街。与此同时，对街区周边通扬路、金钩桥街、新民路、永丰路、永乐路等进行拓宽，打造开放、通达、便捷的交通网络。四是建造博物馆。利用永泰丝厂旧址建造中国丝业博物馆，利用清名桥西侧的原清名桥小学和市文保单位坎宫救熄会和镇塘庵等用地，建造中国运河文化艺术馆。五是进行街市建设。聚鑫园、矮脚楼易地重开，保住了老字号。街上开设了多家餐饮、旅游、文化店铺，吸引了不少市民和观光游客。2009年，清名桥历史文化街区获得批准，正式命名，在跨塘桥堍设立了吴良镛题写的街名巨石，街口建了“运河古邑”牌坊。在中华人民共和国70周年生日来临之际，南长街早已在最醒目的位置立了一个彩灯雕，告诉祖国，南长街已经准备好了。

从此清明桥文化历史街区全部建成。不可否认，像许多城市一样，由于现代化商业化改造一些风土人情已经几乎消失了,只有随着人们融入现代快速的生活,古运河中舟楫往来,沿河码头淘米、洗菜,石上棒槌捣衣,挑水运货这样的日常生活场景也再也看不到了,取而代之的是更简单便捷的生活方式。随着被开发做旅游商业化地区的增加,附近居民也纷纷开起小店铺,生活水平也提高了许多。

如今的南长街,被誉为“江南水弄堂,运河绝版地”,早已成为无锡市一张靓丽的旅游名片。

白天的南长街,清幽静美,你可以漫步在河边两岸,在星巴克品一杯香醇的美式咖啡,在书屋看一本自己喜欢的老书,享受一个安静宁和的下午,饿了的话,路边随处可见的“烤榴梿”和快餐等也能满足许多人的需求。如果想尝一下地道的苏南本帮菜,马路对面的小峰饭店也是远近闻名。

天黑了以后,夜晚降临。夜晚的南长街尽显妩媚,华灯初上,各色小夜灯将整个南长街点缀得分外妖娆,街两边的酒吧也纷纷营业,散发着青春活力,正如老人所说的“现在南长街的夜晚,属于年轻人”。多到数不清的酒吧,各类音乐的碰撞,加上驻唱歌手,十分热闹。

南长街 1988 酒吧

在一片灯火阑珊、灯红酒绿之中,河对岸的一所弹唱茶馆引起了我们的注意。与外面喧嚣有所不同,不大的茶馆里播放着悠长宁和的音乐,台上弹唱的人也大部分上了些年纪,但依旧抵挡不住他们对茶楼文化的热爱,这是兴趣使然的。在茶馆里,我们也访问了几位老人,听他们口述几十年来对无锡南长街的风土人情变迁的感受和态度。

一走进茶馆,便有位老人热情地招呼我们坐下,询问我们需要哪种茶。一行人点好茶后,便决定从这位老人开始我们的采访。经询问老人名叫刘永振,是这里的茶馆。老人了解到我们想了解南长街这里的变迁,便表现得十分感兴趣,或许是上了年纪的人都喜欢同年轻人讲自己过去的经历。随即,老人陷入了沉思之中,我猜他是在思索从哪里开口。不长的寂静过后,老人缓缓开口:“大约是 60 多年前,也就是 20 世纪 50 年代的时候,父母外出谋生,我们全家从商丘迁至无锡。刚下火车,陌生的景象映入眼帘,有着白墙黛瓦、花格木窗的小桥流水人家,高低错落;有的巷子宽仅一米,狭窄而幽深。沿河种满柳树,河中游船往来,沿河码头有人淘米,洗菜,洗衣服,做生意。可谓‘古街水巷交叉过,小桥碧水潺潺流’。宛如一幅精美的水墨画长卷。”这种场景,在他之前生活过的地方从未见过,甚是新奇。慢慢地长大后才知道,刚来到无锡印在脑海里最初的记忆,极富江南水乡特色的景象就是“南长街”。此后,从小学、初中、高中,直至现在的工作,他的学习、生活几乎都与南长街息息相关。说着,老人拿起手机给我们翻找出了几张老照片,这便是那时的南长街。

20 世纪 50 年代的南长街旧貌

老人接着加快说,他的小学是“南长街小学”,校舍十分简陋,楼房为上下两层,当时老师不多,很多都是身兼数职。他也是从那个时候起,立下了当老师的梦想。那个时期虽物质很匮乏,但也不失快乐,业余时间的娱乐项目通常都是男孩子一堆、女孩子一堆,各玩各的,当然也不排除假小子或小尾巴的混入。女生多半是跳橡皮筋、踢毽子、投沙包,男生玩的就比较多了,弹子、香烟壳、弹弓、火柴链子枪、捕鱼网、捕蝉、斗鸡之类的。还有就是打架,那时候,有个高自己几年级的亲哥或表哥的,别管给不给自己撑腰,在同龄孩子里是非常牛的事情,因为感觉腰杆可以硬一些。……之后几年的春、夏、秋、冬,南长街留下了他孜孜求学的身影,而他也深深地留下了对南长街的一份记忆与眷恋。

在上海求学的几年中,虽很少再去南长街,但只要放假,南长街上还是少不了他流连的身影。大学毕业后,他到了无锡市江南中学工作,转了一圈,似乎又回到了最初的起点。在这之后的近 40 年里,南长街上,留下了他更多的记忆与怀念。直到现在他对南长街依然有着深深的感情,现在年纪大了便在这茶馆里喝喝茶,听听剧。

告别老人后,我们去了邻座一位女士那里。我们表明来意后她便高兴地邀请我们坐下。经过一番攀谈,我们了解到,女士名叫冯青,她是无锡本地人,今年 57 岁了,从小便生活在这里。

交谈中女士说道:"自从我的父亲开始在南长街上挑担卖小玩意,我们一家人便生活在这里。南长街上有这么几样东西是我儿时心心念念、百吃不厌的,那就是:靠近跨塘桥'穆桂英糕团店'的各色糕团,'熙盛源'的无锡本土小笼包,'三凤桥'的无锡酱排骨,等等。这些只有在过节的时候,我才能用母亲给的零花钱买一样解馋。还有一样我记忆犹新的是南长街上的'伏氏面艺',如今已经被列为非物质文化遗产,被政府视为民间手工重点保护对象之一。'伏氏面艺'传承至今已经数百年了,以面粉为主料,调成不同色彩,用手和简单工具,塑造各种栩栩如生的形象。几团小泥,在手中几经捏、搓、揉、掀,用小竹刀灵巧地点、切、刻、划,塑成身、手、头面,披上发饰和衣裳,顷刻之间,栩栩如生的艺术形象便脱手而成。小孩子们都可喜欢这个了,当时谁家孩子能有一个这个玩,那可就是孩子中的土豪了。我的中学时代是在'无锡市第二中学'度过的。骑车上学的途中会路过南长街,可以一边骑车一边欣赏沿街风景。所谓风景,其实更多的是两旁住户的日常生活,看到最多的就是居民在家门口搭张饭桌,一家几口围坐一起吃饭、聊天、打牌,孩子们在街边疯闹,还有妇女去河边洗衣服的情景。而当时的我,无论如何也不会想到,这些当年熟视无睹的街道,在若干年后,居然会成为历史文物被保护起来。"

随后我们瞥见不远处有个老人正拿着一个相册一样的东西跟另一位老人说着什么,这引起了我们的好奇,走近一看发现那相册里原来是形形色色的门票,不同年代无锡景区门票风格迥异。一张张方寸门票,经过几十年的珍藏汇集成册记录下了这座城市的过往,使得有些记忆在岁月中流淌再久也不会褪色。

老人开心地说道:"起初并不知道小小门票蕴含的收藏价值,只是觉得票面的图案精美,不舍得丢弃,便慢慢攒起了一些,逐步整理成册了。一晃几十年便过去了,我个人的爱好也想与更多人分享。不少人通过我的收藏,触摸到了那个远去的岁月。”老人满怀成就感,他表示:“门票不仅是一种最贴近百姓的单纯收藏品,而且更多地是对自己人生中一个个美好回忆的记录,收藏的是一个念想,一份记忆。”此外,今天的南长街除了古建筑、古桥外,像在永泰丝厂旧址建的中国丝业博物馆、中国运河文化艺术馆等,都是南长街工商业历史变迁的最好见证。

南长街,一个北方孩子梦里江南水乡的模样,它就像一个缩影。它的文化发展,就像运河中绵绵不绝的河水,一浪推着一浪,连绵不绝,生生不息。它对历史文物古宅及周边文化的传承、保护和发扬,让人在千篇一律的现代化大城市中,找到一片属于自己的宁静与乡愁。尽管不可避免地规划了许多商业化的地方,但在南长街你依旧可以寻找到那份历史的沉淀感与怀旧感。站在清明桥上沿河俯视如今的南长街,是现代商业与历史文化共存,历史文化与旅游业的有机结合,金山银山与绿水青山共在,不得不让人感叹改革开放以来,无锡市政府一步一步精心的规划,将其作为一个模范,一个绝版,保存下来,并打造成一个城市名片。更让人看到了文化历史背后,现在的一个泱泱大国的繁盛景象。

南长街古运河夜景

中国丝业博物馆(永泰丝厂旧址)

第二天我们来到了南京。改革开放40年,南京这座城市,从百废待兴到繁荣兴旺。秦淮,作为南京城市的起源,金陵文化的摇篮,它的发展史值得一遍又一遍探寻。

说起南京的古街那非夫子庙莫属了。南京夫子庙位于南京市秦淮区秦淮河北岸贡院街、江南贡院以西,地处夫子庙秦淮风光带核心区,即南京孔庙、南京文庙、文宣王庙,为供奉祭祀孔子之地,是中国第一所国家最高学府,也是中国四大文庙之一,为中国古代文化枢纽之地、金陵历史人文荟萃之地,不仅是明清时期南京的文教中心，同时也是居东南各省之冠的文教建筑群。

走到了夫子庙的门前，只见一个巨大的石门上写着三个大字“夫子庙”。走进“夫子庙”的大门，就是著名的“夫子庙小吃街”。提到夫子庙的小吃，就不能不提“黄勤记凉粉”。至今，居住在夫子庙地区的居民，还流传着这样一句话：没尝过“黄勤记凉粉”，就不算来过夫子庙。我们找了一家门牌看起来挺正宗的门店，一进去老板就很热情，我们点了黄勤记凉粉，一份才十元，量也很充足。

秦淮风光带全景导览图

黄勤记凉粉

听老板说他是夫子庙地区土生土长的居民，祖祖辈辈都是做小生意的，到了他这一辈，因为兄弟姐妹比较多，摆摊做小生意就成了维系家庭生计的重要活计。当时摆地摊，为防止检查一天要换几个地方，提心吊胆，根本安不下心来做。直到1978年，改革开放了，不仅个体经营逐步放开，有些项目经营还可以领取营业执照，堂堂正正做生意。后来，随着夫子庙景区的提升改造，夫子庙的美食街也应运而生。把南京最有名的小吃都吸引过来了，又在品质上加以提升改造，对外统一宣传，再配上整洁的饮食环境，夫子庙小吃因此抱团发展。可以说夫子庙地区小吃是近40年来发展的一个缩影，从偷偷摸摸摆地摊到领取执照的合法经营，从露天叫卖，到“登堂入室”打品牌，夫子庙小吃一路走来，不断发展壮大，靠的就是国家改革开放的好政策。

吃完后我们沿着秦淮河走，秦淮河旁边就是真正的“夫子庙”了。它是我国唯一的先拜再学的地方，是古代考试的地方。走进“夫子庙”映入眼帘的就是一个巨大的孔子石像，经常有人在那里烧香，拜孔子，传说拜孔子可以让人学习更好！再走过一扇门，就来到了敲钟的地方，我们还敲了三下钟表示平安！来到了最后一个房间，那里是表演的地方，一些人身穿古代的服装，拿着萧、古筝等古乐器表演，我们还听了一首用古乐器打奏的“茉莉花”。

晚上我们来到了古秦淮，沿着古秦淮的古街一直往里走，在中心有个大广场，广场南面有块“天下文枢”的古牌坊。牌坊后面就是秦淮。从西面入街，只见商铺如林，游人如织，满街灯火照彻夜空，照得秦淮河两岸一片通明。古街两侧都是商铺，卖着各种南京名小吃及一些旅游商品，是南京最著名的步行商业街区，也是最具有老南京风味的地方。

“天下文枢”的古牌坊

秦淮河画舫夜景

江南贡院是夫子庙地区主要建筑群之一，是中国最大的科举考场，秦淮河畔也因贡院、夫子庙的存在而一度繁荣起来。其鼎盛时期仅考试的号舍就拥有20644间，加上官房、膳房、库房、杂役兵房等数百间，占地超过30万平方米，其规模之大、占地之广居全国各省贡院之冠，创造了古代科举考场中国之最。

站于楼内，向南望去是繁华的秦淮河畔。身处其境，我仿佛感受到当年的为考取功名的士子的心情，十年寒窗，夺取功名，尽享荣华。这就是当年考生考取功名的地方，一个不足一平方米的小房间。

夫子庙的正南方是一块照壁。秦淮河南岸的照壁，建于明万历三年(1575年)，高大雄伟，全长110米，为全国照壁之最。与全国各地孔庙显著不同的，它以秦淮河自然河流为泮池。这也是游秦淮河的上船码头。秦淮河是南京古老文明的摇篮，历史上极负盛名。这里素为“六朝烟月之区，金粉荟萃之所”，更兼十代繁华之地，“衣冠文物，盛于江南；文采风流，甲于海内”，被称为“中国第一历史文化名河”。远在石器时代，流域内就有人类活动。从东水关至西水关的沿河两岸，东吴以来一直是繁华的商业区的居民地。六朝时成为名门望族聚居之地，商贾云集，文人荟萃，儒学鼎盛。宋代开始成为江南文化的中心。坐上游船泡上一碗茶，品着小点，感受十里秦淮。两岸酒家林立，浓酒笙歌，无数商船昼夜往来河上，许多歌女寄身其中，轻歌曼舞，丝竹缥缈，文人才子流连其间，佳人故事流传千古。

总　结

许多年前，古街古镇往往给人留下的都是破败苍凉、贫穷落后的不好印象。但在近几年许多经开发修缮的古街、古镇渐渐地活跃在人们的视野中，它们无一例外地充盈着当地的历史文化、风土人情，追溯着几个朝代或是几个时代的起伏兴衰、沧海桑田，经营着人们的怀旧情感、人文脉络，甚至于已经成为各个城市追捧的潮流，成为一张张城市名片。

究其原因，我们认为应当是从 20 世纪 80 年代开始。彼时改革开放的序幕刚刚拉开，全国上下百废待兴，不论是个人还是城市，都希望迎来一个崭新的面孔，以青春靓丽的姿态紧随时代的步伐，洗涤破旧的一面，进入新的时代。因此在推进现代化建设，高楼大厦拔地而起的彼时，古街古镇，便显得极其不合时宜。但随着近几年社会的高速发展，四处都焕然一新，人们对现代化的需求早已不似以前那般迫切。甚至于有人渐渐发现，似乎周围的一切全都变了，再也不似当年模样。再也找不到月下刺猹的那片瓜地，再也找不到小桥流水的那户人家；童稚时，少年时，甚至青年奋斗时的回忆再也找不到了依托的地方。人总是在失去了才会知道珍惜。于是乎这几年形形色色的古街古镇如雨后春笋般出现，吸引了许多前来寻找记忆与乡愁的中年人、老年人。同时青年群体也渐渐地成为古街古镇的受众，许多“90 后”“00 后”从小便是在城市中长大，古街古镇对他们来说是从未有过的体验，在古街中青年人可以感受到这座城市的历史与文化，感受到他们父辈祖辈的生活方式等一些他们不曾见过的种种，于是乎古街古镇也成为年轻人休闲消遣的好去处。

此时对古街古镇的开发正从传统商业街走向商业新时代。走在古街上，随处可见的都是独树一帜、风格新奇的个性主题店铺。诸如文创小店、艺术品店、咖啡厅和酒吧等。餐饮、服装、旅馆等传统店铺也都有自己特定的主题和基调。店铺中的很多商品都极具创意并与当地文化紧密贴合，将设计与销售融为一体，产品具有唯一性和独特性。在这里，游客可以欣赏苏南地区的服饰艺术，观看老艺人的吹拉弹唱，品一品本帮菜及传统小吃，使人仿佛感受到了时光的倒流，梦回千百年前；亦可坐在古色古香的咖啡厅或是酒吧，品味着在城市发展刺激下新旧文化的冲击融合。店家们秉承着独特的经营方式和超前理念，完成了从传统商业街区向商业时代化的完美转型。因此古街古镇也逐渐吸引了越来越多年轻人的目光。利用文化古街吸引游客的方式来刺激消费，实现文化与商业的成功结合。一定程度的商业开发，对激活传统文化，还原历史文化街区，完善城市功能，提升城市品位,增强城市竞争力,培育新的经济增长点起到了重要的带动作用。

但与此同时,许多地方也出现了开发过热、开发过度的现象。国内不少城市历史街区的开发都走入了一个过度商业化的误区。有的地方为提高经济效益,让当地居民搬走,并将留下的房屋大量开发为商铺以吸引诸多的游客。但游客增多的同时也给留下的当地居民带来了不少的生活压力,使得当地居民不得不离开老街,从而形成恶性循环,使得老街原有的居住功能大大减弱,本末倒置。人口流失造成老街的空心化,当老街里的人已不再是原居民,取而代之的是来自全国各地的商人的时候,便会使得老街的传统民风、市井文化没有了落脚的土壤,只得与当地居民一同离去,完全背离老街开发的初衷。与此同时,由于很多地方缺乏规范的管理,对仿古古镇古街的商铺也不进行资质、经营项目、品牌风格等方面的考察,以及部分商户唯利是图的本性,使得古街区逐渐出现了出售真假难辨、溢价极高的文玩、玉器及粗制滥造的地方纪念品,以及一些与历史文化概念、风格完全不搭的经营项目、品牌。过度商业开发,最终使得古街变得不古不今,不伦不类,反而加剧了一些地方对原本保存完好的古镇的破坏。在初次接触并走入这类老街,游客还会有新奇的体验,但随着相似的文化街区雨后春笋般出现,这类老街对游客的吸引力便会大大降低,也很难使游客买账。

历史文化街区最应坚守的应当是承载原有建筑文化、空间格局、人文风貌、历史文化及城市发展记忆的任务。但在开发的过程中,诸如北京的南锣鼓巷却已开发成了吃喝玩乐商业一条街。游客在那里除了吃些小吃,买个纪念品外,很少有人能够穿越千年古巷,追寻到历史的半点蛛丝马迹,体会到老北京胡同的半点文化韵味。这方面我觉得街区管理者可以借鉴国外的文化街区保护经验。如英国早在 1967 年,为了使各地有历史特征和价值的街区得到成片保护,便出台了《城市宜居条例》,正式引入"保护区"的概念。再如日本京都著名的花见小路就是在保持了江户时期的风格基础上,还在道路上随处可见那时期的歌舞艺伎,这种生动的纪念传统形式,既传承了文化,又活化了业态体验。管理者发展古镇的过程中,要遵循着"修旧如旧"的原则,应最大限度还原其外貌,可实地走访听取当地民众以及古文化研究专家的意见建议,也可参考当地的历史文献、历史照片,最大限度地实现与原有传统的协调统一。同时在复原建筑的基础上更注重文化内涵的培养,尽可能保留住当地的风土人情、文化风貌,如尽量不要打扰到当地居民,使得居民在不改变生活方式、文化传统的前提下,提升居民的生活水平。同时制定严格的规章制度,从游客的角度出发,注重游客的旅游体验感。同时避免商业化风气的过度蔓延,杜绝欺骗消费者的行为,杜绝与当地文化毫不相关的商业行为,注重对当地老字号的保护,避免其受到外来商业文化的冲击。注重对其经济活力的培育,讲究营造有特色的活动,使得各地的古街不会雷同。开发不忘保护,保护以实现更好的开发,最终达到保护与开发和谐共存,实现历史街区的良性发展,使得文化得以延续,灵魂有所寄托。

新徽商精神社会实践调查

王紫瑜、胡井慧、王薇婷、刘凯月、刘亚贤(表演1701)

内容摘要:随着现代社会的飞速发展,当今网络购物和科技的发展大行其道,使得传统文化中传统徽商精神成为大学乃至社会教育中缺失的一环。我校对此极为重视,并将其纳入思想政治理论课实践的一大选题之一。此举对传统文化精神的保护与发展影响深远,同时也有利于我校学生综合素质的培养。徽商在历史上曾展现了其辉煌的历程。本小组通过对新徽商精神的理论学习、追根溯源、实地探访、亲身体验等方式,深入了解新徽商精神这一文化瑰宝,通过查阅资料,咨询老师等了解新徽商精神的发展、传承的历史,并对新徽商精神有初步的认识,进行采访、学习、记录,并对大学生进行调查访问。本文从其成功之道、文化根基、衰落原因等方面介绍徽商的文化理念及其现实意义,并调查新徽商精神当前的发展、传承现状,研究并对其发展提出建议。

关键词:儒商、徽文化、贱买贵卖、与时俱进

一、"寄命于商"——徽商经营理念与商业文化

徽商是我国古代商业的一次崛起,是商业文化的一次革命;徽商倡导了一种独具特色的商业道德;徽商创造了一套完整的商务理念。徽商的成功之道可以从两个角度来探讨:一是徽商的创业精神,二是徽商的创新能力。

徽商的创业精神表现在拼搏、勤俭、谦让、诚信等几个方面。徽州有句广为流传的民谚:"前世不修,生在徽州,十三四岁,往外一丢。"许多著名徽商从小就背井离乡,出外学艺,奋力拼搏。他们重勤俭、重自强自立,"惜衣、惜食、惜财兼惜福""求名、求利、求己胜求人"。行谦让之德以营造和谐的周边环境是徽商的又一个特点,信奉"世事每逢谦处好,便宜多自吃亏来""忍半时风平浪静,退一步海阔天空"。因此,徽商的客户关系、同行关系、宾东关系、政商关系特别融洽,为自身发展增强了合力,减弱了阻力。商以诚为本,人无信不立,诚信二字是徽商创基立业的根本,杭州胡雪岩故居第三进中堂挂了一幅竖匾,上书"戒欺"两个大字。

徽商的创新能力源自徽商的注重实践、终生学习、日新月异、以人为本等理念。许多徽商都是从小本经营开始,逐步发展,在经商的实践中学,从实践中知难

克难,学实用知识,创实在效益,崇尚"世事洞明皆学问,人情练达即文章"。西递有一副著名的对联"读书好,营商好,效好便好;创业难,守成难,知难不难"。徽商终生学习,不断创新,"得地还须进一步,知天更上一层楼"。

徽商的文化根基。儒学是中国封建社会中居统治地位的主流文化,也是"徽文化"的根基。从区域文化特征上看,徽州是明清两代主流文化——以儒学为基础的程朱理学的发源地,儒学的伦理道德观念成为一代徽商精英创业、创新的指导思想。

"儒商"是徽商的主要特征。徽商以儒学为指导思想,形成了具有共同的观念信仰、伦理道德、礼仪风俗的"文化特质",建立了一种以同行公认、自愿遵守的商业行为制度为特征的"文化模式"。如在商业行为中,"以诚待人""以信接物""以义为利""以人为本";在创业发展中"讲勤俭""讲谦让""讲和谐""讲效益";在学习修养中提倡"自主自立""行而后知""学无止境""学以致用"等理念。如果把徽商比喻为中国商业经济的种子,"徽文化"就是萌发、培育的土壤。而徽商的崛起又为"徽文化"的振兴提供了坚实的基础。恩格斯说:"政治、法律、哲学、宗教、文学艺术的发展,是以经济发展为基础的。"徽州的富商巨贾,多热心于"出巨资办书院""延名师课子孙",既促进了"徽文化"的昌盛,又成为振兴徽商的强大动力。

徽商衰落的原因。为什么称雄中国商界四百余年的徽商在清末民初却逐渐衰落?徽商衰落的原因主要有五个方面。一是儒学理念的影响。随着我国封建社会制度和文化的变革,由于各种历史原因,徽商文化未能"与时俱进",封建文化中的一些理念,如攀缘官府、官商勾结、重宗守礼、光宗耀祖等落后于时代的观点,禁锢了徽商的经营活动,许多徽商认为"世间第一等好事唯有读书",功成名就的徽商最终追求的不是在商界继续做强做大,而是衣锦荣归,课子读书求功名。二是封建社会官场倾轧的影响。在封建社会的背景下,大徽商都是依靠官府特许经营的官商,随着官场斗争的成败,靠山倒了,一批依靠的徽商也就跟着垮台。胡雪岩就是靠给左宗棠办兵粮起家的,但以后又由于李鸿章和左宗棠政派之争而受连累。清朝衰亡就使大部分徽派官商失去了依靠。三是外国资本的影响。晚清时代,列强资本随着兵舰和洋枪洋炮进入中国,势单力弱的徽商在和洋商竞争中失去了市场。胡雪岩就是因为与洋商争夺生丝市场失利而最后破产。四是经济环境变化的影响。徽商兴盛时,主要经营盐、米、丝、药等大宗货物,靠新安江、长江水运。国际商贸兴起后,海洋运输重要作用日益显现,徽商未能抓住机遇,由江入海。明末也曾经有个别徽商试图开辟海上市场,终因各种原因被视为海盗,受到打击。五是太平天国战乱的影响。一批中小徽商在清政府与太平军的战火中失去了财产和市场。概而言之,徽商的衰亡是由于不能适应当时正在激烈变化中的政治、社会、伦理、文化和国际商贸环境,没有与时俱进、抓住机遇。

徽商所处的是中国特色封建主义的市场经济萌芽时代,满清政府为了维护腐败统治,不愿也不敢真正地鼎革图新,只准"中学为体、西学为用",这是徽商最终走向衰亡的社会制度原因。可资借鉴的商业文化:纵观各个历史时期的商业文化,都与当时经济发展、社会制度有关,有其特殊性;但又与市场商业行为有关,有其共同性。这些共同性的商业文化,在构建现代商业文化中是可以借鉴的。

中国是商业和商业文化历史最悠久的国家,商朝就是以"商"名代。在商、周两代,商人地位是很高的。齐桓公的两个重臣管仲和鲍叔牙是安徽人,都是商人出身,范蠡辞官下海,在"陶"地经商,改姓朱,人称"陶朱公",富可敌国。司马迁在《史记》中专门写了一篇《货殖列传》,开篇就提出"天下熙熙,皆为利来,天下攘攘,皆为利往"。商周工商业的兴盛,有客观历史原因,"春秋战国"和"东周列国"时代政治分裂,各个小国之间必须互通有无,各取所需,但当时信息并不准确、灵通,法制又不严密完备,而且跨国商业经营又不受本国法律管辖,商业活动机遇与风险并存,如何趋利避险,在商业交往实践中形成了以"契约"和"诚信"为核心价值观念的商业主流文化。"契约"以互利共存为目的,以协商谈判为手段,以"诚信守诺"为基础。"契约"的实质是在对集体利益充分尊重的同时,对个体利益最大化的追求。自觉的契约理念和诚信精神,一定是互相依存、互相促进的,"契约"是商业文化的行为准则,"诚信"则是商业文化的道德基础。

诚信是儒教伦理道德的主要内容,也是儒家做人、处世、为政的行为准则。孔子的学生子贡当官后,向老师请教从政之道,夫子答曰:"足食,足兵,民信也矣。"孔子说从政要重视三件大事:一是足食,民以食为天,要发展经济,让百姓吃饱、吃好;二是要加强国防建设,春秋战国时期,保卫疆土的兵力很重要;三是要建立一个诚信社会。孔夫子还说过:"人而无信,不知其可也,大车无輗,小车无軏,其何以行之哉。"儒教把诚信的民风、诚信的社会、诚信的政府看成社会稳定的基础、社会前进的方向盘。

当今世界,"经济全球化""市场一体化"的浪潮蓬勃兴起。在国际化的游戏规则中,对"契约""诚信"的要求更科学、更规范、更严格,"诚信守约"是国际社会公认的现代价值观,它反映了现代社会"人本化""理性化"的文化精神,它的价值取向是为社会提供平等竞争和共同发展的氛围；提供社会成员和社会群体实现普遍交往与交流的信任基础；提供以单个利益主体出让部分权利以换取有关主体普遍同意为前提的契约精神。徽商遵循儒学“仁者爱人”的理念，致富之后，修桥、筑路、办学堂、建会馆，扶贫济困，热心社会公益事业。现代商业文化也应涵盖“企业自觉履行社会责任”的内容，也就是一方面最大限度地提倡和保护企业的市场主体性、创造能力和创新精神；另一方面要提倡和促进追求利益最大化的市场主体与其他社会成员之间形成一个合理合法、和谐相处的共同体。

我们在构建现代“商业文化”中既需要吸收和融合优秀的外来文化，更需要弘扬和更新我国优秀的传统文化，沟通民族文化的血脉，注入新的血液而蓬发生机。

二、徽商的历史发展

公元 1762 年 3 月 9 日（乾隆二十七年二月十四日），扬州天宁寺行宫。这是发生在乾隆皇帝第三次下江南时的一幕。“朕此次南巡，所有两淮商众承办差务，皆能踊跃急公，宜沛特恩，以示奖励。”16 名盐商同时加官晋爵，这在清朝的历史上并不多见，引人注目的是，在这批受封的商人中，至少有 14 位均来自南方一个名叫徽州府的地方。一个小小的徽州府，何来如此众多的富商巨贾，这究竟又有什么特别之处呢？

在安徽南部、江西北部和浙江西部三省交界处，这东西长 145 千米，南北相距 110 千米，面积仅 1.25 万多平方千米的山区，便是历史上赫赫有名的徽州府。“徽州府在省极南，所辖六县歙为首，休宁祁门婺源角，绩溪府北黟西守。”这是以诗歌的形式，对徽州一府六县的地理位置所做的形象概括。徽州，古称新都、新安，是旧时安徽省最重要的两个府之一，公元 1667 年，江南省一分为二，分别成立安徽、江苏两省，安徽建省，省名就取自安庆和徽州两府。安庆是当时安徽的政治中心，而徽州则素以风景秀丽、文化昌盛、人才辈出和商业发达而著称于世。

公元 1754 年的一天，徽州府歙县城西 7.5 千米的棠樾村。年仅 11 岁的鲍志道身背简单的行囊，走过村口的石桥。他回头望了一眼再也熟悉不过的家乡，又下意识地摸了摸怀里揣着的一枚铜钱，心中不禁一阵凄惶。从这一刻起，一家人的生计就全指望他了。临行前，母亲从箱柜底层翻出家里仅剩的一枚“康熙通宝”，让他带在身上，希望能给远行的儿子带来好运。“前世不修，生在徽州；十三四岁，往外一丢。”当那个年代绝大部分中国人面朝黄土背朝天，向土地讨要生活时，不甘宿命的徽州人却把眼光投向了山外的世界。面对地狭人稠的现实困境，他们毅然做出这样的选择——“天下之民，寄命于农，徽民寄命于商。”在鲍志道启程赶赴江西的80多年后，徽杭古道上匆匆走来一位名叫胡光墉的少年。

胡光墉，字雪岩，徽州府绩溪县湖里村人。他七岁丧父，家境十分贫困，以帮人放牛为生。十几岁时，被乡人推荐前往杭州的一家钱庄当学徒。胡雪岩就这样离开了他的绩溪老家，攀上了江南第一关。公元1138年，南宋皇帝赵构把陪都从南京迁至杭州，这是继十世纪的五代吴越国之后，杭州又一次成为王朝的都城。在11年前那场目不忍睹的战争中，北方女真族大举南侵，北宋灭亡，宋室仓皇南迁。规模浩大的迁都，使得中国的政治、经济、文化中心随之南移，杭州一跃而为中国最大的都市，人口规模高达150万之众。“暖风熏得游人醉，直把杭州作汴州。”偏安一隅的帝都，夜夜笙歌，沉浸在醉生梦死之中。南宋王朝的建立，给徽州人带来了前所未有的商业机遇。

徽州毗邻浙江，成为真正意义上的近水楼台。徽州出产的木材、茶叶、生漆、桐油，还有著名的“新安四宝”——澄心堂纸、汪伯立笔、李廷珪墨、龙尾歙砚等，源源不断地沿新安江运往杭州。在这个时期（徽州）也出现了一批杰出的、有名的商人，比如说程承津、程承海兄弟俩，就是“广积产业而致富”，人们称他们为“十万大公”“十万二公”；还有徽州的先贤、理学的集大成者朱熹，他的外祖父叫祝确，当时在徽州府城建造了大批的商店和客栈，面积几乎占据了徽州府城的一半，号称“祝半州”。南宋，徽州人赚得了历史上的第一桶金。

多日奔波之后，胡雪岩如期来到杭州，并顺利进入钱庄，当起了学徒。为人机灵、手脚勤快的他，不久就被升为跑街，每天为钱庄招揽生意，讨要债款。虽然忙忙碌碌，日子过得倒也衣食无忧。与胡雪岩相比，鲍志道起初一直不顺。他在江西一边打工，一边学习，有了点积累后，又辗转浙江金华、江苏扬州和湖北等地。前后九年，他东奔西走，历尽艰辛，却始终未能找到一块立足之地。鲍志道知道，自己要想在茫茫商海中立足，必须寻求新的突破。

公元1763年，20岁的鲍志道又一次来到扬州。扬州，繁华依旧，富商巨贾云集。得知同乡大盐商吴尊德急需物色一名能干的经理后，鲍志道决定前去碰碰运气。吴尊德举行了一场别开生面的考试。当所有应聘者考完会计科目后，伙计给每个人端上了一碗馄饨。第二天面试时，主考大人逐个询问，昨天所吃的馄饨一共有几个？有多少种馅？每种馅又各有多少？这下，所有人都傻了眼。只有精明、心细的鲍志道答出来了。

棠樾鲍氏后来名满天下，但谁又会想到，鲍志道最初的发迹，竟然和一碗馄饨有关。进入 16 世纪以后，一种与程朱理学分庭抗礼的新思潮悄然兴起，并在素有“程朱阙里”之誉的徽州掀起轩然大波。

王守仁，浙江余姚人，世称阳明先生，其文韬武略，世所罕见。公元 1506 年，明正德元年，34 岁的兵部主事王守仁因冒犯宦官刘瑾而被杖四十，贬任贵州龙场驿丞，也就是今天的镇招待所所长。在这个生存环境恶劣的西南边陲小镇，这位牛人潜心研究，“龙场悟道”，创立了一支独树一帜的学术流派——“致良知”说。与程朱理学放眼于士大夫阶层迥然不同，在王学看来，商人、田夫、市民等都具有“良知”——“虽终日做买卖，不害其为圣为贤”。一向高高在上的圣贤功夫终于从庙堂、书斋走进了市井、村落。阳明心学一经问世，立即因广泛的庶民大众基础而备受追捧。一时间，在程朱理学一统天下的徽州，阳明心学大行其道，王学之风劲吹。

王阳明的王学提出的很多（观点）都是惊天动地的，“良贾何负闳儒”“士商异术而同志”“四民异业而同道”，这个实际上把“商”提高到跟“士”平等来看待了。棠樾敦本堂，是鲍氏支祠，始建于公元 1561 年。历经 230 年的风雨侵蚀后，祠堂已颓败不堪，时任两淮盐务总商的鲍志道斥资重修，并命名为“敦本堂”。在徽州以及徽州人的经商所在地，类似“敦本堂”“务本堂”的地方并不少见。那么，对徽州人来说，究竟什么才是“本”呢？

你是否成功，是否回来受欢迎，就看你能在商业上面赚到多少钱，所以这样一来的话，整个社会形成了一个有利于经商的文化氛围。读书是功名，那么，我们经商也是功名。后世学者对明清大宗商品的价格做过系统研究，发现商人通过长途贩运而获利的奥秘。以苏浙与湖广地区粮价为例，两地最大差价都在 50%左右，有时竟高达 100%；棉布的差价就更大，最高获利可达五倍。

旧时候的商人主要分为两种，一个是行商，一个就是坐贾，他们获利的关键就是贱买贵卖。明清两朝，徽州商人在所从事的各个行业都取得了巨大的成功。一心钻研营商之道的徽州人，满怀巨大的热情，用尽各种方式，在商品经济并不十分发达的明清中国，书写着前所未有的传奇。

徽州商人多从学徒做起，以小本起家，这样的经历使得他们即便在发迹以后，依然能节俭成性。明末清初思想家顾炎武曾提及一些赶考的徽州人，即使家资巨万，也是一身粗麻短褂、赤脚蹬草鞋的打扮，千里跋涉，赶赴京城。“以一伞自携，而吝舆马之费。”外人听上去大概会大跌眼镜，徽州人却甘之如饴。

徽州士子如此，生意场上的徽商更是有过之而无不及。“不慌不忙，三日到余杭;三日到余杭,鸭蛋未露黄。”生存的巨大压力磨砺出徽州人吃苦耐劳、节衣缩食的品性,也让徽州商人早已了然,既然寄命于商,就只能全力以赴,义无反顾。

为了经商,为了筹措资本,许多人是变卖家产,或者是借贷于四方。因此,在资本的早期原始积累阶段以及扩大再生产时期,徽州人只有勤俭节约、艰苦奋斗,才能使自己的经商得以进行下去。明清时期,江南有个说法叫“无徽不成典”,当铺的头柜朝奉素有“徽老大”之称。在江南人的发音中,“老大”与“骆驼”同音,徽州商人故而也就有了“徽骆驼”的绰号,他们身上那种兢兢业业、任劳任怨的敬业精神,亦被称为“徽骆驼精神”。晚年的胡适,在给台湾出版的《绩溪县志》题词时,极富乡土情怀地写下了“努力做徽骆驼”几个大字,的确意味深长!

其实,对外出经商的徽州人来说,有两样物品是最为忌讳的:一是茴香,二是萝卜干,因为“茴香”的谐音是“回乡”,而“萝卜”则意味着“落泊”。旧时徽州流行着这样两句土话:“出门身带三条绳,可以万事不求人。”意思是说,跋山涉水,身背的行囊坏了,抑或肩挑的扁担断了,都用得着绳索;实在不济时,还可以用它来上吊。“一贾不利再贾,再贾不利三贾,三贾不利犹未厌矣。”以自己的身家性命来博取一份商海前程,无怨无悔,至死方休!千百年来,徽州人正是抱着这种破釜沉舟的信念,前赴后继地投身商海,才创造出一个又一个的商业神话。

“前世不曾修,出生在徽州。年到十三四,便多往外溜。过山又过岭,一脚到杭州。有生意,就停留,没生意,去苏州。同乡多顾爱,答应肯收留。半来年一过,身命都不愁。逢年过节时,寄钱回徽州……”

三、徽商文化的启示

徽商的商帮,体现的正是作为徽商团结一致的一面。

徽商所到之处,经营之时,总免不了和当地的一些利益相关者产生纠纷。而徽商本身受儒学的长久浸润,深谙和谐之道,并用来指导他们的商业实践,从而形成了一种团结协作的精神。徽商既看重血缘关系,又利用地缘和业缘关系形成徽州商帮,在激烈的商业竞争中结成一体,抱成一团,一荣俱荣,一衰俱衰,利益攸关。顾炎武说:“新都(徽州)人,商贾在外,遇乡里之讼,不啻身尝之,醵金出死力,则又以众帮众。”这种“出死力”“以众帮众”的行为就是一种团结协作的表现。

(一)吃苦耐劳的徽骆驼精神

儒家的孟子指出:“天将降大任于斯人也,必先苦其心志,劳其筋骨,饿其体肤,空乏其身。”成就大业必须吃苦耐劳,经得起磨难。胡适把徽商这种吃苦耐劳、舍亲离家、远走他方终年不归的精神称之为“徽骆驼精神”。而徽州之所以多出商贾,与徽州的自然条件是不可分割的。徽州多山地而人口众多,人地矛盾很大,造成了徽州人不贾无望的局面。在徽州有一句民间俗语:“前世不修,身在徽州,十三四岁往外一丢。”自然环境的限制,造成了徽州人多数外出经商。由此可见,徽州人是借经商以求富,并非恃其富而经商。徽商多以小生意起家。胡适曾说:“一般徽州商人多半是以小生意起家;刻苦耐劳,累积点基金,逐渐努力发展。有的就变成富商大贾了。”从徽州的山里走出去,路途并不轻松。胡适谈到绩溪人的出行情况时,回忆道:“旧时徽州人走遍全国,背着一个口袋,里面装着炒米(或炒面粉),每到一处,只要向人家讨些水喝,以水就着炒米或炒面粉一吃,聊以充饥,便可省下一笔出门的伙食开支。”以上种种都体现了徽商的吃苦耐劳精神。明代有商人江遂志,在经商初期经历了很多的困难才攒到一点积蓄,因为得罪了官吏倾家荡产,可是他并没有放弃,借了钱又再次经商。后来上船遇到恶劣的天气导致货物全部沉入水底,此时的江遂志也年过半百,可他还是继续坚持,拿出所有的家底再次从商,最后成为著名的盐商。徽商之所以能够成功,就在于徽商获得成功以后也依然坚持的勤俭节约和吃苦耐劳的精神。在现代社会的经济体制下,徽商的精神仍然非常值得学习。要学习徽商在创业阶段不畏艰难、吃苦耐劳、勤俭节约的精神,在经营中面对失败敢于承担并永不言弃,在经商获得成功以后依然坚持勤劳不息并且勤俭持家的精神。

(二)创业精神

徽商把从商当作自己的事业和人生追求,从事商贾人数之众多,活动区域之广泛,从事行业之多,经营能力之强,都反映出徽商的创业精神。谚语云:“钻天洞庭遍地徽”,意思是洞庭商帮极善经营,徽州商帮分布极广。更有俗语:“无徽不成镇”,反映的也是徽商的分布广泛。徽商的这种创业精神在经济全球化的今天仍然有很大的借鉴意义。我国的企业要懂得顺应时势,有走出去的勇气,主动参与国际竞争,根据市场环境调整企业的经营策略。企业要在瞬息万变的市场中加强自身市场预测能力,及时掌握市场的信息,敢于创新。随着大量的外国资本和企业汇入中国,中国企业要增强自身的竞争能力,提高自身的素质,掌握最先进的科学技术与管理理念,对于徽商在经营管理方面的优点,企业要予以借鉴。企业要与时俱进,继承徽商的创业精神。

(三)诚实守信

由于徽商崇尚儒家文化,并将儒学的精神贯穿于商业经营活动,在特定的历史时代和历史环境下,形成了徽商良好的商业道德,对徽商赢得客户的信任、长期有效地占领市场并且最终取得经营的成功,起到了至关重要的作用。儒家思想的影响,使徽商获益匪浅。譬如,诚实不欺、公平守信是儒家的重要思想之一,许多徽商把它变成了自己的伦理观念与经营原则。对现代商业来讲,市场经济条件下,公平守信的原则应当作为建立和规范社会主义市场经济的重要伦理观念。

改革开放以来我国的风土人情变迁之“世界只有一把紫砂壶,她的名字叫作宜兴”

张炅泽(公共 1702),汤宇萱(产品 1703)
牛铭朗(产品 1701),陈谦睿(环艺 1704)
顾家(产品 1701)

一、概述

紫砂器是中国特有的手工制造的陶土工艺品,产品主要以紫砂壶为主。紫砂壶的原料紫砂泥产于江苏宜兴,紫砂壶也以江苏宜兴出产的最好,正所谓“人间珠宝何足取,宜兴紫砂最要得”。

我们的考察队伍,这次便来到了宜兴市丁蜀镇,探访紫砂文化的变迁与现状。说到紫砂与改革开放的关系,可得说紫砂的发展一定要归功于改革开放。改革开放之前,紫砂产品只是作为实用器具,紫砂匠人们靠着自己的手艺,仅能够解决温饱。随着改革开放,工作重点转移到以经济建设为中心,陶都宜兴的紫砂欣逢发展良机,迎来了几百年一遇的鼎盛时期。

十一届三中全会以后,特别是 1979 年以后,宜兴的紫砂工艺厂加强了工艺管理和技术改进工作,使产品质量不断提高,并不断发展新产品。同时从 20 世纪 80 年代起,香港、台湾、东南亚掀起了一场“紫砂热”,使得这一古老文化大放异彩。1979—1987 年,宜兴紫砂参加了加拿大、日本和中国香港等国家或地区举办的展览会,紫砂艺人还分别到澳大利亚、美国、日本、孟加拉国和我国香港地区进行考察和操作表演。与此同时,紫砂行业根据市场行情不断调整品种结构,产品逐渐向系列、配套发展,档次也向高档、创特色发展。随着宜兴紫砂在国际市场的声誉不断提高,我国台湾地区和东南亚的客商蜂拥而至,收旧买新。到 1987 年,宜兴紫砂已远销 50 多个国家和地区。

随后经历了 1997 年后的亚洲金融风暴,紫砂在经历了一次暴跌后进入了自然调整阶段。

进入21世纪,国内经济步入快车道。“乱世买黄金,盛世兴收藏”,随着人们的生活水平不断提高,紫砂器越来越多地走进了寻常百姓家。紫砂业又被重新注入了新的活力,紫砂市场规模不断扩大,产品覆盖世界上绝大多数国家和地区,国际交流展示频繁,紫砂的声誉和价位从2004年起一路攀升,国内市场空前火爆。

近年来,紫砂市场进入稳定发展阶段,呈现出一定程度的下滑趋势,部分趁市场火热而加入紫砂行业的商户和艺人,逐渐被紫砂市场淘汰掉。然而最早一批进入紫砂行业的手艺人,在紫砂文化中经历了时间的历练,仍然能够在紫砂市场中保持着活跃。

二、调查方式

我选择了访谈和跟随学习相结合的调查方式,采访的是中国工艺美术大师顾绍培先生,学习更多关于紫砂的知识和他身为一名工匠的生平。他同时也是我的姥爷。经过与姥爷一段时间的交流,我大致了解了紫砂这门艺术的发展,和他老人家大半辈子的奋斗史。

1945年姥爷出生于宜兴陶艺世家,现时门牌蜀山南街181号。老屋门幅不宽,但层高、进深长,有四进、二楼,两边山墙与毗邻的房屋紧密相连,底层是全家人劳作干活和吃饭之地,中间有个小小的天井,阳光从顶上照射进来,旁边有木梯上二楼,那是全家人休息的地方,空隙处则可堆放杂物。

蜀山南街,并不在蜀山南麓,而是位于蜀山西边,人们惯称南街或旧街。窄窄的石板路,两边大都为各式各样的两层楼店面,有陶艺店、杂货店、茶馆,人来人往热闹得很。我们家世代就生活在这,生活在陶器、紫砂的环境里,蜀山上龙窑的火光日夜不息,门前蠡河上运陶的船只来来往往……姥爷熟悉这儿的一切,在泥土和火的世界里长大。

1961年姥爷进入紫砂工艺厂时才16岁。虽然文化程度不高,但学习文化和技术的热情很高。孜孜不倦,刻苦学习,苦练基本功。师从陈福渊,后又得制壶高手顾景舟悉心教导,使自己的技艺得到较为全面的发展。

1979年夏天,厂里要制作4只1.08米高的扁方瓶,赴京参展,工期只有26天。当时,类似这种紫砂大件作品做的人不多,有人只做到80厘米高,就再也做不下去了,主要原因是力点与泥料的承压力掌握不好。姥爷领到任务后,每天加班加点工作,有时一天只睡三四个小时。有次他突然生病,只得去医院输液。可他刚输完液,又进了工作室,赤着膊干起来。当4只1.08米高的扁方瓶按期制作成功后，他整个人就像散了架，瘫坐在椅子上半天起不来。

那段时间，家里生活也很艰苦。姥姥在农村下田，一个人忙碌，姥爷在养活全家的同时，专业还不能落后，日子过得比20世纪50年代还要苦。但姥爷就是有一种韧劲，对自己抱有很大的信心。1975—1980年，姥爷的成果颇丰，有代表性的个人作品都是在这段时间里完成的，几乎每年都有大奖，这段时期成为姥爷创作的高峰期。其中《百寿瓶》获国际金奖，姥爷更是被全国总工会授予“全国优秀科技工作者”称号，并获得“五一劳动奖章”和“江苏省劳动模范”等称号。《百寿瓶》原件的尺寸不大，因为它端庄，富有民族文化色彩，有人评价为“匀称贴切、端庄凝重、静中有动”，后来便依样做大，做成特大瓶，高有78厘米，被北京中南海紫光阁作为珍品永久性珍藏。

1986年8月28日，姥爷加入共产党成为先锋队的一员。随着不懈努力，姥爷于2006年被国家发展和改革委员会授予中国工艺美术大师称号。2009年春天，姥爷创立了自己的艺术馆——顾绍培紫砂艺术馆，陈列了从艺50多年各个时期的一百多件作品，从茶壶到花瓶、花盆，可谓琳琅满目，由此精选了若干作品，汇集成《顾绍培紫砂艺术馆藏品精选》一书。

姥爷说回忆过去是一件让人情绪跌宕起伏的事，说到喜处高兴、低落处黯然，这就像我们这一生经历过的起起落落，并无太大挂碍，但滋味却极深，有些以为想不起来的事情，说到一个点上也就想起来了，像是做一件作品，面与面的镶接需要点与点的对应、线与线的协调一样。这数十年的路走来，无论酸甜苦辣，姥爷总是

对人生抱着一颗感恩的心，一路走一路都是收获。

那姥爷做了一辈子的紫砂壶，它的成型技艺到底如何，接下来也为大家详细介绍一下。

首先传统的紫砂器有方器和圆器两种。花货、筋纹器就先不讨论了，以典型性为主。

紫砂壶方器中，以四方形器为最多，多见的四方形器有方斗壶、升方壶、高方壶、扁方壶。此种类型，虽为方器，亦有变化，但每条边线均为直线，面为平面。这是方壶的最基本造型。四方形器中，四边为曲线或阴或阳之变化，形体对称，构成了四方壶的另一种变化。方器紫砂壶由于形状的特殊，制造工艺也非常特殊。紫砂方壶成型制造方法，主要是传统的手艺镶接法。全手工镶接就是用泥片镶接。

据明末清初《宜兴瓷壶记》记载“供春断木为模，时悟其法，则又弃模，而所谓削竹如刀者器类，增至今日，不啻数十事。作掌厚一薄一分听土力，名曰土毡，割而登诸月有序，先腹两端相见。廉用媒土，土湿曰媒，次面与足。”

以上记载的紫砂壶的技艺，首先是金沙寺僧在陶缸翁者处习得捏塑法用于紫砂壶制作，其后供春断木为模，使用了内模法，时大彬又悟其法，用泥片镶接法制壶。根据制壶的工艺要求，又发明了不止数十种工具。竹木拍子掌拍身筒成型，泥片按尺寸需要切割好，有序地摆在木转盘（月皇）上，先壶身泥片的两端，用鳑鲏刀刮脂泥粘好，然后镶接面与底。

三、紫砂壶制作过程

（一）升方的制壶

1.打泥片

2.铺砂

3.做身桶

4.做底片

5.做满片

6.制作壶嘴

7.做假底

8.去假底

9.做壶盖

10.装壶嘴,配嘴把

11.做壶钮,铺砂,明针等

12.升方壶成形

(二)圆器制作工艺(打身筒成型法)

圆器是最常见的紫砂壶类型,也叫作素器。圆器器型比例协调,转折圆润,有很高的欣赏价值。

宜兴常用的制作圆器的方法为打身筒成型法,打身筒适用于圆形紫砂壶坯件的成型,早在明代和明以前,圆器成型方法主要是用模具。之后,时大彬改进了制作方式,把泥条放在转盘上,转动转盘,以旋转拍打身筒的成型方式来做紫砂壶圆器,这种方式随时代发展不断改进,就成了现今仍在使用的"打身筒成型法"。用这种方法制作成型的圆器,其圆正度与轮制的圆器无异,制成的壶圆润精美,十分美观。

以下为操作步骤:

1.打泥条

先将熟泥料放在泥凳上,用木榙子捶打,打成符合制品要求的泥条。

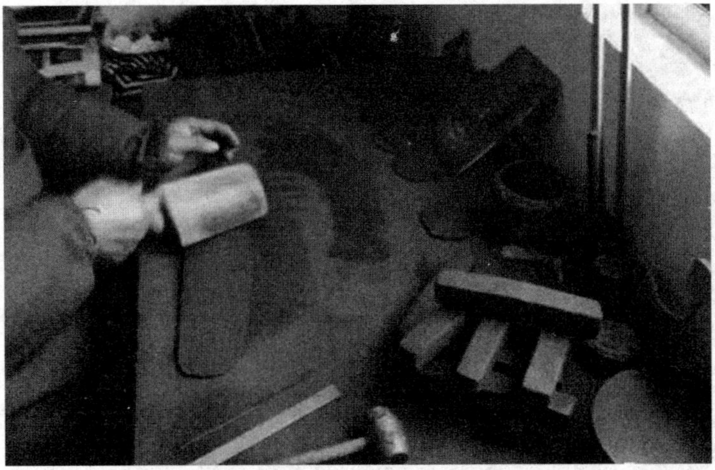

2.打泥片

用木榙子打出做器型口、底和身筒的泥片,用规车旋出口、底和围片。

3.围身筒

把围片黏贴在转盘的正中，把泥条沿着围片圈成泥筒，调校端正。

4.打下半身筒

以左手衬在圆筒内，右手用木拍子拍打身筒上口，收口后成器皿的下半身形，把底黏结在底部。

5.打上半身筒

把打好的下半身形翻过身来，再拍打身筒的上半部，逐步收口，至口径符合要求，再黏结口满片。

6.理身筒

用薄木拍子旋压旋搓，或按或提，把空心胚体做成各种轮廓曲线。待身筒晾至一定干度，然后加颈加足，以成完整壶身。

7.弯嘴

按制品规格，用泥料搓弯壶嘴。

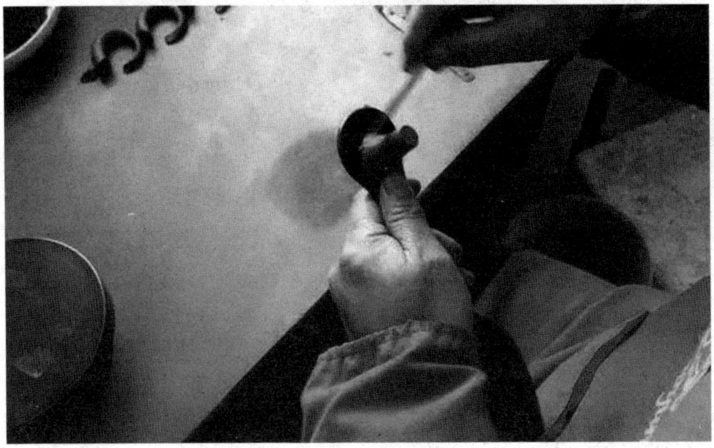

8.弯錾

用泥料按要求搓弯壶錾。

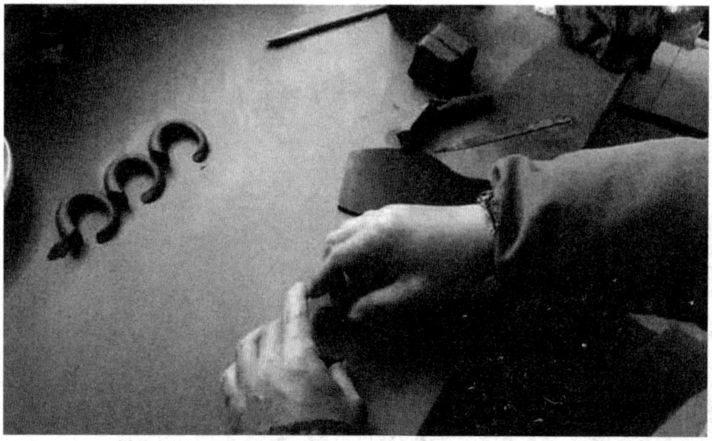

9.做盖

将规车画出盖片和虚片,用这两片泥黏结制作壶盖。

10.搓的

先用含水分高点的泥搓圆条,待圆条干至一定硬度叫“的段”,接着将“的段”用工具搓成一粒粒的圆形壶的。

11.装的

把搓成的壶的安装在壶盖的泥坯上。

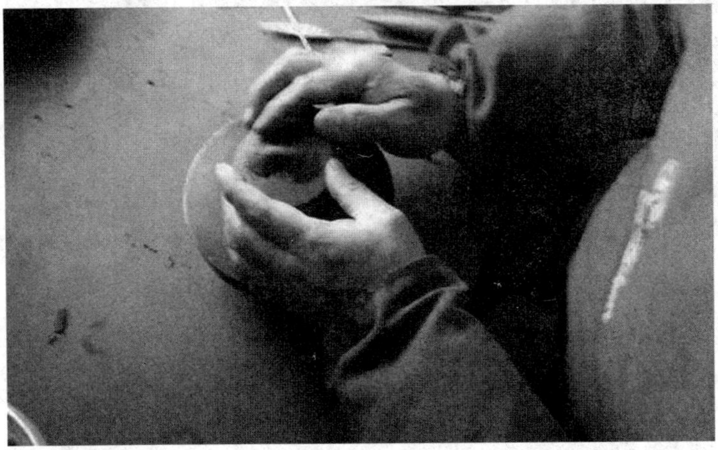

12.装嘴

在壶身筒的中心,取一段装嘴,使壶嘴与壶成一水平线。

13.装錾

在正对嘴的身筒另一边装上壶錾,壶錾与壶嘴要成一直线。

14.啄嘴

用尖刀(竹制或铁制的工具)整理壶嘴与壶体的黏接处,使黏结圆正整齐,不留痕迹。

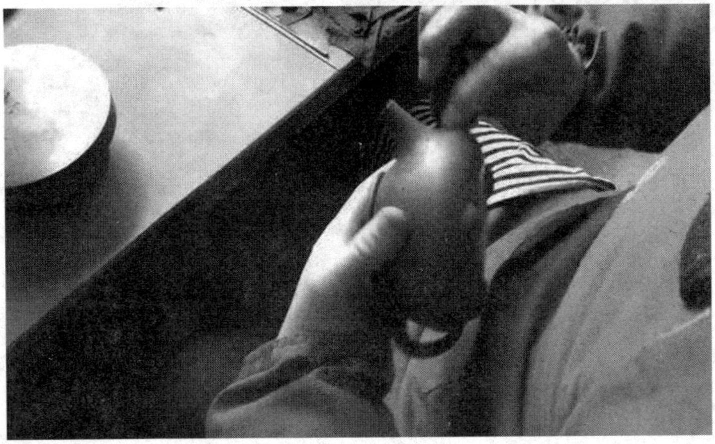

15.啄鋬

用尖刀修啄壶鋬与壶体的黏结处,要光滑干净。

16、成型

用明针和各种工具把坯体整理规整,周身压光匀,一个圆壶泥坯成型。

四、总结

通过这段时间的了解,发现改革开放以后不变的是老一辈的工艺和他们身上的韧劲,变的是紫砂整个行业。如果不是改革开放的春风吹满大地,紫砂这个行业根本不会有春天,也不会有如今像顾老这般大国工匠的诞生,可能这精湛的制壶技艺只能埋没在民间了。虽然如今的紫砂行业没有前几年那么兴盛,但是相信随着祖国的发展,紫砂行业一定会迎来另一个高峰。与此同时,通过我们年轻一代的努力,能将其带上另一个高峰。

生态立村、产业兴村、文化强村

——宜兴市西渚镇白塔村美丽乡村建设纪实

陈绪新 杨进进 张晶晶

内容摘要：十九大报告明确指出，农业农村农民问题是关系国计民生的根本性问题，必须始终把解决好“三农”问题作为全党工作的重中之重。要坚持农业农村优先发展，按照“产业兴旺、生态宜居、乡风文明、治理有效、生活富裕”的总要求，实施乡村振兴战略。“实施乡村振兴战略”既是新时代中国特色社会主义的基本方略，更是决胜全面建成小康社会、建设社会主义现代化强国的重大历史任务。“绿水青山就是金山银山”，改革开放40年来特别是党的十八以来，宜兴市西渚镇白塔村积极响应党中央号召，以党建工作为“红色引擎”，持守“生态立村、产业兴村、文化强村”的发展理念，实现“干部带头、政府搭台、群众参与”的深度融合，因地制宜，用改革创新的白塔精神，绘就出一幅幅美丽乡村的新时代画卷，探索出一条实施乡村振兴战略的白塔之路，形成了一系列美丽乡村建设的白塔经验。

关键词：党建引领、生态立村、产业兴村、文化强村

调查组组长：

陈绪新（江南大学马克思主义学院教授）

调查组成员：

栾　俊（江南大学马克思主义学院副教授）

杨美勤（江南大学马克思主义学院副教授）

何振兴（宜兴市委宣传部发布科科长）

周　骁（宜兴市委宣传部协调督查科科长）

高　超（宜兴市西渚镇党委宣传委员）

焦　朋（宜兴市西渚镇白塔村党支部副书记）

李　震（宜兴广电记者）

李　峰（宜兴广电记者）

周丽娟（宜兴日报记者）

臧欣欣（江南大学马克思主义学院研究生）

王恒江(江南大学马克思主义学院研究生)
杨进进(江南大学马克思主义学院研究生)
张晶晶(江南大学马克思主义学院研究生)
张玉叶(江南大学马克思主义学院研究生)

一、白塔印象和她的富春图

宜兴南,西渚西,云湖畔,这里坐落着中国最美乡村——白塔村。该村远在城外,藏在半山,隐在竹林,因而这里没有比月亮还炫目的霓虹灯,没有车水马龙、人潮涌动的都市喧嚣,相反,这里的每一个角落都透露着闲适、安逸与宁静。

走进白塔村,满目碧绿苍翠,白墙黑瓦掩映,江南韵味十足。穿过古窑展示馆,大片的白杨树挺拔遒劲,藤蔓缠绕,生机盎然。飞檐翘壁的古意建筑在绿树青草间沉静端方。登上半山腰的凉亭,近观连绵茶园,静享清风拂面;远眺静谧村庄,描摹如画风景。再往上,便可将两省两市100千米内的景观尽收眼底。夜幕降临,在透明圆顶形似帐篷的“微家屋”中,看满天星光闪烁,听身畔鸟啭虫鸣,暌违已久的舒适安逸令人沉醉。此外,随处可见的果树苗木、农牧生态园的“小猪赛跑”、“行香竹苑”的禅意民宿、云芯山庄的农家菜肴以及乌米、莲藕、竹笋等特色农产品都是被烙印上独特的乡村记忆——白塔味道。白塔村整洁的村容、如画的风景、纯朴的民风给人留下流连忘返的深刻印记,村口的牵稼园游客接待中心也已经落成,正开门笑迎来自祖国各地、五湖四海的广大游客朋友。因为在这里,远离城市喧嚣,最适合给心灵放个假;因为在这里,能够找寻回不去的乡愁,最是一个找回初心的地方。

白塔村的美不止于她的静适、整洁、淳朴,其文化底蕴亦十分丰厚。她既是“中国革命戏剧拓荒者”“革命电影事业奠基人”——著名剧作家于伶的家乡,也是星云法师祖庭白塔寺院所在地,可谓历史文化遗迹众多。面对得天独厚的文化资源,白塔人围绕“于伶”品牌,把陶都美丽乡村建设的重点,放在历史文化资源的挖掘、保护和开发上,传承历史文脉,彰显村庄特色,相继建成了与周边环境和谐为一体、风格古朴的于伶文化广场、于伶图书馆、于伶诗词书法长廊等一批文化景点,实现了让村民不出家门看景点、品文化、享生活;白塔人用自己的智慧和勤劳的双手,点亮了“生态农业、优美环境、文化底蕴”三盏“明灯”,演绎着建设中国特色美丽乡村的幸福“现代剧”。

今日白塔村所取得的骄人业绩,不仅传颂在当地老百姓、到访游客的口中,沉浸在百姓的幸福生活中,印记在干群的灿烂笑容里,更是直观地体现在各级党和政府颁发的荣誉称号上。白塔村先后被评为“全国文明村”“中国美丽休闲乡村”“全国生态文化村”“中国特色村”“中国慢生活休闲体验村”“全国乡村旅游模范单位”“全国休闲农业与乡村旅游示范点”“《中国作家》创作基地”“中国旅游315示范基地”“中国最美村镇”“江苏最美乡村”“江苏省四星级旅游示范区”“江苏最具魅力休闲乡村”“江苏省社会主义新农村建设先进村”“江苏省生态村”“江苏省文明村”“无锡市十大美丽乡村”及“陶都美丽乡村”等。

面对一个个荣誉，谁都不会想到，曾经的白塔村却是一个名不见经传的穷乡僻壤。白塔村地处苏浙徽三省交界，宜南山区西缘，七山二水一分田，曾经是宜兴市的一个较为偏僻的村庄。过去由于地理位置偏僻、工业经济起步较迟、交通闭塞等原因，在较长的时间内一直是远近闻名的经济薄弱村，收入来源主要依赖于第一产业，生产力水平十分低下，村民基本靠扶贫过日子。在村里最困难的时候，村民连电费都难以缴付。

在寻找农村经济科学发展的过程中，白塔村的干群感到，尽管当地经济发展滞后，但自然环境优越，原生态环境良好，特别是历史积淀的文化资源丰厚，具备发展自然生态旅游的条件。历史传承的白塔钟声、步龙桥、筱里八景、古陶文化等一个个历史故事已经影响了几代人，得天独厚的历史文化资源不仅是白塔村打造美丽乡村的优势，同时也是脱贫致富的一条有效途径。2012 年，白塔村两委决心做出改变，抓住乡村旅游发展契机，利用自然资源禀赋，整合全村力量，坚持“生态立村、产业兴村、文化强村”的发展理念，成立白塔乡村旅游、高效农业、特色南天竹种植等六个专业合作社，推动白塔各项经济事业发展；同时挖掘白塔特色文化，建立白塔文化公园等五大文化旅游园区；打造乡村旅游产业，形成白塔特色的牵稼园民宿文化园。为了做好文化生态休闲度假旅游这篇大文章，营造“动静结合、高低结合、老小结合”的智慧旅游，成立了全国首家乡村旅游合作社——白塔乡村旅游合作社，为全村老百姓搭建了一个 7.6 平方千米、覆盖 3 个行政村、惠及 27 个自然村、118 名党员和 320 名村民的乡村旅游致富平台，广泛吸纳群众参与，实现共同致富，呈现出生态环境日益优美、高效农业协调发展、特色旅游日益彰显、干部群众安居乐业的良好态势。白塔村从昔日的扶贫村变成乡村振兴的示范村，2017 年村民人均收入达到 3.8 万元，村级经济实现了翻番，年均增长 25%，村民幸福指数与日俱增，获得感持续高涨。作为白塔村的当家人、领头雁，欧阳华书记光荣地当选为第十三届全国人大代表、第十三届江苏省党代表，并先后获得“全国乡村旅游先进个人”“江苏最美人物”“江苏优秀共产党员”“无锡劳动模范”等荣誉称号。

二、白塔精神和她的当家人

作为白塔村的当家人、领头雁,欧阳华同志自1992年担任白塔村党总支书记以来,敬业奉献、扎实为民,以无比的工作热情和高度的社会责任感,紧紧抓住云湖风景区开发这一契机,因地制宜,打造了白塔乡村旅游的核心品牌;立足村情实际,先后打造八大高效农业示范基地,发展乡村旅游业,推动白塔村脱贫攻坚,依靠自己的勤劳与智慧奏出一曲动人的强村富民之歌。始终坚持"用智慧谋事、用激情创业、用全心做事、用业绩树威、用富民为本、用理法护身、用口碑安心"。

(一)人无格局,事事难立

村干部虽小,却责任重大。做好一个村干部,要有"小干部大境界、小干部大作为、小干部大理想、小干部大胸怀"的工作精神。欧阳书记常说,人没有一个宽大的胸怀,没有一种很大的格局,做起事情来就会畏首畏尾、鼠目寸光,那是不行的。格局提高了,境界提升了,做起事来自然就会放开,而且可持续下去。20多年前,欧阳华成为白塔村"当家人"的第一天起,他就深知"领头雁"之胸怀格局的重要性及其所应具备的担当精神。乡村要想振兴,唯有党员勇于带头,干部勇于担当。那些年里,他总是没日没夜地忙活,发展村级经济没有钱,他几度去上海、无锡等地引资;回来后,又是田里、林间、村民家里来回跑。靠着"当家人"的长袖善舞,白塔村悄然蜕变,全国特色村、中国美丽休闲乡村、中国生态文化村等荣誉接踵而来。在采访过程中,欧阳书记饱含深情地说:"在我刚接下村委书记一任的时候,村里因为贫穷,交不起电费,停电整整八个月,老百姓守着蜡烛煤油过日子,看在眼里,心中很不是滋味。"于是他就自掏腰包,为村里垫付了电费。全村用上电之后,老百姓就说欧阳书记给我们带来了光明,蜡烛、煤油灯从那时起就再也没用过了。那年年底,欧阳书记又拿自家钱付了村部工作人员的工资,当时是从早上8点发到晚上12点,把全村的债务全部解决掉了。几年下来欧阳书记垫付约15万元,当时15万在宜兴可以买一栋楼啊!一个没有格局与胸怀的人,干不出这样的事来。

(二)不忘初心,砥砺前行

一个地方最可怕的就是没有激情,欧阳书记刚回到白塔村的时候就是靠激情二字改变了白塔村,他用激情感染并感动了上上下下、左左右右、方方面面的人来支持、关注和参与白塔村的建设。欧阳书记激动地说:"我们当时虽然穷,但我们是男人,顶天立地的男人,别走到哪里,都是'穷穷穷''难难难'挂在嘴边。一个家庭的当家人是如此,一个村的当家人更是如此。你要知道办法总比困难多!男子汉大丈夫,就是要有志气,要有阳刚之气,要顶天立地,阳光灿烂。”作为一名基层干部,欧阳书记始终保持着想干事、能干事和会干事的工作激情,始终保持着雷厉风行、敬业苦干和人穷志不穷的拼搏精神。在长达27年白塔村支部书记的岗位上,在带领广大干群强村富民的实际工作中,他以村为家,以民为家,每天工作13个小时以上成为家常便饭。他常说:“做好今天的事,想好明天的事,理好后天的事。在村做工作,在外学工作,在家想工作,处处谈工作。”在女儿的眼里,欧阳书记就是一个“少沾家的‘怪爸爸’”。据她说,一年只有三种情况下才能跟爸爸多待一会儿。“每年开学时,他要带上户口本陪我报到;我考试考砸了,他作为家长教导我;还有就是大年夜,在家吃年夜饭。”妻子因为急性血小板减少急需就医,却因为欧阳书记没空而延误了病情。在欧阳书记看来,年轻人“能力水平不重要,重要的是你有没有激情,激情代表着你的工作态度。工作态度都没有,你能做好事情?不可能!有激情的人会努力去学,没有激情即使有能力也发挥不出来。上班带着初心,在班努力用心,下班不愧公心”。正是欧阳书记用自己的实际行动告诉我们,是激情改变了白塔村,是激情创造了白塔村!

(三)扎根乡野,实干为民

欧阳书记认为,村官虽小,但一定要立志“小岗位干大事”,而非“小岗位做大官”。实干为民,欧阳书记永远不把自己当官。“村书记不是官,村书记就是村书记,不是整天皮鞋光光,西装挺挺,那不叫村书记,村书记就是皮鞋灰灰。村书记要每天走在田野上,每天和老百姓打交道。村书记永远在小路上,村书记永远在田埂上,村书记永远在每家每户的心坎上。”用全心去做事,“习主席说得很对,幸福指数是奋斗出来的”。在他的同事和白塔村村民的印象中,欧阳书记要么不做,要做就要做好。为了把村里搞好,近30年如一日,深深扎根在村里;在欧阳华的心里,村民家的事总是第一位的。62岁的陈益民生过一场大病,家庭步入窘境。欧阳华一次次往他家跑,嘘寒问暖,咨询医生,给他办低保,教他种植苗木和红提,帮助他盖新楼房搞农家乐。作为白塔村的第一家民宿,现在他家的一年收入近20万元。陈益民含着热泪告诉我们:“欧阳书记待我就像亲人一样。欧阳书记事业心很强,干一样像一样。他要么不干,要干就干得最好;他平日里没有什么双休日、节假日,整天都待在村里,兢兢业业,带领村里老百姓把生活条件提高了,现在的白塔村搞得真不错,环境各方面都很好,现在的白塔村不仅有名,更有‘实’。这个‘实’就是白塔村发生的变化是实实在在的,白塔村老百姓的日子过得是实实在在的。”

（四）政治定力，站位明确

作为新时代村里的当家人，欧阳书记时刻提醒自己，脑子里一定要有明确的政治站位，骨子里要有勇往直前的定力。原先，欧阳书记也感觉到党性观念、共产主义只是大口号。当了白塔村支部书记后，他深深地知道，做一名共产党员，一名村党支部书记，必须要有坚定的信仰。如果一个人想把事业做好，想把产业搞好，想把碰到的压力化解掉，就必须要有信仰。白塔村的发展过程中遇到过很多困难，出现过很多棘手的问题，碰到过许多发展瓶颈，就是凭借着信仰的力量，才能凝聚力量，汇聚人心，破解难题，寻找到新的出路。这个信仰是什么，就是习近平总书记一再强调的“人民群众对美好生活的向往就是我们的奋斗目标”。胸怀宽广、格局与修养是党员干部的重要品质。欧阳书记的大格局与大胸怀，不光体现在他牺牲小我、奉献大家上，对别人的反对意见或不理解，他始终持守包容与容忍的态度。欧阳书记深知，对于一些新鲜事物、新鲜做法，老百姓的接受与理解是要有一个过程，有些人不能理解甚至会激烈反对是很正常的。“要能够包容他们，理解他们，让他们接受也需要一个过程，所谓‘欲速则不达’；而且，我们也不能因为有人反对就不去做那些长远看来是对老百姓有利的事情。”党员干部创业谋发展，不能投机取巧，不能急功近利，要坚持把“实现好、维护好、发展好人民群众的根本利益”作为一切工作的出发点。“多做实事，少说空话，让我们的发展更有质量、更可持续。”作为白塔村的引路人和领头雁，欧阳书记用自己的责任感、激情，用自己的智慧和“孺子牛”的精神，在带领广大干群“生态立村、产业兴村、文化强村”的生动实践中，以实际行动践行一个平凡的共产党员全心全意为人民服务的宗旨，鲜活地展现了新时代共产党员的风采。

三、白塔道路和她的山水经

（一）红色引擎，点亮“生态立村、产业兴村、文化强村”三盏明灯

坚持群众路线，是党员干部落实各项工作任务的重要法宝。在推进白塔村发展振兴中，欧阳华书记始终坚持密切联系群众，以群众为本，积极带动群众投入参与到白塔村的建设中来。在引领发展南天竹等高效生态农业、带领村民增收致富的过程中，充分发挥党组织的“红色引擎”作用。这些年，欧阳华带着党员干部不断摸索，反复实践，经多方考察论证、广泛征求意见，村党总支确立“用智慧谋事、用激情创业、用全心做事、用业绩树威、用富民为本、用口碑安心”的工作准则，团

结全村党员群众共同奋斗,先后建起南天竹等八个千亩农业示范基地,小小南天竹已成为村民致富增收的金牌产业。欧阳书记说:"那时,村里樱桃挂果,卖不出可都得烂在树上。要是有销路,村民们的腰包都能鼓起来。看着村民受穷,他心里很不是滋味。"他觉得,村里有着得天独厚的生态环境和资源,发展生态高效农业肯定能出头。那些日子,他没日没夜地忙活着:没有良种,去常州、徐州等地引进;资金不够,几度赴上海、无锡引资;还得往田里、林间、村民家里跑,多了解情况……"第一炮得打响!"

当时村民接受新事物的积极性不高,要是开头失败了,全村老少估计都会"缩回去"。那时候,欧阳华的压力是可想而知的,因为要让老百姓放弃水稻,种植其他农作物,经济前景怎样,这都是很不好说的。而且,当地老百姓种植水稻已经很有经验,种植其他农作物的经验、技术水平都不行,高科技手段也不会使用,所以当时老百姓的质疑、不理解乃至反对意见是非常多的。为此,他很少能睡上一个安稳觉。为了打消群众的疑虑,欧阳书记就自己带头种植南天竹近 5 亩田,在他的带领下,全村 30 多名党员干部也在自家的承包地上带头种植南天竹。南天竹,一开始是根种,现在已经发展到用种子播种。与此同时,欧阳书记还组织开展集中培训,引导其他农户一起种植,帮他们转土地、找销路,通过技术与市场打开销路。

村民代表张全荣告诉我们:"当时欧阳书记就天天带队到花卉市场去,到南天竹窗口去促销。现在发展了电子商务销售渠道。"书记亲自种,干部带头种,开展技术培训,跑市场打开销路,经济效应明显了,老百姓种植南天竹的积极性也就提高了。很多老百姓靠种南天竹,买上了汽车,盖起了洋楼,亩产最高收益可达 10 万元。在白塔村的辐射带动下,白塔村所在的西渚镇,南天竹的种植面积已经扩大到了 3800 多亩,带动 1000 多人就业,年销售收入达 5000 余万元。村民王志平告诉我们,他原本是出了名的借钱户,几年下来,欠债十多万元。在欧阳书记的建议和动员下,三年前他借钱买籽种了南天竹,第一年收入就达 7 万多元。尝到了甜头以后,如今他的南天竹种植面积已经扩大到了 16 亩。欧阳书记清楚地知道,发展生态高效农业必须走"公司加农户"的集约化经营之路,不能靠农户的单打独斗,必须尽快成立白塔村南天竹等高效农业合作社。在他的带领下,相继组建了南天竹、茭白、樱花、苗木、无公害大米等 5 家合作社,组建了苏南首家观光农业专业合作社。以生态观光休闲旅游为抓手,带动生态农业、农产品深加工业以及服务产业有机协调发展,仅农产品年销售额就达 1 亿多元,辐射带动了西渚镇、张渚镇以及溧阳周边等 2000 多农户。

（二）生态立村，积极践行“绿水青山就是金山银山”发展理念

加强农村生态环境整治，建设宜居乐业的美丽乡村，是实施乡村振兴战略的内在要求。白塔村根据村庄发展水平，充分尊重农村的传统和习俗，优化生态环境，保持生态环境和自然风貌的原生性，打造秀美村庄和魅力田园风光，以绿色发展为指引，为白塔村发展打下良好的生态环境基础。

以“留青山、保绿水、守净土”为不变初心。在深入调查、广泛听取各方面意见的基础上，白塔村先后投入600多万元，以生态和谐为主题，以“村貌美丽”为主线，以张戴公路沿线为区域板块，薛家桥自然村庄为重点，打造100户样板区，横塘自然村成功创建为三星级康居示范村。白塔村先后浇筑水泥道路28.8千米，村内所有主干道路全部硬化到位，清理河道6千米、池塘33个，房屋外墙立面翻新20多万平方米，建造公厕9个，建微动力生活污水处理设施3个，全方位实施村庄主要道路、公共绿化、农户房前屋后绿化和河道绿化工作，全村绿化覆盖率达80%。严格执行卫生长效管理制度，农村卫生状况大大改观。通过村庄环境整治，改善村容村貌，充分展现水清、树绿、景美的农村自然风貌。通过铺路、修桥、清淤、绿化，村里面貌焕然一新。

以“弘扬生态文化，倡导绿色生活，共建生态文明”为根本宗旨。白塔村立足于厚重质朴的文化底蕴，浑然天成的自然山水风光，便捷通畅的区位交通条件，积极发展特色民俗旅游，创建具有魅力的民俗文化村，以助民增收为出发点和落脚点，坚持全面、协调、可持续的科学发展观。白塔村濒临著名的云湖风景区，与其他地方一门心思搞环境不同，背山临水的白塔村有特别的追求，将文化遗迹像珍珠一样串起来。近年来，白塔村以禅文化为特色，积极发展生态文化旅游，复建“白塔钟声”“薛桥寻梅”等古景，形成兴望农牧文化园、甲有旅游度假园、芸芯生态园、于伶文化园等四大生态农业观光园区，大大提升了白塔生态文化品牌效应，白塔村美得更有灵气了。2016年白塔村成功入选“全国生态文化村”，进一步激发美丽乡村建设的内在动力。

积极践行“绿水青山就是金山银山”的绿色发展理念。欧阳书记高瞻远瞩，因地制宜，带领白塔村大力发展现代高效生态农业和乡村生态旅游业，在发展中保护，在保护中发展，守好用好老祖宗留下的绿水青山。当初很多企业要到村里办厂，欧阳书记坚决反对，而老百姓往往只看到实实在在的眼前利益或好处，一开始并不能理解，因为办厂可以上班领工资。保护生态环境、留住绿水青山是底线，也是红线，坚决不办会给大气和水资源环境带来污染的产业或企业。白塔村7.6平

方千米的土地上,到处是南天竹,冬天红的、春天绿的,到处是因地制宜、合理布局的瓜果花卉基地,红桃、油桃、黄桃、红提、桑葚、火龙果、茶叶等,可谓是应有尽有。白塔村现已引进2.8亿民间资金注入高效生态农业和生态旅游业。高效生态农业既美化了白塔村,又富裕了白塔人;高端生态旅游业不仅吸引了四面八方的游人,更是留住了游人的心和情。

(三)产业兴村,大力发展高效农业和乡村生态休闲文化旅游

白塔村在各级党委政府的关心支持下,不断寻找着适合自身特点的休闲农业发展之路,呈现出休闲农业协调发展、生态环境日益优美、旅游特色日益彰显、农民群众安居乐业的良好态势。通过招商引资、上下联动、资源整合,白塔村筹集500多万用于村庄环境整治,先后建设兴望农业休闲文化园、甲有农林生态园等农业风情旅游点,引进"行香竹苑"民宿、红木展览馆等优质旅游项目,组建苏南首家观光农业专业合作社,形成一条集生态养殖、观光园区、乡村旅游、农家乐等为一体的观光农业产业链,年接待游客50多万人次。不仅吸纳100多户村民参与,村容村貌更是焕然一新。

白塔村发展乡村旅游,在总体思路上体现为"五个用",即用高效农业来美化乡村田园,用高效农业致富群众百姓,用生态环境提高村民幸福指数,用乡村旅游激活美丽乡村,用白塔味道做强致富产业。在产业定位上找准"八个有",即有根、有味、有品、有美、有戏、有招、有富、有新。着力营造"动静结合、高低结合、老小结合"的智慧旅游环境,以期实现"生态立村、文化强村、名人扬村、农业稳村、高效富村、引资兴村、旅游富民"的发展目标。

白塔村坚持"一村一品"的发展定位,发展现代高效休闲农业,推动传统农业转型升级,促进农民增收,改善村民生活条件。建立了南天竹、茭白、樱花、苗木、无公害大米、特色瓜果、优质茶叶等八个千亩农业示范基地,引导农民发展优质、高产、高效、生态、安全的绿色农产品,农业适度规模经营已超过85%,基本形成了以观光农业为主体的生态种植和生态养殖作为农民增收的有效途径。组建休闲农业专业合作社,推进农业产业化,开展种养殖技能与电商微商创业培训,对具有浓厚本土特色的农特产品进行整体策划、分头包装,集中打造独具"白塔味道"的农产品品牌。"牵稼园"成为宜兴市休闲农业与乡村旅游示范点,白塔村被无锡市人社局评为"农民创业孵化示范基地"。4—5月份是樱桃、桑葚的好时节,6—8月份西瓜和香瓜也来凑热闹,7—8月份诱人的油桃、黄桃挂满枝丫,9—11月份鲜甜可口的红提填满了金秋。

以云湖风景区开发为契机，创新载体，强化措施，整合资源，借助外力，有力促进白塔村乡村旅游的良性发展。建有兴望农牧园、甲有农林生态园、牵稼园等三大知名生态农业观光园区，两家江苏省四星级大型农家乐。其中兴望农牧园先后被评为“无锡市农业科技示范园”“无锡市农业旅游示范基地”“国家3A级旅游景区”“全国休闲农业与乡村旅游示范点”，年接待游客50多万人次。随着西渚镇主要旅游干线云溪路贯通白塔村，以及观光登山道建设，白塔村的旅游环线已初步形成，旅游发展空间进一步打开，以绿色生态游、瓜果采摘游、度假休闲游为重点的白塔休闲农业旅游资源在高度整合中实现快速良性发展。

抓好基础配套设施建设和环境营造的同时，白塔村确定以精品民宿为主抓手，引进精品项目，建立“高端民宿”，致力打造恬静雅适的乡村生活准格调。党的十八大以来，白塔村紧紧抓住“实施乡村振兴战略”历史机遇，吸引一大批有资金、有理念、懂经营的外来客商落户白塔村，行香竹苑、阅宜兴、云香喜舍等一批“可吃、可住、可体验”的高端特色精品民宿相继落成。各色各样的民宿分布在白塔村的不同角落。需要特别指出的是，除了行香竹苑，其他所有民宿都是由村民的农舍改造成的。乡村气息扑面而至，顿然让人安详宁静，不禁萌生出“结庐人境”“归园田居”等各种感慨。民宿“心宅·左邻右舍”更是融合了禅居元素，屋内布置清雅，还备有茶具、古琴、笔墨等供客人使用。“心宅·左邻右舍”对面就是“白塔兴巴克”。最值得一提的当属“行香竹苑”，有别墅套房、榻榻米、客房标间等可供选择，动静结合、高低结合、老小结合，让人静享“晚上伴虫鸣入睡、早上被小鸟叫醒”的感觉。整个“行香竹苑”依山傍水，顺势而为，无不透露出山水的“灵动”，让所有来到这里的人们都能抛开城市的忙碌与喧嚣，找回适性自然、自在畅快的感觉，把心“放”下来，让心“静”下来。

甲有农林生态园紧邻于伶公园，占地面积2200亩，核心面积1200亩，集休闲、农业、旅游、观光、度假于一体。地理位置优越，交通便利，离宁杭高速口12千米，佛光祖庭大觉寺及云湖风景区3千米，国家4A级景区善卷洞5千米，天目湖温泉景区10千米。生态园依山傍水、丘陵起伏、群山环抱、溪流潺潺，保留了原生态的自然景观。园内有茶园和各种有机果园，四季瓜果飘香。近在咫尺的是名人故居、古窑遗址、白塔寺佛教文化，让人怀古抒今，沾尽山水之灵气。

（四）文化强村，展开一幅“村民富、村庄美、村风好”的乡土画卷

实施乡村振兴战略，文化是根、是魂，是不可复制的资源。在市场经济大潮的冲击下，在城市文明巨大的虹吸效应面前，中国农村在发生着翻天覆地变化的同

时,也正在逐渐消解着中国乡村的人际关系共同体,乡村的“空壳化”与“精神荒芜”现象日趋严重。当鼓了“口袋”之后,如何通过乡风文明建设,再富起“脑袋”,成为解决“三农”问题的重大课题。白塔村文脉深厚,历史遗存丰富,名人雅士代不绝书。白塔村充分挖掘、利用得天独厚的文化资源,通过打造白塔禅德文化品牌、建立村规民约、重塑家风民风等方式,铸就了独特的白塔村魂,“文化强村”成为白塔村乡村振兴和美丽乡村建设的出发点和落脚点。

打造白塔文化品牌,形成“白塔味道”。作为著名剧作家于伶的家乡、星云法师祖庭白塔寺院所在地,白塔村依托全国文物保护单位白塔古窑址,建设打造于伶纪念馆、乡村记忆馆、白塔书院、微家房、拓展基地、古陶收藏馆、民俗文化馆、白塔国民小学、宜人书院等,形成了独具本土特色和初具品牌效应的“白塔味道”。在塔寺原址的基础上,独具匠心地营造禅意文化环境。精心打造白塔文化公园,包括于伶纪念馆、于伶文化广场、乡村记忆馆以及宜人书院等,是一个集文化、观光、互动、体验为一体的综合性主题公园。白塔乡村记忆馆,是从上千件民俗老物件中整理并挑选出来的一个主题性展馆,以百姓生活的劳动工具、生活器具、风俗文化为三大要素,真实再现过去百姓生产生活的传统习俗,反映了乡村发展变迁的历史轨迹和文化传统,是记得住乡愁、留得住乡情的重要载体,深受广大游客的喜爱。此外,《中国作家》杂志社宜兴创作基地也于2015年落户白塔村。创作基地创立后,《中国作家》杂志社已邀请作家艺术家3批次20余人陆续前来采风、创作,透过旖旎秀丽的山水风光和为人乐道的禅居文化,充分发掘白塔村的深厚底蕴,进一步提升白塔村的形象品牌。对白塔村而言,一场精神世界的美丽嬗变正精彩演绎,一幅“村民富、村庄美、村风好”的乡土画卷正徐徐展开,一股引领发展的文明新风正拂面而来。

于伶纪念馆、云香喜舍、生活行旅馆、宜人书院、白塔国民小学、南宋古龙窑展馆、儿时记忆园、大型游客接待中心、微家房、昕林拓展基地、白塔大食堂等白塔文旅园,还有“小猪跳水”运动会的亚洲最大猪博馆,甲有度假村,以及坚持以“留青山、保绿水、守净土”为发展理念打造的5000亩土地的高端民居民宿休闲区——牵稼园,无不给游人留下“干净、安静、心静”的感觉。白塔生态与白塔文化、白塔农业、白塔旅游、白塔味道,让游人流连忘返。党的十八大以来,白塔村的村级经济实现了翻番,农民人均收入达到3.8万元,年均增长25%,村民幸福指数与日俱增。

将农耕文化、禅居文化以及于伶等名人故事结合起来而打造的白塔文化公园,就是“做活文化产业,讲好白塔故事”的绝佳载体。于伶纪念馆,馆前是右手握书卷呈端坐姿态的于伶像，纪念馆入口处悬挂着“无锡影视家协会创作基地”匾额，公园里有星云大师题名的“宜人书院”，有给游客提供野营观景的豪华型帐篷微家房。

“一屋子都是乡愁。”来自南京的游客陈先生驻足于白塔村的“老物件展馆”前，不停地对着眼前的老物件，回忆起童年的生活。煤油灯、手提木质食盒、老式梳妆盒、老磨盘……每个老物件都镌刻着一段历史，都有一个故事，传递着一份真情。为提升乡村旅游的品质内涵，白塔村用时两年多，从周边村民家里、从业余收藏爱好者那里，搜集到近万种老物件，让游客为之着迷。蓑衣、饼模、粮票、忠字牌、婚书、喜盘、千工床，从清末民初到改革开放，各式老物件，交织成一幅幅乡愁里的历史画卷，驻足于此，仿佛开启一场记忆中的时光之旅。

在荣获“中国最美村镇人文奖”的第一天，村里就吸引了一批来自浙江大学的“洋学生”。外国友人们将用一天的时间体验最具江南特色的乡村生活，品味白塔的人文味道。亭台楼榭、杨柳依依，一座座木屋点缀林间，清晨在阳光里醒来，便可闻见鸟语花香。猪文化馆是小朋友喜欢的地方，妙趣横生的小猪赛跑、小猪跳水等活动，让人笑得合不拢嘴。

四、白塔经验和她的精气神

乡村振兴的白塔启示，简单说，可以用“实”“品”“统”“合”四个字来概括。

（一）实，即“求真务实”

“实”的第一层含义是“名实相符”，而不是沽名钓誉、名不副实。像白塔村这样以生态、旅游为主打项目的乡村，既要做到声名远扬，又要使名与实相符，若名不副实，则乡村振兴难以为继。白塔村美名远扬，更在于白塔村有着与其美名相当甚至远超其美名的实景、实相、实貌。只有名实相符甚至实大于名，一个乡村乃至一个地区的发展才能够持久，才能够对外地人有着持续的吸引力。用西渚镇党委书记蒋干达与白塔村党支部书记欧阳华的话来说，一个地方要让别人来了还想来，那么你的发展就是持久而成功的发展，这样的发展不是一次性的，不是“海市蜃楼”。

“实”的第二层含义是“实惠”，让当地老百姓有实实在在的获得感。白塔村的发展始终是把实现好、维护好当地老百姓的切身利益放在第一位，也正因为此，当地村民能够共同参与、支持白塔村各方面的建设，即便某些人一开始有不解，但只要带头人出于公心、出于一颗为百姓的心，最终是为当地老百姓着想，而非借此谋求个人名利,乡村建设就能够凝聚起全村的力量,能够群策群力,克服发展中所遇到的任何一个困难。

"实"的第三层含义是"实业",让"实业"真正成为乡村振兴的支柱。实业能够持久地增加当地老百姓收入,能够增加就业,从而吸引更多农村人返乡参与乡村建设。我们看到,白塔村的美丽不仅仅是一个单纯的自然风貌,它同时也是一道道亮丽的产业风景线,西渚镇的高效生态产业、亚麻纺织业以及文化旅游业就是这样的乡村实业,从某种程度上说,它们是乡村振兴的发动机与柱基石。

(二)品,即"一村一品"

"品"的第一层含义是"品质",即生态立村的品质特色。乡村振兴和美丽乡村建设绝不能简单地照搬城市发展模式。正如白塔村所在的西渚镇党委蒋干达书记的话说,城市让生活更美好,农村就要让城市更向往。什么让城市更向往,是城市没有的田园风光,是城市缺乏的青山绿水。欧阳书记曾在全国"乡村振兴"工作会议上提到,乡村就要有乡村的样子,乡村的发展不能丢失乡村的本色。随着现代城市病的集中爆发以及后置业时代人们对生活品质的热切追求,乡村的自然景致、清洁空气与水,对常年生活和工作在钢筋水泥、车水马龙的城市人来说越来越有吸引力。

"品"的第二层含义是"品牌",即产业兴村的品牌效应。白塔村以"生态立村",建立南天竹、茭白、樱花等八大农业示范基地,形成了五大知名生态农业观光园区。产业多元与产品多样并不意味着产品开发的随意或任性。"产业兴村"绝不以生态环境破坏为代价,始终保持生态环境和自然风貌的原生态,不破坏水清、树绿、景美的农村自然风貌。以实际行动诠释习近平总书记"绿水青山就是金山银山"的发展理念。留青山、保绿水、守净土,这本身就是一种功绩,就是对历史负责,"我们不能吃祖宗饭、断子孙粮"。

"品"的第三层含义是"品相",即一村一品、一村一韵。"美丽乡村建设没有统一模板,没有统一格式。让美丽乡村各具特色。"必须按照一村一品、一村一景、一村一韵的目标,根据每个村的自然环境、文化传承、优势产业、基础设施,确定不同的发展方向。结合各地的历史文化、风土人情,立足当地自然生态条件,对美丽乡村建设进行科学的、差异化的规划设计。欧阳书记表示,通过科学规划,创新思维,精准出招,资源整合,就能避免"千村一面"。白塔村立足村情实际,在生态农业发展上,逐步形成特色鲜明的白塔农业、白塔旅游、白塔生态、白塔文化和白塔味道。整合集体土地、空心村、老宅等农村闲置资源,独具匠心地将它们打造成特色民宿,为农村经济发展、村民增收致富添活力。

“品”的第四层含义是“品调”,即文化强村的精神品格。白塔村的美不仅体现在生态美、景点美,更体现为白塔人的心灵美。欧阳书记始终认为,农村的味道在于农村文化。经济发展了,如果文化跟不上,乡风、民风不纯不正,那种发展农民群众不会满意,外来的游客也不满意。文化道德建设既靠硬件设施,靠环境的营造,更要靠乡规民约。设立白塔道德讲坛,打造茶禅文化,净化温润人心;颁布《村规民约》,引导教育村民遵纪守法、文明礼貌、助人为乐、爱护公物、保护环境;开展“五好家庭”“文明家庭”“好婆媳”和精神文明新人新事等道德典型宣传活动。

(三)统,即“统筹协调”

“统”不是分,不是东零西落任其自流,不是分立式发展,而是指“统一规划”“全方位整体发展”。乡村资源依托原有自然禀赋往往显得零散,如果缺乏有效的组织,不能做好统一规划,整个村级经济的整体发展是没有潜力的。蒋干达书记认为,西渚镇必须搞一个全方位、宽领域的发展规划。在他的眼里,整个西渚镇的地形地貌就像一个“太师椅”,三面环山,一面平原。“西渚镇由三个乡合并而成,因此我们必须根据这一地形地貌去做实际规划,而不能不顾实情任意妄为。”按照“一个中心,一个环,三个主线”的建设思路,西渚镇请来了上海交通大学的专业规划团队,为西渚镇、白塔村各搞了个全镇(村)旅游规划。西渚镇、白塔村的实践表明,“乡村发展必须先搞好整体规划,必须想清楚再做事,近期的、长远的事情都要先想明白了再做具体实践,否则就很容易三天打鱼两天晒网,东一榔头西一棒槌。”

(四)合,即“产业融合”

“合”主要是指以“生态农业”与“乡村旅游业”为抓手,实现一、二、三产业深度融合。第一产业,发展生态高效农业;由此带来第二产业即加工业(如亚麻加工)的发展;瓜果采摘和生态观光业推动了民宿、茶禅、文旅、休闲等第三产业的发展。一、二、三产业融合发展,既保护了生态,又发展了经济,增加了就业和收入。白塔村的乡村旅游实现了农业与旅游业的结合,变传统农业为休闲农业,将传统农业区变成农业休闲旅游区,实现经济效益、社会效益和生态效益的协同发展。

关于"村改居"社区公民道德建设的调查与分析

陈绪新(马克思主义学院教授),高湾湾(马克思主义学院研究生)

公民道德建设是新时代我国社会主义道德建设的核心内容和基础环节。随着城市化快速推进,城市边缘地带的传统村庄被大规模征迁,出现了新型社区——"村改居"社区。有效开展"村改居"社区的公民道德建设,增强社区居民的认同感和归属感,提升居民公共意识、公民意识、社会责任感和公共参与度,有利于维护社区公共秩序,实现"村改居"社区和谐发展。

一、"村改居"社区公民道德建设的抽样调查

为了对"村改居"社区居民公民道德状况有个较为全面的了解和认知,我们选取无锡市Z社区开展随机抽样调查。发放问卷400份,收回有效问卷378份,有效率为94.5%。从年龄结构看,18岁以下的居民占总数的22%,19—35岁的居民占总数的28%,36—55岁的居民占总人数的30%,56岁以上的居民占总数的20%;从户籍来看,本地人口占65%,外来人口占35%;从文化程度上看,小学学历占总人数的14%,初中学历占总人数的35%,高中及专科学历占总人数的37%,本科及以上学历占总人数的14%。具体数据如表1所示:

表1　调查对象的基本情况

性别	男		女	
人数	176		202	
户籍	本地		外地	
人数	246		132	
文化程度	小学	初中	高中及专科	本科及以上
人数	53	131	140	54
年龄	18岁及以下	19—35岁	36—55岁	56岁及以上
人数	83	106	113	76

二、"村改居"社区公民道德建设的现状分析

(一)有益经验

1.举办"家风"和"道德讲堂"活动

Z 社区定期开展"家风""道德讲堂"活动,主动适应社会发展新形势,搭建公共道德建设新平台,着力提升居民道德素养,充分发挥居委会在文明社区建设中的基础性作用。学唱道德讲堂主题歌曲,学习道德箴言格言,观看道德建设先进人物事迹短片,诵读中华传统经典道德美文,评议身边好人好事。带领社区居民感悟道德力量,提升道德境界,为社区营造良好的道德氛围。积极倡导弘扬传承家风家训,积极开展时代家风展、最美妈妈、最美家庭等评选活动,以和谐家庭带动和谐社区建设。

2.学雷锋开展助老助残助困志愿服务

学雷锋活动是社会主义核心价值观的生动体现,是培养居民思想道德素质、提升社区文明程度的重要路径。Z 社区积极开展了一系列助老、助残、助困志愿服务,弘扬尊老、敬老的人道主义精神以及中华民族扶贫济困的传统美德。社区定期组织相关工作人员到社区老人家中关爱慰问,为他们打扫卫生、检查水电设备,邀请多家爱心医疗机构定期为社区老人义诊,为社区老人提供便民理发服务。把为残疾人服务的各项工作做到位,把关心弱势群体的工作做到实处。组织工作人员为社区困难人群、弱势群体开展爱心捐款活动。

(二)存在问题

1.邻里互助的公共意识稍显不足

调查数据分析显示,Z 社区内部分居民之间的关系较为冷漠,邻里之间缺乏了解,熟悉度有待提升,社区居民邻里互助的公共意识稍显不足。

关于"对社区邻居的熟悉程度"问题(见图 1),29%的居民选择了"熟悉",22%的居民选择了"比较熟悉",31%的居民选择了"一般",18%的居民则选择了"不熟悉"。而且女性居民选择熟悉的比例要高于男性居民,年纪越大的居民对于自己邻居的认识和了解程度越深。

关于"社区有人生重病,是否会捐款"问题(见图 2),28%的居民选择了"会",42%的居民表示"看情况",30%的居民则选择了"不会"。可以看出 Z 社区居民富有同情心,愿意帮助他人,但社区居民邻里之间互相帮助的公共意识仍需加强。在关于是否会捐款的比例上,女性选择捐款的比例稍高于男性,但两者之间相差不大。

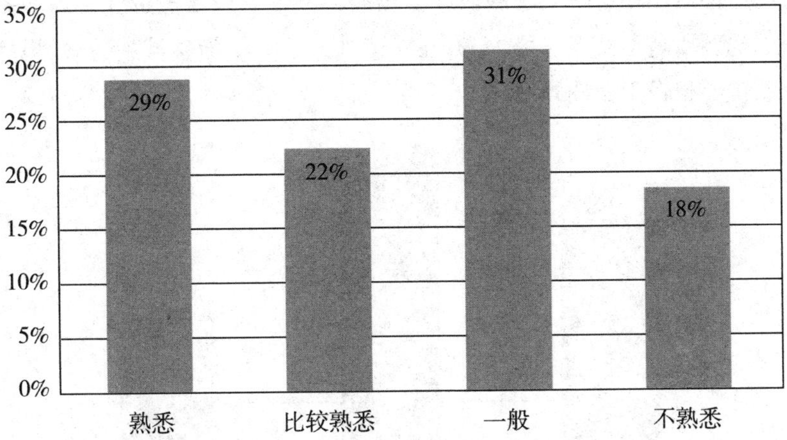

图 1 对社区邻居的熟悉程度

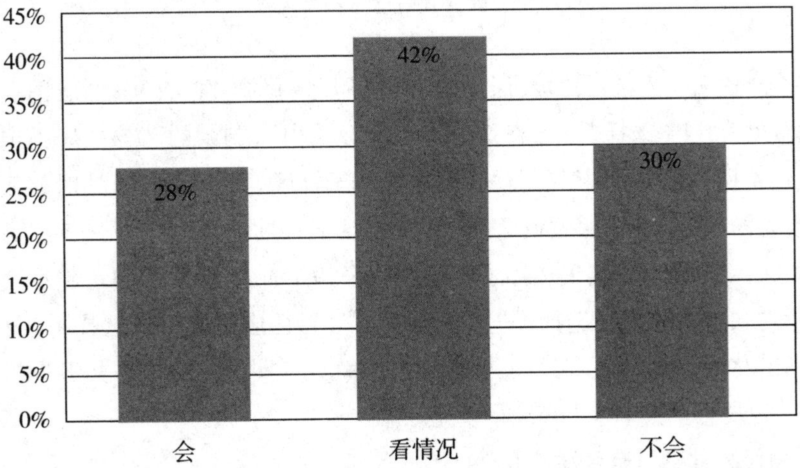

图 2 社区有人生重病,是否会捐款

2.社区公共责任感有待加强

公共责任是“村改居”社区公民道德的基础,是社区居民在具备一定公共意识的基础上,在社区这一公共生活领域中,面对各种具体的公共道德行为所产生的爱憎好恶的态度,以及应该承担的对社区公共利益的责任。

关于“社区路灯坏了如何选择”问题(见图 3),36%的居民选择“立即联系物业”,43%的居民表示会“过几日再说”,还有 21%的居民则表示“不予理睬”。女性居民与男性居民在这一问题的回答上稍有不同。男性居民选择立即联系物业来维修的比例要高出女性居民 15%，在对待社区公共生活领域中的事，男性居民的责任意识要稍强于女性居民。

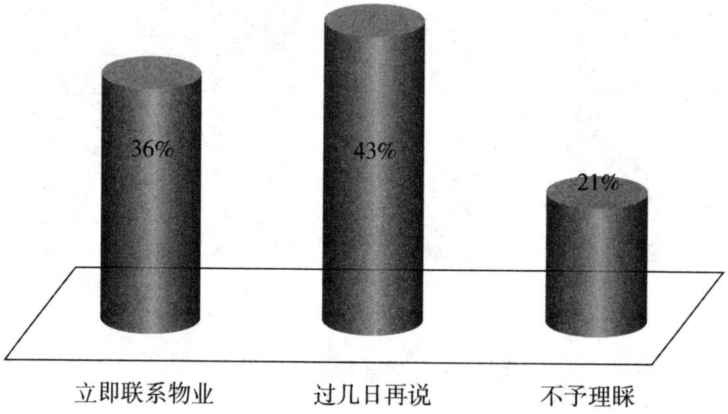

图 3 社区路灯坏了如何选择

关于“面对有人乱丢垃圾，居民的态度”问题（见图 4），有 9%的居民表示会“及时制止”，14%选择“自己将垃圾捡入垃圾箱内”，剩余的 77%的居民选择了“假装没看见”。这说明社区居民在面对不利于社区卫生环境的事情时的公共责任感不太强。在对待乱丢垃圾这一问题的态度上，男性居民的责任感要稍高于女性居民。有 4%的女性居民选择了“及时制止”，9%的人选择了“自己将垃圾捡入垃圾箱内”，87%的人则选择了“假装没看见”；男性居民中 10%选择了“及时制止”，高出女性居民 6%。老年人与青年人在面对一些破坏社区公共卫生的行为时，公共责任感要比中年人表现得明显。

3.居民公共参与有效性较低

公共参与是社区公民道德建设的核心，社区发展的根本目的就在于通过鼓励居民积极参与社区公共事务，实现居民公共参与能力与道德素质的提升，促进社区和谐发展。社区年轻居民的公共参与性不强，居民的权利意识和参与意识较弱。

关于“社区居民的公益活动参与情况”问题（见图 5），37%的居民选择“会，可以帮助他人”，29%的居民选择了“看情况，不一定有空”，34%的居民选择了“不会，没什么意义”。可见有不少居民缺乏关心他人、关爱社区之心，对社区的公

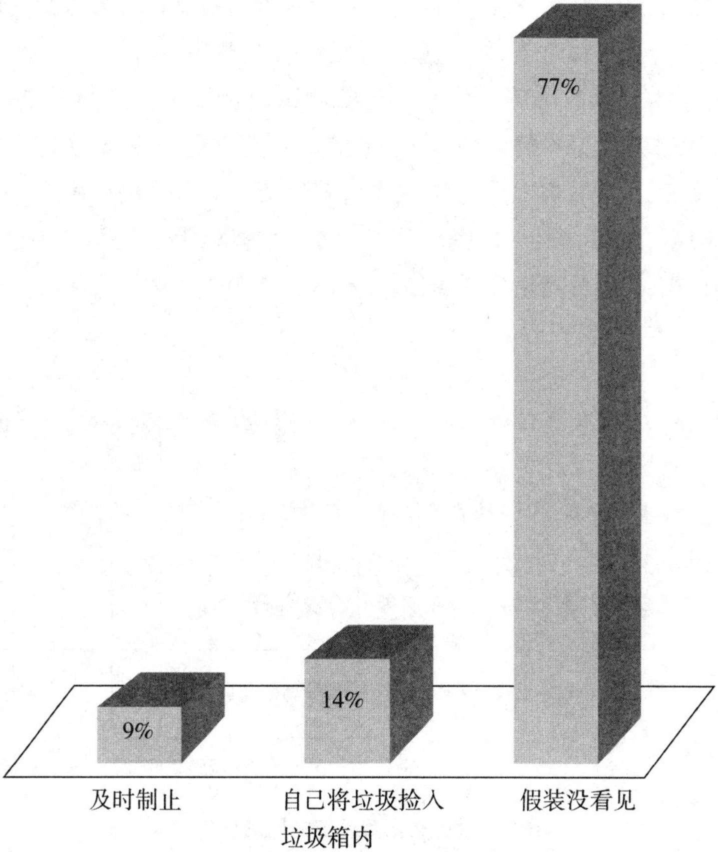

图 4　面对有人乱丢垃圾,居民的态度

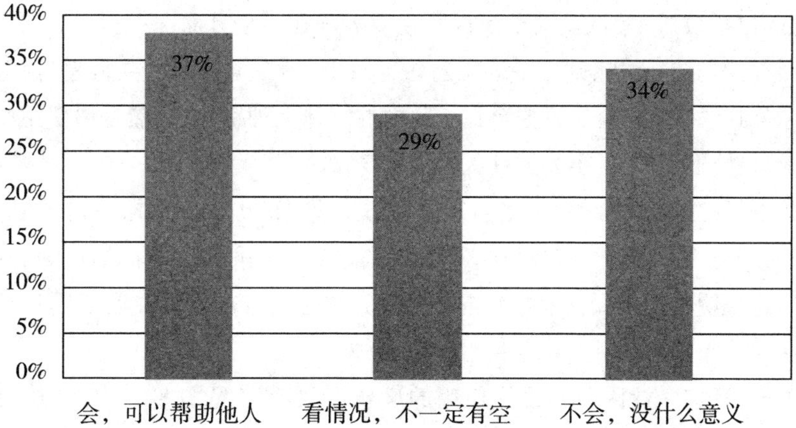

图 5　社区居民的公益活动参与情况

益活动缺乏参与的热情。社区中老年和青少年群体对于社区公益活动的参与度较高,相反中年人群体对于参与这些公益活动的兴趣不高。

关于“社区文化活动节的居民参与度”问题(见图6),14%的居民表示会“准备节目,积极参赛”,18%的居民表示“不擅长文艺表演,但乐于参与后勤服务”,31%的居民表示“不参与比赛,但喜欢观看节目”,最后37%的居民表示“学习、工作太忙,不愿参加”。Z社区居民对引入了第三方来组织的社区活动的兴趣较低,参与热情不高,年龄分层化现象明显。老年人、青少年比中年人表现出更多的积极性。

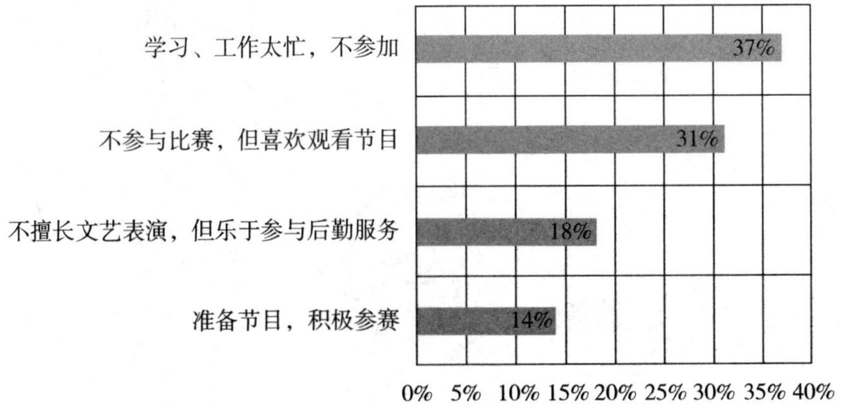

图6 社区文化活动节的居民参与度

4.社区公共秩序偏于混乱

社区良好的公共秩序是维持社区正常运行的基本保证,是社区公共道德的表现。目前“村改居”社区公共秩序混乱主要表现在两个方面:一是化公为私,侵占公共利益,不爱护公共财物;二是在公共生活中,不自觉遵守公共秩序,甚至是肆意破坏公共秩序。如有居民擅自在小区内的绿地上种蔬菜;仍然习惯使用燃烧木料做饭,在楼下烧炉子;不爱护社区内的健身设施等。

关于居民对“社区绿化卫生满意度”问题(见图7),21%的居民选择“非常满意”,30%的居民表示“比较满意”,27%的居民认为“一般”,22%的居民则表示“不满意”,这说明社区内绿化卫生状况仍有待改善。男性与女性以及不同年龄段的居民在这一问题的选择上并没有明显的区别。

关于居民对“社区公共设施使用的满意度”问题(见图8),18%的居民觉得“非常满意”,26%的居民选择“比较满意”,32%的居民认为“一般”,24%的居民则表示“不满意”。从数据上看,大部分社区居民对社区内公共设施使用的满意度不高。在这一问题上,女性居民和男性居民的回答没有明显的区别。社区的公共基础设施使用情况在一定程度上影响着社区居民对于社区公共秩序的感受。

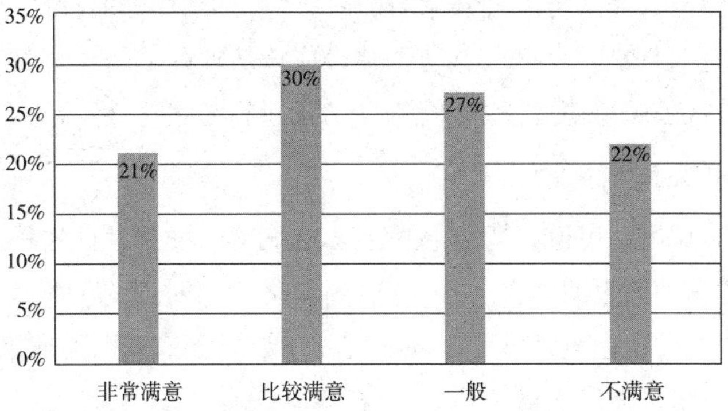

图7 社区绿化卫生满意度

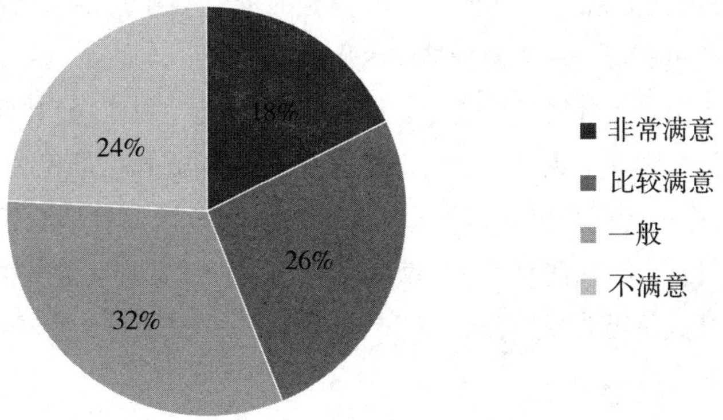

图8 社区公共设施使用的满意度

(三)诱发因素

公共道德教育对型塑健全的人格、拥有和谐的生活具有十分重要的作用。但是,由于目前“村改居”社区公民道德教育队伍缺乏,公民道德教育制度不完善,社区缺乏良好的道德环境支撑(物质环境建设投入少、精神环境建设不足),社区管理主体混乱(政府行为和职能出现偏差、社区居委会服务工作不到位、居民不参与的传统思想浓厚),社会转型及生活方式的改变(传统的生产生活方式被打破、流动人口融入形成陌生人社区)等因素,致使“村改居”社区居民的公民道德意识较弱,直接影响着居民超越现实自我,进行自我反思,提升道德品格的意识和能力。

三、“村改居”社区公民道德建设的相应对策

积极探索“村改居”社区公民道德建设的有效策略，有助于培育社区居民公共意识和公共责任感，提高居民公共参与的有效性，营造良好的社区公共秩序。因此，加强和改进“村改居”社区公共道德建设应该从社区的公民道德教育、公民道德环境以及社区公民道德责任主体等三个方面进行考量。

（一）加强公民道德精神教育

首先，培育居民公民道德精神，要坚持以人为本。发挥社区居民的主体作用，社区公民道德精神教育的内容及方式方法都要体现出对人的主体性的尊重，创造和谐、健康、向善的道德教育环境，培养有活力、有责任、有智慧的道德主体。

其次，培育居民公民道德精神，要坚持理性教育和情感教育的统一。道德情感是道德行为的重要驱动力，道德情感教育是公民道德精神教育的重要切入点，是促使公民道德教育由道德认知转化为道德信念并最终实施为道德行为的重要枢纽。培育公民道德精神要重视对受教育者的价值引导，从受教育者的实际出发，在情感共鸣中实现公民道德精神的内化。

再次，建立专业化社区公民道德建设督导员队伍。“村改居”社区应建立社区公共道德督导站，定期组织社区公民道德建设活动，引导社区居民公民道德建设。居委会应广泛吸纳社区公民道德督导人员，专兼结合，建立社区公民道德督导人才库。创新地校合作机制，努力获得高等学校为“村改居”社区公共道德教育提供人才支持，为社区居民开展道德讲堂活动。

（二）完善公民道德制度

完善社区公民道德制度，抑制消极的、不文明的公共道德行为，鼓励积极的、健康的公共道德行为，提高社区居民的道德自律意识。

首先，完善不道德、不文明行为的惩戒制度。惩罚社区居民消极的、不文明的公共道德行为是公共道德制度的重中之重。完善公共道德制度首先需要从完善惩罚性制度做起。“村改居”社区可以根据社区的实际情况，通过辖区居民的民主协商，制定社区公民道德建设“村规民约”。

其次，建立居民文明行为的道德回报制度。尽管道德具有超功利的特点，真正的纯粹的道德行为是不计较利益得失的，但是行为人在付出道德行为后，社会的信息反馈会影响到事件当事人和其他人，如果当事人的道德行为得到了社会的鼓励，会更加坚定行为当事人今后继续进行道德行为的信心，其他人也会学习模

仿他们的道德行为,逐渐形成良好的道德风尚。相反,如果当事人的道德行为得不到社会的鼓励,甚至是嘲讽,不仅行为当事人的道德信心会受到极大的挫伤,其他人也会对做出积极的道德行为望而却步。道德回报制度体现社会公共价值诉求,体现社会对积极的公共道德行为的推崇和认可,进而激励人们在公共生活中主动向善。

罗素在《伦理学和政治学中的人类社会》一文中这样描述:“在不具备刑法的情况下,我将去偷,但对监狱的恐惧,使我保持了诚实;如果我乐意被赞扬,不喜欢被谴责,我邻人的道德情感就有着同刑法一样的效果:在理性盘算的基础上,相信来世永恒的报答和惩罚,将构成一种甚至是更为有效的德行保护机制。”经过制度的长期规范和引导,人们的思想觉悟会不断提高,就会逐渐化被动的遵守为主动的行为,这种村规民约似的公共道德制度会化为人们的一种惯习,将公共道德精神内化于心,培养和践行人们的道德自律。

(三)优化社区公共道德环境

环境对于一个人的影响是潜移默化的,直接或间接地影响着居民的道德情感和道德行为。良好的社区公共道德环境,可以培养社区居民的公共意识和公共责任,提高居民的公共参与度。

首先,增加对“村改居”社区物质环境建设的资金投入。由于资金投入不足,“村改居”社区的公共活动场所、社区绿化、活动设施等基础设施相对落后,严重影响了“村改居”居民的生活状态和公共道德建设。发挥政府公共服务职能。以市场为导向,通过多方筹资、政府主导、群众参与的方式,对“村改居”社区的基础设施进行升级改造。健全社区阅览室、广播站等公益性配套设施。增加对居家养老服务的投入,完善社区卫生服务站、养老服务中心等设施建设,为其提供高效便捷的服务。针对社区年轻人群体,建设相应的如瑜伽馆、跆拳道馆等健身活动场所,满足社区居民多方面的物质需求。

其次,加强社会主义核心价值观教育。由失地农民和流动人口组成的“村改居”社区,大部分居民受传统文化的影响,公共意识和公共责任感较为薄弱。传统的村庄文化和现代的都市文化交织在一起,产生碰撞与冲突,现代价值观念呈现多元化,人们对于是非、善恶的标准出现偏差,道德体系出现了断裂、混沌的状况。这些问题都必须得到及时有效的解决,否则会造成更大范围、更深程度的道德失范和道德信仰危机。充分发挥社会主义核心价值观的作用,积极培育社区居民公共意识和公共责任。社会主义核心价值观教育与公民道德建设是相辅相成的,有利于社会主义核心价值观在社区居民的日常生活中得到沉淀。

最后,合理高效运用社区道德资源,丰富社区公共道德活动形式。一方面,注重保留并运用优秀的传统活动形式,积极组织开展突显当地特色的公共道德活动。以各种民俗节日为契机,开展大量群众喜闻乐见的道德活动,如道德榜样评选、民俗戏曲表演、传统美食节、家风讲堂等有特色的、丰富多样的实践活动,既可以丰富社区居民的道德情感体验,又可以调动社区居民参与的积极性,在传承优秀的文化传统中增进居民之间的情感联系。另一方面,针对目前"村改居"社区公共道德活动方式、方法老套、不能适应新时期要求的现实情况,社区居委会可以从居民的现实需求出发,把社区公共道德建设同社区服务、社区文化等活动结合起来,通过营造良好的道德文化环境,提高居民公共意识。借助现代化的网络媒介,以网络民主协商、模拟道德法庭等形式开展道德评判,引导居民形成健康向上的道德精神风貌,方便社区年轻群体参与社区的道德实践活动,鼓励居民根据自己的兴趣爱好自行组建手工坊、合唱团、绘画室等社团,激发居民参与社区活动的热情。积极响应国家"街舞进社区"活动,通过举办街舞健身操、街舞文化知识讲座等形式,调动年轻人群参与到社区活动中来。丰富社区活动内容,满足居民多层次、多方面的精神道德需求,可以增进居民之间的感情,使居民对于社区的认同感、归属感更加强烈,引导居民实现自我管理,自我服务。